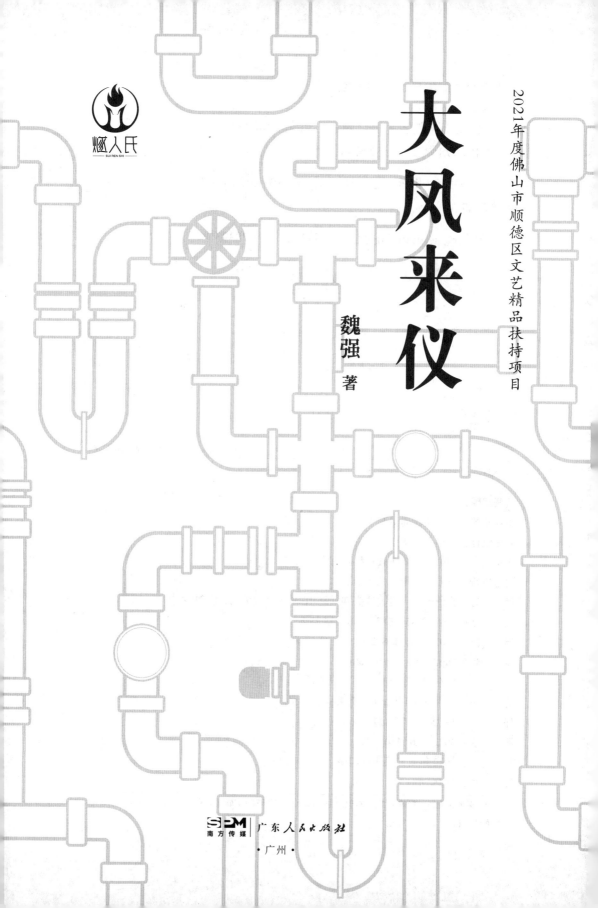

大风来仪

魏强 著

2021年度佛山市顺德区文艺精品扶持项目

广东人民出版社
·广州·

图书在版编目（CIP）数据

大凤来仪 / 魏强著.—广州：广东人民出版社，2022.6

ISBN 978-7-218-15774-0

Ⅰ.①大… Ⅱ.①魏… Ⅲ.①长篇小说—中国—当代
Ⅳ.①I247.5

中国版本图书馆 CIP 数据核字 (2022) 第 078393 号

DAFENGLAIYI

大 凤 来 仪

魏 强 著

出 版 人：肖风华

责任编辑：汪　泉
责任技编：吴彦斌　周星奎
封面设计：萨福书衣坊
排版制作：广州市广知园教育科技有限公司
出版发行：广东人民出版社
地　　址：广州市越秀区大沙头四马路 10 号（邮政编码：510102）
电　　话：（020）85716809（总编室）
传　　真：（020）85716872
网　　址：http://www.gdpph.com
印　　刷：广东鹏腾宇文化创新有限公司
开　　本：787mm×1092mm　　1/16
印　　张：18.25　字　数：350 千
版　　次：2022 年 6 月第 1 版
印　　次：2022 年 6 月第 1 次印刷
定　　价：58.00 元

如发现印装质量问题，影响阅读，请与出版社（020-85716821）联系调换。
售书热线：（020）87716172

一座城市的发展史，不仅仅是一批又一批冒险者前赴后继的迁徙史，更是众多敢为人先的精英不断创造辉煌的见证。

——题记

写在前面的话

钟晓毅

长篇小说《大凤来仪》接续上了顺德工业题材创作的优秀传统血脉。

南中国的顺德是一片神奇的土地，都说中国现代化的进军，是在岭南这一海滩登陆的，现代工业文明，社会主义市场经济，经济时代大潮弥漫在岭之南珠江金三角的广袤原野，顺德正是其间的先行者与佼佼者；当年醍醐灌顶的骤变，改革开放以来的风雨历程、光辉岁月，今天让人依然有历历在目之感：如1874年，顺德第一家机器缫丝厂就诞生了，到1887年，顺德县机器缫丝厂已达42家，1911年，顺德产业工人达到36.4万人，超过当时上海与天津产业工人的总和，一百多年前已启先声。而经过百年淬火锻炼之后，顺德工业更是发展非凡，在2022年，顺德成为全国首个万亿工业强区……这一串数字是百年顺德人的艰辛付出、创新做强的缩影，是他们披荆斩棘杀出来的一条可歌可泣的工业之血路，为中国和世界提供了一部形象而具体、切实与生动、深刻而复杂的中国工业文化新形态的现当代"史记"。

这样的顺德值得作家去大书特书，早在1931年，顺德就有一个叫草明的女作家写出了第一篇摹写缫丝女工与命运抗争的短篇小说处女作《私奔》。从此，草明从顺德出发，走向了阔大的新中国工业题材文学创作道路，成为"新中国工业文学开拓者"重要的一员。

后继者虽然络绎不绝，但断层亦常见，尤其是在顺德本土更多是一种期待呼唤。之所以说《大凤来仪》接续上了这个传统，缘于这部作品的作者就是奋斗在顺德工业文明一线的产业管理人员，年轻的时候从陕西奔赴顺德，正好经历了顺德在这几十年翻天覆地的大变迁，他把三十多年的人生留在了顺德的工厂和车间，他见证、他亲历、他参与、他体悟、他书写，在洋洋洒洒近三十五万字的作品构建中，他很努力地去呈现顺德人在漫长的艰难而又辉煌的生存开拓中，所积淀下来的在新时代又得到质的飞跃升华的精神特质：诸如天生我材必有用的自信，家国担当铸就责任情怀，抓住机会顺势而动的机智灵光，处变临危以平常心待之的坦然恬静，我行我素敢于冲决罗网的血性和勇气，实事求是脚踏实地的朴素和坚韧……处处都体现了他的创作主旨；为时代而歌，为顺德产业工人而书。

《大凤来仪》毫不隐晦地把顺德作为小说的故事发生地，这说明作家是有想法的，这种想法应该和读者的期待是一致的，参与到顺德工业建设和发展的那一群又一群人，其实代表着中国工业化进程的一代代产业工人，他们奔山赴海，来到顺德奋斗与拼搏，成就了自己的奋进人生，拼搏人生，想要赢得的不仅仅是物质满足，更是共同建构了崛起的顺德精神，他们该为自己骄傲，顺德也以他们为自豪。

由此可见，《大凤来仪》有着很强的在场感，叙事者不是居高临下地俯视笔下的人物，而是在现实的苦与乐、悲与喜面前，奋力地沉潜到生活的内部，切实地体验生活中的善美丑恶，用对生活的"拥入"来激发自己的喜怒哀乐、悲悯情怀。他的在场叙事具有一种见证的意义，对于笔下五花八门的人物，他的笔触中会不由自主地渗出淡淡的温情，也许是因为和他们声息相通，来自于同一片土地，生活在共同的城市，他对他们的酸甜苦辣，歌哭悲喜了如指掌，因而了解他们的苦衷和隐痛。他仿佛经常隐藏在人流中，和形形色色的人物在共同的时空中呼吸，以耳闻目睹、亲力亲为的方式见证现实，以一种直接面对事物的进行时态，较生动地呈现现实的动态图景，读着小说，有时感觉作者就如同一个"潜伏者"，记录事件的现场，并试图发掘那些被遮蔽的现实面相，为千千万万的产业工人发声，记录下他们的爱恨，他们的血泪，他们的喜悦，他们的失落乃至沦落等等。他的笔下，现实是粗粝的、赤裸的、朴素的，他将一些通常被置放于帷幕后或暗箱中的现实，不加修饰地披露出来，这固然与作者对长篇小说的整体把握力有不逮相关，但却也真实地再现了现实的斑驳与杂乱，不对现实进行伪装和粉饰。《大凤来仪》重点关注他所熟悉的地域和特定的人群，见微知著地再现了当代中国迅速转换的时代进程。作者内心的记忆、现实和作品中的情境，事物相互重叠，使得时空有一种立体交叉的层次感，启发读者自觉地体验周围的世界。

《大凤来仪》一开章，就以顺德谭氏家族四代人百年的命运跌宕为叙事掩体，以改革开放以后主人公谭志远以及他的一帮兄弟在顺德家电行业的沉浮崛起为主要书写对象，这一群顺德优秀的产业工人，追求的是要坐行业的"第一把交椅"，为此，他们执拗无比地和旧观念抗争，他们闪转腾挪地和既得利益者抗辩，他们灵动活络地为体制机制奔命，他们能屈能伸地为新技术新市场奔波，跌倒了爬起来，再跌倒了再爬起来，他们在中国制造业的南墙上撞来撞去，最终，这道"南墙"被他们撞破了，他们血流满面，他们亦笑容满面，他们为行业竖起了一个新的标杆，他们终于扛起了顺德及至岭南工业的大旗，他们代表着中国产业工人强大的力量，他们为中国的崛起贡献良多，这种家国担当也正体现了顺德人的担当。

现实世界永远是丰富的，也是驳杂的，如何将这种丰富性最大程度地以文学的方式呈现出来，而不是主观地进行简单化的处理，是对一个作家处理现实题材能力的巨大考验，"文心即人心，即人之性情，人之生命之所在"（钱穆）只有突入现实，从现实内部生长起来的生命，才是能够感受现实律动，与现实同悲喜、共命运的生命，以这样的生命底蕴作为支撑的文学才是具有震撼力和感染力的文学。《大凤来仪》的创作已经有了向这方面努力的迹象，虽然这还只是一种初见苗头的端倪，却让人对这一路的故事特别需要草明一般的新时代作家秉笔书写，创作出具有现实冲击力和悲悯精神的大作品，产生了深切的期待。

2022 年初夏于花城
（作者系广东省社科院文学所所长、教授、著名文艺评论家）

目 录
CONTENTS

第一章

　　五更四点，朱漆大门紧闭的谭家宅院，人影幢幢，脚步匆匆。弥漫在天井石板和屋顶瓦面的劈里啪啦的落雨声，也未能淹没从西屋的门缝里传出的撕心裂肺的嚎叫。那叫声听得让人揪心，却仿佛是天籁之音，昭示一个新的生命即将诞生。谭明德头缠纱布，身着打满补丁的白布短衫，双手背后，弯腰曲背，脚底趿拉着泛着亮光的木屐，在厅堂里来回踱步。橐橐的木屐声像木琴演奏一般，空灵悠远，清脆动听，仿佛是有节奏地纾解他那根紧绷的神经。吱呀，接着又是咣当一声。灰暗的灯光下，阿妹谭明芳端着木盆从西屋里出来，将盆里的剩水泼洒在天井的石板上。听见开门声，他的心急剧地跳起来，连忙迎上前，嘴唇哆嗦着低声问："生了吗？"阿妹有些忧心地摇摇头。他接着又问："要去镇卫生所请医生吗？"话一出口，他便自知多此一问，因了镇卫生所里只有一个妇科医生，整天忙得像是烂眼儿赶苍蝇，不是下乡宣传防疫、检查卫生，就是去县里、省里学习，哪有工夫出诊啊！阿妹瞧见哥哥神情沮丧的样子，即刻换了轻松的口气说："阿妈说了，再生不下来，她就去请张嫂过来帮忙。"他连忙追问："张嫂？哪家的张嫂？"阿妹似乎并不为哥哥的大惊小怪而担忧，满不在乎地回答："福生哥的老婆呀。"他顿时就像麻雀落在粗糠里，脸上布满了失望的神情，嘴里兀自嘀咕："哦，人命关天的大事！她行吗？"阿妹微微一笑，像是一个久经沙场的老手，胸有成竹地安慰他说："放心好啦，张嫂是村里人最信任的稳婆，长年帮人接生，无一失手。保准四嫂平安无事！"话音刚落，她便丢下哥哥，急匆匆走进厨房，端出一盆热水，又返回西屋。

　　听了妹妹的宽心话，谭明德适才紧张的神情稍有放松，额头上的皱纹也慢慢舒展开来，但他的心里依然忐忑不安，像是十五个吊桶打水，七上八下，毕竟这是自己头一次守候老婆生仔。他凝望门窗紧闭的西屋，用僵硬的右手哆嗦着从短衫口袋里抽出一根烟，点燃，深深地吸了一大口，之后长出一口气，心里默默地祈求妻儿平安。

西屋里，胡玉珍躺在铺满干草的木板床上，再次感到腹中一阵拳打脚踢，剧烈的痛楚如潮水般涌来，汗水从每一个毛孔渗出，散发着淡淡的腥味。她紧咬下唇，在婆婆谭洪氏和小姑子两双温柔的目光中受到了鼓励，使出浑身力气，努力地生产着。然而，几番努力之后，始终无果，两行清泪从她的眼窝里涌出。透过朦胧的泪水，她看见满头黑发的婆婆跪在临时摆放的神龛前，神情肃然地在观音菩萨的香炉里插上了三炷点燃的深红色檀香，又深深鞠三躬。香烟袅袅上升，香气弥漫全屋。

谭洪氏祭拜完神灵，起身移步床前，双手抚摸着儿媳高高隆起、沾满汗水的肚皮，脸上露出焦急的表情。之后，她偏过头，忧心忡忡地对守在一旁的女儿说："你守在这里，我去请张嫂。"谭明芳说："雨下得正大，还是我去吧。"谭洪氏不容争辩地说："我去稳妥些。"

谭洪氏轻手轻脚地从西屋里出来，瞧了一眼坐在太师椅上的儿子，兀自撑起雨伞、挽起裤脚，冒雨出了自家大门。

婆婆走后，胡玉珍在小姑子的帮助下，将腰背倚靠在卷起的竹席上，擦干眼角的泪水，注视着自己的肚皮，那上边暴露着弯弯曲曲的蓝色血管和一大片凹凸不平的白色花纹，就像是一幅工艺精美的顺德版画，蕴藏着无穷无尽的魅力。她心中徜徉张嫂曾经描述的奇特景象，期待着儿子早点出生，进而搭救丈夫于水深火热之中。

胡玉珍已是三个孩子的母亲，生儿育女对她来说本应是老马驾辕，轻车熟路。但怀孕期间，肚子里的孩子有什么异常，是男是女，她依旧是丈二和尚摸不着头脑，遇事又不便请教自己的婆婆，只能求助于为自己接生过三次的张嫂。张嫂是村里有名的稳婆，以替产妇接生为业。久经考验的她，不但能根据孕妇的肚型、走姿、胖瘦、面色以及口味的变化判断出肚子里的孩子是男是女，而且还能够依据婴儿的生辰八字占卜其吉凶未来。胡玉珍怀孕四个多月时，张嫂就斩钉截铁地预言：大妹子，你的肚子里一定怀着一个带把的男仔。她凭借自己敏锐的观察力，又发现了一个惊天动地的奇特景象：一天傍晚，她例行检查胎位是否正常，无意中发现胡玉珍周身被形似凤凰的五彩缤纷的光环围绕着，顿感惊奇。便满心欢喜地把这个激动人心的秘密告诉给了她。胡玉珍却不以为然，笑说她是劳累花了眼。深谙此道的张嫂始终坚信这个异象绝对是一个伟大的发现，谭家祖坟冒青烟，要出旷世奇才了！

谭氏家族的祖坟位于谭家村北边临山的一块坡地。谭氏先祖谭思源出生于福建漳州，自幼饱读诗书，尤其对风水堪舆颇有研究。但如此学识渊博、满腹经纶之人，却屡试不中，无缘官场，只能在江西境内的一个穷乡僻壤担任一个小小的教谕，终生郁郁不得志。到了垂暮之年，谭思源萌生出一个念头，自己一生因抱负志向不能施展而忧郁苦闷，如果想要家族兴旺崛起，子孙后代飞黄腾达，其实办法也很简单，就是要不惜血本寻得一处风水宝地下葬自己，来庇佑子孙后代。想法虽然有了，但实现起来却困难重重，风水宝地不是想找就能找到的，缘分不到干着急也没用。一晃到了退休的年龄，谭思源卸任教谕，告老回乡。在返乡途中，他路过一个名叫卧龙岗的地方，偶然发现了一处风水宝地：后有靠山，左青龙、右白虎，前有案山明堂、水流曲折，以使坟穴藏风聚气而令后人纳福纳财，富贵无比；外洋宽阔能容万马，可知后代鹏程万里，福禄延绵。这时，他如同剖鱼得珠，喜出望外，立即用舍生忘死的决心对自己的儿子说："我死后，你无论如何要想办法将我葬在此地！"为了如愿以偿地实现自己的梦想，谭思源可谓是瞻前顾后、费尽心机。他将自己打扮成流浪讨饭的老翁，佯作痴呆疯傻，打骂妇孺，故意践踏农田里的禾苗，进而引起了乡农们的共愤，被他们用乱棍活活打死。谭思源死后，儿子谭明遵从父亲生前的遗愿，也没有过分为难乡民们，只是怀着悲痛的心情对乡民们说："各位乡亲，老少爷们，我的父亲被你们活活打死，惨死在卧龙岗，就必须葬在卧龙岗，以告慰他老人家的在天之灵。"毕竟打死了人，如果被谭家人告到官府，势必有人出来偿命。乡民们心虚得厉害，便不假思索地同意了谭明的要求。至此，谭思源终于如愿以偿地长眠在自己看中的这块风水宝地！之后，谭家子孙也都迁居到了这座村庄。说来也真奇怪，谭思源入葬卧龙岗不久，谭家人似乎得到了神灵的相助，一夜之间祥云盖顶、霉运散尽，谭明顺利地考中了状元，一路步步高升、官运亨通，一直做到了一品秘书阁学士。之后，谭明的九个儿子中，长子谭永念做到南宋光禄大夫，八儿子谭永毅诰封一品，担任南宋朝皇室护卫都统。宋元崖山海战时，谭永毅与幼帝赵昺、丞相陆秀夫等十万忠臣将士跳海殉国。与此同时，玄孙谭佑任跟随文天祥，起兵抗元，官封大将军。后来，他听闻父亲谭永毅跟随幼帝跳海殉国，为了减少无谓的牺牲，便就地遣散了跟随自己多年的将士，带领一家人遁入深山，不做顺民，莫为元臣，绝食而死。

谭佑仁的三儿子谭建辉和母亲在遣散途中与家人走散，流落到南海县白鹤镇的一座名叫飞鹤山的山脚下。他和母亲都觉得这地方不错，靠山而居，临水而栖，得天独厚。于是，母子二人便搭建草屋，购买牲畜、农具，开荒种地，暂且居住下来。数年后，母亲因病去世，留下他一人艰难度日。谭建辉虽说年龄不大，但毕竟是名门之后，受家庭影响，他对风水堪舆多少也有一些了解。一天中午，他在距离飞鹤山不远的一片空旷的山坡草地上放牛掘地，遇到一位自称会看风水的老先生。老先生告诉他，这附近有一块风水宝地，若把祖坟迁到此处，日后必能发达，这块风水宝地就在龙口位置。风水先生对着谭建辉说，我去后面的龙尾位置用镢头刨打几下，你帮我看一下，哪里摆动，就是龙口。于是，风水先生在龙尾的位置捶了几镢头，然后回过头问谭建辉摆动的位置在哪里。谭建辉虽然已经知道了摆动的位置，但却回答风水先生自己没有看见。风水先生信了这个放牛娃的话，垂头丧气、失望而去。待风水先生离开了此地，谭建辉为遮人耳目，谎称自己母亲的墓穴塌陷灌进了水，选了一个良辰吉日，在神不知鬼不觉的情况下，将母亲的坟茔迁到了那个龙口的位置。谭建辉长大成人后，结婚生子，人丁兴旺，富甲一方，谭家果然再次兴旺发达。实现草根逆袭的谭建辉，遵循先父遗嘱，给后代子孙制定了严格的家训：耕读传家，誓不为官。后经几十代人不断繁衍壮大，发展成现如今的谭家村。明景泰年间，在当地乡绅的上书倡议下，朝廷为了加强对该区域的管治，消除匪患，安抚民心，颁旨宣告白鹤镇隶属于新设立的顺德县管辖。到了明末清初，谭氏家族已发展成为当地的名门望族。此后的岁月里，谭氏家族虽然多次遭受农民暴动、土匪海盗的烧杀抢掠，但依旧世代繁衍，生生不息。

不消一袋烟的功夫，谭洪氏赶到了大队支书张福生的家门口。她挥动双手，用击鼓般的力气，敲开了他家的院门，心急火燎地说，玉珍快要生了，央求张嫂前去帮忙接生。张福生不敢怠慢，立刻穿过自家的风雨长廊，跑进屋内，叫醒了酣睡的老婆。睡意蒙眬的张嫂，看见站在庭堂里的谭洪氏一脸焦急的模样，便知其来意。她嘴里一边念叨怎么提前了三天？一边草草穿上衣裤，一路小跑赶去了谭家。

一阵更加强烈的叫喊声将谭明德惊起。他又开始低着头在堂屋里踅摸，心里兀自愧疚不已。婚后将近二十年，妻子先后生了两女一儿，他都因工作繁忙而不能在孩子们出生时守护在家，如今自己被撤职审查、接受劳动改造，反倒有了陪伴她的机会。他想到自己狼狈不堪的处境，不免唉声叹气、啼笑皆非。

张嫂推开谭家的大门，迈着小脚径直跑进堂屋，正好与心急如焚的谭明德撞了个满怀，惊诧地问："县长，您回来了？"谭明德歉意地点点头，感激地说："大雨天，辛苦您了！"

"一家人，不说两家话。"张嫂边说，边冲进了产房。

紧随其后，谭洪氏也在张福生的搀扶下，急急忙忙地走进家门。谭明德连忙招呼张福生坐在堂屋里，泡了一壶热茶，给他们暖身子。张福生接过谭明德递来的茶杯，道："县长，回家了怎么也不说一声？"不等谭明德答话，他接着又惊愕地问："您受伤啦？"

"劳动时，不小心给撞的。"

"啊，县长也要下地干活？"张福生不解地问。

"唉！"谭明德无奈地摇摇头，长叹一口气，之后从自己的衣兜里摸出一盒烟，抽出一根递给了张福生，接着也给自己抽出了一根。

"多日不见，您苍老了许多，要保重身体啊。"张福生伸手接过烟，不无伤感地说。

谭明德确实老了，四十出头的人，看上去五十岁也不止。两鬓繁霜，面如死灰；额头上深深的皱纹如同纵横交错、久旱无水的沟渠。去年还能一只手提起百十斤的鱼篓，像骡马一样健步如飞，如今已被完全击垮，像霜打的茄子一样，彻底蔫了。

产房里，胡玉珍声嘶力竭地叫喊着，豆大的汗珠像一串串晶莹剔透的珍珠，不停地从她的身上流淌下来，湿透了衣被。她的双腿张开抬高，眉头紧蹙，湿漉漉的头发，胡乱贴在额头上；一双黑亮的眼珠，几乎要从眼眶里凸出来；灵巧精致的鼻翼，一张一翕，喘息变得急促。片刻之后，一阵更加剧烈的疼痛从下身袭来，令她痛不欲生，欲撞墙而死。她的嗓音已经沙哑，手臂青筋暴起。一只手紧紧抓着床单，另一只手的长指甲早已嵌入小姑子黑亮粗壮的手臂里。谭明芳紧咬牙关，一声不吭。她也是生过孩子的女人，知道自己的疼痛和嫂子此时经受的痛苦比较起来简直不值一提。她一边用热毛巾给嫂子擦拭身子，一边轻声安慰："四嫂，忍一忍，孩子生下来，痛苦就过去了。"

5

跪在胡玉珍的两腿之间的张嫂，倒显得很冷静。她不慌不忙指导着胡玉珍做各种各样有利于婴儿出生的动作和努力，一双长满厚茧的粗手，像是带刺的树皮，在胡玉珍青筋暴起的白嫩肚皮上不停地旋转揉压，嘴里反复念叨：阿珍，忍着点。你肚子里的孩子比寻常孩子的体型大许多，生产时难免痛苦遭罪。歇息时，她露出镶嵌的金色门牙，神秘莫测地对站在一旁的谭明芳说："神鸟转世，自然与众不同。"

暴雨过后，天色渐渐破晓，淡青色的天空闪烁着几颗残星，朦朦胧胧的庭院，如同笼罩着银灰色的轻纱；远处的天际已微露白光，云彩也赶集似的聚集在谭家的屋顶，像是浸了血的彩色丝绸，飘闪着淡淡的红光。夜雨洗涤了万物的尘污，清晨的空气里散发出微微的芳馨。张福生起身告辞，准备去村里敲钟开工。他刚一走出堂屋，却被眼前的突发异象惊呆了。他伸直了手臂，用食指指向天空，像一个顽皮的稚童，龇牙咧嘴地对谭明德大声喊道："县长，您快来看。"谭明德听到喊声，急忙走出堂屋，他朝着张福生手指的方向一望，倏忽间，也被眼前的奇异景象惊得目瞪口呆。当着张福生的面，他虽然嘴上没有说什么，但心里却泛起阵阵波澜，默默地祝愿儿子的出生，能驱走自己近年来的厄运，给谭家带来福祉。

一声尖锐的婴儿啼哭声，终于使谭明德紧绷的神经松弛下来。他挽留张福生重新坐回厅堂里，又添了茶水，像是两个从水田里归来的农夫，一边唠嗑，一边神态悠闲地抽起了烟。二女儿谭志静从东屋里走出来，拿来一件外套披在了父亲的身上，儿子谭志致也睡眼蒙眬地走出东屋。姐弟俩草草洗漱之后，开始在西屋门前窃窃私语、东张西望，急切地想见到刚刚出生的弟弟。

"恭喜县长！又得了一个大胖小子。"张嫂从西屋里走出来，亮嗓门说，"大人小孩都平安无事，您就放心好啦！"

"张嫂，辛苦了！"谭明德感激地说，之后将一封利是递到了她的手上，接着又补充说："以后别再称呼县长了，我已经被停职审查了。"

"我才管不了那么多呢。大兄弟在乡亲们的心目中永远是一个敢作敢为、一心一意为百姓谋幸福的好县长。"张嫂的嗓门依然畅亮。

"张嫂，辛苦了！"谭洪氏端着一大砂锅热气蒸腾香气扑鼻的粥，从厨房走出来，满心欢喜地说，"快来喝我煮的猪杂粥。"

"老夫人，不辛苦。"张嫂咧嘴笑道，"不过，您煮的猪杂粥，我是一定要喝的。"

张嫂话音刚落，突然从大门外传来一阵急促的敲门声，伴随着震耳欲聋的叫喊声："村长，出大事了。"不等屋里人弄明白究竟发生了何事，但见一个年轻后生冲进院内，心急火燎地喊道："村北头的堤坝决口了。"正在喝茶的张福生，一个健步冲出堂屋，拉着他的手，大声说："赶快打铃，召集全体村民抢险。"张嫂也忘却了香喷喷的猪杂粥，紧随其后，朝着丈夫的背影喊道："水火无情，小心啊！"谭明德见状，迅速从后院的柴房里拿起一把铁锹，也跟着追了出去。

天刚擦黑，谭明德拖着疲惫的躯体一拐一瘸地回到了家。一直坐在大门口焦急地等待父亲归来的谭志静和谭志致瞅见阿爸的模样，急忙迎上前，左右搀扶着他，且又不敢声张，生怕吵醒了刚刚入睡的阿妈和出生不久的弟弟。谭洪氏听见院子里有动静，知道儿子回来了。她疾步走出堂屋，从孙子的手里接过儿子，搀扶他坐在椅子上，之后一边询问堤坝的缺口是否堵住，一边端上一杯热茶。谭明芳看见哥哥的手臂上又多了几道伤口，急忙又是烧热水，又是准备换洗的衣服。谭明德冲完凉，穿好衣服，妹妹又帮他擦拭了伤口，涂抹上了消炎药水。这时，谭洪氏端上了热气腾腾的饭菜，招呼全家人吃饭。吃毕饭，谭洪氏悄悄告诉儿子："德仔，快去看看你的老婆吧，她刚刚生完孩子，最需要你的呵护。"谭明德听罢，振作精神，须臾忘却了身上的疼痛，快步走进西屋。

胡玉珍斜躺着身子，正在端详着熟睡中的儿子。谭明德坐到床边，拉着妻子的手，强作欢笑。他看着眼前这个和自己生活了将近二十年的女人，心中不禁泛起了一阵心酸，动情地安慰她："老婆，辛苦了！"躺在床上的胡玉珍，如同经历过一场大病似的，面色苍白，浑身虚弱无力。她面带微笑说："明德，这些日子你也受了不少苦。"之后静静地依偎在丈夫的怀里安然入睡。瞅着自己心爱的女人呼吸渐渐均匀、平缓，白净光滑的脸颊上露出了进入梦乡的甜蜜，熬了一个通宵、接着又与洪水搏斗了一整天的谭明德也恹恹欲睡，迷迷糊糊地念叨：志远，志远，志当存高远。

其实，在儿子呱呱坠地之前，谭明德就已经为他起好了名字谭志远。他是取"宁静致远"四个字的之意给孩子们取名的，不论是男是女。老大志宁，老二志静，老三志致，老四出生了，自然取名志远。"宁静致远"是谭明德一生的座右铭，这幅字一直张贴在他办公室墙壁上。他希望用这四个字不断鞭策自己，激励儿女。

谭明德醒来时，屋外又下起了大雨。他来到堂屋，抽了一根烟，感觉腿脚有些酸累，便缓步走到太师椅旁，正要落座，突然头部一阵剧痛，进而头晕目眩，几乎跌倒。他急忙扶住椅子，静静呆了半晌。待缓过神来的时候，他忍不住又想起了自己的屈辱，想起了工作组强加在自己头上的莫须有的罪名。想着，想着，他就想到了死去的父亲。

雨越下越紧，一直下到渐露曙光的天空又阴云密布，那刚刚离去的黑夜仿佛又要回来了。疲惫不堪的谭明德坐在一张表面陈旧但造型典雅的太师椅上，犯起了迷糊。这张年代久远的红木太师椅，承载了谭家几代人的记忆。他的父亲，爷爷，爷爷的父亲，以及爷爷的爷爷也都曾在这张椅子上坐过。他在似睡非睡中穿越时空，恍恍惚惚看见了父亲的身影。

谭明德从儿时起，就记得父亲是一个勤劳厚德的企业家，"崇文乐商，仁德至善"是他做人经商的原则。那时，父亲拥有一家机器缫丝厂，多间临街商铺，桑基鱼塘数百亩。声名煊赫的永昌盛名下雇工达八百三十五人，其中女工八百人，生丝年产量七百五十担，产值合计六十八万块银圆，产品远销海内外，是凤山镇规模最大的机器缫丝厂之一。每日清晨，无论是刮风下雨还是严寒酷暑，父亲总是第一个走进工厂。缫丝厂的工人们见了他都很恭敬，亲热地叫他一声："老爷。"父亲从不打骂、呵斥工人，对他们亲如兄弟姊妹。逢年过节，他总要组织工厂的全体员工在老街口的大明酒楼吃团圆饭，喝庆功酒。凤山镇的乡亲们但凡说起永昌盛的老板谭鸿兴，都毫不犹豫地赞誉他一个仁义君子的好名声。街坊邻里都以在永昌盛缫丝厂做工而感到无比骄傲。父亲在经营工厂之余，喜欢结交朋友。每逢周日的早晨，他就像是一个上紧发条的闹钟，准时来到大明茶楼，与街坊们一起喝早茶。喝毕茶，他又像一个微服私访的朝廷官员，习惯一个人在沾满露水的老街上走走，顺便了解市井民情。他穿着一身黑颜色的绸衣，头戴黑色的大檐礼帽，一手摇着蒲扇，一手拿根粗长的雪茄，嘴里吐着烟圈，这里转转，那里瞧瞧。沿路做生意的大小老板们见了他，都要双手抱拳恭敬地叫一声："谭会长，早晨！"

谭明德三岁那年，凤山镇的缫丝业正处于鼎盛时期，也是老街最辉煌的岁月。他在蒙馆读书识字之余，经常和小伙伴们结伴去老街上玩耍。他对这里的一砖一瓦、一店一铺都十分熟悉。老街狭长，数百间商铺、几千家住户紧紧夹着三条青石板街，依次由东往西北方向延伸，宛如一条蜿蜒盘旋的巨龙，匍匐前行，伺机腾飞。如果说商铺林立的北极直街、汇通直街是龙尾和龙身，那么处于商业中心的圩头直街就一定是龙首。短短五百五十米长的圩头直街，除了供行人步行的马路外，其余全是商铺，被过往的商客誉为凤山镇的"小香港"，可谓盛极一时。

圩头直街上商铺种类繁多，仅米店就有六十多间，粮食加工厂数间，油盐酱醋糖果杂货铺二三十间，药材店十多间，酒楼茶室旅店客栈十多家，猪肉铺数间，卖鱼档三五间，紧邻的三角市设有专门卖菜的档口。此外还有金铺数间，大型百货公司两间，布衣绸缎店三间，商品种类繁多应有尽有。以圩头直街为核心，还有十数条以特定行业命名的街巷向四周延伸，分别是打铁街、果栏街、银行街、杉街、竹器街、蓑衣街，以及庙后新街等等。五十米长的打铁街汇聚了八九间店铺，或是打铁的，或是卖五金的，均是来自珠三角的能工巧匠；果栏街生意更是兴隆，数十间店铺将省内出产的甘蔗、大蕉等水果及各式蔬菜汇集后，通过一艘艘大船运往外地；庙后新街设有妓院十数间，灯红酒绿，夜夜笙歌。沿圩头直街一直向北走，到了尽头就是长堤路。长堤路共有经营蚕丝的货栈一百七八十家，蚕市三家；紧邻长堤路的北向，便是凤山人的母亲河——德胜河。河道南岸两座相距不到两公里的闸口之间布满了大大小小的码头和工厂，其中的凤山码头是凤山镇最大的码头，也是粤省第三大内河码头，这里长年停泊着密密麻麻的大小船只，客商云集，汽笛声声。过往的船舶在河面上驶过，场面极为壮观。谭明德清楚地记得，父亲经营的永昌盛缫丝厂就位于码头附近的凤翔南路。因丝价日涨、生意兴隆，父亲在忙碌之余经常念叨的一句话就是：一船缫丝去，一船白银归。

天有不测风云。谭明德八岁时，父亲的生意开始走下坡路。三月的一天清晨，阳光普照，万里无云，父亲像往常一样，一大早就精神抖擞地去上班，日落时分却唉声叹气地回到了家。他把全家老少招呼到堂屋里，郑重其事地讲了一些让谭明德似懂非懂的话，大意如下：全球金融危机开始不断蔓延，加之占世界用丝量百分之八十的美国逐渐以人造丝代替部分蚕丝，导致生丝价格下跌，销路阻滞，工厂决定放假歇息一段时间，待拿到新的订单后，再行开工。这时，凤山镇的众多丝厂已纷纷倒闭。覆巢之下，岂有完卵。父亲的缫丝厂也在生产成本渐重、盗风日炽的情况下，日渐衰落，徘徊在亏损破产的边缘，苦苦挣扎，一年不如一年。但父亲自始至终没有克扣工人一分一厘的工资，也没有改变周日清晨去大明酒楼喝早茶、上老街溜达的习惯。

屋漏偏逢连夜雨。一天下午，工厂副经理报告父亲说，月末盘点，发现库存的蚕丝量和账面数相差数千斤。工厂生意不好，又出了家贼，父亲痛心疾首，决心一查到底。经过数日的明察暗访，案子终于有了眉目，家贼的目标锁定在了仓管员陈三身上。他是父亲已逝大太太的堂弟，生得体格魁梧，一表人才，年纪二十七八。这人年少时学得些拳脚，性情浮荡，且又好赌博，常背着家人在外眠花宿柳、拈花惹草，狂嫖滥赌、入不敷出，是凤山镇出了名的浪荡之徒。他虽有一身好功夫，但经不住棍棒的拷问，最终坦白了自己沉迷于赌博，欠了一屁股债，在走投无路的情况下，才做出了这等坏了良心的丑事。监守自盗，可是重罪。父亲本想将他押送官府治罪，但又念其是大太太的亲人，便网开一面、不再追究，且又给了他一些盘缠，将其开除出厂、永不录用。

两年后，日本人攻陷凤山镇。山河破碎，民不聊生。父亲的缫丝厂更加举步维艰。一个烈日炎炎的夏日，一个日本军官在伪县长的引领下，登门拜访父亲，他们软硬兼施，要求父亲以商会副会长的身份，命令凤山镇所有大型丝厂低价为日军生产军用物资。父亲不甘做亡国奴、替日本效力，周旋数日无果，情急之下悄然关闭了工厂，安顿好工人，变卖了凤山镇的家产，携全家老幼回到了二十里外的乡下老家白鹤镇谭家村避难。家道中落。顺德沦陷期间，谭家村也不太平，不但受到日伪军的横征暴敛，而且经常遭遇海盗土匪的烧杀抢掠。父亲返乡不满三年的时候，在一次抗击海盗的战斗中，遭海匪暗算，与世长辞。

那是一个月黑风高的夜晚，熟睡中的谭家老少，突然听见村子里锣声镗镗，人叫犬吠。有人喊："海盗进村了，乡亲们快拿起家伙。"三个同父异母的兄长持枪提刀，跟随父亲爬上自家的屋顶。他和弟弟、妹妹则跟随母亲守在屋里，通过阁楼的瞭望孔向外张望。村子北头火光四起，鸡飞狗跳，尖叫声、哭喊声连成一片。片刻之后，谭氏父子远远望见一群蒙面盗匪举着火把，在一个身材粗壮的首领的带领下，朝着谭家大院的方向奔来。

匪首高喊："兄弟们，包围谭家大院，绝不允许一只苍蝇飞出去。"

父亲面对强敌，镇定自若。他一边指挥长工张福生带领家丁们用木桩顶住大门，一边向院外土匪高声喊话："请问众好汉是哪路英雄？国难当头，你我都是患难同胞，有话好说。"

只听砰的一声枪响，一道火光从父亲的头顶穿过。

"少废话，快把门打开。"匪首喊道，"否则，惹恼了爷爷，一把火将谭家这座千年老宅子烧为灰烬。"

父亲低声吩咐家丁们将准备好的粮袋和金银钱财扔出院外，接着又大声喊道："正逢乱世，谭家上下几十口，食不果腹、饥肠辘辘，朝不保夕、度日如年。想必门外的兄弟们也是风餐露宿，提着脑袋过日子。谭鸿兴自愿给好汉们奉上微薄家财，以保谭家老少平安无事。不成敬意，望众英雄笑纳。"

院外的盗匪们见状，纷纷扛起地上的粮袋，装上板车，又将钱财捡起交给了首领。首领在手里掂量了两下，怒吼道："谭会长，这是打发叫花子呀！？"不等父亲回话，他又大声喊道："兄弟们，给老子开足火力往里攻。"

听见匪首指名道姓地叫喊谭会长，声音似曾熟识，父亲便知这股土匪对谭家知根知底、有备而来，就不再心存幻想，立即组织谭氏子孙和家丁们开始反击。

父亲的枪法极好，弹无虚发，射出的第一颗子弹便击中了匪首的要害部位。适才还耀武扬威、不可一世的匪首应声倒下。匪徒们见状，乱作一团、各自为战。谭氏子孙和家丁们瞅准机会，集中火力，对匪徒们实施了一轮猛攻。匪徒们见大势已去，便丢盔弃甲、抱头鼠窜，扔下身负重伤的首领，纷纷向村北的河边逃跑。父亲眼见匪徒们作鸟兽散，便命令家丁打开大门。他要亲眼瞧瞧这个匪首的真面目。

两个家丁将满身血污的匪首拖到了父亲面前，撕下他的面罩。父亲定睛一看，惊道："原来是你？"在场的谭家子弟和家丁们无不大惊失色。

"事已至此，要杀要剐，悉听尊便。"匪首说，"烦请堂姐夫给陈三来一个痛快，也不枉你我亲戚一场。"

父亲仁慈手软，念及陈三身受重伤，又是亲戚，心想冤家宜解不宜结，便弯腰欲扶起他。不想，奄奄一息的陈三突然从腋下抽出一把明晃晃的尖刀，拼尽最后一股子力气，刺进了父亲的腹部。家丁们见状，立刻将其乱枪打死。

数日后，父亲因失血过多不治身亡，家境愈艰。次年，年事已高的爷爷、奶奶也相继愁病辞世。之后，家族开会分家产，分给谭明德一家的房屋既差且小，他们母子顿感世态炎凉。谭明德同父异母的哥哥们，拒绝在分家协议上签字，进而遭到叔伯们的斥责。一气之下，他们纷纷离家出走或者自立门户，分家单过。

谭明德的母亲谭洪氏是顺德县古良镇洪老爷的千金。洪老爷是顺德县的首富，是富豪中的富豪。洪家的园子是中国十大名园之一，位居岭南四大名园之首。日本人攻陷城之前，洪老爷因病去世，洪家人举家避难于澳门，之后移居香港。香港沦陷后，洪氏部分族人又迁往英国、美国以及澳洲等地。谭洪氏没有听从兄弟们的劝告，跟随家人一起远走高飞，而是遵从嫁鸡随鸡、嫁狗随狗的古训，选择固守谭家，相夫教子、共渡难关。丈夫死后，谭洪氏独自承担起抚养儿女的责任，潜心教授他们识文断字。因而，在顺德沦陷期间，谭明德兄妹在母亲的亲自教授下，一直没有中断学业。抗战后期，谭洪氏的堂弟，出生在香港的洪云，在驼峰航线上飞行了两千多小时之后，被挑选调入美国陆军第十四航空队轰炸分队，成为了当时最年轻的飞虎队队员。消息通过洪家人从陪都重庆传到顺德，滞留在家乡的洪家人喜不自胜，一时传为佳话。

日本人投降后，学校逐渐复课，谭明德在母亲的鼓励下进入县立中学读书。一次偶然的机会，他通过县立中学的一位老师，结识了顺德县共产党地下组织的负责人，三个月后，正式加入了组织，从事地下革命活动。一年后，他因表现出色，光荣地加入了中国共产主义青年团。次年，组织安排他到工厂、店铺、手工业作坊等工商界开展地下活动。为了方便开展革命活动，谭明德央求母亲不想继续读书了，要学做生意。谭洪氏觉察到儿子态度坚决，也就不再勉强。为了成全儿子，她想起了丈夫谭鸿兴的生前好友胡耀荣，他是古良镇天富荣金铺的老板。彼时谭鸿兴与胡耀荣在他们的妻子怀身孕期间，便指腹为婚，倘若有一家生儿子，另一家生女儿，情愿喜结良缘。如今，儿子既然想去学做生意，投靠未来岳丈岂不更好。胡耀荣是一个以信为本的生意人，没有因为好友意外离世而背弃他们当初的约定，便爽快地收留了谭明德，安排他在金铺里从学徒做起。谭明德天资聪颖，又虚心好学、刻苦用功，入门不久便对金行相关业务了如指掌，学会了一个优秀铸金匠应掌握的所有知识，对看金、化金、熔金的核心技术及相关技能，样样精通。他为人诚实本分，不偷奸耍滑，能和金铺的伙计们打成一片，深得胡耀荣的赏识。金铺行业有一句"打金偷金，打银偷银"的俗语，胡老板的金铺同样也存在这个问题。他经过长期观察，发现谭明德手脚干净，没有这些坏毛病，进而愈加喜欢。顺德县新中国成立前一年，时局动荡，人心不稳。农历三月的一个良辰吉日，胡耀荣大摆筵席，广邀诸亲好友、街坊邻里，履行了谭胡两家的婚约，将女儿胡玉珍欢欢喜喜地嫁给了谭明德。这时，谭明德已是一名正式的中共地下党员，是共产党领导下的顺德县工商业联合会的负责人之一，他正在组织顺德县工商业积极分子为迎接解放军进城做准备工作。

是年下半载，顺德县战事不断吃紧，谭氏族人纷纷大举迁居香港、澳门，他们将带不走的房屋、店铺、土地等不动产交给了谭洪氏母子看管。谭明德的弟弟谭明星在征得母亲的同意后，也跟随同父异母的兄长们去了香港谋生。精打细算的金铺老板胡耀荣原本计划带领女婿和女儿一起迁居澳门，但谭明德以母亲染病和妻子怀孕为由婉言谢绝了。胡耀荣正在读书的小女儿胡玉珠也不愿随家人一起逃亡。因了她和她的意中人罗炳辉也都是共产党领导下的进步青年，暗中早已参加了推翻蒋家王朝的革命队伍。无奈之下，胡耀荣将她托付给了谭明德夫妇，带领家庭其他成员去了澳门。岳父一家人走后，谭明德便把怀孕的妻子胡玉珍送回了乡下谭家村与母亲谭洪氏相依为伴，自己则留在岳丈的金铺里继续开展地下工作。之后不久，胡玉珠和罗炳辉也组成了家庭。他们在谭明德的介绍下，先后加入了共产党。

解放军挺进县城后，国民党县保安团缴械投降，县长罗汉强提前获悉情报，逃匿去了澳门。罗炳辉是罗汉强的亲侄子。解放军进城的前几日，组织派罗炳辉暗中监视罗县长的一举一动，发现异常立即上报。没承想，缺乏斗争经验的罗炳辉一不留神，掉进了罗汉强事先设计好的圈套，让他给跑了。罗汉强作为一县之长，对于侄儿罗炳辉不喜读书、热心政治，积极参加共产党的地下活动，早有耳闻。他将自己掌握的情况及时通报给了定居在香港的哥哥罗汉民，也就是罗炳辉的父亲。罗汉民获悉儿子的情况后，要求弟弟对其严加管教，想方设法将他送到香港。罗汉强原计划在母亲的寿宴上，将罗炳辉灌醉，然后送往香港。没想到战事进展太快，解放军马上就要攻进县城，老奸巨猾的罗汉强临时改变了计划。他为了不引起地下党的注意，将醉酒后的罗炳辉留在了罗家大院，自己则悄悄带着家人从后门逃之夭夭。次日，罗炳辉酒醒后，发现偌大的罗家大院，只留下他和几个下人，方知上当受骗。事后，他向上级作了深刻检查，主动要求组织对自己进行处分。谭明德代表组织对他进行了严肃批评，希望他在以后的工作中能提高斗争的警惕性，吃一堑，长一智。与此同时，谭明德在顺德县党组织的统一领导下，配合新成立的军管会开展工商业的接管工作。次年，军管会撤销，地方人民政府成立，组织任命谭明德担任凤山镇副镇长，主管工商业。他的首要任务就是领导凤山镇各界人士大力发展生产，繁荣工商业，动员广大群众支援前线。

谭明德以凤山镇镇长的身份回到白鹤镇谭家村，已是两年后的事。那是暮春的一天上午，雨雾初晴，碧空如洗，青翠的树叶在阳光的照射下，分外养眼。谭明德乘车来到距离村口还有一里地的河涌边，吩咐司机放下他，然后步行回家。将要进村时，他看见众多村民站列在村道两旁，挥舞着双手，像是在欢迎什么人。张福生站在队伍的最前面，双手拍得比打雷还要响，扯起嗓子高喊："谭家村全体村民，热烈欢迎谭镇长回乡视察工作。"他被乡亲们夹道欢迎的场面涨红了脸，显得很不自在，心中埋怨不知道是哪位同志透露了自己的行踪。他在没有做任何准备的情况下，只好敞开嗓门讲了几句客套的官话："希望乡亲们在共产党的领导下，日子越过越红火……"之后，他握着张福生的手，正言厉色地说："福生哥，快让乡亲们都回家去吧，以后不要再搞这种劳民的事了。"但张福生和乡亲们似乎没有听懂他的话，依旧站在原地不动，古怪的眼神里透出不安和困惑。因了他们绞尽脑子也想不明白，刚刚被共产党划定为地主成分的谭洪氏，怎么突然又有了一个当镇长的儿子？谭明德无奈之下，只好接着问："福生哥，谁是村长？"不等张福生回答，一个村民插嘴喊道："福生就是村长。"

多年不见，谭明德对张福生已感到陌生。中华人民共和国成立前，张福生是他家的长工，比他年长十多岁。但老实巴交、大字不识几个的福生当了村长，他一点也不感到意外，因为共产党领导的革命政权就需要这样苦大仇深、根红苗正的贫下中农当干部。然而张福生和那些分了谭家房屋和土地的长工和佃户们，此时却心无所恃、惴惴不安，生怕不费吹灰之力分到手的土地和房屋又被主人拿走。站在人群中的谭洪氏也是一脸的困惑，她和儿媳妇被村长张福生叫出家门时，只知道是欢迎上级领导，万万没想到，这位领导就是自己的儿子。时隔数年，儿子突然变成了共产党的干部，而且当上了镇长，她很是诧异，如同水牛过小巷，一时转不过弯来。她拉着谭明德的手，左右端详，嘘寒问暖。妻子胡玉珍毕竟是见过世面、上过中学的城里人，早在婚前，她就发现谭明德经常早出晚归、神秘兮兮，时不时还带一些陌生人来金铺。他们谈话的时候总是背着胡家人，躲在门窗紧闭的后院柴房里窃窃私语。她隐约察觉到，谭明德应该是做什么大事。但她从未过问他具体忙些什么，也没有将他的异常举动告诉自己的父母，只是提醒他早点回家，在外注意安全。现在，她终于明白了，丈夫是共产党，就是把自己的父亲惊吓得丢下家产祖业逃去澳门的共产党，如今又领导贫穷的庄稼汉们分了谭家的房屋和田地，没收了胡家的金铺和祖业。但她不明白丈夫为什么要加入共产党。

一年前，顺德县铺开展了轰轰烈烈的土地改革运动，谭家被划为地主成分。政府悉数没收了谭洪氏代替谭氏家族看管的所有房屋、土地、农具和牲畜，分给了谭家从前的长工和佃户们，仅给谭洪氏婆媳留下本属于自家的一处宅院和五亩桑基鱼塘。从未下地干过农活的谭家婆媳，脱掉丝衣绸褂，换上粗衣布裤，拿起镢头鱼篓，从头学起，开始了自食其力的劳作。一直忙于革命工作的谭明德，却无暇看望近在同县的母亲、妻女，对家里的变化也一无所知。她们托人捎信带话给他，但一直未收到他的回音。

翻身当上了村长的张福生是一个厚道人，懂得知恩图报。他虽然响应政府的号召，分了谭家的桑基鱼塘、农具牲畜，住进了谭家的宅院，但他没有忘记谭家几代人的恩情，不做伤天害理、霸人妻女、为非作歹、丧尽天良的恶事。他对谭洪氏婆媳以及子孙始终以礼相待、照顾有加，因而在"土改"期间，谭明德的母亲和妻子也就没有遭受到任何伤害。如今，谭明德身居要职、荣归故里，他更是像过去对待谭老太爷那样跟随在谭明德左右，丝毫不敢怠慢，只怕出什么差错。

"镇长，村里已经安排好了午饭。"张福生殷勤地说，"吃了饭再回家吧。"

"福生哥，不要口口声声镇长，直呼明德就好了。你我都是党的干部，为党工作，为天下穷苦百姓谋幸福，没有高低贵贱之分，只是分工不同而已。"谭明德微笑道，"让乡亲们都回家去，你也去忙自己的事吧，就不要跟着我了。"张福生解散了群众，但自己依然傻乎乎地杵在原地，因为其他领导下基层时，他总是像一个贴身丫鬟一样，服侍领导的吃喝拉撒睡，一刻也不敢离开。谭明德再次耐心开导了一番，他这才放心地离去了，临走时又补充道：

"明德，有事差人叫我。"

"既然你这么放心不下，明天就带我去村里走走。"谭明德回应说。

"好嘞。"张福生乐呵呵地应道。

谭明德此行收获颇丰。他不但探望了家人，而且借回乡之机，走村串户，深入基层，了解周边村庄的"土改"开展情况，为政府下一步的工作决策搜集了大量的第一手资料。邻村的大户冯老爷，新中国成立前作恶多端、民怨难平。翻身做了主人的长工佃户们，控诉他为人阴险狡诈、欺压剥削百姓，残害无辜。相传，曾经的一个年馑里，同村的一个冯氏本家姐姐，因久未进食、饥饿难耐，偷了冯老爷田地里的一根甘蔗充饥，不幸被他的家丁捉拿后活活打死。"土改"时，冯老爷罪有应得，不但被政府划定为地主成分，没收了家产，而且经常被拉去公开批斗。花甲之年的冯老爷遭此劫难，未几便病入膏肓、行将就木。他的长子对共产党建立的新政权怀恨在心，公然聚众滋事，影响恶劣，半年前被政府就地枪决了。谭明德将自己了解到的这些写成了报告，上报给了县委领导，得到了时任县委书记的充分肯定。

三年后，谭明德升任凤山镇党委书记。受家庭环境的耳濡目染，他从小就对缫丝工业情有独钟。为了振兴凤山镇的缫丝业，他亲自跑到县、市、省相关部门，逐级向各位老领导介绍凤山的工业基础和人文优势，说服上级政府在凤山投资建厂。短短几年时间里，在各级领导的大力支持下，他带领全镇人民先后筹建了顺德县国营缫丝厂、农械厂和柴油机厂等大中型企业，为凤山镇工业的长久发展奠定了雄厚的基础，同时也培养了大量的专业技术人才。多年以后，当凤山镇以"中国工业第一强镇"之美名享誉中华大地的时候，他的老部下，时任佛山市主管工业的副市长罗炳辉激动地说："谭县长当年为凤山镇埋下的火种，今天终于开花结果，且形成了燎原之势！"

此后的十多年间，谭明德仕途顺利、步步高升，妻子胡玉珍又先后生了女儿谭志静和儿子谭志致。

第二章

　　谭志远就算是神鸟转世，也没能改变父亲的悲惨命运。谭明德的倒霉日子是从顺德县的"四清运动"开始的。运动初期，有人揭发他的部下兼连襟罗炳辉当年放走国民党县长罗汉强是事先预谋好了的，有通敌叛党的嫌疑。揭发人甚至毫不掩饰地怀疑，是他包庇了罗炳辉的罪行。工作组根据内部举报，不分青红皂白对罗炳辉夫妇实施隔离审查，且又顺藤摸瓜，组织专案人员调查他。之后，随着运动的不断扩大化，专案组在证据不足的情况下，强行认定他就是罗炳辉叛党通敌案件的幕后主使，将他撤职审查，下放农场劳动改造。不幸中的万幸就是，农场的负责人是他的老下级，念其体弱多病，允许他每天收工后回家吃住。从此，他解甲归田，开始了每天往返于祖屋和农场之间的奔波，过着几乎与世隔绝的改造生活。

　　儿子志远刚过百日的一天清晨，谭明德像往常一样，赶早来到距离谭家村三里地的农场参加劳动改造。然而，他怎么也不会想到，一场突如其来的灭顶之灾正悄悄向自己逼近，明年的今天就是他的祭日。正值中稻开花结实、玉米抽穗吐丝时节，节令刚刚交秋，熬过了头伏、中伏天的渔夫蕉农，至少还要再忍受一伏的酷热。正午时分，劳作了一上午的谭明德正准备收工，适才还是红日当头、晴空万里的天空，忽然黑云压顶、狂风肆虐，俄而大雨倾盆、雷电交加，顷刻就把农场变成白茫茫一片。这时，他远远瞧见一个人正在不远处的河水里上下沉浮，拼命挣扎，且在大声呼喊救命。他赶紧撂下农具，疾速奔向岸边。到了河边，他立刻脱下自己的上衣，毫不犹豫地跳进波涛汹涌的河水里，奋力游向落水者。半个小时后，在闻讯赶来的工友们的帮助下，落水者得救了，但他却被河水冲走了。

当日傍晚，台风停歇之后，工友们在下游十里处的一片浅滩发现了他的尸体。月光下，万籁俱寂，仿佛整个世界都已停滞。痛苦使人像脱了线的衣袖，只有睡眠才能缝补。谭明德活得实在太累了，需要永久地休息了。是夜，谭家宅院的大榕树上，飞来一只乌鸦，不时传出久违的"哑—哑—哑"的叫声。

谭明德的死，对于母亲谭洪氏的打击相当沉重，一夜之间，原本身体硬朗、无病无灾的她，一下子病得卧床不起，满头黑发变成了白发。她想到丈夫和儿子都不能老死善终，不免哀叹世道苍凉、人生无常。胡玉珍目睹了丈夫惨死的模样，更是悲痛欲绝，哭得死去活来。虽说她和丈夫的结合是指腹为婚、父母包办，但他们和那些相亲相爱的恋人并没什么区别，婚前婚后始终相敬如宾、感情笃深。丈夫的死来得这么突然，好似晴天霹雳当头一击，令她万念俱灰，想随他一死了之。然而，当她看见一家老小都眼巴巴望着自己的时候，又强打精神，重新担负起家庭的重担。在县城读中学的大女儿谭志宁接到父亲身亡的噩耗后，肝肠寸断、痛不欲生，连夜步行回到了家，赶在父亲埋葬前送他最后一程。

丈夫的死，是胡玉珍和她的儿女们头一次经见亲人的死亡。她强忍内心的痛苦，料理完丈夫的后事，在丈夫的坟前，郑重其事地告诫儿女们：要永远记住你们的父亲，他是一个堂堂正正的好人。

一年后，谭家婆媳的伤痛渐渐抚平，她们转而将自己的全部精力都放在子孙们的身上。胡玉珍怀上志远的初期，谭洪氏并没有过多关注，认为儿媳这次怀孕和以往并无两样，生孩子也是水到渠成、瓜熟蒂落的事，无需大惊小怪、小题大做。然而，数月之后，她无意间听到坊间关于儿媳腹中胎儿的神秘传闻——胡玉珍怀的一定是男孩，而且这孩子天生异象、神鸟转世，日后必将飞黄腾达——不免有些吃惊。谭洪氏出生在大户人家，从小熟读四书五经，琴棋书画无所不通，长大后又上过女子教会学校，举笔成文、博古通今。出嫁后，受丈夫谭鸿兴的影响，她对于风水占卜也颇有研究，但对传说孙子是"神鸟转世"，却将信将疑。志远出生后，家道没落，世道纷乱，谭洪氏不能像儿子明德出生时那样大摆酒席宴请宾客，只好在家里做几个平日里吃不到的拿手小菜，以示庆贺。如今，儿子明德不幸身亡、命丧黄泉，她便把自己全部的心思都放了孙子们的身上。她尤其喜欢志远，见他眉清目秀、水洗一般的模样，将谭家人所有的优点发挥到了极致。

谭志远刚刚懂事的时候，母亲就教他看报识字。那时，家里的藏书早已被焚烧殆尽，母亲只能凭记忆给他讲一些古诗词和寓言故事，或者捡一些废旧报纸、政治宣传品教他断文识字。半年之后，他便能熟读各种报刊宣传品，对古诗词和农村逢年过节张贴的对联产生了浓厚兴趣。他数数的天赋更高，两岁时，就能数数；三岁时，就会用树枝在泥土地上写算术。哥哥谭志致却与他截然相反，不但不喜欢读书，而且时常串通村里淘气的男孩子们一起玩恶作剧，逃学去河里捞鱼，或者去镇上闲逛蹓跶。但谭志远却丝毫不受他们的影响，每每遇到村里的顽童调皮捣蛋时，他还会主动站出来加以制止，批评他们的不良习气。令人惊奇的是，伙伴们不但不反击他，反而甘心情愿听他的训斥。他的这种与生俱来的特禀异质、迥越伦萃，引起了母亲的注意。胡玉珍发现三岁的儿子已充分继承了丈夫明德的性格特点，表现出作为一个领导者的潜质：外表不怒而威，颇有自信；一言九鼎，决不反悔；敢于冒险，永不言败；处事霸道，爱出风头；侠肝义胆，坦白磊落。他的这些性格特点很容易赢得小伙伴们的信赖，孩子们都心甘情愿地听他的指挥和调遣。俗话说，三岁看大。谭志远的不俗表现受到了村里叔伯阿婆们的赞誉，年近花甲的大队书记张福生常开玩笑说："远仔，小小年纪，可以取代阿伯当村长了。"

谭志远与生俱来的强大"磁场"，不但让小伙伴们折服，还令家畜们不安。春天里一个阳光明媚的中午，他来到生产队的饲养场，叫姐姐谭志静回家吃饭。承蒙大队书记张福生的照顾，停学返乡劳动的谭志静现在是生产队的一名饲养员，暂时逃避了顶着烈日下地干活的苦差事。谭志远走近猪圈，正赶上一头母猪喂食一窝猪崽。适才温顺慈祥的母猪，突然发疯似的撕咬起一只猪崽，直至吞咽下肚，以示不安和抗拒。谭志静大惊失色，忙喊来村民，将母猪和其他猪崽分开。村民们大惑不解，惊叹道：虎毒不食子，母猪怎么会吃幼子呢？正巧张福生也来养猪场检查工作，见此情景，他百思不得其解。

已过了吃中午饭的时间，胡玉珍发现儿子和女儿许久未归，便来到饲养场里找他们。谭志远跟随母亲刚一离开，适才还狂躁不安、面目狰狞的母猪顷刻间又恢复了往日的温顺善良、慈眉善目。众人皆不明其中缘由，只得对谭志静开玩笑说："志远的气场真大，让母猪也发了狂。"

张福生回到家，将谭志远的特异功能和自己的疑惑说给了老婆张嫂听，希望能从她的嘴里找到答案。张嫂仰起脖子，撇嘴斜眼，不耐烦地说："我不是早就说了吗？谭志远是神鸟转世，你这个老东西就是不信。"

"我也不信。"正在狼吞虎咽吃午饭的儿子张永军插嘴道，"都什么年代了，还相信迷信！"

"你懂什么？"张嫂对儿子吼道，"吃毕饭，跟我下地干活挣工分去。"

张永军瞪着一双像铜铃的大眼睛哼了一声，表现出虎落平阳被犬欺的落魄相。但阿妈不是犬，是家里的老虎，他只好低头听她的话，下地干活挣工分。他是张福生和张嫂的幺儿，年龄与谭家大囡女谭志宁相仿，因后山骨突起，面生几分邪气，刚满三岁时，便得了一个"反骨仔"绰号。村里好心的老辈人怂恿张福生把他送给外乡人抚养，以避祸端，张嫂却执意不肯，说儿子是父精母血，命里该有的骨肉，不可轻易糟践。倘若他日遇到贵人，或有别的法子辟邪取正，反骨变为奇骨，纵然不能封侯拜相、建丰功立伟业，至少可以出人头地、一呼百应。事实正如张嫂所言，儿子张永军在没有遇到贵人之前，俨然一副死猪不怕开水烫的泼皮相，上学读书榆木脑袋死不开窍，搞邪门歪道倒像是孙猴子一样足智多谋，他尤其擅长打架斗殴、偷鸡摸狗，天生具有一种天不怕地不怕的反抗精神，用他父亲的话说，就是孽子。但他却不自惭形秽，反而公开吹嘘自己是五百年才出一个的奇才，且又引经据典，借用风云子相法加以佐证：脑后有反骨，将来能登科。

一日傍晚时分，张永军吃毕晚饭，闲来无事，便在村中央的戏台上摆了一盘残棋，露出一副姜太公钓鱼的模样，静候村里的高手前来挑战。棋盘的旁边平放着一张硬纸皮，上面用红粉笔写着：红黑任选，红方先走，落子不悔；愿赌服输，输赢一包烟。灰头土脸的张永军嘴里叼着一个烟屁股，落魄得活像一个卖狗皮膏药的江湖骗子。

村西头的光棍刘老四嘴里叼支烟，一个助跑，双手一撑，跳上了戏台，指着硬纸皮，瞪着一对鼠眼，撇嘴问："张永军，此话当真？"张永军回答："君子一言，驷马难追。"

刘老四蹲在棋盘前，仔细研究了一番棋局，得出的结论是：黑方明显处于劣势，红方胜券在握。他选择了红方，朗声道："将！"这时，戏台上站满了看热闹的大人、小孩。

"慢。"张永军按住他的手说，"先压一包烟，放在这里。"

刘老四没有犹豫，掏出一包烟，放在棋盘边，底气十足、满脸不屑地说："将你呢。"

张永军不慌不忙地从他的那包烟中抽出一支，凑到鼻孔处嗅了嗅，长长地吸了一口气，咧嘴笑道："真香！"

刘老四喊出第四声"将！"时，张永军诡秘一笑，像变魔术似的来了一个反将。这时，刘老四才发现自己遇到了高手。他一手托着下巴，一手挠着头皮，眉头紧皱，琢磨了半晌，刚刚走出自认为化险为夷的帅五平六，又听到张永军大声喊道："将！"这时，刘老四如雷击顶，浑身一哆嗦，额头上渗出细密的汗珠，手也不停抖动。

"认输了吧！"张永军一边笑呵呵地说，一边点燃烟抽起来，"这包烟归我了。"

刘老四在棋盘上比划了半天，确定自己输了，便垂头丧气地从张永军赢得的那包烟里也抽出一支，点燃后，狠狠吸了一口说："再来一盘。"

"还有烟吗？"张永军撇嘴问。刘老四在口袋里摸索出一张"拖拉机"（旧版人民币一元），啪的一声，拍在戏台上，问："这个可以吗？"

"可以，可以，当然可以。"张永军摆好残局，拉长了腔调，皮开肉绽地说，"黑红棋任你挑。"

"将！"刘老四大声一吼，将棋子重重拍在棋盘上。张永军依然不慌不忙，从容应对。走到第五步，随着他的一声大喊："将！"刘老四又满脸沮丧地宣告缴械投降了。张永军笑眯眯地将那张"拖拉机"装进了自己的腰包，并抽出一支烟递给刘老四，问道："还继续下吗？"

刘老四摸了摸口袋，思忖了一会儿，犹豫不定地说："这一盘，我，我选黑棋。"之后又掏出一张"拖拉机"放在棋盘边。然而，令他没有想到的是，这一盘残局输得更快，走到第三步就被张永军将死了。

"继续下吗？"张永军得意洋洋地问。刘老四脸上露出了狐疑之色，嘴里喃喃道："真邪门，怎么无论红黑他都能赢？"

"摆残棋论输赢，就是一种骗人钱财的小把戏。"蹲在一旁看热闹的谭志远操着大人的口吻说，"挑战者最好的结果也只能是平局，根本赢不了摊主。"

"小屁孩，乱说什么？"张永军怒道，"不服气，你来下一盘。"

"下就下，难道怕你不成？"谭志远毫不胆怯地说。

"哈哈，你用什么赌？"张永军奸笑道。

"一张'拖拉机'。"站在弟弟身后的谭志致抢先说。

"不过有个条件。"谭志远补充说。

"什么条件？"张永军诧异地问。

"残棋由我来摆。"谭志远说完，瞪着一双大眼睛追问，"你敢吗？"

"你敢吗？"急于知道真相的刘老四也在一旁帮腔道。

"你摆就你摆，有什么不敢的。"张永军撇嘴说道。

谭志远三下五除二就摆好了一盘残棋。张永军仔细一看，傻眼了。因了他从未见过这盘残棋，却又不好当众毁约，臣服于一个五岁的小屁孩。他只好硬着头皮挑选了先走的红棋，结果比刘老四输得更惨，走到第四步，就被谭志远将死了。他的一张胖脸涨得通红，在众人的嘲笑下，像一只斗败的公鸡，抱着棋盘垂头丧气地跑了。

两年后，谭志远进了村里的小学读书。学校建在谭家祠堂的旧址。一个初冬的下午，谭洪氏忙完家里的事，得空走进学校，了解孙子的学业情况。戴眼镜的年轻语文老师刚一见到她，便迫不及待地说："洪奶奶，您家孙子谭志远可了不得，长大后必成大器。"

谭洪氏问明端由，又叫来志远随机考问了课本中的几个段落。正如语文老师所言，他不但篇篇倒背如流，而且晃着小脑袋煞有介事地讲出了许多个人的独特见解。这时，碰巧担任班主任的算术老师也走了过来，他笑盈盈地说："洪奶奶，您孙子的算术天赋更高，已经达到了五年级学生的算术水平了。"谭洪氏听后高兴得合不拢嘴。

黄校长听到老师们说谭志远不但语文、算术超出常人一大截，而且还会帮村里人写对联，不免有些吃惊，心想，现在的孩子连押韵、平仄、对仗是什么都不知道，哪还会写对联呀。他是旧社会的老秀才，读过四书五经，对琴棋书画、诗词歌赋门门精通、无所不能。一天下午，自习时间，他把谭志远叫到自己的办公室，态度和蔼地问：

"志远同学，学过写对联子吗？"

"写对联，小意思了，那有什么难的！"

"能对几个字的对子？"

"一个字能对，一百个字也能对。"

"小小年纪，不可口出诳语！"黄校长表情严肃、声音低沉地说。

"黄校长，学生从不会吹牛骗人。"谭志远朗声说。黄校长于是点点头，沉思了一会儿，之后慢条斯理地念道："旧画一堂，龙不吟，虎不啸，花不闻香鸟不叫，见此小子可笑、可笑。"谭志远心中一喜，暗想，这不就是传说中的粤中神童庄有恭应对的上联吗？于是不假思索地应声答道："残棋半局，车无轮，马无鞍，炮无烟火卒无粮，喝声将军提防、提防。"接着又补充道："黄校长，学生愚笨，借花献佛，望见谅！"

黄校长听罢，不由得拍手称绝，赞叹道："世代自有人才出，一山更比一山高。想不到在这个批判"四旧"的年代，你小小年纪就能博览群书、识古通今，实属难得！"

从此，"神童"谭志远名播乡里，妇孺皆知。谭洪氏对孙子更加疼爱欢喜，时常召唤他坐到自己的身边，给他讲述谭家几百年来的变迁史，希望谭氏家业在他的手里能再次兴旺发达。

谭志远不但精于读书，而且喜欢观察千姿百态的世间万象，遇事好砸破砂锅问到底，提出的问题往往令大人们都难以解答。一个百花齐放的暮春之日，方才还是蓝天白云、艳阳高照，转瞬之间天色黑如墨汁，继而电闪雷鸣、风吹树摇，滂沱大雨随之倾盆而下，他瞪着一双探究世界奥秘的大眼睛，问母亲："阿妈，天空为什么会突然打雷下雨？"

"因为掘尾龙拜山啦。"母亲答道。

"什么是掘尾龙？"儿子反问，"掘尾龙只在天热时拜山，冬天不拜吗？"

没有思想准备的胡玉珍张口结舌，一时不知如何回答是好，便摇摇头说："你现在还小，等长大了，自然就会明白了。"

他不肯罢休，带着满脑子的疑惑转身跑去上房找奶奶，期望在她那里得到答案。央求奶奶给自己讲述"掘尾龙拜山"的故事，他算是找对人了，因为传说中的这个故事就发生在奶奶的外婆家杏林镇龙首村。谭洪氏对于孙子志远是有求必应，何况还是宣传祖先的功德。她拉着志远的小手，满脸慈祥、神态幽静地讲述了在顺德县流传很久的神话故事。

话说很久以前，龙首村有一个读书的学童，上学路上经过一块水田时，在田埂上救了一条将要饿死的小蛇。放学后，他把小蛇偷偷带回家，每天喂养，渐渐成为了好朋友。后来，小蛇在他的悉心照料下，长得越来越大，变成了一条巨蟒，食量也变得惊人，学童提供的食物已无法喂饱它。巨蟒饥饿难耐，就在夜深人静的时候，出外偷食村里的牲畜和地里的庄稼。过了几天，村民们发现自家丢失的牲畜和毁坏的庄稼是被学童家的巨蟒在夜间偷食掉了，便告状到学童的母亲，要求赔偿。母亲令其放生巨蟒，不得再养在家里。学童爱恋不舍，生怕日后不能再相见，就将其尾巴斩断以示标记。多年以后，学童因病死去，蟒蛇化作一条巨龙前往拜祭。此后，每年的清明节，掘尾龙都会前往龙首村祭拜学生哥，掘尾龙所到之处，必然会乌天暗地、密云盖顶、狂风骤雨。但是大风暴雨从不危害龙首村，传说因为村子祠堂里奉祀的祖先中有一位就是当年养掘尾龙的那个学童。每年清明时节，祠堂的神案前神助似的铺着一层厚厚的树叶，很像是拜垫，门外的大灯笼也自行挂在了庭前的树枝上，人们就说是这是掘尾龙前来拜祭了，以报答学童当年的养育之恩。

奶奶讲述的这个故事，在谭志远幼小的心灵中留下了永不磨灭的记忆：滴水之恩当涌泉相报。

谭志远七岁那年，一个初夏的傍晚，他和哥哥在放学回家的路上，因为争先采摘鱼塘边的桑葚，哥哥与一个同学大打出手。那个同学打输了，便哭着骂哥哥是地主、资本家的狗崽子。他回家后，不解地问奶奶："同学们为什么骂哥哥是地主、资本家的狗崽子？在旧社会，我们家是地主、资本家吗？"谭洪氏眯起双眼看着墙上镜框里发黄的一张老照片，眼眶里有些湿润，一时不知该如何回答孙子的疑惑。他知道，相片里那个西装革履、眉目温润、气质儒雅的男人是自己的爷爷，但只要他偶尔问起爷爷的陈年往事，家里人便立刻变得讳莫如深。然而，谭洪氏今晚似乎经过了一番激烈的思想斗争，下了决心要给孙子讲述丈夫的传奇故事。她端详着个头和自己几乎齐平的幺孙子，一双黑亮的眼睛上罩着又长又黑的眼睫毛，宽阔的额头，耸起的眉毛，高挺的鼻梁，下颌腮骨宽阔，眉秀耳阔，神清貌正、仪表不凡，谭家人的五官特征不但在他的脸上全部突显出来，而且发挥得淋漓尽致、恰到好处，不由得想起了自己的丈夫谭鸿兴和儿子谭明德。然后，她便毫不犹豫地给孙子讲述了丈夫谭鸿兴的创业历程，以及永昌盛缫丝厂的辉煌历史，且又讲解了缫丝的整个生产过程，让他从小体会祖辈们经营工厂的艰辛。

清朝末年，谭鸿兴被父亲送到了广州教会学校学习洋文。二十岁那年，他擅自辍学，偷偷跑回家乡顺德县的古良镇，整日游手好闲、不务正业，跟着一帮地痞无赖厮混，渐渐地染上了抽大烟、赌博等恶习，且越赌越输、越输越赌，最后为了躲避债务又跑回谭家村。一个烈日炎炎的夏日，债主找上门，强迫他偿还欠下的一千两赌债。他被债主逼得走投无路，父亲一气之下也将他赶出了家门。情急的母亲偷偷给了儿子二百两银子，让他出去避避风头。他告别了母亲和妻子，带着二百两银子逃到了广州。可是，狗改不了吃屎，他很快又将二百两银子输得精光，最后无处栖身，只得一路讨饭回到家乡顺德县的凤山镇。那年冬天，顺德县下起了百年不遇的大雪，房顶和地面的积雪厚寸余。他为了活命，痛改前非，白日帮人打短工，到了夜晚，顶着朔风、忍受寒冷，住在一条两米多长、破旧废弃的舢板上艰难度日。一年之后，他几乎干遍了凤山镇所有的铺头、作坊，从打铁、印刷到手工编织，干一行爱一行，手艺学了不少，但始终无法摆脱贫困，一直在饥饿线上挣扎。后来，他不甘心一辈子给人打工，便用省吃俭用积攒下来的一点银子，在河边的荒滩上搭起一个窝棚，召集了几个和他一样无家可归的流浪汉，挨家挨户收购鸡鸭羽毛，然后做成鸡毛掸子，拿到集市上卖。渐渐地，他的生意越来越好，也赚了不少钱。他又用积攒下来的银子开了一间店铺，收购、贩卖蚕丝。两年后，他进军制造业，投资开了一间可容纳二百多女工的手工缫丝厂。随着生意越做越大，他在凤山镇购置了房产、地产。五年后，昔日的浪子事业有成，突然思念起父母，想回家去看看。可是，当他衣锦还乡、荣归故里时，才知道母亲因为他不成器而受到父亲的责难，之后便积郁成疾，两年前就已病逝。悲痛欲绝的他祭奠了母亲的坟茔，带着对父亲的怨恨，领着久未见面的妻儿又回到了凤山镇。不久之后，他为了提高生产效率，在凤山镇率先用机器取代了人工，建造了机器缫丝厂。鼎盛时期的永昌盛名下雇工达八百三十五人，其中女工八百人，生丝年产量七百五十担，产值合计六十八万块银圆，产品远销海内外，是凤山镇规模最大的机器缫丝厂之一。

谭鸿兴一生先后娶过三房女人。娶头房女人时他刚刚中学毕业，身体尚未发育成熟，父母不顾儿子的强烈反对，逼迫他与已经订婚九年的媳妇举办了婚礼。她是凤山镇桂花村富裕人家陈富贵的三女儿陈惠妹，比他大三岁。他在不情愿和无奈中度过了新婚之夜，履行了作为丈夫应尽的义务。之后他去了广州读书，就很少再家。偶尔回来一次，也不和妻子同房过夜。四年后，他返回家乡，又沉迷于抽大烟、赌博。真正和陈惠妹生活在一起，是他在凤山镇洗心革面重新做人以后的事。勤劳善良的陈惠妹不但将自己的全部积蓄拿出来交给丈夫扩大经营，而且先后为他生了一个女儿和两个儿子。然而，正当他财源广进、大展宏图的时候，平日里健步如飞、力大如牛的陈惠妹却突然上吐下泻、高烧不退，没过几天便形销骨立、卧床不起。他带她寻遍了凤山镇方圆百里的所有中西名医，病情总也不见好转，且日趋严重。一个月后，她死了，死后也没搞清楚得的是什么病症。陈惠妹的死，对他的打击是致命的，一度令他对自己的事业丧失了信心，觉得自己把书都读到狗肚子里了，竟然无法弄清老婆的死因。虽说他和陈惠妹的结合是父母包办婚姻的产物，但他对她一直心存感激，而且这种感激永生难以忘记。她不但给他生儿育女，而且帮助他成就了今天的宏伟家业。陈惠妹的葬礼庄严而隆重。

第二房媳妇娶的是古良镇永福兴金铺老板李永福的大小姐李嘉慧。这个女子比他小六岁，是从南洋归来的"新派人物"。据媒人介绍，她六岁时就跟随姑妈去了国外，一直生活在新加坡，从小受过良好的中西方教育，毕业于新加坡女子中学。她之所以至今未嫁人，只因相处了三年的男友在一战即将结束时阵亡了。失去未婚夫的她，痛不欲生，发誓今生不再嫁人。她学起了姑妈家的女仆阿蓉，盘起长发，自愿做了自梳女。阿蓉是姑妈从家乡带来的妈姐，和她是同乡，十六岁就来到了新加坡帮佣做工，自食其力。然而，李嘉慧必定不是穷苦人家出身的阿蓉，受不了长时间的空房寂寞和内心孤独。另外，随着姑妈年事已高渐渐不掌家事，她迫于生计的压力，加上来自远在家乡的父母的催促，无奈之下，离开了伤心之地，选择回国择婿而嫁。婚后，她和谭鸿兴生育了一双儿女。因了李嘉慧从小在国外长大，对国内的人情世故和生活习俗早已淡漠生疏，长年独自悲天悯人、郁郁寡欢，故而她和谭鸿兴的婚姻终究没有走到最后，而是选择了出家，皈依佛门。顺德县成立前，她跟随自己的儿女去了香港。

谭鸿兴娶的第三房女人，就是谭明德的生母洪氏。她是谭鸿兴的好友顺德县商会会长洪飞的小妹。谭鸿兴和洪飞曾经一起在广州读书的同学。他很早就认识了还在念中学的洪冰。后来，因为商会的事，谭鸿兴经常去洪家会所聚会，两个人渐渐地就熟悉了。时间久了，他们成了情同兄妹的好朋友。她二十岁那年，得知谭鸿兴婚姻发生变故，不顾年龄的差距和家人的强烈反对，依然嫁给了仰慕已久的谭鸿兴。从此，谭鸿兴妻贤子孝、笙磬同音，事业渐渐走上了顶峰。在继续壮大事业的同时，他也没有忘记长眠在地下的祖宗，牵头组织谭氏宗亲修复扩建了谭家祠堂，建造了谭家村第一间学堂，修缮了祖坟。

翻新扩建后的谭家祠堂恢弘壮观。它的门额十分珍贵，是一块石刻的门额，由嘉庆年间的进士题写，算是一大"镇祠之宝"。祠堂大门的横梁等，均为古祠的旧物。木雕做工精美，有浮云、莲花等图案。祠堂外墙为硬山顶，尖形人字封火山墙，碌灰筒瓦，红砖石脚。前座石柱、石梁、大木门一应俱全，十分漂亮。二进是贻远堂，这里大气、通透，木雕梁架保存较好，灰塑雕梁，焕然一新。壁画诗赋，精工细绘，装饰简朴。厅里显眼的位置，悬挂了族规祖训。三进，设立了神坛，供奉着祖先的牌位等物品。其两侧，则存放谭氏龙舟的龙船鼓等物品。谭鸿兴一生的丰功伟绩，注定在谭氏家族的史册中留下浓墨重彩的一笔。然而，他绝对不会想到几十年后谭家祠堂被作为"四旧"而销毁殆尽，他的后代子孙们也因此遭受劫难。

一个风轻云淡的秋日，谭洪氏不顾路途的困顿，为了加深孙子对爷爷的记忆，饶有兴致地带谭志远去凤山镇永昌盛缫丝厂的旧址和昔日的谭家宅院实地观看，希望他永远记住谭家祖辈们的丰功伟绩。如今，永昌盛缫丝厂的那块土地上已建成了一所小学。

胡玉珍担心儿子年纪尚小，不守秘密，将奶奶说给他的谭家历史告知外人，导致谭家再次挨整遭批，就对儿子千叮咛万嘱咐："阿远，千万不要出去讲给外人听。"

第三章

　　谭明德死后，谭家老少五口的生活全靠胡玉珍一个人苦苦支撑，吃不饱穿不暖对于他们来说是司空见惯的事。逢年过节，谭志远看见别人家的孩子跟随父母今天回舅家看外公外婆，明天到姑妈家见表哥表姐，后天又去姨妈家吃香的喝辣的，有走不完的亲戚、吃不完的宴席，便羡慕不已。他好奇地问母亲："妈咪，我为什么没有外公外婆舅舅呢？也没有叔叔伯父吗？"胡玉珍告诉儿子说："我们家的亲人们在旧社会大多逃去了国外，滞留在顺德县的亲戚只剩下零星的几家。不过，听广播和报纸上说，那些逃出去的人都好可怜，他们的日子过得很艰苦，受黑暗的政府压迫，被资本家剥削，一直生活在水深火热之中。"

　　谭志远随母亲走访过的亲戚，只有姨妈胡玉珠和姑妈谭明芳两家。整日吃不饱肚子又喜欢读书的他，打心眼里羡慕姨妈家的富裕生活和表姐们的书柜。逢年过节，他总是兴高采烈地拉着姐姐哥哥的手，跟随母亲涉水渡河，步行将近二十里地，去凤山镇的姨妈家走亲戚。姨妈亲手制作的荷叶蒸鱼、荷香冬瓜卷、豉油排骨、凤山粉果、鲜鱼长春卷、牛乳蛋挞、煎肠粉、甜米糕、蜂巢芋角等家常小菜和甜品点心，他吃过之后，便永生难忘。难得美餐一顿的他，常常是嘴里一边吃着粉果，一边跟着表姐们唱儿歌：

排排坐

吃果果

猫衣担凳比姑婆坐

坐烂个屎忽

唔好赖我

赖番隔离个二叔婆

多年以后，每当他想起这首流行于乡间的歌谣，仍然记忆犹新。然而，姨妈家里最令他流连忘返的东西还是表姐们书柜里的各种图书。他抱着一本书，一读就是一宿，也不觉得困乏。

谭家姐弟们每次去姨妈家走亲戚，姨妈一家人也都很高兴。因为姨妈胡玉珠在顺德县也仅剩下胡玉珍一个娘家亲姐姐。罗家的三姑娘罗招弟和谭志远年龄相差不大，性格爱好也相近。她对谭志远特别好，总是把自己珍藏的好吃的好玩的东西拿出来分享给他。她像一个卫士，一直坚定地保护着他，绝不允许任何人欺负他。肚子不争气生了五个妹仔的胡玉珠，也很喜欢这两个外甥，尤其喜欢听话懂事、聪慧好学的谭志远，私下里有意让他做自己未来的女婿。因了她在心里一直觉得对自己的三闺女招弟有愧，认为女儿命苦，生不逢时，幼时就经历了不少磨难。那是招弟刚过两岁生日的一天，她和丈夫突然被"四清"运动的工作组人员从家里带走，实施隔离审查。嗷嗷待哺的招弟是在姨妈胡玉珍和两个姐姐的看护下，靠着一碗碗的米粥才得以存活。数年后，她和丈夫因查无实据而被释放回家后，见到营养不良的女儿，蹒跚着细瘦的双腿，吃力地向前移动，就像一只企鹅，一摇一晃、跌跌撞撞，不由得心如刀绞、泪流满面，心里暗自承诺：这孩子的命真苦啊，将来她一定要嫁一个知根知底的好人家，才得以平安。为此，她专门征求过姐姐胡玉珍的意见。既然亲妹妹主动提出了儿女结亲的想法，胡玉珍也不好说什么，就愉快地答应了。罗招弟的父亲罗炳辉，更是念及姐夫谭明德给予他们夫妇二人在革命生涯中的一路照顾和提携，以及在历次运动中不顾自己安危、挺身相救之恩，自然也是十分赞同谭志远做他的女婿。因而，你情我愿、亲上加亲的事，也就没费什么周折，两家大人一拍即合，便很快就给谭志远和表姐罗招弟定了娃娃亲。

罗招弟的童年虽说是经历过短暂的凄苦，但自从父母恢复工作后，她又过上了令人羡慕的城里人生活。当贫困潦倒的姨妈带着骨瘦如柴、衣衫褴褛的表弟谭志远来到她家走亲戚的时候，她才知道自家的生活虽说不上有多么富裕，但比起生活在农村的姨妈一家人来说，简直就像天上的云彩和地上的泥土那样高下不同，因而她对表弟谭志远格外关心和爱护。她十岁那年，在一次偶然的吵闹拌嘴中，从邻家女孩的口中得知，谭志远就是那个将来和自己结婚并生活一辈子的男人的时候，一度兴奋到极点，并找到母亲求证真假？因了她从心底里疼爱这个被饥饿掩盖了英气的表弟。果然，贫穷遮挡不住谭志远的天赋异禀、聪明睿智，他比同龄孩子聪明百倍。别人苦思冥想也背不起来的古文古诗，他张口就来。他的算术水平更是令表姐一家人惊叹不已，四位数的乘除比珠算还要快上许多。渐渐地，罗招弟不但更加喜爱谭志远，而且被他的天才所降服。她以他为骄傲。他也给她在同学和老师面前赚足了面子。胡玉珠常对女儿说：好闺女，做母亲的哪能不为自己的女儿谋划好未来的人生；穷家出状元，富户多纨绔，谭志远日后必成大器。

姐夫谭明德惨死后，胡玉珠和丈夫罗炳辉义不容辞地承担起了照顾谭家母子的责任。夫妻两个视谭家姊妹如同己出，时刻都在关心他们的生活、学习和成长。罗炳辉通过关系，将在粤北农村插队的谭志宁安排在当地公社革委会的宣传队工作，当了一名通讯员，为她摆脱了起早贪黑跟着农民下地干活的艰苦生活，并为其日后的发展打下了良好的基础。数年后，谭志宁不负众望，以优异成绩考入了武汉一所著名大学的中文系，成为恢复高考后的第一个从谭家村走出来的大学生。谭志静初中毕业后，就一直在生产队务农。她十八岁那年，胡玉珠征求丈夫的意见，商量着把外甥女安排在哪里上班为好？罗炳辉的意见是让孩子先进工厂上班，跟着工人师傅锻炼一段时间，对她日后的成长会有帮助。胡玉珠觉得有道理，也就同意了。胡玉珠现任顺德县国营缫丝厂的厂长兼党委书记，解决外甥女的工作，对她来说易如反掌。一周后，谭志静进厂报到，成为国营单位的一名正式职工。胡玉珠担心外甥女因不会摆弄缫丝机而误伤了自己，悄悄安排了一个老师傅手把手地教她。从小受家庭环境的耳濡目染，没过多长时间，她就熟练掌握了缫丝的工艺过程和相关知识：索绪、理绪、集绪、粘鞘、缫解、添绪和接绪、卷绕和干燥，并当上了班长，成了姨妈的得力小帮手。平日里，她善于思考，不懂就问，摸索出不少提高产丝效率、改善质量的好想法，并将这些想法汇报给上级领导，得到了领导们的赞许和支持。她和弟弟志远一样，也拥有极好的心算能力，日常生产过程中的各种统计数据但凡经她的手，则过目不忘。小小年纪的她，已成为缫丝厂无人不知的神童和缫丝奇才。她鉴别蚕丝的眼光和缫丝的技术都令人称赞不已。胡玉珠高兴地告诉姐姐说："谭家后继有人啦！"一年后，谭志静被提拔为车间技术员。在一个周末的家庭聚会上，她从奶奶那里得知，弟弟志远对缫丝也很感兴趣，便利用业余时间给他讲解现代机器缫丝技术和爷爷那时的机器缫丝有什么区别。志远缠着她要去工厂实地看看。她拿不定主意，请示了姨妈。征得姨妈的同意后，一个星期天的上午，她带上弟弟来到了缫丝厂，姐弟二人向门卫打过招呼并作了登记，随后进到了占地几万平方米的厂区。她带着弟弟一边走，一边详细地给他介绍工厂里各个车间的名称和功能，每一座车间里每一台设备的工作原理以及它们在缫丝生产工艺中所起的作用。谭志远听得很仔细，还做了笔记，且提出了许多疑问。她对弟弟提出的疑惑，有问必答。但也有一些答不上来的问题，她答应向工厂里的师傅请教后再告诉他。跟着姐姐参观毕缫丝厂，谭志远对现代工业有了一个浅显而又模糊的概念，也更加直观地感受了爷爷当年的艰辛和辉煌，为自己的未来人生征途奠定了坚实的思想根基。

一九七六年的金秋十月，逃亡海外的顺德子孙们纷纷回乡探亲，谭明星也是在这年的春节，从香港回到了故乡。他见到了阔别将近三十年的母亲，不禁悲喜交加，泣不成声。当他从母亲口中得知，投身革命的哥哥意外身亡，更是悲痛万分。谭洪氏安慰儿子，人死不能复生，莫要太过悲伤。你大哥早逝，这是他的命，怪不得任何人。但我们这些侥幸活下来的人，应当坚强地生活下去，以告慰他的在天之灵。

谭明星从香港给母亲带回来许多高档食品、补品以及家用电器，包括一台索尼牌黑白电视机，也是谭家村第一台电视机。从此，每天夜晚聚集在谭家看电视成了谭家老少和邻里们唯一的重大娱乐项目。与此同时，他在香港的创业史也在谭家村流传开来。

顺德县成立前夕，年仅十六岁的谭明星随身携带一千元，跟随同父异母的哥哥从家乡顺德南来香港谋生。初来乍到，他通过同乡的引荐在金铺学做外汇黄金买卖，积攒了少许资本，之后转做服装生意。他从家庭手工坊做起，开始专心制造内衣，稳扎稳打、一步一个脚印，后来逐步扩展至成衣、鞋履、皮具、配饰等男女高级服饰全系列产品。他生产的服装行销海内外，产销量居亚洲前茅，已成为享誉全球的国际知名品牌。谭明星在做生意方面，充分继承了谭氏祖先的胆大、精明与果断，并将其发挥到了极致。他这次回家乡的另一个目的，就是同当地政府合作，寻求投资机会，支援家乡建设。

谭明星在老家住了一段时间后，计划带母亲返香港，颐养天年。但谭洪氏婉言谢绝了儿子的孝心，她对儿子说："星仔，俗话说老不离家，妈咪已经老了，还是住在家乡好。"他觉得母亲说得有理，也就不再勉强。之后，他每逢节日都要回老家陪母亲住上一些时日。谭家人的生活从此也大为好转，不会再为饿肚子发愁了。返港前，谭明星为了给死去的大哥一个交代，并弥补大嫂这么多年为谭家的辛苦付出，说服母亲和大嫂，将侄儿谭志致带去了香港发展。

　　叔父的创业故事对谭志远的心里震动同样强烈，甚至影响了他的一生。两年后，他不负众望，以白鹤镇第一名、全县第三名的优异成绩考入顺德县第一中学，更加印证了姨妈胡玉珠的未卜先知、料事如神。无独有偶，被榜样的力量凝聚成漫天仙气的谭家村，此时又有人公开传说他是神鸟转世，鸿鹄展翅，前途不可估量。而他自己却觉得这些传说荒诞离奇、不合常理，加上自己即将面对更加激烈的人生竞技场，一门心思地勤学苦读，准备三年后的高考，也就根本无暇顾及村民们绘声绘色的神奇传说，权且当做一种夸张性的赞誉，而不予理睬。他再次听到神鸟转世的传说，是在他三年后考上大学的时候。浑身散发着仙气的他，是改革开放后继姐姐谭志宁之后从谭家村走出来的第二个大学生。但他的金榜题名对于谭家村的震撼远远高于姐姐，也绝不低于那些古时考中举人、进士的谭氏祖先们。

　　罗招弟是一个从小在城里长大的干部子弟，读书考大学对她来说，并不是唯一出路。智力平平不喜读书的她，高中勉强毕业后，就在父亲的精心安排下，进了县城的一家国有银行上班。而聪明好学、立志出人头地的谭志远却一路读完了大学。不过，他读书期间的一切费用都由罗家承担。罗家父母视他如同己出。谭志远大学毕业后，遵从了罗家的旨意，放着好端端在省城工作的机会不要，而是选择了在准岳父的安排下，进了凤山镇一家名叫飞天电器公司的镇办企业上班。入厂时，公司创始人宁国忠专门抽时间找他谈了一次话，郑重其事地告诉他，你是从广州城名牌大学毕业的高材生，可不能小瞧我们这个乡镇企业，虽说比不得国营企业，但我们的知名度、生产规模、经营效益以及员工的工资收入、福利待遇都是国内同行业的翘楚，许多国营大厂、研究所的工程师们都甘愿冒着被开除公职的风险来到我们公司上班。户口不在本镇没有大学本科学历的普通人，一般是很难进入我们公司工作的，更别说是委以重任了。之后，他又用怀旧的口吻告诉谭志远，自己曾经在谭县长的领导下工作过许多年，也跟着他学到了许多工商业方面的管理知识。他对谭县长一直都很敬重，也希望谭志远在飞天电器努力工作，不负众望，大有作为。

　　从小便被贫穷压得喘不过气的谭志远聆听了心中偶像宁国忠的谆谆教诲，内心更加珍惜这份来之不易的工作。这份工作不但解决了他的贫困问题，而且再次为他树立起做一番大事业的信心。从领到第一个月工资之日起，他就再也没有因为钱而发过愁。平日里，他身穿印有公司徽标的深灰色厂服，行走在小镇的大街小巷,享受着路人纷纷投来的羡慕的目光,内心感到无比的骄傲与自豪。逢年过节,他带上城里媳妇罗招弟回到乡下老家,村里的父老乡亲们对他更是赞叹不已,慨然以他为激励后代子孙的楷模。从母亲肚子里把他平安接生到人世间的张嫂也绝不放过这个绝佳机会,来展示自己占卜算卦、预知未来的非凡本领。她扬着一张像榕树皮一样的老脸,微微张开镶着满口瓷牙的老婆嘴,拖着颤巍巍的语调,再次向村里的晚辈们讲述了她这一生唯一的一个伟大发现:谭志远是"神鸟转世",日后必将鸿鹄高飞、一举千里。然而正当她飞沫四溅、慷慨陈词的时候,儿子张永军却鄙夷地嘲笑道:"老封建!"

张永军这几年也是春风得意马蹄疾。改革开放之初,他利用政策漏洞,伙同一帮黑道上的朋友,走私发了横财,赚取了第一桶金。之后,他开办了一家钢材贸易公司,洗手上岸,做起了正经生意。几年下来,他利用各种关系,低买高卖赚了不少线,成了谭家村第一批先富起来的暴发户,住上了全村占地面积最大、装修最豪华的别墅,整天开着一辆黑色奔驰轿车,在村子里招摇过市,且又向全村父老乡亲们郑重宣告:我要竞选村长,带领全村父老乡亲们一起奔小康。一夜暴富的他,打心里瞧不起大学毕业的谭志远,因了他认为谭志远之所以引起村民们的仰慕,与飞天电器在顺德的影响力是分不开的。

说起飞天电器,凤山人首先想到的就是企业创始人宁国忠。他是一个土生土长的凤山人,军人出身,江湖人称"家电大王"。他是凤山镇乃至全市家喻户晓的明星级人物。凤山镇的老百姓谈起他,除了敬仰,就是感激。他就像一轮正午的太阳,给凤山百姓带来了万丈光芒。谭志远还在上大学的时候,就经常听到自己的准岳父谈起凤山镇有一位名叫宁国忠的教父级人物,如何带领一帮刚刚洗脚上田的农民,创造出国际一流企业的传奇故事。后来,他进入了飞天电器工作,通过公司的宣传教育、老员工的口口相传,宁国忠在他心目中的形象更加充满了神奇的魅力,就像是一座山、一位慈父、一尊神,无坚不摧、无往不胜。

宁国忠是一个农民的儿子,仅仅读过几年的小学,但他凭着顽强的意志和不屈不挠的军人精神,硬生生实现了逆袭,愣是把一个濒临破产的乡镇企业打造成了亚洲第一。在飞天人的记忆里,他始终是一个说一不二的人,言出必行,行则必果,不达目标,誓不罢休,哪怕是上刀山下火海也在所不惜;他也是一个思想灵活、人情味十足、有博大胸怀的人。他经常教导同仁,做事要头脑灵活,善于变通。看见红灯绕着走,见到绿灯赶快走,没有灯摸着走。他为人厚道,对跟随自己创业的每一个员工都很好；他不但为他们创造了就业机会，带来了丰厚的经济收入，而且为他们搭建了广阔的发展平台。

在飞天电器内部，董事长宁国忠是那种和蔼可亲、平易近人的领袖式人物。他做事的风格，历来是亲力亲为、以身作则，用自己的实际行动来引导公司员工学会如何开展工作；他为人光明磊落，做事果断、有魄力，爱护自己的员工，善待合作伙伴，深得社会各界人士和公司内部员工的爱戴，是一个不可多得的好老板；他是全体员工崇拜的偶像，公司的干部们都以他为榜样，学他做事的风格，学他的铁腕手段，甚至学他说话和走路的样子。同事们都坚定不移地相信，他们在他的领导下工作，一定能够建功立业，成就非凡人生。

宁国忠从创业初期，就十分重视企业的文化建设。他时刻提醒自己以及飞天电器的各级干部，企业文化应立足于以人为本，企业文化建设就是企业干部员工队伍的建设，员工队伍建设是关键中的关键。他把自己经营成功的秘诀概括为：解决问题的钥匙永远在现场。他牢牢把握住，公司的兴衰成败与挖掘和培养全员创造力密不可分。在他看来，公司经营的第一目标，不是为了股东权益，也不是为了客户利益，而是为了公司员工及其家属的幸福。他有一个不成文规定，但凡公司新招聘了工程技术人员或者新分配来刚毕业的大学生，都要求总裁办安排招待酒会，自己亲临现场与大家见面交流。招待酒会大多会安排在凤山镇最豪华的酒店—南环大十字酒店。他经常对干部们讲：不论飞天将来发展成一个规模多么大的企业，只要一心一意建立起员工心有所属的平台，就可以释放全体员工的创造力，企业就可以拥有持续的竞争力了。

第四章

十几年以后，张嫂的预言又一次得到了验证。谭志远作为飞天电器公司的后起之秀，被提拔为飞天集团下属配套公司的总经理。他是飞天集团最年轻的分公司总经理，也是集团公司内同年进厂的大学生中被提拔起来的第一个中层干部。一时风头无限，前途不可限量。

冬月的太阳，总是特别招人喜爱，刚刚出山，就将笼罩在小城上空的晨雾驱散得一干二净，呈现出令人赞叹不已的蔚蓝。谭志远迎着冉冉升起的朝阳走进了公司大门，揭开了自己生命篇章中的崭新一页。

常言道，新官上任三把火。谭志远上任后的第一把火就把他的老领导卢有富烧了个焦头烂额。只不过"点火"的人不是他，而是卢有富自己，用引火上身一词来形容卢有富的行为最是恰当不过。公司月度生产经营例会刚一开始，主持人唐小天还未来得及作开场白，钣金厂厂长卢有富就像一个不知天高地厚的猴子，急不可耐的跳将出来慷慨陈词，俨然已把自己当做会议的主角，而并非刚刚上任总经理的谭志远。刚愎自用的卢有富猜测其他厂长和部长们也都准备好了说辞，只等他打响头炮，接下来就是万炮齐鸣、狂轰滥炸。他瞪着一双牛眼，扯起粗重的嗓音，说着凤山本地人才能听懂的土话，唾沫星子四溅，滔滔不绝地说了一大通自我标榜的陈词滥调，核心意思就是钣金厂因设备陈旧、模具质量差、技改投入缓慢等原因，造成生产能力不足、制造效率低下、产品质量不稳定，进而影响到工厂经营效益的进一步提升。但经过钣金厂领导班子和全体员工的共同努力，最终还是战胜困难，超额完成了公司下达的生产任务和经营目标，得到了主机公司和上级领导的一致好评。

卢有富演讲完毕，从烟盒里抽出一支香烟，点燃且深深吸了一口，然后气定神闲地吐出一条长长的烟柱，摆出一副天不怕地不怕的模样，心里冷笑道，年轻人，该你接招了！他自忖仅仅一句"模具质量差"就够这位新任总经理喝一壶了。因了谭志远就是从模具厂厂长这个职位升任配套公司的总经理。

卢有富何方神圣？他是一个资历颇深的老厂长，跟随飞天集团创始人宁国忠一路走来，历尽千辛万苦，经受过无数次成功与失败的考验，习惯了在大庭广众之下毫无顾忌地讲话，何况与会人员中不少曾经是他的部下，或者是经他培养提拔起来的领导干部，包括谭志远。谭志远刚进飞天电器时，曾经在他手下工作了不到两年的时间，但这个年轻人当时并没有引起他的过分关注。后来，谭志远调入主机厂，且随着职务不断攀升，他和他之间才渐渐有了工作上的接触，直到发展成为职场上的竞争对手。但他从心里瞧不起这个嘴上无毛、办事不牢的年轻总经理。谭志远在他的心目中，就是一个缺乏经验、没有资历和威信的年轻书生，中看不中用的空心萝卜。他自信自己走过的桥比谭志远走过的路还要长，吃的盐比他吃的粮食还要多。

谭志远的反应却大大出乎卢有富的意料，他并未恼羞成怒、睚眦必报，而是依旧端然静坐、不动声色，一边洗耳恭听，一边做着记录。听见卢有富言语间含沙射影、贬人褒己，公司分管生产的副总经理侯翼德有些坐不住了。他扶了扶眼镜，睁圆环眼，朗声说："卢厂长，适才说得可有些言过其实了。据我所知，集团这些年在钣金厂投入的技改费用总计过亿，怎么能说设备陈旧、技改投入缓慢呢？"

侯翼德年轻气盛，听上去有些得理不饶人，但与会的领导们都知道，他不是信口雌黄，而是陈述事实。因为在本次机构改革之前，他一直担任集团公司的生产部副部长，其主要职责就是负责集团公司旗下各个分厂的技术改造工作。

"侯总说得没错，公司这几年对钣金厂的技改力度确实不小，每年仅新技术、新工艺、新设备的投入就不少于数千万。"公司技术副总蔡福庆补充道，"老卢作为一厂之长，说话要有依据，断不可信口开河。"

蔡福庆和卢有富一样，也是一位资深领导。他在集团机构改革之前，一直担任集团公司的技术管理部副部长，负责集团公司的工装模具技术管理工作。因而对于钣金厂的技改情况，他也有当之无愧的发言权。

"模具厂的制造质量相比以前也有大幅提高，怎么能说模具质量差？"模具厂厂长谢富春偷偷瞄了一眼谭志远，底气不足地低头嘟囔道。

　　会场上突如其来的变化，令卢有富一时丈二和尚摸不着头脑。他怎么也没想到会议的矛头会突然指向自己，原本期待的一场好戏就这样泡汤了？他不甘心就这样前功尽弃，于是迫不及待地看了一眼坐在对面的注塑厂长何卫国，期望得到他的声援。然而，何卫国却板着一张冷若冰霜的黑脸，像是铁面无私的包公，看也不看他一眼。无奈之下，他将求助的目光又投向厨卫电器厂厂长郭志雄，希望能得到他的声援。一言不发的何卫国不经意间捕捉到了这个细节，心里思忖道，这个老家伙真是有眼无珠，求助于外来客郭志雄，无疑是搬起石头砸自己的脚。

　　"我认为钣金厂以往的经营业绩值得肯定，但它的供货及时率和合格率均严重制约了主机公司与厨卫电器厂的规模提升，阻碍了公司的可持续发展，确实到了公司该下大力气对其进行整顿、改造的时候。"厨卫电器厂厂长郭志雄不紧不慢地说，"我建议公司成立专项整顿工作小组，进驻钣金厂。"

　　郭志雄以这样口气说话，让在场的人着实吃惊不小。虽说他的级别比在场的其他厂长都要高上半级，但也没有资格当着公司领导们的面提出这样的建议，明显带有趁火打劫、落井下石之嫌。他讲出的这番话更令卢有富听得云里雾里，弄不清楚他这是在帮他还是攻击他，不由得脱口质问："郭厂长，这话是什么意思？"

　　"没什么意思，就事论事，帮助钣金厂解决问题。"郭志雄语气平缓地说，"难道卢厂长不希望钣金厂的经营业绩变得更好吗？"

　　"钣金厂的问题再多，也没有亏损呀！"卢有富冷笑道。

　　"你！……"郭志雄骤然间涨红了脸，结结巴巴地吼道。因了他主持经营的厨卫电器厂自建厂以来就处于亏损状态，一直依靠集团公司的政策贴补来维持经营。

　　"各位领导，本人首次组织公司生产经营例会，经验不足，请多多海涵！"公司生产部长唐小天觉察到会议气氛不对，立即插言道，"下面由我给各位领导汇报本月各个分厂的生产经营指标完成情况。"

　　二十分钟后，唐小天汇报完毕。适才情绪低落的卢有富，又恢复了老子天下第一的面孔。因了钣金厂的各项生产经营指标的完成情况在四家分厂中排名第一。

　　"接下来有请谭总给我们作指示，掌声欢迎！"唐小天说。

　　随着稀稀拉拉的掌声响起，谭志远用不怒自威的目光扫向四周，然后摆摆手，示意大家停下来。顷刻间，会议室里鸦雀无声，只能听见与会者的呼吸声。其实，谭志远对眼前这些人并不陌生，他们都是自己多年的同事，其中有些人曾经是他的上级，有些人曾经是他的部下，但此时此刻他们都是他的部下。他从心里对他们一视同仁，没有丝毫的偏颇与亲疏。但他的心里也清楚，自己被提拔为飞天集团新组建的配套公司的总经理，引发了部分创业元老的不满，他们纷纷摩拳擦掌，伺机给他来一个下马威。卢有富刚才的发言就是冲着他来的，企图令他当众难堪。会场上其他人的发言，虽然听起来是针对卢有富的发言就事论事，但从说话的语气和措词上，他也听得出，他们都没有从心底里将他这个总经理视为不可冒犯的权威。想到这里，谭志远清楚地认识到了自己当前所面临的困难，同时也在心里勾画出配套公司未来发展蓝图的雏形。接下来，他要做的第一件事，就是团结大多数干部，尽快做出业绩，获取大家的信任，进而在干部员工中树立自己的威信。

"俗话说：无规矩不成方圆，无制度则无国家。我认为，今天召开的月度生产经营例会，就很没有规矩。生产经营例会不是论功行赏、辨别是非，而是通过汇报生产经营目标的完成情况，找出各部门在工作中存在的问题和差距，制定相应的对策给予改善，进而更好地达成目标。但从各位刚才的发言中，我明显地感到，大家在思想上并不清楚公司召开此会的目的是什么。因此，会议结束之后，请人事行政部迅速制定出配套公司的会议管理标准，并宣传贯彻执行。以后绝不允许再召开这种充满内耗、效率低下的会议。"谭志远语气低沉，表情严肃地说，"公司在生产经营中遇到一些困难和问题并不可怕，只要大家齐心协力，共谋发展，以公司利益为重，按规矩办事，就一定能找到解决问题的钥匙，进而排除困难取得更好的业绩。为了提高干部的凝聚力和执行力，我提议在全公司内开展干部作风整顿运动，首先从整顿会议纪律开始。"

听到"整风运动"四个字，卢有富心里咯噔一下，不由得紧张起来，他后悔自己的嘴巴总是比头脑快两步，鲁莽而愚蠢的行为不但没能给谭志远来个下马威，反倒成了众矢之的。他唯恐枪打出头鸟，成了谭志远杀鸡给猴看的试验品，开始焦躁不安，手中的香烟一支接一支，额头上渗出了细密的汗珠。他在心里开始痛骂何卫国这个奸诈小人临阵退缩，不敢仗义执言，把自己当枪使了。

何卫国偷偷瞥了一眼卢有富，发现他的脸色一阵青一阵白，心里不免也咚咚打鼓起来，担心他狗急跳墙报复自己，同时对他也生出愧疚之心。卢有富是他的表姐夫。没有卢有富的一贯帮助，他今天断然也坐不上注塑厂厂长的位子。多年以前，他从部队退伍，被安排在一家连工资都不能按时发放的国营企业上班。正当他处于人生低谷的时候，是卢有富介绍他进了飞天集团工作，并当上了车间主任。为了感谢卢有富的鼎力相助，他曾信誓旦旦地表忠心：表姐夫，我永远是你的人；将来不论你吩咐做什么，我都会义不容辞地听从调遣。数年后，飞天集团筹建注塑厂，又是卢有富不遗余力地推荐他当上了副厂长。卢有富和谭志远竞争配套公司总经理的时候，已经担任注塑厂的他，不忘恩情，公开支持卢有富，甘作绿叶扶红花。卢有富意外落选后，他又不止一次替他抱打不平，不遗余力地怂恿他和谭志远对着干。然而，当他得知谭志远的家族背景之后，便悄悄地做了一只缩头乌龟，且开始有意疏远卢有富。

卢有富痛恨的另外一个人就是软骨头谢富春。这人比何卫国更可恨，不但不帮他说话，反而临阵倒戈，公开与他对着干。早年的谢富春就是一个连小学都没有毕业的泥腿子，是在他的引领下，才开始学钳工和模具修理技术，又是在他的帮助下，从一个模具钳工成长为一个数百人的模具厂厂长。怨恨谢富春的时候，卢有富又想起了张永军。他之所以一路照顾提携谢富春，还不是看在铁杆兄弟张永军的面子上？因为谢富春是张永军的小舅子。说到张永军，卢有富自然而然地想起了早年跟着他一起逃学斗殴的"壮举"，当年激动人心的顽劣场景至今还历历在目。

次日清晨，伴随着窗外叽叽喳喳的鸟鸣声，薄如蝉翼的白色窗帘上渐渐透出了淡青色的亮光，熬了一个通宵的谭志远，从椅子上站起身来，舒展了一下筋骨，掩嘴打着哈欠走到了办公室的玻璃窗前，缓缓地拉起了窗帘。正是梅雨季节，晨雨初霁。楼下绿油油沾满水珠的榕树叶，在晨光的映射下，熠熠生辉；马路两旁的早餐店，人头攒动、炊烟缭绕。他推开窗户，深深地吸了一口纯净而清香的空气，顿感心旷神怡，似乎浑身又像打了鸡血似的充满了使不完的精气神。参加工作十多年，伴随着职位的不断升迁，强烈的事业心和高度的责任感促使他加班熬夜，睡眠质量却在逐步下降，变得不再踏实香甜，经常睡到半夜三更的时候，就会在睡梦中突然想起某件紧急的事情，或者心系工厂里的夜班生产而被梦境中的臆想所惊醒，便条件反射似的立刻起身返回公司进行处理，或突击检查各个车间的夜班生产运行情况是否正常。妻子埋怨说，他对待工作比对自己的老婆还要上心。他总是自嘲地说，这是他的职责和使命。他从小在苦水里泡大，打心眼里感激企业给自己提供了这个广阔的发展平台，他的命运早已和企业的命运紧紧联系在了一起。没有了企业这艘大船，他不知自己将被波涛汹涌的海浪冲向何方。他是一个善于学习和总结的人。经过长期的观察和分析，他发现飞天集团所有做出成绩的同事们身上，几乎无一例外地表现出以下几个关键特征：第一，他们把公司的事当成自己的事，甚至比关心家事更关心工作；第二，主动、积极、负责、奉献、坚持，追求成功、永不言败；第三，不贪名利、不计较个人得失，只是全身心地投入工作，全力以赴地完成任务；第四，以怎样才能做得更好、才能做得更快作为标准来处理工作中的每一个环节，时刻站在企业创始人的高度思考问题。他切身体会到，这种对待工作的态度，不是吹牛皮迷惑人的虚假表象，而是根植于内心、流淌在血液之中的一种信仰，一种高尚品德，一种无需提醒的自觉。飞天集团从一个一百多号人的乡镇小厂发展成国际一流的超大集团，依靠的就是这种伟大的主人翁精神。他收回思绪，坐回座椅，靠在椅背上闭眼迷糊了一会儿。当上班的钟声在耳边响起的时候，他又急匆匆走出办公大楼来到了模具厂。

谭志远在大学期间攻读的是机械制造专业。进入飞天集团后，他先后从事过制造工艺、设计开发、生产经营等工作，对产品的设计与制造、企业的经营与管理等各个环节都一清二楚。他给领导和同事们留下的印象始终都是思维缜密、精力充沛、记忆力超群。他在担任模具厂厂长期间，能随时随刻准确地说出公司数百名关键岗位人员中每一位员工的姓名、学历以及籍贯，对于安装在各个工厂总计数十台的重点设备的规格型号、制造国家、购买年份、性能参数以及运行状态了若指掌、如数家珍；工厂每周的销售收入、生产进度、质量和经营数据，他比主管相关业务的中层干部们还要知道得更加详细、准确、及时。整个模具厂在他的领导下，就像一台高速运转、永不停歇的机器，而机器的每一个零部件的运行状况都在他的精准掌控之中。他的这种卓越超群的领导控制力，似乎像是猫抓老鼠的天性一样与生俱来，同时又笼罩着一层让他自己也说不清道不明的神秘面纱，冥冥之中，似乎有一股神奇的力量辅佐他向着预定的目标前行。

从基层一步一步走到领导岗位的谭志远，深知"爱兵如子，胜乃可全"的道理，他对与其共事的所有干部的家庭情况、健康状况、工作能力、性格特点、兴趣爱好、人际关系等信息都了然于胸。他们一个个如同棋盘上的棋子，进退生死、荣辱兴衰任由谭志远定夺摆布。当然，他们中间也有少数几个资历颇深的老人，让他感觉指挥起来碍手碍脚、不尽如人意。作为一名优秀的管理者，他清楚地知道企业管理中最重要的是管人，人是一切工作的核心，而人又是最难管、最复杂的高级动物，人管好了，事业就成功了一大半。识人，用人，管人是他的管理三绝。他时常告诫自己：识人不准，用人不当，管人不精，则势必功亏一篑。管理一家企业就像带领一支队伍打仗一样，如果作为领导者能够知人善任、人尽其才，充分调动和依靠众人的力量，就会英勇无敌、所向披靡；能够发挥和利用群众的智慧，即便对方是先贤圣人也就没有什么害怕的了。他善于学习和总结前人经验，将成就事业的驭人之术归纳为以下几点，且写在记事本的首页，以便时刻提醒自己：一、广开言路，纳谏如流，礼贤下士，及时反省；二、知人善任，敢于放权，强烈的大局观；三、宽容仁慈，坚韧克己；四、沉着冷静，不逞匹夫之勇，不图一时之利。

谭志远不但善于管人，而且精于管事。他十分享受这种穿行在机器组成的森林中带来的成就感。比起那些在河边公园里牵着小情人的手悠闲散步的偷情者还要舒心惬意。他聚精会神地行走在车间的绿色通道，用专业的眼光注视着每一个员工、每一台机器。看着一个个精神饱满抖擞的员工，一台台泛着亮光永不停歇、高速运转的机器，舒适透亮、一尘不染的工作环境，他就像是一个指挥着千军万马的将军内心别提有多美妙了。然而，实在人不打诳语，车间里的基层员工们远远看见了谭志远下车间，那是既兴奋又紧张。兴奋的是，他们又可以见到了令人敬仰爱戴的谭总经理，说不定还会引起他的关注或者受到他的当众表扬；不安的是，当他们的目光与他那双洞察秋毫摄人心魄的眼睛相遇时，总是感到莫名其妙的紧张和害怕。他们远远瞄见了他那挺拔的身影，就像臣民们看见出外巡视、鸣锣开道的官员一样，都会不由自主地提醒身边的同事：哥们，注意啦，谭老板过来了。

如今，谭志远虽说官升两级，担任了配套公司的总经理，但为了防止自己因为职位的升迁而脱离实际，犯官僚主义的错误，他依然坚持既往的工作作风，无论工作多么繁忙，都要抽空下到各个分厂的车间里巡视一圈。他巡视的路线和时间，也没有固定的模式，而是根据自己的工作行程来随机穿插。他这样安排的目的，也是避免下面个别擅长耍小聪明的干部摸清他的路数，而提前做好准备来应付。渐渐地，不论他何时突然出现在车间的何地，车间的员工们也都不会感到惊慌和意外，而成为一种工作的常态。

模具厂位于同一个飞天工业园的最南端，是在主机公司原模具修理车间的基础上新成立的分厂。它是谭志远一手策划筹建的、自动化程度相当高的现代化工厂。模具厂的关键设备全部是从欧美日进口的、代表全世界最先进水平的数控设备。筹建当初，他在递交给上级领导的报告中明确表示，建造模具厂的目的就是为了实现模具自制，满足主机公司研发新产品需要，改变公司长期依赖进口的被动局面，进而走向市场，打造具有自主品牌的模具产品。他的目标是在三年后，将模具厂打造成国内超一流的模具制造企业，在集团公司内完全替代日本进口模具。为了实现这个宏伟的目标，他和他的智囊们正在酝酿引进具有现代企业管理经验的职业经理人，担任模具厂新一届厂长。他走到模具厂数控车间一台日本进口大型龙门加工数控铣床旁，看见一堆刚刚加工完的工件，油迹斑斑，且随意摆放在一起。他随机拿起几件，仔细一瞧，大部分零件都有磕碰的痕迹，与周边工位整洁有序的作业环境格格不入。他面露愠色，拍了拍背对着人行道、正在操作机床的年轻人，低声问："小伙子，来多久了，叫什么名字？"年轻人转过身，谭志远不禁吃了一惊，小伙子好生面熟，像是在那里见过，但他一时又想不起来。

小伙子一愣，晃着冬菇发型的脑袋满不在乎地说："你是谁呀？"

"站好了！"谭志远命令似的口吻和不怒自威的气场令小伙子一惊，且立马站直了身子。

"回答我，叫什么名字？"谭志远说。

"张小兵。"

"进厂多久了？"

"刚来两天。"

"你学过设备操作规程吗？知道这台设备的价值吗？懂得如何做好工件防护吗？"谭志远一连串的提问让小伙子不知所措，但他显然也不是一只任人宰割的小绵羊，看上去似乎很有底气。小伙子定定神，抖动了一下蓬松的头发，额头前的刘海微微分开，一股男神气息扑面而来。他仰起脖子说："进公司之前，我在其他工厂开了两年的数控铣床，这些简单的皮毛知识当然知道啦。"

谭志远从口袋里掏出一包纸巾，抽出一张在机床上一抹，立刻黑如墨染，之后又接着问："既然知道，为什么不按规定执行？你就是这样在其他公司保养设备的吗？"

"我，我……以前……就这样……"小伙子一时不知该如何回答，只好硬着头皮回答。

谭志远没有恼怒，而是语重心长地说："小兵，既然你决定放弃了旧单位，选择加入了飞天电器，就要遵守飞天电器的规章制度，按照新的工作标准要求自己。设备是我们的饭碗，没有它们，我们就没饭吃，企业就会破产，你也会失业。

因此，我们要爱护、珍惜它们。做好设备的日常保养是每一个操作者的职责。"这时，一位老工人走了过来，歉意地说："谭总，实在不好意思！这个小伙子刚进厂，是我们这些老师傅没有做好新员工的教育、培训工作，下不为例。"

刚才还桀骜不驯的小伙子，倏忽间，一张乳毛未脱的小脸涨得通红，惊吓得一句话也不敢说。因了他在进入飞天集团之前，就听父亲说过，村东头的谭志远就在这间公司里当总经理，你可要多留几个心眼啊，千万不能再给老子丢脸了。他的舅舅——刚刚上任模具厂厂长的谢富春——也再三叮嘱说，你一定要改掉以前吊儿郎当不思进取的坏毛病，不然被谭总撞上了，谁也保不了你。弄不好，连我的饭碗也都被他砸掉了。

"马师傅，做好设备维护保养和生产现场环境管理工作，人人有责，千万马虎不得。"谭志远对那位老工人说，"麻烦您给这位年轻人培训一下设备保养和现场环境管理相关知识。"在老工人手把手指导张小兵整理现场的时候，谭志远从裤兜里掏出手机，拨通电话，低声说："谢厂长，你到数控加工组来一下。"

不到一分钟的时间，谢富春头冒虚汗，匆匆赶来。他那浑身不自在的模样，着实让人看了可怜。谭志远表情严肃地说："谢厂长，你们的生产现场已经倒退到令人无法容忍的地步，新来的员工没有经过严格的培训考试，就上岗操作这么昂贵的设备，简直是瞎胡闹。模具厂下一步该如何提高现场管理水平、做好新员工培训、加强设备保养，你要认真琢磨一下，想好之后拿出一个改进方案，当面向我汇报。"目送谭志远离去的背影，谢厂长似乎还没从刚才紧张的情绪中清醒过来，豆大的汗珠沾满了他的脸颊和额头，心里埋怨起自己的亲外甥差点又给他闯了大祸。他走到了张小兵的面前，厉声喝道："停下你手头的工作，认真向马师傅学习，考试合格后再上岗操作设备。"之后，他又对马师傅做了一番安排。

张小兵两年前技校毕业，招工到河对岸的一家全国最知名的大型热水器制造公司的模具厂从事加工中心操作。他学的是最时髦的数控机床专业，属于高技能产业工人，工资待遇自然比一般的技术工人高出许多。但他不珍惜现有的工作，做事吊儿郎当，三心二意，上班时间心里还想着炒股赚大钱，想着自己当老板。一天上午，他因为编程错误，导致价值几百万元的加工中心发生了撞机事故。经过设备维修人员检查，发现加工中心的主轴被撞坏了，修复费用高达二十多万。为此，公司领导对他的错误行为进行了严肃处理，并将其调离了当前的岗位，发配到工资低、没有技术含量的流水线上做装配工。事已至此，他也无颜在公司再待下去，便灰溜溜地辞职回家另谋出路。

张小兵的父亲就是谭家村鼎鼎大名的暴发户张永军。他现在是白鹤镇谭家村的村长，大小也算是个干部。但他不但没有批评教育自己的儿子，反倒摆出一副地头蛇的架势，纠集一帮兄弟去那家热水器公司寻衅滋事、无理取闹。最后，警察出动才平息了双方的矛盾纠纷。失去了工作的张小兵，整日在家闲逛、无所事事，便要求父亲给他一笔钱，创业开厂。然而，见多识广的张永军此时却不糊涂，他对儿子说："你要先学到技术或者经验，才能开厂做生意。否则，就是白扔钱。"张小兵无奈，只好听从父亲的意见，在舅舅谢富春的帮助下又进了飞天电器下属的模具厂工作。不巧今天遇到了谭志远，他差一点儿又闯了大祸。

从模具厂出来，谭志远来到厨卫电器厂的 A 线，在一台德国制造的设备前停下了脚步。他对这里比较陌生，认识的人也不是很多。正巧负责这条生产线的班长认识他，微笑以示敬意。他还以微笑，走上前问："刘师傅，你一直是全公司有名的技术革新能手，今年给自己规划的课题是什么呀？"

"报告谭总，我今年的课题是日产量提升百分之二十。"

"目前进展如何？"

"进展顺利。"刘师傅一边监视线体的运行，一边郑重其事地说，"实际效果比预期的更好，日产量平均提升了百分之三十以上。"

谭志远竖起了大拇指，又问："课题奖金拿到了吗？"

"已经拿到手了，谢谢领导们的肯定！"

"不要感谢领导，领导应该感谢你，是你的聪明智慧为公司创造了效益。"谭志远微笑着拍拍他的肩膀。

谭志远巡视完 A 线，顺路又走到了 B 线。他站在一条箱体装配线旁边，碰巧看见郭志雄迎面走了过来。他说："郭厂长，B 线运行正常吗？"

"谭总，钣金零件供给因质量问题经常断货，时不时造成线体停产窝工，严重影响了 B 线的生产效率和计划完成率。"郭志雄答道。

"原因查到了吗？"谭志远皱起了眉头，"钣金厂有解决问题的方案吗？"

"查到了，冲压和喷涂都不同程度存在问题。喷涂的问题更严重一些。"郭厂长不紧不慢地回答，"钣金厂的卢厂长正在组织力量对喷涂线的喷枪进行部分更换，以解燃眉之急。"

"生产中遇到了问题，不能头痛医头脚痛医脚，而是要系统地从根本上解决问题。"谭志远说，"设备的日常修检、保养和年度计划大修等工作要层层落实、多管齐下，确保在生产旺季期间不掉链子。"

"好的，我一定会协同卢厂长落实好这件事。"郭厂长说完，便急匆匆地告别谭志远，忙着去处理其他生产问题。

二十分钟后，谭志远走进了成品包装区。他看见满头大汗的生产计划部部长唐小天和营销管理部部长陈道明正在核定昨天的生产计划完成情况，便走上前说："小天，包装区空间狭小，成品堆积如山，人员密集，温度很高，容易中伏，不利于员工身体健康，立即安排设备科再多装几台风扇，给这里降降温。"唐小天欣然答应，并立即掏出手机打电话安排落实。

适才郭厂长反映，钣金厂零件供应不及时，影响了线体的生产效率，此事一直在谭志远脑海里盘旋。他一边巡查，一边在心里思考着如何从根本上解决问题。他走出厨卫电器厂的大门，向右拐，继续步行了不到二十米的距离，就走进了钣金厂。他刚一走进冲压车间的大门，就迎面撞上了行色匆匆的配套公司技术部部长孙宝丁。孙宝丁手里拿着一叠图纸，紧随其后的是几名边走路边讨论问题的工程师。谭志远停下脚步，关切地问："孙部长，技改方案进展如何？"

"我们刚才在生产现场再次核定了几处细节，最终方案很快就会确定下来。"孙宝丁说。

"钣金厂是一个老旧工厂，不但厂房破损陈旧、设备老化、生产效率低下，而且分厂的主要负责人，思想观念保守落后，缺乏创新意识，是配套公司内生产质量问题和安全事故的多发地。"谭志远提醒说，"你和你的团队一定要规划出最优的技改方案，动大手术进行改造，确保在下一个旺季到来之前，使其脱胎换骨、焕然一新，打造成集团的标杆分厂。"

"请谭总放心，我们一定会按照高起点、高标准、高质量和高效率的工作态度，按时完成任务。"孙宝丁表态之后，便带领工程师们急匆匆离去。

外行看热闹，内行看门道。谭志远一只脚刚踏进钣金厂冲压车间的大门，就看见一名维修人员正蹲在一台挂牌维修的油压机的滑块下面修整模具，但这个维修工并没有按照设备安全操作规程的要求使用防跌落安全机械支撑杆，属违章作业。他立刻上前加以制止，且又叫停了该维修工的维修作业。他打电话将卢有富、分厂安工程师和车间主任悉数召集到现场，给他们讲述了这起违章作业的严重性，要求他们立刻组织车间全体人员召开现场事故预防分析会，并制定整改措施，坚决杜绝此类行为再次发生。站在谭志远对面的卢有富，似乎并没有认识到这起违章事件的严重性。他挺直了腰板扬起头，显露出一副满不在乎的样子，心里却在嘀咕：年轻人，宰只鹌鹑也要请屠夫提刀，这事有些小题大做吧！

谭志远从卢有富蔑视的眼神中猜出了他的心思，心想，今天不给你点颜色看看，日后钣金厂的工作就更难推进落实了。他面色冷峻、语气严厉地对卢有富这种麻木不仁的工作态度进行了毫不客气的批评。然而，自恃功高、性格倔强的卢有富却依然不为所动，既不承认错误，也不做象征性的表态。当着众人的面，谭志远也不好继续发作，只得强压心头的怒火，语重心长地说："卢厂长，安全生产直接关系到每一位员工的生命安全和公司的长远健康发展，是公司一切工作顺利开展的前提和保证，容不得我们各级管理者心存一丝一毫的懈怠和侥幸。作为钣金厂的最高管理者，你就是工厂第一安全责任人，要为全体员工的生命安全负责。为官一任，造福一方。否则，就是犯罪！"

卢有富的脸色开始变得灰暗，扬起的头颅也渐渐低了下去。谭志远趁热打铁，接着又用轻松且通俗易懂的语言，对众人讲解了一个安全方面的常识性知识——海因里希法则，即300：29：1法则。一九四一年，美国人海因里希，是一家保险公司的一名安全工程师，他的工作职责就是通过分析安全事故的发生概率，为保险公司提供经营法则。他深入工矿企业，统计了55万件机械事故，其中死亡、重伤事故1666件，轻伤48334件，其余则为无伤害事故。从而得出一个重要结论，即在机械事故中，死亡或重伤、轻伤以及无伤害事故的比例为1：29：300。后来，国际上把这一法则称作事故法则。这个法则说明，在机械生产过程中，每发生330起意外事件，有300起未产生人员伤害，29起造成人员轻伤，1起导致重伤或者死亡。之后，通过大量的实践证明，这一法则完全适用于企业的安全管理工作。

海因里希法则，对于在场的大多数人来说都是第一次听说，包括胸无点墨的卢有富。众人听后虽然都不能即刻完全理解，但在思想上皆有不同程度的启发，同时也从心里赞赏谭志远的知识渊博。然而，唯独卢有富死不改悔，就像是厕所里的石头，又臭又硬。他阴沉着脸，心里嘀咕道：什么狗屁法则？在钣金厂里，我就是法则。谭志远心里也明白，对卢有富这种大老粗讲授这些高深的安全理论知识，就是对牛弹琴，白费劲。他略作停顿，语气严厉地说："卢厂长，针对刚才发生的违章行为，分厂内部先拿出一个处理意见报给我，之后公司安全技术科将按照'四不放过原则'对这次事件进行严肃处理。"

谭志远上任伊始，就给钣金厂的同事们留下了铁面无私、一丝不苟的印象。他们切身感受到，谭总处理具体问题，对事不对人，绝不因人而异、得过且过。对于日常巡视中发现的重大质量和安全隐患，他会亲自挂帅，立即组织相关部门查明原因，对责任人进行问责，通过召开现场会的形式使得相关人员也受到启发和教育，并制定相对应的预防整改措施，以点代面、举一反三，确保整改措施落实到位。用他的话说，就是要把问题消灭在萌芽状态，以免给组织造成更大的损失。他再三叮嘱各级管理者，干工作一定要未雨绸缪，抓好事前管理，才可避免事后天天忙于救火的被动局面。

此后不久，为了给干部们说明事前管理能够给企业带来实实在在的好处，同时加深他们对于这种管理理念的理解，谭志远安排行政科定期举办中层以上干部管理提升培训班。他亲自出马担任授课老师，认真得像教书先生一样，给他们讲述各种现代企业管理知识。他引古喻今，选用魏文王和神医扁鹊之间的一次对话，形象地讲解了事前管理的益处。

话说，扁鹊曾经有一次替魏文王治病，魏文王问他："你们家兄弟三人，都精于医术，那你告诉我，三人中到底谁的医术最高，谁的最差？"扁鹊不假思索地回答说："伯兄最好，仲兄次之，在下最差。"魏文王听后很诧异，于是就问："那为什么你的名气最大呢？"扁鹊思考了片刻，说："伯兄治病，治愈于病情发作之前。由于一般人并不知道他能事先诊断出病因进而根除之，反倒认为自己身体健康没有得过什么病，故而他们觉得他的医术并不高明，名气也就无法传播出去，只有我们家的人才知道；仲兄治病，治愈于病情初发期。一般人以为他只能诊治轻微的小病，医术一般，所以仲兄的名气只能传扬于本乡地界；而我治病于病危之时，一般人都看到我能在病人的经脉上穿针放血，在身体上开刀敷药做大手术，便武断地认为我医术高超，名气随之传遍大江南北。

通过学习两位古人的对话，谭志远要求干部们必须悟出以下管理心得：事后控制不如事中控制，事中控制不如事前控制。他不断提醒大家，在日常工作中，大多数领导干部不明白这个道理，他们习惯于要等到一个很小的缺陷最后酿成一起大祸才寻求弥补。而往往这个时候即便是请来名气很大的世外高人，恐怕也于事无补。你们一定要牢记"千里之堤，溃于蚁穴"这个道理。

谭志远刚从钣金厂走出来，头发花白的人事科王科长急匆匆来到他的面前，急切地说："谭总，集团公司总裁办打来电话，通知上午十点半有一个紧急会议需要您参加。阿华已经去加油了，等一会儿，他就过来接您。"

谭志远瞅着大汗淋漓的王科长，关切地说："你打电话告诉我就可以了。大热的天，亲自跑过来，很辛苦的。"

"不辛苦。"王科长说，"我正好也有事来钣金厂处理。"

"来了正好，有一件重要的事情我要提醒你，随着配套公司产销规模的不断扩大，各个分厂的产出需求也都在同步增长，新招进厂的员工越来越多，行政科一定要抓紧时间组织各个车间做好新员工的培训和教育工作。"谭志远神情严肃地说，"此项工作是一个长期而艰巨的任务，切不可掉以轻心、虎头蛇尾。你们和设备科共同拿出一个方案，提交公司相关部门讨论，报我批准后，立即执行。此事刻不容缓。"王科长一边竖起耳朵倾听，一边用随身携带的笔记本做了详细记录。待谭志远讲完，他又一字一句地重新叙述了一遍。然后，他用诚恳的语气，向年少自己二十多岁的谭志远做了表态："谭总，我立即着手处理这件事，一定会给您一个满意的结果。"谭志远点点头，眼睛里露出满意的神情，之后似乎又突然想起了什么，补充道："王工，你帮我查一下模具厂有一个叫张小兵的操机工的来历。"此时，一辆黑色的皇冠小轿车准确地停在了距离谭志远两米远的位置。谭志远坐上车，低声说道："阿华，直接去集团办公大楼。"

富丽堂皇的集团办公大楼一号会议室里鸦雀无声、座无虚席，距离开会时间还有十分钟，飞天集团的所有中层以上干部已悉数到场。他们一个个身穿深灰色工装，精神饱满、意气风发，像威武的军人一样，齐刷刷地端坐在宽敞明亮的会议室里。谭志远是一个荣誉感超强的人，但凡就坐在这座比五星级酒店还要令人舒服的大楼里开会，他的内心便油然生起一股难以名状的自豪感。

会议准时开始，集团一位副总裁首先是做了开场白，简略介绍了今天开会的主要内容和注意事项。接下来，新任不久的董事长兼总裁万国锋开始讲话。他是公司的创业元老，长期位居集团第二把交椅，举手投足之间都散发着大老板特有的气场和风度。他用蹩脚的顺德普通话，通报了紧急召集大家开会的主要目的，就是要告诉大家一个好消息，飞天集团继香港联交所正式挂牌上市三年之后，又成功在深圳 A 股上市了。至此，飞天集团已成为国内为数不多的在深、港两地同时上市交易的公司。飞天集团经过十数年的艰苦创业和高速发展，冲破重重包围，从一家只有一百多号人的小作坊，发展成为亚洲规模最大的家用电器制造商之一，且在全国家用电器产销量排名中，连续数年稳居行业榜首。接着，他把话锋一转，提醒各位不能被胜利冲昏头脑而停止了前进的脚步，要清醒地认识到自己和世界一流企业之间的差距。如今，飞天集团是一家深港两地上市公司，我们要本着对员工、客户和股东利益负责的态度，在社会各界的监督下，再创辉煌。

"雄关漫道真如铁，而今迈步从头越。我们要继承公司的优良传统，沿着董事长宁国忠先生为我们铺设的康庄大道，朝着世界级家用电器制造商的目标，迈进！"他的话音刚落，会场上便响起了雷鸣般的掌声。会议在一种亢奋的状态中继续进行，平日里不善演讲的万国锋，今天也变得口若悬河、滔滔不绝。此时，谭志远的内心也像波涛汹涌的大海一样，涌起了一波又一波的巨浪，不由得又想起董事长宁国忠先生。他是在去年年底突然宣布退休，并辞去了在飞天集团担任的一切职务，随后举家移居海外。但关于他突然宣布退休的原因，坊间传闻很多，众说纷纭，莫衷一是。有人说，他是国家干部，早在五年前就到了法定退休年龄，因而选择在企业蒸蒸日上、自己功成名就之时，急流勇退，让位给年轻人，是明智之举，是为了企业长远发展而作出的最佳选择，这个选择他是在做了长时间准备、深思熟虑之后才决定的；也有人说，他是在不知情的情况下，被上级部门突然宣布退休。但是，对于大多数普通飞天员工而言，他们更相信第一种说法。因为，他们坚信飞天集团在新一届领导班子的带领下，一定能继往开来，再创辉煌。

走出集团大楼，已是下午两点，谭志远怀揣一肚子被点燃的梦想，匆匆赶回了配套公司。这时，公司饭堂已经关门，他只好泡了一碗面，简单地扒拉了几口。之后，他又马不停蹄地召开了配套公司中层以上干部宣传动员会，给他们宣讲了集团的会议精神，畅谈了目前的大好形势。他在深刻领会集团整体发展战略的基础上，详细介绍和部署了配套公司未来三到五年的发展规划和近期重点工作，并要求各分厂依据配套公司的总体规划纲要，制定出各自分厂三到五年的工作目标和具体措施。他强调，各分厂的目标和措施一定要务实、创新，要符合自身的实际情况以及行业的发展趋势，对配套公司总体规划要有支撑，可操作性必须强，坚决杜绝假大空、花里胡哨的表面文章。会议结束后，连续工作了三十多小时的谭志远已是精疲力竭、困倦不堪。

第五章

　　谭志远走进家门时，已是夜晚的九时三十分。他亲昵地向正在客厅嬉耍的妻女打了招呼，得到了她们的积极响应。

　　"小英子，小英子，快叫爸爸。"罗招弟手里左右摇晃着毛茸茸的小狗仔，嘴里呼唤女儿的小名。

　　"嗯嗯，啊啊……爸……爸……"女儿艰难地回应。

　　俗话说，每个成功男人的背后都有一个伟大的女人。天生就喜欢创业开厂、经商做生意的顺德人，对这句话的内涵有着更加深刻的理解和感触。谭志远私下里和要好的朋友们在一起聚会时，经常就会听到他们对幸运地娶到本地姑娘的哥们恭喜说：兄弟，你真有福，能娶到咱们顺德女人做老婆，昭示着你的事业已经成功了一大半。对此，他也感同身受。本地媳妇不仅仅能够在事业上给予他们支持，帮他们出谋划策，关键在生活上也绝不让自己的男人们费心。假如你不幸娶了一个外地姑娘，不但是两个人的生活习俗、饮食习惯存在巨大差异，而且她每天都给你讲男女平等，你吃得消吗？顺德本地姑娘从小见识多，识大体，她们理解自己的男人为了开厂做生意，难免在外经常吃饭喝酒应酬。但是，如果娶一个外地女人，因为这事整天跟你吵得没完没了，你的生意还能做成吗？顺德姑娘比较实在，你要是哪天对她说，给你买个大钻戒吧，她会很实在地说，钻石太大没必要，小一点的更精致；进而又说，买小的，还不如去旅游或者去吃点好吃的东西呢。你说，这样的姑娘哪个男人不爱娶？谭志远的妻子罗招弟就是一个地道的顺德姑娘，他能取得今天的成绩，与这位贤内助是断然分不开的，这也似乎预示着他的事业已经成功了一大半。

　　然而，美中不足的是，将近三岁的女儿至今不会说一句完整的小短语，无法与大人进行简单的交流，只会瞪着一双呆滞的大眼睛，流着口水，费了好大劲才结结巴巴地说出几个简单的叠字，这事着实令初为人母的罗招弟暗自着急。她那刻满抬头纹的额头上渗满了细密的汗珠，一副愁眉苦脸的模样，看上去令人心痛不已。谭志远从妻子怀里接过女儿，又亲又逗，爱不释手。一番欢愉之后，他瞅着表情依然痴呆的女儿和面容憔悴的妻子，内心同样也是忐忑不安，但表面看起来却是神情自若、淡定从容，没有显露出丝毫的焦虑与不安。他语调平缓地说："招弟，明天还是带孩子去医院看看，听听医生怎么说。"

　　像是听到一句不吉利的预言似的，罗招弟睁开一双让人爱怜的大眼睛，瞟了谭志远一眼，温声细语地说："看什么医生？阿妈说了，英子这叫贵人语迟。少见多怪！"被妻子呛了一口的谭志远摇摇头，笑呵呵地回到自己的书房。罗招弟比他年长三岁。他从小就在她的庇护下长大，早已习惯了她以大姐姐的口吻来说教自己。不过她说的话也不是全无道理，心存侥幸的谭志远暗自思忖。然而，他毕竟是读了四年本科的大学生，遇事崇尚科学反对迷信是他的本能。况且，他的心里始终有种不祥的预感。这种预感几年来时常在他的睡梦中出现。他带着困惑与烦恼，从书架上挑选了一本讲述育儿知识的书籍，认真仔细地翻阅研读起来。读着读着，他于不安之中突然鬼使神差地想起了读高中时的语文老师赖星文曾经对自己讲过的一段话。

　　赖老师是一位年近花甲的特级教师，担任顺德县第一中学高三毕业班的语文老师兼班主任。他不但教学水平高超，桃李满天下，而且上通天文下晓地理，尤其精通堪舆风水占星卜卦之术。他自幼聪慧过人，九岁即入县立中学学习，十三岁考入中山大学。民国后期，二十多岁的他，先后担任顺德县立中学教导主任、校长之职，后受奸人陷害，被迫流落民间，长期处于颠沛流离之中。他的足迹几乎踏遍珠江三角洲，凭着精湛的堪舆技艺，一路扶贫救苦，助弱抗强，留下了许多神话般的传说，风水大师的名声也传遍了岭南大地。顺德县成立后，他回归故里，退隐学堂，重操旧业，以教书匠为生，长与学生课室为伴，不亦乐乎。后来，风云突变，不明就里的他被作为"四旧"的典型代表，经常受到群众的批判。他被下方到农场劳动改造的时候，认识了谭明德，且成了无话不谈的好朋友。直到十数年之后，他重归学堂，且以班主任的身份查看学生档案资料的时候，才知道谭志远是谭明德的幺儿，也是谭志宁的小弟。谭志宁是他曾经教授过的最优秀的学生。更巧的是，即将大学毕业的儿子赖炜来信说，他将要和谭志宁结婚啦。儿子和她是高中同学，一起响应"知识青年上山下乡"运动，结伴落户粤北山区，插队务农，接受贫下中农再教育。一九七七年，恢复高考后，他们互相鼓励，不负众望，一起考上了武汉的同一所大学，进而发展成为情侣。

第一次见到谭志远的时候，赖星文就断定此后生日后必成大器。但他没有声张，而是精心辅导他考大学。一年过后，当谭志远拿到中山大学的录取通知书的时候，他才将他叫到了自己的办公室，当面给他教授逢凶化吉之术，点拨成就大业之道。他告诉谭志远："你天生异相，聪慧过人，日后必成大事。不过……"他欲言又止。谭志远急忙追问："老师不必避讳，但说无妨，学生不胜感激。"他迟疑片刻，面色凝重地说："老师今日说透也好，免得日后因此而耽搁了你的前程。你的感情线分开两条，对于男女之间的感情要谨慎对待，以免累及事业发展和子嗣传承。"是夜，谭志远再次回想起恩师的忠告，心里不免有些失落，头脑中闪过一个念头：难道真是如老师说的那样，我的命中注定有此一劫？

"志远，吃饭了。"招弟推门进来，轻柔地说，"阿姨已经下班回家了，我将晚上的剩饭热了一下，你凑合着吃吧。"妻子打断了谭志远的回忆。他走出书房，开玩笑地说："谢谢老婆大人！"肚子里却是满腹心事。他坐在餐厅的饭桌前，心事重重地吃将起来。因了从小受传统文化和家庭教育的影响，他对于家庭生活很重视，知道婚姻和一个人的事业运势紧密相关，如果婚姻不幸福，就算你的事业再成功，最终还是会因为婚姻运势的影响而导致事业出现不利的局面。女人是水做的，水能旺财。只有经营好自己的婚姻，事业才能如虎添翼。事实上，他在心里始终认为自己和罗招弟的婚姻是谭罗两家两代人共同精心经营的结果，没有不成功而中途夭折的可能。

飞天集团在深圳 A 股成功上市，融资十多亿，雄心万丈的集团董事长万国锋准备挽起袖子大干一场。他开始四处攻城略地，扩大产能，延长产业链，筹建新的生产基地和分公司。坊间小道消息称，年轻有为的谭志远被集团领导拟定为新提拔的外派干部之一。一石激起千层浪，配套公司内部那些爱戴或者惧怕他的部下都在四处打听，确认消息的真伪。十数年以来，飞天集团在宁国忠的领导下，经过长时间的发展和探索，逐步形成了一套完善、适合自身发展模式且行之有效的领导干部选拔任用标准："德"字第一，品德高于才能，也就是说居人上者，人格第一，勇气第二，能力第三。虽说飞天集团现在处在新帅上任伊始阶段，但员工们都相信公司的干部任用标准不会有太大的变化。谭志远作为飞天集团干部队伍中一颗冉冉升起的新星，在许多领导的眼中，不但品德高尚、勇气可嘉，而且学历高、技术强、能力超群。因而，一旦机会来了，同事们猜测他又要晋升了，也就不足为奇。

"谭总，传闻说您又要被外派高升了？"孙宝丁走进谭志远的办公室，压低了声音问，"是真的吗？"孙部长话音未落，唐小天尾随其后也敲门进来，急切地问："消息是真的吗？"

"你们坐。我也是刚刚听到这个消息。"谭志远招呼道，"一切都以上级领导的正式通知为准。你们安心工作，不要影响了生产。"

孙、唐二位走后，谭志远心想，假如真如传闻所说派我去了外地工作，女儿英子可怎么办？他的思绪刚刚抛锚，便立刻意识到生产已进入旺季，到了一年一度的冲刺阶段，公司上下全体员工都不能有丝毫的松懈和怠慢，断不可因为这件事而影响了员工们的工作士气和生产效率。他打电话通知行政科，立即召开配套公司全体中层以上干部会议，给同事们打打气、吃颗定心丸。

会议刚开始就叽叽喳喳，这在公司的中层干部会议上不多见，特别是总经理谭志远亲自主持的会议上更是不多见。但今天的骚动似乎不是那种有预谋的刁难和对抗，而是一种离别前的不舍和对未来不确定性的恐惧。谭志远挥挥手，语气平和地说："各位，请安静。"接下来，他言辞诚恳、情深意重地安抚大家，不要轻信小道消息，以工作为重。事实上，他知道，这也不能全怪他们，只因集团公司近期不断对外收购兼并、扩张壮大，各层级提拔新干部的红头任命文件确实比较多，故而关于人事变动的小道消息也层出不穷，尤其是关乎高层人事变动的消息更是满天飞。但这些小道消息都是捕风捉影，道听途说，无根无据。他为了给大家吃一个定心丸，郑重声明："截至目前，本人没有收到上级主管部门发来的任何调动通知，也没有任何一位上级领导找我谈过话。因此，请大家不要受小道消息的影响而耽误了生产。退一步讲，即便因为工作需要，我暂时离开了大家，但不管下一步我去哪里工作，都是为飞天集团服务，也不会因此而忘记了大家。请各位相信，我只要一天不走，就一定要带领大家一起努力、再创佳绩。请各位安心工作。"

会议结束后，谭志远招呼孙宝丁和唐小天来到了自己的办公室。三个人刚一坐下，谭志远便说："宝丁，钣金厂的改造方案什么时候开始实施？进展有些缓慢。"

"方案正在论证完善，明天就可以提交公司经营班子讨论。"孙宝丁说。

"钣金厂的技术改造和人事调整是公司下半年的重头戏，你们一定要齐心协力打好这一仗。"谭志远说，"公司经营班子正在考虑人事调整方案，你们有合适人选推荐吗？"

"我建议让公司技术部的杨副部长接替卢有富的职位。"孙宝丁首先说，"可是，卢有富去哪里，还没有想好。"

"小天，你的意见呢？"

"我同意孙部长的意见。杨副部长经历丰富，为人处世果敢干练，敢于面对工作中出现的各种难题，又是硕士毕业，对钣金加工行业也很熟悉，是最佳人选。"

"嗯，既然你们两个都推荐杨副部长接替卢有富，那就提交配套公司经营班子讨论吧。只是我觉得杨部长的书生气太重，有些镇不住场面。至于卢有富下一步的去向，我来考虑。"谭志远说，"小天，模具厂厂长的人选物色怎样了？"

"已经差不多了，就等着你来把关。"唐部长拿出一页纸递给了谭志远，接着又说，"此人在一家港资企业做了五年的总经理，大学本科学历，学的是高分子专业，且有两年的出国留洋背景，对塑胶模具的设计与制造都有丰富的工作经验。只是……"

"只是什么？"

"他的要价比较高。"

"多少？"

"年薪五十万。"

谭志远一边看唐小天递过来的简历，一边说："你约他来公司，我当面和他谈。"

"好的，我立即去办。"

"二位就按照刚才达成的意见分头抓紧推进。该找人谈话的立即谈话，我们也要给当事人留一些考虑的时间。"

孙、唐二人离开后，谭志远摊开笔记本，拧开钢笔帽，一字一句地写道：企业要发展，离不开高水平的人才队伍。舍不得孩子，套不住狼。他放下笔，拨通电话，将行政科的王科长叫到了办公室，客气地问："王科长，上次安排你编制员工培训方案进展怎么样了？"王科长似乎早有准备，不慌不忙、胸有成竹地回答："谭总，方案已经通过各部门的讨论和会签，就等您批准了。"他的话音刚落，就将已经打印好的文件放在了谭志远的面前。谭志远拿起文件，仔细看了一会儿，满意地点点头说："王科长辛苦了！麻烦您通知钣金厂的卢厂长来我这里一下。"看着王科长离去的背影，谭志远心想，如果干部们都能像老王这样善解人意、勤奋敬业，那该多好啊！

王科长似乎突然又想起了什么事，转身返回谭志远面前，低声说："谭总，您先前查问的模具厂那个开数控铁床的新员工，是模具厂谢厂长的外甥。"谭志远听后，皱起了眉头，不再吭声。王科长知趣地自行离去。

老王是江西赣南人。他原本是赣南一家矿山机械厂的副厂长。前些年，工厂效益不好，连年亏损，在即将倒闭的时候，他通过人才市场应聘到了飞天集团下属分公司做人力资源管理工作。一个将近五十岁的人，甘愿忘掉曾经的辉煌，屈尊降贵，重新从一个普通科员做起，历经三年的辛勤工作，终于当上了行政科的科长。他逢人总是面露喜色，笑说是自己命好，遇到了贵人，才得以获得继续工作的机会赚钱养家糊口。妻子借了他的光，也进了飞天集团上班。她在模具厂做了一名质量检验员。虽然这份工作比起她原先坐办公室时辛苦了许多，但丰厚的收入、明星企业的光环已将所有的汗水和委屈洗刷得一干二净、无影无踪，她的脸上始终洋溢着喜悦和感动。她经常告诫自己的丈夫，做人要知恩图报，竭尽全力做好本职工作是对贵人知遇之恩的最好的回报。

卢有富的资格很老，在配套公司内部人人皆知。往大了说，即便是在整个飞天集团，知道他的人也很多。他也不谦虚，甚至有些倚老卖老的嫌疑，平日里不分大小场合，逢人便说自己是公司的创业元老，如何从一个普通的学徒工奋斗到今天，就连分厂厂长这个职务也是董事长宁国忠任命的，哪个领导想免掉他，也得问问董事长同意不同意。像卢有富这种老资格的干部和员工在飞天集团很多。但像他这样公开吹嘘自己的人却很少。他们大多数是低调做人高调做事的实干家。不过话说回来，也许这就是他和那些成功人士之间的差距。他的最高境界也就是做一个分厂厂长。卢有富这些牢骚话，早已通过各种渠道吹进了谭志远的耳朵。

谭志远虽然秉承了飞天集团既有的干部任用标准，但也不会墨守成规、因循守旧，他经过多年实践与总结，创造性地形成了一套自己的用人标准和原则。他坚持在配套公司内部不用精于吹嘘拍马、耍奸溜滑的聪明人，不用一流大学毕业的学生，更不用有资深背景的人。在他看来，这些让人们引以为傲的优势，恰恰是他们专注工作的障碍。一个人如果不能全神贯注潜心于工作的细节之中，就不会对自己所从事的工作有持久不断的热情和精准深刻的思考。他坚信，一个人如果达到了身心合一，奇迹就会发生，心中强烈的美好意念终将具象地展现在自己的眼前。显然，像卢有富这种有特殊背景又不思进取的干部，是很难入谭志远的法眼。

对于卢有富、谢富春这类老员工，谭志远内心早有盘算。他知道，这些人不仅文化水平低、思想顽固不化，而且还不好用。一方面，他们资历深、工作经验丰富，不好管理；另一方面，他们上有老下有小，精力不能百分之百放在工作上，而且他们的身体在走下坡路，不能像年轻人一样过分劳累拼搏。他对于这类人的管理策略是，由厂级正职转任副职，充分发挥他们的技术特长和工作经验，辅佐新提拔的年轻正职干部开展工作；对于没有技术特长又不服从安排的人，免职后转岗培训，直到找到适合他们的岗位为止。这样做的目的，既可以给有能力的年轻干部提供施展才能的舞台，又不至于让老干部有过河拆桥的感觉，有利于企业的长远发展。

接到王科长的通知后，卢有富径直走进了谭志远的办公室。像他这样大摇大摆不用敲门就直接进入总经理办公室的干部在配套公司再无第二人。谭志远虽然心里不爽，但表面上没有显现出一丝的恼怒，而是客气地招呼他坐下："老卢，请坐。我找您谈些事。"卢有富也不客气，一屁股就坐在了软乎乎的黑皮沙发上，依旧是瞪着一双黑亮的牛眼，喘着粗气说："有事直说，我洗耳恭听。"谭志远泡了一杯茶，放在了他的面前，心平气和地说："老卢，您是公司的老干部，飞天集团今天的辉煌与你们这些老干部多年来的贡献是分不开的。我作为一名年轻的飞天人，特别感激和敬重你们这些老前辈。"卢有富的喘气声开始变得平缓，且端起茶杯喝了一口。谭志远继续说："您也知道，钣金厂是公司管理难度和生产压力最大的工厂，承担着关键而又繁重的生产任务。因而，提升钣金厂的生产能力和管理水平对整个公司的发展至关重要。肩负的责任大了，压力也就自然增大，对领导干部的精力和身体就会提出更高的要求。我听厂里的医生说，您的身体不太好，血压偏高，脂肪肝也比较严重。因此，我个人有一个初步想法，为了减轻您的工作压力，同时考虑到您对钣金模具比较熟悉，充分发挥您在模具方面的技术优势，打算调您去模具厂担任副厂长，干部级别照旧按照厂长待遇不变。不知您的意见如何？"

卢有富是一个见过世面的人。当年和他一起跟随董事长轮着铁榔头创业的那批骨干成员，如今大多已是集团公司的中高层干部，像他这样一直担任分厂厂长的元老已为数不多。不过，他对自己目前的状况很知足，职位的高低丝毫没有影响到他干工作的热情和责任感。但他的缺点就是自以为是、凭经验做事，听不进别人的意见。不过，他是一个吃软不吃硬的人。有话好好说，你如果说到了他的心坎里，还是乐意接受你的建议。其实，他的心里也清楚，自己年过半百，体力和精力都不像年轻时那样生龙活虎、不知疲倦，换一个轻松一点的技术性工作，把现在的位子让给年轻人，不但对公司有益，对自己也是百利而无一害。他端起茶杯又喝一口，语气平缓地说："既然谭总考虑得这么仔细周全，我也无话可说，恭敬不如从命。"送走了卢有富，谭志远的思绪又转移到了模具厂谢厂长身上。他翻开笔记本的首页，一字一句，又一次重温了自己的工作信条：一、广开言路，纳谏如流，礼贤下士，及时反省；二、知人善任，敢于放权，强烈的大局观；三、宽容仁慈，坚韧克己；四、沉着冷静，不逞匹夫之勇，不图一时之利。之后，他拨通了电话，招呼谢厂长来一趟自己的办公室。

　　谢富春是一个和卢有富性格截然相反的人。四十多岁的他，上有老下有小，生活压力山大，正处在人生关键而艰难的阶段。沉默寡言的他，时常感觉到工作起来力不从心，一颗多愁善感的玻璃心比骨瘦如柴的肢体更显得脆弱。他时常嗟叹，人到中年最无奈，最苦不过中年时。在工作中，他胆小怕事、谨小慎微，缺乏胆识和魄力；为人处世上，他对上唯唯诺诺，对下小肚鸡肠。因而，多年以来，他始终没能在员工的心目中树立起应有的威信，不像是一个经受过千锤百炼而成长起来的领导干部。知道他底细的同事都说，他的厂长头衔完全是依靠自己的埋头苦干、单打独斗得来的。当然，他也有自己的长处，就是听领导的话，领导交代的事情，他会不折不扣地贯彻执行。除此之外，缺乏大将风范的他，还有一颗灵活而超前的商业头脑，同事之间流传说，他在凤山镇最繁华的商业街和最高档的小区里分别贷款买了一间铺头和两套商品房。他这种大胆的商业投资举动，对于飞天集团的普通员工们而言，是想也不敢想的事，只能瞠乎其后而不可企及。

　　谢富春如约来到了谭志远的办公室。他双手垂下、低眉顺眼地站在谭志远面前，就像是一个犯了错误、等候老师训斥的小学生，一副可怜兮兮的样子。他年长谭志远十多岁，每当看见谭志远那双泛着黑光的眼睛，他便头冒虚汗，浑身局促不安，笨拙的手脚都不知道放在何处才算恰当，本就不灵活的脑袋瓜子此刻也变得一片空白、呆若木鸡。他感到谭志远那双眼睛就像两把泛着寒光的利剑，穿透他的皮囊骨架直达心底，将隐藏在内心深处的一点小九九看得一清二楚。谭志远刚刚担任配套公司总经理的时候，他就从姐夫张永军嘴里得知，谭志远自小就聪明绝顶、铁面无私、六亲不认。如今，他瞒着谭志远私自将姐夫的儿子张小兵招进了公司，不知道自己将要面临怎样的处罚，他像一个偷情做了坏事的女人，神情恍惚、惴惴不安。

"谢厂长，请坐。"谭志远瞅了一眼谢富春，指向沙发说。谢富春小心翼翼地用屁股的后半部分坐在了沙发上，不听大脑指挥的腿脚还在发抖。谭志远知道他是一个脸上藏不住事的老实人，看他的神情就知道，他一定是因为领导掌握了张小兵的来历而心惊胆战。谭志远心想，如果放在战争时期，这个人一定是一个看见皮鞭镣铐就将党的秘密和盘托出、下跪求饶的叛徒。对于他的下一步去向，谭志远倒是没有耗费多少心思。

"今年上半年以来，模具厂的各项经营指标完成情况都不是很好，没有达到预期的目标，拖了配套公司的后腿，你认为主要问题出在哪里？"谭志远表情严肃、语气低沉地问。

"我们分厂内部已经进行了认真总结和深刻分析，经营班子成员一致认为指标完成不好的主要原因在于我们内部管理水平太低，跟不上公司业务发展的步伐，导致模具的质量、成本、交期和服务均无法满足客户的要求，进而影响到经营目标的达成。"谢富春嘴唇哆哆嗦嗦但思路清晰地回答道。

"导致管理水平低下的原因呢？"谭志远不动声色地继续问。谢富春一时语塞，涨红了脸，不知道该如何回答是好。

"老谢，您在飞天公司的资历比我老，年龄也比我长十多岁，但论起辈分来，你我应该是同辈人，我理应叫你谢哥。"谭志远语气平缓地说。

"不敢，您叫我的名字富春就行。"谢富春急忙纠正道。

"你也知道，我和张永军是一个村的乡亲。他是我们谭家村的村长。听我奶奶说，我们两家人从曾祖父那辈起就有了交情。按理说，有了这层关系，我理应照顾、提携你。"谭志远喝了一口茶，继续说，"但是，作为一名工作了多年的老干部，你也应该知道，企业管理不能讲私情，拉帮结派，搞裙带关系。而是要依靠自身的实力干出成绩，用业绩来说话。能者上，平者让，庸者下，这是亘古不变的竞争法则。"

谭志远讲话的声音一旦停歇下来，几十平方米的办公室里便像一处无人居住的深宅大院一样空旷寂静，听不到一丝的声响。他讲话的语气愈加低沉、平和，谢富春咚咚乱跳的心脏就更像一个外乡人头次过河，愈发觉得没有底。手心冒汗、脚底冰冷的谢富春，恨不得祈求谭志远痛骂自己几声，这倒比眼下来得更痛快一些。

谭志远一边说，一边观察谢富春的反应。对于谢富春这种性格的人，他最担心的是怕他一时想不开，而走极端。因为他从一个普通工人，一步一步摸爬滚打，最后能够坐上飞天集团下属公司分厂厂长的位置，确实不易。他今天的职位也不是从天上掉下来的，而是通过自己十多年来的不懈努力和艰苦拼搏获得的。从某种意义上来说，也是公司领导对他多年来努力工作和取得成绩的肯定。谭志远心里明白，想要将他从现在的职务上替换下来，让更合适的人去担任，一定要耐心地说透利害、讲明道理，让他发自内心地认识到自己的不足和缺点，甘心情愿地让贤于他人。

一个小时后，谢富春从谭志远的开导中，渐渐认识到模具厂经营业绩不好的主要责任应由自己来承担，他的专业学识、干部素质和综合能力已无法满足企业的发展需要。他鼓起勇气说："谢某不才，能力低下，请谭总考虑重新安排适合我的工作岗位。"谭志远觉得火候已到，就把自己早已准备好的方案说了出来："老谢，我初步的想法是调你去注塑厂担任技术副厂长，发挥你在注塑模具方面的技术优势。待遇不变，工资奖金福利都按照正厂职标准发放。当然，这些都是我个人的意见，最终的结果还要经过配套公司经营班子讨论决定。你暂时安心在模具厂工作，等候公司正式通知。"谢富春对谭志远的安排似乎很满意，神情轻松地离去。他临出门的时候，谭志远又强调说："老谢，要对张小兵要严加管教，让他多向老师傅学习。他长大了，我离开村子久了，一时半会没有认出来。"谢厂长如释重负地说："谭总，您放心，我一定会对他严加管束。"

谭志远结束了与卢、谢二位厂长的谈话，像完成了一场百米冲刺，长长地吁了一口气。他看了一下手表，已经是下午四时二十分。正当他起身要去各个分厂的车间里走一圈的时候，办公室门外响起了轻柔的敲门声。"请进。"他话音刚落，一个扎着长长的马尾辫的年轻女子走了进来。她就像一缕清风，给沉闷、弥漫着男人气味的房间里带来了一阵清香，顿时令他的精神为之一振。"谭总，这里有一份重要文件要上报集团财务部，须经您签字审批。"年轻女子轻声细语地说。他接过文件，一字一句、每一个数据都认真审核一番，确认无误后，又从办公桌面上的笔筒里抽出一支签字笔，一笔一画遒劲有力地签上自己的大名。他把签好字的文件递给站在办公桌对面的女子，低声问："姚科长，临近月末了，本月的经营数据完成情况如何？"

"从截至昨天的统计数据来看，预计本月可以超额完成销售计划。"姚科长说，"随后我就将详细的数据报表送给您。"

"好的。辛苦了！"他点点头说。

"谭总，同事们都称呼我玉婷，您以后也这样称呼吧。"姚科长落落大方地说，"听您称呼姚科长，我的心里感觉怪别扭的。"

他扬起眉毛一愣，笑道："好，那我也遵从大家的习惯。"目送姚玉婷走出办公室，他的注意力不由自主地落在了她的长长的马尾辫，自言自语地笑道：玉婷！嗯，这个北方姑娘性格开朗，巾帼不让须眉，鹤立鸡群。

谭志远清理干净办公桌面，关闭了灯和空调，带上门走出了办公室。

"阿慧，谭总过来了。"两个年轻的女工在窃窃私语。

"阿美，你偷看谭总的眼睛怎么总是怪怪的？有点色！"阿慧诡秘地说。

"嘿嘿，你的眼睛比我还要色！"阿美红着脸，小声回应道。

"你们两个人在嘀咕什么呢？"一个模样像小领导的年轻小伙子走到两位姑娘身旁，小声说，"上班期间不准交头接耳，谈论私事。"阿美、阿慧互相对视一眼，吐吐舌头，扮个鬼脸，随即默不做声。

注塑厂的女工不少，男女比例大概是一比一。相比于老爷们占据绝对优势的模具厂来说，这里堪称是单身汉心中的女儿国。注塑厂妖艳迷人的女人也不少。成品仓库的统计员阿香就算一个。她来自粤北山区的一个小山村，有一个两岁多的女儿，丈夫是注塑厂制品车间的一名现场工艺员。她是以技术人员妻子的身份照顾性进入了飞天集团。她长相水灵、细皮嫩肉，不像是一个结过婚生了孩子的女人。见过她的男人都说，阿香有闭月羞花之貌、沉鱼落雁之容。她不但长得漂亮，而且女人味十足。这种不礼貌的评论不知通过何种途径传到了阿香的耳朵里，她不但不以为羞，反而以此为荣。她认为能够让那么多男人拜倒在自己的石榴裙下，说明她的魅力确实超群。然而，她的丈夫却经常因此和她争吵，但她却毫不在意，因为她打心眼里就瞧不起那个当不了官、赚不到大钱的窝囊废男人。

"谭总，您下车间了。"阿香看见谭志远，便嗲声嗲气地打招呼，"天太热，您要当心身体啊。"谭志远心里顿感不舒服，不由得皱了一下眉头，却又不好意思当众扫了这个女人的面子，便表情僵硬地点点头，之后匆匆离开。

谭志远早就听到公司的同事们私下议论，注塑厂有一个叫阿香的女人，脸皮真厚，见了当领导的男人都恨不得脱了裤子趴在人家身上。作为配套公司的最高领导，他不能容忍别人污蔑自己的员工，也不允许自己管辖的公司里有伤风俗的员工。他曾经安排行政科的女同事私下里找阿香谈话了解情况，让她注意一下自己的言谈举止。但她不思悔改，依然我行我素。不过，公司里也确实没有人抓到人家什么真凭实据，故而也就不了了之。事后，谭志远心里也在想，世界之大无奇不有，作为公司领导，自己要学会尊重别人的个性化选择。

关于什么样的女人才有魅力，作为一个身体健康的男人，谭志远有着自己独特的见解和判断的标准。他认为，一个极致的女人，不是把自己装扮成一个妖精，而是要努力成为一名公主；魅惑男人的女人是妖精，吸引男人的女子才是公主。魅惑与被魅惑，吸引与被吸引，这两对词，意味深长啊。阿香的魅惑力在谭志远这样的男人面前失去了效用。但她命中注定将要与自己有缘的男人发生石破天惊的故事。

第六章

坐落在凤山镇东南部一座半岛上的一家名叫海味鲜的饭庄，霓虹闪烁，人头攒动。饭庄门前偌大的一片草坪上，停满了各式各样叫不上名字的豪车，比三十公里外的广州国际汽车博览会还要壮观许多。空旷的菜基鱼塘沐浴了一场新雨，夜幕的降临使人感到此时已是深秋；皎皎明月洒下清辉，河水汩汩流淌。一间悬挂着"香港"招牌的包间里，四男一女围着一张圆桌依次而坐，笑声不断。

"谭总，每天被那么多美女惦记着，是一种什么样的感觉？"闷骚男孙宝丁目光狡黠、一脸坏笑。

"涝的涝死，旱的旱死。世道真是不公啊！"钻石王老五唐小天醋意十足。

"家里红旗不倒，外边彩旗飘飘。"能说会道的陈道明在点菜的空隙也没忘戏说一句。

陈道明是同事们公认的美食专家，不但擅长点菜，而且能亲自掌勺烹制一桌地道的粤菜。他经常自豪地说，凤山镇的男人，十人九厨，剩下的那一个就是像我这样的业余选手啦。除了工作之外，他最大的爱好就是钻研凤山美食、研究点菜的学问。他点的菜，不但经济实惠，而且花样翻新、因人而异，能让客人品尝出隐藏在菜品里的传统文化，体会到凤山人独特的生活方式和精益求精、追求完美的生活态度，令初到凤山的异乡人享受到回家一样的温暖。当然，他学到了点一桌好菜的本事，也让自己受益匪浅。他做过的业务，大多是在饭桌上谈成的。不过，陈道明也不是土生土长的本地人，他的这手绝活都是从公司的专职司机华哥那里学来的。

新近提拔的财务科科长姚玉婷在低头偷笑。她是两年前大学毕业后直接分配到公司的高材生，孤身一人从遥远的东北边陲城市哈尔滨来到了岭南小镇。柔和的灯光洒在她的脸颊上，白皙的肌肤泛起了朵朵红晕；长长的睫毛如蝶翼一般，上下颤动，呵护她黑亮水灵的双眸。窗外吹进来的阵阵清风拂起了披在秀背上的乌黑长发，放任不羁地在空中飞舞；高耸的鼻梁，弯弯的眉毛，方阔的前额，饱满的樱唇，一切都是绝配完美。阳光灿烂的笑脸使得在座的每一位男人都忘却了工作的压力和身心的疲惫，进而潮涌起一种英雄般的情怀，想去呵护、珍惜。

一个篱笆三个桩，一个好汉三个帮，落篱之下独木成林焉能存？谭志远是一个讲原则重友情的人，他和他的"四大金刚"，上班时间是等级森严的上下级，下班后则变成不分彼此、无话不谈的兄弟姐妹。他们对于谭志远来说，比自己的脚后跟还要可靠。

"各位，上个月公司业绩不错，超额完成了集团下达的目标任务。"谭志远表情严肃声音低沉地说，"为了感谢大家的辛勤付出，今晚酒菜管饱，吃好喝好。"须臾，他又像川剧中变脸大师，换了一副轻松的表情，笑呵呵地补充道，"大家不要拘束，今晚除了不谈工作外，其他黄段子、荤笑话、天南地北、家长里短均不忌讳，畅所欲言。"

"各位大老爷们也不能口无遮拦，务必秉承绅士风度，顾忌美女财神姚玉婷的感受啊。"陈道明点完菜，神情诡秘地说。

"那是，那是。"孙、唐二人不约而同地挤眉弄眼，点头答应。

姚玉婷莞尔一笑，白嫩细滑的脸蛋绯红了一大半。这时，年轻漂亮的饭庄服务女郎将一大盅冒着热气的汤端上了餐桌，给每人分盛了一小碗。

"雪梨炖猪肺汤，滋阴润肺，清燥化痰，功效不凡。"陈道明不失时机地推介自己的杰作，"材料有：猪肺一个，雪梨一个，白茅根、陈皮适量。"

众人掌勺品汤，连连称赞。得到了大家的一致好评，陈道明的脸上露出不易觉察的得意之色。

"玉婷，汤的味道如何？"谭志远以大哥哥的口吻问，"你来凤山镇已经两年有余，还适应这里的生活吗？"

"早适应啦，谢谢领导关心！"姚玉婷答道，"凤山镇的美食真好吃，凤山镇的人也很好，他们敢想敢干，拼劲十足。"清纯悦耳的声音，如同长白山天池里的水精灵，句句说到了谭志远的心坎里。

"姚科长真会说话，以后可要多多教导我们这些大老爷们。"陈道明用他擅长恭维人的语气说道。

"玉婷，有男朋友吗？"孙宝丁扶了扶架在鼻梁上的黑边眼镜，像一个父亲关心自己女儿一样，关切地问。

"初来乍到，立足未稳，暂不考虑个人问题。谢谢孙部长关心！"姚玉婷羞红了脸，但语气铿锵有力。

"工作再忙，也不能耽搁了自己的终身大事。"陈道明用长者的口吻附和道。

"好了，你们就不要再难为玉婷了，她还是一个小姑娘呢。"谭志远以领导者的权威解围似的说，"喝酒，喝酒。"

"喝酒。"一直闷声不响的唐小天，举起酒杯一饮而尽。接着，他又酸溜溜地说，"各位领导应该在百忙之中，奉献一份爱心，可怜一下我这个皮糙肉厚的老困难户，年近三十，依然独守空房。"众人大笑，举杯共饮。

菜已上齐。鲜花椒蒸桂花鲈，蚬肉生菜包，乌酱焗沙虾，酱汁土猪肉蒸膏蟹，煎焗竹肠，炸奶盒，盐焗花螺，蒜蓉炒菜心，甜品点心，酒水主食一应俱全。三杯六十八度的特供五粮液灌进了肚囊后，几个男人的言谈举止中渐渐散发出酒气、染上了颜色。平日里一本正经的谭志远，也笑得前俯后仰、不能自抑。

第二瓶酒喝到一半的时候，谭志远接到一个电话，走出了包间，剩下的男人则继续耍嘴皮子聊天打趣。得意忘形的他们，渐渐忘了身边还坐着一个没有结过婚的年轻女同事。

"小唐，找女朋友没有啊？"孙宝丁打着官腔一本正经地问。

"老板，还没呢！"唐小天轻语柔声、低眉顺眼地说。

"都这个岁数了找个女朋友要紧啊！"

"老板，我都这岁数了能找个女朋友就不错了，还管她紧不紧。"

孙、唐二人碰了一杯酒，笑得都流出了眼泪。见多识广的陈道明听后不免摇摇头，面露尴尬。唯一清醒的姚玉婷，听得孙、唐二人言语浮浪，羞得满脸火烫。走不也是，留也不是，恨不得寻地缝钻进去。不知所措的她只得低下头，装作什么也听不见。入职两年多来，她第一次和公司领导面对面坐在一起吃饭喝酒，确实有些紧张和兴奋，但也有些诧异。她心想，这些人咋是这样？平日里谦谦君子、斯文有礼，酒后咋就变成这种德行！然而，她转念一想，也许此时此刻才是他们最轻松、最快乐、最真实的一面。

返回包间的谭志远，看见姚玉婷的脸上露出古怪难堪的表情，佯装生气地问：

"谁又在说带颜色的段子啦？段子不能太露骨，要照顾女同胞的情绪啊。"说毕，他笑呵呵地举起酒杯邀请大家一起干了一杯，之后接着又说："今天借着高兴，我也给各位讲个笑话，有过头之处，还请各位批评指正。"众人鼓掌欢迎。他清清嗓子说："话说，有一对老夫妇，去照相馆拍金婚纪念照，摄影师问：'大爷，您二老要侧光，逆光，还是全光？'大爷腼腆地说：'我倒是无所谓，能不能给你大娘留条裤衩？'"

谭志远幽默风趣的语言和惟妙惟肖的腔调，令他的"四大金刚"笑得上气不接下气，几乎岔气。

大约过了二十多分钟，谭志远的手机铃声再次响起。知根知底的兄弟们都知道，今晚的酒席该散场了。谭志远的老婆催他回家了。

谭志远举起酒杯，与四个部下一一碰杯后，一饮而尽，然后歉意地说："不好意思，家里有点事，我要提前收场了。明日是周末，你们继续玩，下半场换个地方去唱歌，老陈负责买单，下周一找我报账，费用算我个人的。"

"谢谢老板慷慨！"众人异口同声地说。

谭志远结完账，临走时叮嘱陈道明："老陈，一定要照顾好我们的女财神姚玉婷科长。"因为他知道，这几个人当中，就数老陈的酒量最大。老陈久经沙场，一般情况下没有人是他的对手，除非他自己想灌醉自己。

"我是一个大人啦，还需要别人照顾？倒是谭总您，回家的路上一定要注意安全呀！"姚玉婷的幽默与风趣，又逗得大伙开心一笑。

谭志远抬脚刚走，孙宝丁自饮了一杯酒，叹气道："结了婚的男人，命苦啊！"

听了孙宝丁的嗟叹，姚玉婷心里渐渐明白，谭志远的人生不只一帆风顺、万事亨通，还有九曲十八弯、关山一万重。

广东人思想开放，勇于创新，对外地人具有强大的包容心。姚玉婷在凤山镇工作和生活了两年之后，同当地人相处久了，便不由自主地融入了他们的生活圈，也渐渐养成了利用业余时间和同事们一起聚餐喝茶、饮酒唱歌的爱好。时间久了，这些爱好渐渐成了她的生活中不可缺少的一部分，甚至变成了她的生活习惯。她认为这些好的生活习惯，不但能够增强自己和同事们之间的感情，而且还可以帮她缓解紧张的工作压力。

夜幕下的凤山镇，华灯璀璨，白日里人烟稀少的大街小巷，早已热闹非凡。宽阔的道路上车水马龙、人潮涌动，造型各异的建筑鳞次栉比、灯光闪烁，饭店、酒肆、大排档处处食客满盈、摩肩接踵，成群结队身穿深灰色工服的飞天人更是耀眼夺目、随处可见。做生意、开饭店的老板，遇到他们光临本店，都像恭迎财神爷一样，点头哈腰、笑脸相迎。擦肩而过的姑娘们瞧他们的眼神也都是含情脉脉、暗送秋波，恨不得立马嫁给他们做新娘。

凤山镇号称小香港，美食之都，吃喝玩乐一条龙服务，应有尽有，大小酒店生意火爆。一些名气稍大的酒店、饭庄、歌厅，客人必须提前一天预定，否则只能是空跑一趟。姚玉婷一行四人的下半场，预定在帝豪酒店的歌舞厅。走进酒店大堂，在金碧辉煌的彩光映照下，姚玉婷感觉有些头晕目眩。这么豪华的酒店，她还是第一次来。老陈引领他们乘电梯上到了三楼的歌舞厅，灰暗的灯光下，霓虹闪烁。在前台小姐的引导下，他们穿过用玻璃幕墙装饰的长廊，彩光闪闪，仿佛置身迷宫一般。这时，姚玉婷已辨不清东南西北，风度翩翩的歌厅经理，油嘴滑舌的妈咪，花枝招展的小姐，殷勤有加的服务生，富丽堂皇的包间，这一切对她来说都显得那么的稀奇。她心想，这恐怕就是政治课本上书写的那种，只有腐朽没落的资本主义社会才允许开设的红灯区吧。

"老板，这间是您预定的海棠房，请进。"前台小姐招呼他们四个人刚刚落座，只见一个打扮得像个经理的年轻女子推门进来，娇滴滴地叫道："陈总，您可来啦。快把妹子想死了。"年轻女子就势抱住了坐在沙发上的陈道明，她的身后跟着七八个花枝招展的小姐，整齐地排成了一行。但见她们各个媚眼含羞合，丹唇逐笑开；芳龄二九，美若天仙。陈道明一惊，像是被马蜂蜇了一下，立刻从女子的搂抱中挣脱出来。他站起身，一本正经地说："有话好好说，不要搞得像老相识一样肉麻，影响多不好！"

"哈哈，有美女同事作陪，陈部长不好意思了。"坐在一旁的唐小天忍不住哈哈大笑。

"老陈啊，平日里，你在我的心目中可是一个浓眉大眼、温润如玉的谦谦君子，想不到竟然也是这里的常客。"落井下石的孙宝丁趁机也跟着起哄。

"两位领导，千万不要误会，我以前只是陪客户来过几次，但都是因为工作需要呀。"老陈面带委屈、表情尴尬地辩解道。看着老陈惊慌失措、狼狈不堪的样子，孙、唐二人忍不住又窃窃笑起来。

"陈总，今晚还叫小姐吗？"

"不叫，不叫。拿酒进来就可以了。"陈道明枪口似的语气让年轻的女妈咪顿时惊惶失色，迅即摇摆翘臀、满脸懊恼地领着小姐们走出了包间。

坐在一旁的姚玉婷，始终云里雾里，心里却在偷偷地想，真是人不可貌相，海水不可斗量。想不到老陈四十多岁的年纪，还这么花心！

一不小心在女同事面前丢了颜面的老陈，恭恭敬敬地给在座的三位领导各倒了一杯啤酒，然后举起酒杯惭愧地说："老陈献丑了，给三位领导赔罪。"随即一饮而尽。

"五十步笑百步，彼此彼此。"孙宝丁和唐小天互相碰了一下酒杯，一起伸长了脖子，一饮而尽。有两位领导帮忙打圆场，困窘的老陈这才渐渐恢复了能说会道的天分，殷勤地教姚玉婷如何点歌、唱歌、摇骰子。

男人们在歌舞厅喝酒唱歌叫小姐作陪，姚玉婷是到了凤山镇之后才有所耳闻，但亲眼目睹还是头一次。看着站成一长排被男人们左挑右选的小姑娘们，她想起了电影里给皇上选妃的镜头，不由得心里泛起了嘀咕，为什么女子不能挑选男人呢？

"各位注意，下面请著名歌手唐小天为大家演唱歌曲《把根留住》。"唐小天刚做完自我介绍，孙宝丁和陈道明都像是他的忠实歌迷一样，即刻大呼小叫、拍手吹哨。音乐响起，唐小天一手握紧麦克风，一手端起酒杯，伸直了脖子动情地唱道：

多少面孔

茫然随波逐流

他们在追寻什么

为了生活

人们四处奔波

却在命运中交错

……

行家一张口，就知有没有。唐小天一曲未毕，便响起了热烈的掌声。就连倒酒的服务生也停下手中的活计，鼓掌喝彩，叫起好来。姚玉婷更是惊讶，想不到平日里机敏果断、油腔滑调的唐部长，还有一副赛过童安格的好嗓子。他的嗓音宽厚而又富有磁性，声音中弥漫着淡淡的忧伤和浪漫的诗人气质。他运用的假音、颤音、哭腔都恰到好处。他唱歌时的一点鼻音，还有他那发音不太标准的普通话，都成了他的特点。他简直棒极了。姚玉婷嫩白的手掌心也拍得通红。唐小天放下话筒，骄傲地对姚玉婷眨巴了一下眼睛，那神情就像一只雄孔雀展开尾屏，还不停地作出各种各样优美的舞蹈动作，向雌孔雀炫耀自己的雄性美，以此吸引姚玉婷的注意。喝了酒的姚玉婷根本没有在意唐小天的这些表演伎俩，只是一味地开心欢笑。

"各位，下面有请著名的男低音歌唱家孙宝丁为大家演唱《小芳》，请大家鼓掌欢迎。"唐小天将孙宝丁推到了包间的正中央。经验老到的陈道明这时也已将歌曲《小芳》插播到第一首。孙宝丁也不客气，拿起话筒，喝了一大口啤酒，深情地唱道：

> 村里有个姑娘叫小芳
> 长得好看又善良
> 一双美丽的大眼睛
> 辫子粗又长
> 在回城之前的那个夜晚
> 你和我来到小河旁
> ……

如果说唐小天是以唱功和技巧打动了观众，那么孙宝丁一定是用真情感染了同伴。他的歌声不但让自己流下了眼泪，还让活蹦乱跳的唐小天变得沉默，让老陈想起了旧日的情人，也让姚玉婷梦游回到了自己遥远的家乡。此时的包间里，除了小芳，就是寂静。

榜样的力量是无穷的。老陈自告奋勇地唱起了《真的好想你》：

> 真的好想你
> 我在夜里呼唤黎明
> 追月的彩云哟
> 也知道我的心
> ……

"老陈，你想谁了？"唐小天扯开嗓子大声问。

"想我的心上人了。"

"你的心上人是谁？"

"我老婆啊。"

众人哈哈大笑。

"请姚科长为大家演唱一首东北民歌《送情郎》，好不好？"孙宝丁从老陈手里抢过话筒递到了姚玉婷手里。姚玉婷拗不过大伙的盛情，唱了一首电视剧《外来妹》主题曲《我不想说》：

我不想说，我很亲切

我不想说，我很纯洁

可是我不能拒绝心中的感觉

看看可爱的天，摸摸真实的脸

你的心情我能理解

......

甜美的声音，萌哒哒的表情，活脱脱一个真实版的杨钰莹。三个男人不约而同地听呆了。抽烟喝酒会上瘾，唱歌也一样。姚玉婷在大家的鼓励下，连唱三首。

凌晨一点，喧嚣的城市进入了梦乡，流光溢彩、千娇百媚的夜景也变得昏昏欲睡。老陈叫了一辆出租车，三个人一起将姚玉婷送回了公寓，之后便各自打车回家。

告别了同事，钻石王老五唐小天独自开始了自己的第三场活动。他醉醺醺地坐上了一辆出租车，拨通了老相好阿红的电话，问阿红睡觉没，阿红说没有睡，正在等他来呢。阿红先前在夜场上班，卖酒不卖色，只有遇见自己真心喜欢且又花钱大方的男人，她才同意交男女朋友。她和唐小天就是在一家歌厅里相识相爱的。唐小天为人豪爽，舍得花钱，又在著名的飞天公司当领导，深得她的青睐。自从他们相识结交了男女朋友之后，阿红再也没有结交过其他男人，也不再去歌厅上班了。

唐小天一走进出租屋，阿红就扑在他怀里，紧紧地抱着他，娇嗔道："唐大哥，这么晚又去哪里潇洒了？"唐小天抚摸着她的秀发，答非所问地轻声说："我有点饿，你这里有吃的东西吗？"

阿红是唐小天的小老乡，比他年轻五六岁，他们相识已有两年多。阿红烧得一手纯真的家乡菜。唐小天每隔几天都要来她这里解解馋。阿红是他的第几个女人，唐小天已经记不清了。事实上，自从五年前同女朋友分手后，他就再也没有真心爱过任何一个女人。但他只要是喝多了酒、或者遇到了不顺心事的时候，总会想起阿红。他甚至有时觉得，来到阿红这里就能重温久违的、回到家乡的感觉。

"唐大哥，辛苦了一天，先去洗个热水澡吧。"阿红说。

就在唐小天洗澡的时候，阿红下厨房开始做菜。

粉红色的窗帘拉得很紧，看不见一丝月光；空调的凉气嘶嘶作响，卧室的灯光温馨而柔和，空气里弥漫着暧昧的诱人气息。唐小天洗完澡，躺在阿红的床上休息。她的床上有一种淡淡的清香，就像催人入眠的良药，他的头一挨上枕头就昏昏欲睡。躺在这张弥漫着阿红体香的床上，他就像一叶随波逐流的孤舟，停泊在一个温暖宁静的港湾，白日里的一切疲惫和烦恼皆烟消云散，此时只想静静地享受这个美妙的时刻。他打着均匀的鼾声润滋滋地迷糊了。他梦见了家乡的茅草屋，还有顶着烈日耕地插秧的爹娘。爹在喊：不孝有三，无后为大。你赶快找媳妇结婚吧。娘也在唠叨：小天啊，我和你爹都在等着抱孙子呢。他被爹娘的喋喋不休吵醒了。

阿红很快烧好了几个拿手小菜，一个冬笋炒腊肉，一个青椒炒香干，一个蒜蓉炒菜心，都是地道的家乡小菜。也是唐小天最喜欢的口味。她回到房间，看见唐小天躺在床上两眼发呆，柔声问："唐大哥，又想谁了？"

"刚才睡着了，后来又被吵醒了。"唐小天说，"每次来你这里，睡得都很香。"

"只要唐大哥喜欢，阿红就开心。"

第七章

　　谭志远刚刚走出饭庄，司机华哥便如约到达，将他安全送回了家。适才妻子在电话里说，明天一早要和他一起开车去广州儿童医院，找医生给女儿诊断迟迟不会说话的原因。近亲结婚的危害性，他在结婚前就知道，但碍于两家人亲上加亲的感情，以及滴水之恩当涌泉相报的家教，他从未提出过反对意见。婚后，他又忙于打拼事业，沉醉于升官发财的追逐之中，早已将这件事可能带来的恶果忘到了九霄云外。结婚的次年，他们的头生女是早产，出生十天便因病夭折。他和妻子在悲伤的同时，也没有深究女儿死亡背后的真正原因。如今，次生女又迟迟不会说话，强烈的第六感觉告诉他，一场无法避免的灾难将要降临在自己的家庭。

　　"谭冬英，请谭冬英的家人抱孩子进来。"省城儿童医院，一位白发苍苍的老教授按号呼叫病人进来就诊。站在门外候诊的谭志远听见医生叫女儿的名字，立即抱着女儿走到医生面前。老教授一边查看孩子的情况，一边闲聊道："你是孩子的父亲？"谭志远忙回道："是的，教授。"老教授微微拉下架在鼻梁上的老花镜，抬眼瞄了他一下，继续问："你和王院长是什么关系？还劳烦他亲自打电话过来。以后直接找我就可以啦。"谭志远笑容可掬地解释一番，并感谢老教授对女儿的精心诊治。初步检查完毕，老教授建议孩子住院治疗。谭志远两口子毫不犹豫地同意了。"小伙子，听说你们公司生产的冰箱质量很好，能不能帮我搞一张内部优惠券？"老教授半认真半开玩笑地说，谭志远欣然应承道："没问题，多搞几张也可以。"老教授摆摆手，感激地说："不用那么多，一张就够了。我的小儿子要结婚啦，给他做准备呢。"

办完住院手续，谭志远借口买饮料，独自一人再次找到老教授，详细询问了女儿的病情。老教授毫不隐瞒地告诉他："小姑娘的病情不容乐观，初步判断是先天性智障，具体病因还有待住院检查。"听完老教授的讲解，谭志远神情黯然地走出门诊大楼。他担心的事情还是发生了。

住院部来了新病人，护士们总免不了评头论足、说三道四。两个漂亮的年轻女护士今天又打起了赌，一个说："刚才送小女孩住院的一对男女，一个是爸爸，另一个是乡下的姑妈。"另一个却说："一个是爸爸，另一个是乡下的姨妈。"然而，当她们听完值班医生的介绍之后，都不约而同地惊呼道："那个女人是孩子的妈妈？这两口子的形象差距也太大了。"

累了一天的罗招弟蜷缩起瘦小的身材，坐靠在女儿病床旁的椅子上，迷迷糊糊睡着了。此刻，她那张蜡黄且布满雀斑的面容，在满屋子白色光线的衬托下，越发显得憔悴不堪。黑色的夜幕正在悄悄降临。谭志远独自一人在医院的草坪上溜达了几圈之后，才回到了病房。他刚刚走进病房，就听到两个护士的窃窃私语，不由得感叹老天对妻子的不公平。短短几年的时间，一个明眸善睐、风韵十足的少妇，突然就变得像一个四十多岁的村妇。焦虑了一天的谭志远，此时也是面色苍白，镶嵌在两道浓眉下的一双迷人的黑眼睛变得忧郁沧桑。站在病床旁，正在给小英子换药水的漂亮女护士，鬼使神差地将一双怜爱的目光投射到他的脸上，像是端详自己的情人一样，迟迟不肯离开。

等待是漫长的，尤其是关乎自己亲人的健康。三天后，医生的最终诊断报告出来了，谭冬英患的是先天性智障。老教授告诉谭志远，这种由遗传基因或染色体突变引起的疾病，以目前的医疗水平来看，没有治愈的良药，只有通过后天的教育和训练，培养患者学会一些谋生技能，争取自己养活自己。然而，她即使能自己料理生活，也不可能达到完全和正常人一样的效果。

罗招弟得知医生的诊断结果后，犹如五雷轰顶，一下子瘫坐在椅子上。她无法接受这个残酷的事实，怎么也想不通这样的厄运会降临到自己身上。她如同一只受伤的母羊，用两只黑瘦的手臂抱着女儿，低声对谭志远说："志远，我们一起回乡下看看，是不是老家的祖坟出了状况，破坏了风水。要不然，这么多年以来，为什么你们家总是遭遇倒霉的事情！"谭志远不信堪舆风水、卜卦占星，心里不高兴地说："招弟，医生说了，女儿得病是近亲结婚的结果，与我们家祖坟的风水好坏无关。你不要相信封建迷信那一套说辞。"这是他第一次顶撞她，也是生平第一次像丈夫一样训导妻子。他接着说："老婆，不论女儿今后的病情怎样，我一定会把她抚养成人，而且要让她成为一个自食其力的有用之人。"平日里心高气傲的罗招弟已经被眼前的这个意外结论搅得六神无主、灰心丧气。

孙女患上这种让人揪心的怪病，同样急坏了双方的老人。罗招弟的父亲为此还亲自跑了一趟省城，恳求老朋友王院长想想是否有其他更好的治疗方法来救治外孙女。然而，一切努力都是徒劳。受此打击，性格倔强的罗招弟毅然辞去工作，做起了全职太太，专心在家照顾女儿。身心痛楚、有苦难言的谭志远也将自己的全部精力和时间投入到工作当中，他要拼命工作，努力为女儿创造最优质的生活、学习和治疗环境。痛定思痛，为了防止再次生出不健康的儿女，他和罗招弟一致决定分房而居，停止夫妻生活。

此后，谭志远每天在公司里的工作时间超过了十六小时。渐渐地，他已经习惯了这种没日没夜的工作状态。从工作中获得的成就感，让他暂时忘掉了萦绕在心头的一切烦恼。然而，下班回到家，每当深夜来临的时候，一切又恢复到了原样，烦恼和孤独就像挥之不去的影子，死死地缠着他不放。

谭志远和罗招弟之间的夫妻感情，不同于普通恋人之间的爱情，他和她不但积累了多年的夫妻感情，而且还有二十多年的打断骨头连着筋的姐弟情谊，甚至可以说姐弟情淹没了夫妻之间的爱情。就连新婚之夜，也是罗招弟以姐姐的口吻教唆冒着傻气的他完成了人生的第一次牝牡之合。他至今想起当晚的傻样还是忍俊不禁。

婚礼是人生中的一件大事，关系到男女双方下半辈子的幸福。而一个隆重壮观、氛围浓郁的婚礼，一定会对男女情侣增添更多的幸福元素。顺德民间的婚姻习俗，包括把年庚（问生辰八字）、纳彩、借时、上字、送嫁妆、安床、换新装、迎亲、斟新茶、谒祖、宴客、回门等仪式程序。谭志远和罗招弟幼时的婚约虽然是胡玉珠一手包办，但当两个孩子长大成人后，真正到了领证结婚的时候，两家大人还是按照当地习俗，郑重其事地请了媒人，逐项过礼随俗，缺一不可。首先是把年庚，谭志远的母亲胡玉珍托媒人携带礼物向罗招弟的父母提亲。罗家收下了礼物，便表示同意了这门亲事。此时，媒人便代表谭家向罗家索要罗招弟的年庚。罗家将女儿罗招弟的出生年、月、日、时辰，写在红纸上，托媒人送回到了谭家。胡玉珍拿到罗招弟的庚谱后，把它放在谭家的祖先神台前，摆放了五天。然后，再将罗招弟和谭志远的庚谱一并交给算命先生，推算八字进行占卜。之后，谭家又将谭志远的庚谱托媒人交给了罗家，罗家再推算一次。算命先生的推算结果自然是龙凤呈祥、珠联璧合，同时也应了那句俗语吉言：女大三，抱金砖。谭罗两家便把他们的婚事定了下来。不久之后，谭家托媒人到罗家通知已择定的良辰吉日行聘礼。到了行聘礼那天，谭志远祭告毕祖先，便去了罗家行礼提亲。他带去的礼品有：礼金、礼饼、成双成对的红米酒，一对大活鸡，一对大活鹅。礼金六千，寓意六六大顺，图一个好兆头。礼饼是顺德特有的龙凤饼，有莲蓉、蛋黄两种，一盒一对分红白两色。谭志远带回罗家的回礼包括姑爷裤料、大发松糕等。过礼之后，谭志远和罗招弟这门亲事就算正式确定下来了。之后，谭家行借时之礼，查询罗招弟月经来潮的日期，以便择取结婚吉日。谭家择定了良辰吉日，托请媒人告诉了罗家，征得罗家父母同意后，便开始筹备迎亲。谭志远的结婚日期选在了农历腊月初六，那时他刚刚进入飞天集团工作了六个多月。谭志远准备结婚的时候，谭家人的生活已经发生了翻天覆地的变化。他的哥哥姐姐们均已成家立业。大姐谭志宁在广州一家报社工作，二姐谭志静担任凤山镇一家中外合资纺织企业的副总经理，哥哥谭志致和叔父合资在东莞开办了一家鞋厂。谭家人在谭家村又挺起腰杆了。谭洪氏特意叮嘱儿媳妇胡玉珍，一定要将孙子志远的婚事办得红红火火，以重振谭家的雄风。

谭志远和罗招弟的婚礼按照既定的程序有条不紊地进行着。上字，送妆，迎妆，压床，沐浴更衣，上阁，出阁，迎亲等流程一样也不能少。等到两位新人在婆家拜了堂，行完叩拜礼，到达酒店的婚礼现场时，新娘罗招弟浑身都挂满了黄灿灿的金首饰。他们的婚礼仪式选在了顺德县最豪华的酒店——凤城大酒店举行。谭家、罗家、胡家和洪家等分布在海内外的主要亲戚悉数聚集顺德县城古良镇，堪称谭氏家族历史上最壮观的豪门盛宴。不过，这些流落海外的子孙们此次归来，不仅仅是为了参加谭家的婚礼，还有另外一个使命，就是借着改革开放的东风，寻找更多的投资机会来回报家乡的养育之恩。谭志远的外公，九十多岁高龄的胡耀荣也专程带着子孙们回到了家乡，参加外孙子和外孙女的婚礼。他拉着两个新人的手，久久不愿松开，眼里含着泪花，结结巴巴地说："你们的父母当年不愿意跟随我一起去澳门，而是选择了留在家乡闹革命。后来，他们又因为有我这样一个资本家的爹，吃尽了苦头，受尽了委屈。我对不起他们。"胡氏姐妹站在一旁已泣不成声。胡耀荣继续说："现在大陆改革开放，政策变好了，年轻人大有作为的机会也多了，你们一定要好好干，有困难找外公，我永远支持你们。"

　　谭志远的婚礼，在岳父岳母权势的影响下，不但高朋满座，而且引来了许多政府要员和港澳巨富。顺德县县长也借这个机会，给参加婚礼的主要嘉宾，趁机宣传了顺德县的投资环境和鼓励外商投资的诸多优惠政策，以便大家互相了解、及时沟通，尽快将已经有意向的投资项目落地生根，进而吸引更多的华侨投资建厂、振兴家乡。当县长热情洋溢地介绍嘉宾香港大亨罗汉强先生的时候，婚礼现场一片哗然。他不就是在顺德县解放的前一日逃亡澳门的国民党县长吗？他也回到家乡投资搞建设了？从乡亲们的脸上可以看得出，他们的疑惑实在是太多了。

　　酒席散去，闹毕洞房，婚房里只剩下新郎和新娘，谭志远和罗招弟都不免有些局促不安起来。罗招弟坐在床沿上，羞红着脸低头不语，藏在胸脯底下的心却在咚咚乱跳。站在一旁的谭志远更是不知所措，傻乎乎地东张西望。稍许尴尬之后，罗招弟重新恢复了姐姐的霸气。她伸出自己发热的双手，主动上前将谭志远拥入怀中，脸贴在他的胸前，柔声说："志远，这里就剩下我们两个人，今晚你想做啥就做啥，我尽心尽意服侍好你。"不暗男女之事的谭志远依旧是傻乎乎地看着新娘而不知接下来该做什么。罗招弟莞尔一笑，索性自行脱掉了内外衣衫，露出了嫩如羊脂的肌肤和胸前两个被红色奶罩包裹的鼓胀的奶子。谭志远被眼前景象惊吓得眼花缭乱、心神荡漾。等到他渐渐镇定下来的时候，发现自己已经赤条条地站在床前，身上的衣裤已被罗招弟悉数脱下，一丝不挂，只剩下浑身的颤抖和燥热。刹那间，他就像泰山顶上积攒了一冬的厚雪，被炙热的阳光融化成一泉清水，汩汩流淌。

　　罗招弟在结婚前，就羞羞答答地聆听了母亲的叮嘱："志远一门心思钻研业务、努力工作，生活中不懂的事情自然很多，你年长他几岁，要主动教导、帮助他，处处提携、爱护他。"她是家里的三姑娘，前面的两个姐姐都已结婚生子，对于男女之间的那些事，通过和姐妹们聊天、自己看书等途径，她多少有了一些初步的了解，但实战经验仍然是一片空白。而谭志远却完全是一个生瓜蛋子，对于男女之事一窍不通。

　　如今，洞房花烛，一切只有靠这个做姐姐的新娘来手把手教导新郎弟弟了。

　　次日清晨，罗招弟拿着孝敬长辈的礼物拜见了奶奶、婆婆，代婆婆喝完敬酒，便正式成为了谭家的一分子。婚后第三日，她在丈夫谭志远的陪同下，带上回门礼物回到娘家探望父母。回门礼包括：金猪一只、西饼两盒、红米酒两瓶、生鸡一对、猪肚及猪肉各两斤、水果两篮、有头生菜、葱、伊面两盒、有头尾甘蔗两根等。见到回门的女儿、女婿，胡玉珠和丈夫罗炳辉喜不自胜，两人都在盘算着明年冬天就可以抱上孙子啦。然而，谁也没承想到，两家人苦心设计的一桩令外人羡慕不已的婚姻，几年之后竟然变成了一场悲剧，给两个亲上加亲的家庭蒙上一层沉沉的阴影。

第八章

　　唐小天领着一个脑门光亮的中年男子，走进了谭志远的办公室。他对中年男子介绍说："赵总，这位就是我们公司的谭总。"中年男子慌忙伸出双手握住谭志远的右手，不卑不亢地说："谭总，您好！免贵姓赵，名达裕，和你们广东省的足球名将赵达裕是同名同姓，鄙人的英文名字叫凯文。以后还请谭总多多指教。"谭志远还以微笑，礼让赵达裕坐在沙发上，又召唤秘书给客人泡茶。唐小天借故离开了办公室，秘书泡好茶也知趣地退下，谭志远便和赵达裕一边喝茶，一边轻松地聊了起来。

　　"赵总，我已经认真拜读了您的简历，对您的个人情况和工作经历，也有了一些初步的了解。"谭志远说，"今天约您过来，就是想听一听您对飞天模具厂的现状和未来的一些具体看法和设想。"赵达裕也不客气，属于那种一根肠子直通屁眼、没有心机不走过场的人，一开口就开门见山地表明了自己的观点。他说："模具制造行业在国内刚刚起步，属朝阳产业，随着家电、汽车工业的不断发展，模具的市场需求量会越来越大，前景无量。但国内的模具企业，不论是模具的设计水平、加工设备及工艺、产品标准化管理、生产现场管理，以及人力资源等基础管理工作和日、德企业相比，都存在巨大差距，就是想要赶上台湾、香港的模具制造水平，也至少需要十年的时间。"在赵达裕端起茶杯喝茶的空隙，谭志远满意地点点头，示意他继续说。赵达裕放下茶杯，接着说："适才唐部长带我到贵司的模具厂走了一圈。说实话，咱们的生产车间给我的第一印象相当震撼。设备都是世界一流的顶尖品牌，比台湾、港资企业的设备都要高端、大气、上档次，诸如美国穆尔坐标磨床，日本的瓦西诺光学曲线磨床、冈本高精密平面磨床、大偎五轴龙门加工中心、牧野立式加工中心，瑞士阿奇的全自动数控慢走丝和火花机，以及日本三丰三坐标测试仪、投影仪和激光抄数扫描仪等高精尖数控设备，就连普通的立式铣床也产自西班牙，而且其中几台设备的加工行程和精度，我也是第一次亲眼见到，真可谓阵容豪华，亚洲第一，无人比肩。"

听完赵达裕的赞誉之词，谭志远表面上依旧镇定自若，但内心深处却荡漾起自豪的波澜，这家现代化的工厂可都是在他的主导下，通过详细规划和严格选型才建设起来的。然而，还没等他从沉醉中醒来，赵达裕却把话锋一转，语气低沉地说："但是，我仔细查看了车间的模具设计结构、设备的加工程序、工艺参数设置、机床配套的工装夹具、工人的操作技能水平、刀具以及现场生产环境等现状后，却不由得叹息，好钢没有用在刀刃上，好马没有配好鞍，好设备没有发挥出应有的效率！"

谭志远的脸色突然变得凝重，眼里透出了一丝不易觉察的惶恐。他给赵达裕的茶杯里添了茶水，不紧不慢地说道："赵总先喝口茶，再详细道来。"赵达裕呷了一口茶，继续说："这些问题不是一句两句话就能说清楚的，接下来我会写一份详细的分析报告和解决方案，呈报给您。"谭志远满意地点点头，为自己适才的急切和不镇定而懊恼。

三天后，赵达裕通过唐小天将自己写好的调研报告和解决方案转交给了谭志远。谭志远手里拿着十二张 A4 纸的长篇报告，第一时间就如饥似渴地一口气将它读完，之后从心底里发出一句感叹：赵达裕真是一个难得的人才啊，五十万年薪，值！

赵达裕年长谭志远将近十岁。他下过乡，当过工人。恢复高考的第一年，他以优异成绩考入上海交通大学内燃机专业。大学毕业后，他被分配到武汉的一所大学任教。两年后，又被政府选派到德国大众汽车公司学习了三年。在德国大众公司学习期间，他亲身感受到了德国人精益求精的工作态度和工匠精神。他总结出德国先进制造业之所以能够延续百年、经久不衰的秘诀是：传承，秩序，细节和执着。传承是一种理念，是人类文明和智慧的体现；传承的精髓，在于它突破了人类生命长度的局限，使真知灼见和美德懿行能够代代相传、泽被后世。秩序是德国人的立国之本；遵守秩序和坚守规矩是每一个德国人的责任和义务；德国制造的核心就是让生产井然有序、完美搭配、合理分工。细节决定成败。在全世界人民的脑海里，只要提到严谨，一定会想到德国人，这种印象，就像是你说到天，便会想到云；说到江河便会想到鱼虾；说到星星便会想到月亮一样自然。成功是执着的结果，没有执着精神，任何人都将一事无成。

回国后，赵达裕遵从组织的安排，从大学又调到了一家国家级汽车发动机研究所，从事内燃机研究与开发工作。历经数年的辛勤耕耘，他先后获得好几个大奖，多次被评为省部级先进科技工作者，到头来却发现什么用都没有，根本无法实现自己心中实业报国的梦想，加上他忍受不了国营单位的体制束缚和人与人钩心斗角的工作氛围，便毅然辞去公职，应聘到了深圳一家港资模具企业工作。他从这家公司的设计室主任做起，用了两年多的时间，凭着自己的突出贡献，当上了公司总经理。之后，这家公司在他的领导下，经过五年多时间的高速发展，从年销售收入三千多万，一路高歌猛进，增长到了一亿五千万，成为了行业的龙头、标杆企业。与此同时，赵达裕在业内声名鹊起，被多家猎头盯上，诚邀他加入的模具企业络绎不绝。

赵达裕和唐小天的结识纯属偶然。他们是在一次聚会上经朋友介绍而互相认识的。两个人通过聊天得知，他们不但是一个大学的校友，而且是同县的老乡。初次见面，赵达裕的博学多才和丰富经历就给唐小天留下了深刻印象。当谭志远提出要给模具厂物色新厂长人选的时候，唐小天第一时间就想到了他。唐小天将飞天集团的基本情况作了简单介绍，征求他的想法。其实，赵达裕在认识唐小天之前，通过新闻媒体、电视广告，对飞天集团已有所了解。他家里使用的冰箱、空调都是飞天产品，飞天集团给他留下的印象很好，像电视广告宣传的一样，产品质量可靠，样式新颖时尚，售后服务贴心。关于飞天集团创始人宁国忠的传奇故事，他通过各种新闻报道和业内人士之间的口口相传，也早有耳闻。他和大多数有志青年一样，也十分崇拜这位企业领袖，渴望自己能够成为和他一样伟大的人。当他第一次见到年轻有为、沉稳大气的谭志远总经理时，更加坚定了自己的选择。他认为跟着他们一起做事，一定会成就自己的人生梦想。

敲定了模具厂厂长人选之后，谭志远的注意力又集中在了钣金厂厂长人选上。前段时间，孙宝丁和唐小天联合向他推荐了技术部副部长杨建军，但他觉得杨建军的领导能力还欠点火候，将钣金厂交给他来领导，时机不是很成熟，毕竟钣金厂是全集团管理难度最大的一家分厂。他经过反复思考，最终决定让孙宝丁来承担这个重任，杨建军做孙宝丁的副手。

孙宝丁是谭志远一手提拔起来的得力干将，谭志远对他有知遇之恩。因此，他对谭志远是俯首帖耳、忠心耿耿，甘心情愿地为他们共同热爱的事业冲锋陷阵，充当马前卒。当谭志远将自己的想法告诉他的时候，他二话不说，立即应承下来。

孙宝丁出生于黔东南偏远山区的一个农家小院，大学毕业后被分配到一家军工厂工作。数年前，他像一只四处流浪的野猫，嗅着友人的足迹，逃难来到了岭南小镇古良，找到了一份收入不错的工作，在一家私人企业做工程师。进厂面试的那天早晨，他依照人才交流中心推荐信上的地址，来到一家四面敞开、不见大门的工厂。他望着黑色粉尘笼罩下的厂房、车间，不由得心里一凉，迅即想起了儿时经常光顾的乡办机械厂：砖瓦木梁搭建的简易厂房，狭窄拥挤的场地，凹凸不平的道路，漫天飞舞的粉尘。眼前的一切和记忆中的一模一样，该不会是回到了乡下老家吧？他又想起了自己曾经工作过的军工厂，这里的环境比老厂差多了，老厂可是标准的花园式工厂。正当他走神的时候，听见厂门口站着一位身着西装革履、模样像个大老板的老头，对着他叽里咕噜地说些什么。他听不懂老头说什么，兀自问："老板，您好！我是来应聘工作的，该上哪里找人？"老头又是叽里咕噜地说了一通，见他没反应，便摇摇头，走进了黑漆漆的生产车间。这时，不远处走来一个书生模样的年轻人，他接着又问："师傅，我是来应聘工作的，该去哪里找人？"年轻人指着车间对面紧邻马路边的一栋三层高的挂满牌匾的旧楼说："去那边，办公大楼一楼厂部办公室。"他按照年轻人的指引，走进一楼一间狭小的光线暗淡的办公室。接待他的人是一位姓黄的主任，年龄五十岁上下，个头不高，神情肃穆。他说明来意，又递上小镇人才中心开具的介绍信。黄主任热情地招呼他坐在沙发上，吩咐办公室里仅有的一位女士倒茶水给他。黄主任看完介绍信，询问了他的工作经历和个人情况，然后详细介绍了工厂的生产经营情况、未来发展规划以及技术人员的待遇政策。他听得有些激情四射，像喝了一大杯烧酒一样亢奋。黄主任一口气足足讲了半个小时，其中给他印象最深的除了工资待遇就是工厂的生产经营数据。

"三百多人的工厂，年销售额近一个亿。是真的吗？"听到黄主任说了这组数据，他觉得很震撼，以为自己听错了，特意反问了一句，得到的回答是肯定的。真是不比不知道，一比吓一跳。他心想，内地老厂一千多名职工，年销售额不到一千万，不亏损倒闭才算怪事呢！

"在我们厂里，一个萝卜一个坑，绝没有一个闲杂多余的人。"黄主任强调补充的这句话，他信。因了整间办公室，包括黄主任在内也就仅有三张办公桌，另一张桌子上竖立着一块生产副厂长的招牌。他环视四周用玻璃窗隔开的其他办公室，包括厂长、财务和销售人员加起来也不到十人。黄主任结束了和他的谈话，又打电话叫来了技术部的区主任。区主任负责技术工作，自然和他聊起了专业方面的话题。区主任告诉他，技术部在二楼办公，总共十八人，负责工厂的产品开发设计以及技术管理工作，全部都是大学本科以上学历。区主任的年龄和他相仿。区主任介绍完情况，随手拿出了一份试卷给他作答，考题包括专业基础知识和实际应用案例两大部分。这些题目自然难不倒他。答题完毕，他从区主任和黄主任的对话表情中看出，他们对自己很满意。之后，黄主任又和他谈了工资待遇、宿舍以及其他事宜。恰在这时，刚才他在厂门口遇见的那个老头走了进来。黄主任忙上前说："陈厂长，早晨！"老头目不斜视地说："早晨！"黄主任回头指着他，对着老头叽里咕噜说了一通，之后又对他说："孙工，这位是我们陈厂长。"他赶紧上前，低眉顺眼地说："陈厂长，您好！"谁知陈厂长依旧是面无表情、叽里咕噜地对他说了几句。他知道厂长讲的是广东话，但与香港电视剧里的广东话没有任何相同之处，和广州火车站广场上的大喇叭讲的话也不一样，厂长讲的话他一句也听不懂。看他一脸茫然，陈厂长又摇摇头走开了。事后他才弄明白，陈厂长讲的是广东土话，人家香港电视和广播讲的是广东普通话。黄主任告诉他："孙工，陈厂长说让你安心工作，发挥技术特长，尽快做出成绩。"听完黄主任的翻译，他再细看那个老头的背影：六十岁左右，头上的毛发几乎脱光，虽然有些驼背，但他的身高足有一米八以上；他说话时不动声色、底气十足，两颗眼睛放着摄人心魄的黑光，光听他的声音、看他的眼睛，就知道这人不简单。黄主任说陈厂长是广东潮州人，不会讲普通话，也不会讲当地广东话，让他别见怪。他后来才知道，陈厂长就是这家工厂的老板。

次日上班后，他还没来得及从兴奋中清醒过来，一个从口音一听就知道是老乡的人悄悄告诉他说："孙工，你知道葛朗台是啥子么？"他说："当然知道了。"老乡说："我们的陈厂长就是那个葛朗台。员工和他谈啥子都可以，就是没得谈钱，一谈钱他就睁圆双眼，暴跳如雷。"一月之后，老乡的悄悄话兑现了，他不但无法百分之百拿到事先谈好的工资，而且到了下个月底才能领取上个月的工资。也就是说老板要扣压他一个月的工资。他不得不佩服，这位不苟言笑的陈老板是一个管理高手，总能从繁琐复杂的工作流程中找到各种各样扣减工资的理由。遇到这样的东家，他只能忍气吞声、自认倒霉，心想谁让咱是打工仔呢！不过，他回过头来细加思量，自己现在的收入比在内地时要高出好几倍，心里也就坦然接受了，不再计较压工资、扣奖金那些烦心事儿。反过来，他倒有些感激陈老板，没有陈老板压榨和剥削他的剩余价值，他又能去哪里赚钱养家、偿还债务呢？

他之所以南下打工，实属被逼无奈。因为他"下海"创业失败了，非但没有发财致富，而且欠了一屁股债。贫无立锥之地的他，只好选择打工赚钱来养家糊口、偿还债务。"下海"之前，他原本有一份稳定的职业，是一家军工厂的设计工程师，属于体制内的国家干部。单位效益好的时候，他也是趾高气扬，以端铁饭碗为荣。他主持或参与设计过的多个产品，分别获得过省、部级大奖。他是单位里同辈人的翘楚，是年轻人的楷模。领导和同事们都很器重他。他不但事业顺利，还有一个令人羡慕的幸福家庭，女儿刚满两周岁，妻子贤惠能干。他的业余生活丰富多彩，看书打球，散步逛街，偶尔也打打麻将、喝点小酒，过着老婆孩子热炕头既充实又温馨的安逸日子。虽说单位效益每况愈下，一年不如一年，他和妻子一个月的工资加起来还抵不上厂门口卖小笼包的李阿姨一个礼拜赚得多，而且时不时还要拖延几周或者个把月才能拿到手。但这都不至于影响他的正常生活。他和厂里的其他老少爷们一样，都相信这些困难是暂时的，只要上边给厂里派一位英明领导，带领大家齐心协力共同努力，工厂的效益一定会慢慢地好起来。

他在乡下的爹，也来信说：宝丁啊，家里现在的日子比以前好了许多，不愁吃不愁穿，这都要感谢党的好政策啊。今年，家里的毛尖茶又丰收了，能卖不少钱。我和你娘身体都好着呢，你就不要操心家里的事了，要一心一意为公家做事，一定要作出成绩来，替我和你爷爷光宗耀祖，让你早逝的爷爷奶奶在天之灵得以安息。他爹的信，通常总是冗长而啰唆，和当面说教他一样，一直唠叨个没完。他从娘肚子生下来的时候就没有见过自己的爷爷奶奶，连照片也不曾见过，对他们的长相没有丝毫的印象。但爹娘的艰辛，他是刻骨铭心的。爹娘一生共养育了六个儿女，他是他们最小、也是唯一的儿子。他上头有五个姐姐。他娘是在四十岁才生下他，那年他爹四十二。爹娘生下他的时候，把家里仅有的一头猪宰了，宴请了所有的亲戚乡邻。他们终于圆了自己的人生梦想，对列祖列宗有了交代，让老孙家的香火得以延续。他爹说，为了生他，自己费尽了心思，烧香拜佛，请阴阳先生查看宅基和祖坟，先后花去不少钱，也耗死了不少的脑细胞，刚过四十岁的时候，头顶就已泛起了亮光，周边只留下几根稀稀拉拉的华发杂毛。他爹听从了阴阳先生的建议，将自家后院里一颗生长了几十年的千头椿连根拔起，没承想从树根底下挖出一块青石碑，碑上刻有密密麻麻的几列文字。他爹不识字，请来村里的张先生。张先生戴上老花镜仔细端详，之后神秘地说："孙家兄弟，恭喜啊！你要生儿子了。"他爹虽然听得云里雾里，不知张先生葫芦里到底卖的什么药，但还是相信了张先生。不久之后，果如其言，他就钻进了娘的肚子里。此后，再也听不到他家后院传来黑老鸹的怪叫声。至于石碑上到底刻了什么？只有张先生知道。因为张先生神情凝重地告诉他爹："兄弟，这块石碑放在你家不吉利。我得把它搬到该放的地方。"说完就把石碑拉到自己家里去了。后来，他爹不但有了儿子，而且培养出全村第一个大学生。他爹在村里走路的样子至今还是咚咚地作响。

然而，自从青石碑进了张先生的家门，张家的日子开始过得磕磕绊绊，好像被厄运缠身。他的女人好端端的突然得病住进了医院，高大威武的儿子谈了五年的女朋友突然跟人跑了，将近三十岁还娶不上媳妇。识文断字、通晓阴阳的张先生没承想自己玩了一辈子鹰，到最后却还是被鹰啄瞎了眼。他幡然醒悟，断定是青石碑招惹的祸端，仰天长叹：既然我这样的凡夫俗子不能镇住这块妖石，也断不会让你再危害他人啦。张先生唤来儿子，嘱咐他用大铁锤将青石碑砸碎，挖坑掩埋在村外的废碳渣沟里。说来也怪，三个月后，张先生女人的病不治自愈，儿子娶上了新媳妇。

爹娘不求他大富大贵，只求一家人平平安安。其实，他也是这样规划自己的人生。既然钱少的日子别人能过，自己又何尝不可。抱着这样的心态，他每天恪尽职守，善待生活，心安理得，波澜不惊。然而，有一天妻子的一段话，不但让他的内心泛起了波澜，而且惊出了少许冷汗。那是农历腊月，临近年尾，中午下班回家，他正巧在楼梯口碰见了从广东打工回来的李师傅。李师傅穿着一件不大合体的格子西装，像一个刚打完土豪分了田地的农民，财大气粗地拿出一包"555"香烟，抽出一支递给他，笑呵呵地说："孙工，抽烟。"他微微一笑，摆摆手说："不抽，不抽。我不会抽烟。"李师傅说："不会抽，也拿着。这是外国烟。"他不好再拒绝。再拒绝，李师傅面子上就说不过去了。他依稀记得李师傅以前抽的是不带把的黄果树，而且从不让人，因为李师傅的老婆给他制定了严格的纪律，两天一包。"李师傅，您这是放假刚回来？"他伸手接过烟恭维地说，"这些年您在广东打工发了不少财吧。"李师傅龇着大黄牙笑呵呵地说："没发，没发，就混口饭吃。"李师傅话不多，他也不善言语，两个人寒暄几句，便各自回家。

"下班回来啦，每次总是比我晚到家。"听见开门声，妻子张燕大声说，"刚才你在楼道和谁聊天呢？"他说："是楼上的李师傅。他刚从广东回来。"张燕说："你看看人家李师傅多有本事，听说一个月能挣好几千呢。"他没有吭声。她接着说："宝丁，厂里许多人都在私下里找门道赚钱，你也不想办法出去闯一闯？全家人都困在这里，万一哪天厂子倒闭发不出工资，我们一家人可咋办？"妻子的思虑不是杞人忧天，她说的在理。他仔细一琢磨，不由得也冒出一身冷汗。

他不是一个没有危机感和想法的人，而是一直在思考该如何稳妥地迈出第一步。仿效李师傅南下打工？还是像马师傅一样下海做生意？他认为这样的重大事情，必须好好思量一番。要将风险降到最低，而且暂时还不能丢了公职，这一切都得仔细谋划，把所有的可能性都要预测到，做到万无一失而又不为人知。办法都是人想出来的，关键是要沉得住气，不能急不择途，草率行事。一旦决定好了实施方案，孙宝丁行动起来是迅猛而果敢的。

农历二月的一天上午，冰雪还未消融，寒风依然刺骨，他突然病了，而且病得不轻。他拿着医院开出的诊断书和病假条，找到顶头上司林所长请病假。林所长坐在办公室的靠背椅上发呆，似乎还没有睡醒，他昨晚一定是熬夜打麻将或者干私活了。林所长打麻将的水平很差，老是"交学费"，但他干私活的本事却很大，听同事们说，周边几家个体作坊经常私下里找他设计图纸。林所长揉了揉睡意惺忪的眼睛，仔细查看了诊断书，然后极不情愿地签字同意了。"小孙，你安心看病，有什么困难可以直接找我。"林所长语气关切地说，"希望你早日康复，所里还有许多重要任务等着你牵头完成呢。"他脸色苍白、有气无力地谢过领导，拖着病恹恹的身体，听着身后渐渐远去的惋惜声，步履艰难地走出了工厂的大门。

数月之后，整天一门心思打麻将、干私活的林所长偶然间从下层员工的闲言碎语中获悉，他得病是假，偷偷下海做生意是真。于是，林所长很生气，立即安排所里的同事捎话通知他即刻回厂上班，否则上报工厂领导开除其公职。这时，他还未尝到下海的甜头，更没有赚到钱。他胆怯了。那是一个月黑风高的夜晚，伸手不见五指，他头戴灰色的鸭舌帽，鼻梁上架着一副鸡蛋大小的椭圆墨镜，用一副白色的口罩将脸颊包裹得严严实实，手里提着平日里自己都舍不得吃喝的高档烟酒点心，像一个地下工作者，悄悄来到从未登门拜访过的林所长的家里。第一次按下领导家的门铃，他手心冒汗、心扑扑乱跳。

"谁呀？"屋内传出一个中年女人的问话声。

"我，孙宝丁。"

他走进屋后，林所长阴沉着脸，劈头盖脸地训斥了他一番："小孙啊，你不该瞒着我下海，让我在厂领导面前很被动，颜面尽失。如果同事们都像你一样装病请假，瞒天过海，我这个所长可怎么当？"

"林所长，这是一点小意思。"他将手里的东西放在茶几上，道歉道："都是我不好，还请所长多担待。"

林所长向茶几上扫了一眼，片刻间，怒气渐渐消去，说话的语气也柔和了许多。平日里骄傲得像皇太后的林夫人也在一旁帮孙宝丁打圆场。

"夫人，给我和小孙泡两杯热茶。"林所长突然话锋一转说："小孙，说说看，你下海做什么生意？"

他急忙凑上前，海阔天空地吹嘘了一番。坐在一旁的林太太也一直不停地夸赞他能干。林所长和他之间的谈话开始变得温馨而愉快，像一对无话不谈的兄弟，有说有笑。和蔼可亲的林所长不再批评他了，而是主动地为他出谋划策。次日，他遵照林所长的指点，顺利地办了停薪留职手续，光明正大地下海做生意了。

然而，一年过后，天有不测风云，原本生意做得风生水起的他，因一时的贪念，掉进了别人事先设计好的陷阱，陡然间遇到了人生路上第一个迈不过去的坎。他不但折了本钱，而且欠了一屁股债。他痛恨自己道行浅薄、识人不善，竟然在小阴沟里翻了船。他的妻子张燕也一改往日温柔体贴的性格，开始变得脾气暴戾，活像一个母夜叉，公然叫喊着要和他离婚。她经常不分场合，当着同事、领导的面，像对付一只流浪狗一样由着性子大声训斥他，让他在外人面前颜面扫地，尴尬难堪得下不了台。他可怜的老父母，看到儿子事业受挫，整日灰头土脸、一蹶不振，便毫不犹豫地拿出了自己的棺材本，替他偿还了部分欠债。母亲劝他回单位好好工作，不要眼红别人做生意发财，做一个安分守己的人。他那个安分守己的爹，则毫不留情地训斥道："拿别人做镜子，佃户或许会把自己照成地主。你是读书人，哪是做生意的料，要做自己擅长的事情，以后才会活得稳当。"看着年过半百、白发苍苍的父母，辛苦了一辈子，不但没能享受儿子的福，而且还要为他担惊受怕、费力劳心，他羞愧难当、无地自容，他发誓一定要活出个人样，来报答父母的养育之恩。下海失败的他，没脸再回原单位上班了。既然不是做生意的料，他便下定决心南下打工。

初到小城时，紧张单调的打工生活，潮湿闷热的天气，以及语言不通、夜夜蚊咬，让他一时有点水土不服，无所适从。每天除了上班赚钱、下班睡觉，似乎没有其他事情令他心情愉悦，连一个喝酒聊天的朋友也没有。然而，他天生是一个适应性很强的人，能屈能伸，能吃苦，也能享福。三个月后，他很快适应了周围环境和生活习惯，也就平添了一些生活的乐趣和鲜为人知的秘密，重新过上了让人快乐的单身生活，如同一只从笼子里放飞的金丝雀，漫天飞舞，尽情鸣啭。南下广东之前，妻子张燕曾经一脸严肃地叮嘱他："孙宝丁，听说广东那地方可是花花世界，男人到了那里都会变坏。你可要给我放老实点，每月必须按时把工资寄回家。否则，我一定会让你好看。"当时，他心里就在琢磨，我每月挣多少钱、什么时候发工资你能知道吗？就算我一不小心犯了错误掉进了别的女人设计的温柔陷阱里，你也不会知道啊。张燕是个鬼灵精。她虽说装模作样地对孙宝丁进行了一番恐吓，但心里还是有数，丈夫不是一个会在外边乱来的男人，即便他有那个贼心也没有那个贼胆。因为，他和她第一次约会见面的时候，便紧张地语无伦次、脸红耳热、浑身哆嗦、直冒虚汗。更可笑的是，结婚的头一夜，他稀里糊涂地行使完丈夫的权利，不经意间看见她落了红，竟然吓得手足无措，慌忙赔礼道歉。

他落魄的时候，虽然受到了妻子的恶语伤害，但毕竟是一日夫妻百日恩，当他领到第一个月工资的时候，除去留下一少部分作为生活费外，还是毫不犹豫地将其余的钱悉数寄回了家。那是一个星期日的上午，天空下着小雨，他怀里揣着刚领到的工资，厚厚的一叠百元大钞，比在内地的工资多了十多倍，步行到两公里外的邮局。他排了好长时间的队，汇完了钱，再给远在家乡的妻子和女儿打了长途电话。当他听到女儿叫爸爸的声音时，顷刻之间，所有疲惫和委屈都抛到了九霄云外。他告诉妻子："老婆，我已经找到了一份好工作，待遇也不错。领到的第一个月工资，我已经寄回家了，过几天你就可以收到了。你在家里，管好咱们的女儿，保重好自己的身体。"听到丈夫喜讯，张燕一改往日凶悍泼辣的风格，摇身一变成了一个贤淑温柔善解人意的良妻。她柔声细语地说："老公，你一定要吃好喝好，爱惜身体，常给家里打电话。"他往日里听惯了妻子大呼小叫，此时竟然感动得想哭。

此后的一段时间里，每逢星期天都是他最惬意最幸福的时光。不论是日头如火还是刮风下雨，他都要抽时间给千里之外的妻子和女儿打电话。半年过后，他因为工作表现出色，不但涨了工资，而且还分到了一间二室一厅的宿舍。后来，老板为了方便他的工作，派人在宿舍里又安装了电话，同时也方便了他和妻女之间的联系，再也用不着每周日去邮局排队打长途电话了。他渐渐感觉到这位陈厂长不像自己老乡说的那样，是一个抠门、亏待员工的葛朗台式的老板。

他打工的这家工厂是一家机床制造企业，工作中所需的专业知识和他在大学期间所学的专业以及毕业后从事的技术工作很吻合，因而他工作起来得心应手、业绩突出。他的顶头上司区主任，也是一个液压传动与控制专业毕业的大学生，但区主任上的大学的名气和他的母校相比，差距甚远，他可是浙江大学的高材生。因而，两个人共事久了，他在区主任心目中的地位渐渐由一个俯首帖耳的帮手变成为一个实力强劲的对手。因为区主任从陈老板对他的评价中，感觉到了威胁，担心他抢了自己的风头，占据了自己的位置。心胸狭窄、嫉贤妒能的区主任，开始给他挖坑、设绊子，让他感到阻力重重。

一天上午，整个技术部办公室鸦雀无声，只能听到咔咔咔的鼠标点击声。他和其他同事一样，坐在电脑前聚精会神地设计图纸。火急火燎的区主任走进了办公室，径直走近他，粗声粗气地问："孙工，五百五十吨框架式油压机设计进展到啥程度了？"

"主任，差不多了。总体框架结构设计已经完成，现在正在进行油压系统设计。"他说。

"这样吧，先把这台设备的设计放一放，另外一台八百吨四柱式油压机，客户的工期要求很紧，你先设计那一台。"区主任说。

"陈厂长不是交代说五百五十吨交货期紧吗？"他疑惑地说。

"孙工，情况有变。"区主任说，"陈厂长出差前特意叮嘱过我，先投产八百吨四柱式油压机。"

"好吧。那就按您的吩咐办。"他无奈地说。

"孙工，好好干，你是我们工厂的宝贝啊。"区主任皮笑又不笑地说，"这么大吨位的设备，只有你来主持设计，我才能放心。"

区主任走后，他立即投入到八百吨四柱式油压机的设计中。不过，他也没有完全停止五百五十吨的设计，而是利用业余时间，加班加点，确保两台设备同时交叉、并行设计。

一周后，陈厂长出差回来，召集技术部的骨干人员开会，点检非标机床的设计投产进度。当生产副厂长对照项目进度计划表询问五百五十吨框架式油压的设计投产情况时，他不由得一愣，看了一眼坐在一旁的区主任，心里疑窦顿生，你不是说计划调整了吗？怎么计划表的时间没有变？区主任佯装没有看见，面无表情地说："孙工，麻烦你给陈厂长和李厂长汇报一下具体进展情况。"他刚想与区主任争辩，突然又改变了主意。他说："各位领导，五百五十吨油压机图纸已按计划全部设计完成，生产图纸也已下发相关部门备料投产。同时，区主任交代的工期比五百五十吨还要紧急的八百吨四柱式油压机的图纸也已完成设计，并下发备料投产。"他的话音刚落，一直沉默不语的陈厂长疑惑地盯着脸色苍白的区主任，叽里咕噜说了一通。区主任表情尴尬，用蹩脚的广东话颤巍巍地点头回应。虽然他们在沟通上出了一点小插曲，但最终结果还是令人满意。陈厂长微笑着对他以及其他技术骨干又叽里咕噜说了几句，坐在对面的李副厂长连忙解释道："孙工，陈厂长表扬你工作认真负责、效率高。你的敬业精神值得我们每一个人学习。"此时，害人不成反损己的区主任低头不语，眼里露出不易觉察的阴冷。

中午下班后，他端着饭盒走在回宿舍的路上，听见后面有人喊："老乡，等等。"他驻足回头一看，是老乡余工。紧步赶上的余工，贴近他的耳朵悄声说道："孙工，上午的点检会上，陈老板质问区主任，是谁告诉他这两台机的生产计划调整了？区主任回答说他没有说，可能是孙工听错了。区主任这个人很阴险，你可要当心了！"

"啊！他怎么连老板也敢欺骗？"他惊诧不已。

"那个龟儿子不但敢欺骗老板，还欺负你听不懂广东话呢！"老乡嘿嘿一笑。

"初来乍到，我不熟悉这里的情况，以后还承蒙老乡多多指教。"他说。

"不敢、不敢，谈不上指教。有时间的话，我们可以约个时间慢慢聊。"老乡说。

他告别了余工，心里却不由得思忖道，难道这个地方的人与人之间的关系也像内地国营单位一样错综复杂？他是一个书呆子，最不擅长处理人与人之间的关系。他认为，只要一心一意地做好自己的本职工作，做出了成绩，自然就会得到领导的肯定，也会得到相应的回报。因而，对于老乡余工的提醒，他没有太在意，往后的日子里依然埋头苦干、竭力使领导满意。不过，他专程去书店买了一本《粤语速成》，开始利用业余时间学起了广东话。

时间过得真快，春节临近，他没有凑热闹挤破头皮去买回家的火车票，而是把妻子张燕和女儿都接到了小城一起欢度春节。他计划利用春节假期，带着她们去广州、深圳和珠海游玩，以弥补自己长年不在家而给妻女带来的亏欠。他对她们承诺，等到工作稳定下来，就把她们接来广东，全家团聚。张燕来小城探亲之前，她想象中的这个地方一定像电影里演的那样，遍地都是打工仔、打工妹，住在拥挤不堪的简易出租屋里，起早贪黑，过着被资本家剥削的黑暗日子。然而，当她亲临其境，实际感受却截然不同：百吃不厌的美食，鲜花盛开的冬日，干净卫生的城市，和蔼包容的市民，都让她沉醉其中、不忍离去。她用祈求的口吻对丈夫说："宝丁，给你的老板说说，把我也招进你们厂。我好歹也是一个工程师。"他却说："等等吧。等我站稳了脚跟，你再过来工作，就会更稳妥些。"春节过后，他送走了妻女，为了实现自己对她们的承诺，又投入到紧张的工作之中。

区主任虽然技术水平一般，但他的管理手段却胜人一筹。出自他手的各种考核办法和激励机制层出不穷，花样繁多。他的这些让人眼花缭乱的管理思路与陈老板的管理模式不谋而合，因而深得老板的赏识。新年伊始，他在技术部策划推行了设计项目小组负责制，其目的是让每一个设计人员的工资奖金都要和工作绩效挂钩，进而提高他们的设计效率和质量，缩短产品的制造周期和成本。为了形成一种多劳多得、争先恐后的竞争环境，他把技术部的设计人员分成了三个设计小组，每个小组任命了一名组长，设定了绩效考核指标，实行组长负责制。孙宝丁担任第一设计组组长。这么好的激励考核方案，对于技术部的大多数人来说，肯定是一件好事，因为他们都希望借此提高自己的收入。孙宝丁自然也是举双手表示赞同。然而，当他从区主任手里拿到人员分组名单后，心里咯噔一下，自己小组的五个人实在有点儿出乎他的预料，其中三个人是去年刚毕业的大学生，剩余的两个人也是技术部业务能力最差最难管的老油条。不过，他并没有气馁，而是勇敢地面对。他相信自己带领的团队一定能做得最好。机制运行的头两个月，他带领自己的团队加班加点，互帮互助，迎难而上，不但很好地完成了上级下达的各项考核指标，总业绩在三个小组中排名第一，而且小组所有成员在他的指导下，技术能力和工作质量都得到了不同程度的提高。但当月底发工资时，他发觉自己的工资并没有增加多少，而其他成员的工资是否增加，他也不好打听。他心里不解，难道只有责任，没有权利和利益吗？

到了第三个月，当区主任按照惯例将项目计划下发到各个小组后，他发现分配给第一组的项目和其他两个组相比起来，设计的难度高出很多，而设计的周期却缩短了不少。他手下的兄弟们一个个心里都不服气，公开叫嚣不吃这种哑巴亏，吵着要去找区主任理论，但被他制止了。他耐心地说服他们不要去闹事，要体谅上级的难处，多出的工作量由他自己来承担。到了月底，他们小组勉强完成了考核指标，但名次却下滑到了第三。小组成员们的精气神像被榨干了一样，一个个面黄肌瘦、疲惫不堪。人称拼命三郎的他也觉得自己浑身无力，像是被掏空的感觉。

　　机制连续运行了四个月，技术部的设计效率和质量均大幅提升，为公司创造了可观的经济效益。陈老板很高兴，指示黄主任印发红头文件，提拔足智多谋的区主任担任厂长助理。升官后的区主任，也没忘了手下的兄弟，提拔了自己的死党、设计二组的组长担任了技术部主任，又将孙宝丁手下的头号干将提拔为设计二组的组长。第五个月，孙宝丁在少了一员大将的情况下，小组的设计任务却依然有增无减。他找了新任主任沟通协商，能否调减一组的设计计划。主任告诉他，自己也是挂羊头卖狗肉，有名无实，这事还得找区厂长商量。他又找了区厂长。铁面无私、一脸正气的区厂长告诉他，项目分配事关全局，自己决定不了，让他最好去找陈厂长。他被逼无奈，只好硬着头皮找到了陈厂长。陈厂长听到他投诉因为设计任务分配不合理而发牢骚，心里有些不高兴，便瞪大眼睛叽里咕噜地说了一大堆。他连猜带蒙、似懂非懂的听了个大意，老板的意思要他克服困难、迎难而上，不能遇到一点挫折就摆困难、讲条件，要拿出刚进厂时的那股不服输的劲头，再创佳绩。他从厂长办公室走出来，像是挨了刀的皮球，一下子瘪了。几个月下来，他不计得失，熬夜加班，拼命工作换来的却是工资奖金不但没有增加，反而被区主任逼得睁眼跳黄河，走投无路。相反，处心积虑、公报私仇、处处和他过不去的区主任，却一路高歌猛进、升官发财、时运亨通。他不由得陷入了深深的疑虑之中，不抬头看路，只知埋头苦干，怕是越干越没有出头之日啊。

第九章

　　天道不负老实人，数月过后，一次偶然的机会，受人排挤、怀才不遇的孙宝丁得到了一位贵人的青睐，幸运地应聘到另一份令他的一生都引以为傲的工作，担任一家知名家电企业的工程师。

　　那是岭南的春耕农忙时节，仲春之月，节令刚交惊蛰。融融的春光洒满了大地，到处都是绿油油的一片；脱去夹衣厚裤换上短裙薄衫的俊男们，像下雨前的蚂蚁，匆匆穿梭于城市的大街小巷，处处呈现着一派生机勃勃的景象。一个周日的清晨，白色的浓雾覆盖在公园湖水的上空，在风的吹拂下，渐渐化成了一帘轻纱，让艳丽的彩霞羞红了它的脸颊。孙宝丁环绕公园跑了三圈下来，已是汗流浃背、气喘吁吁。他感觉自己的体能相比一年前下降了许多，全身的腱子肉也渐渐转化成厚厚的脂肪，跑起路来，一颠一颠的，没有了往日的矫健英姿。晨练完毕，他从公园里走出来，看到不远处的城市广场的两根柱子之间悬挂着一面顺德县人才交流招聘会的横幅。他走近一瞧，发现参加招聘的单位全部是国内乃至全球著名的大型家电与电子产品制造企业，而其中一家名叫飞天电器的招聘专业明细和工资待遇引起了他的兴趣：冲压设备与工艺技术专家。工资待遇比现在的收入翻了一番，转正后即可办理夫妻二人的工作调动和户口迁移手续，还能分到一套三室两厅的新房子。他抑制不住内心的激动，心想，如果能如愿以偿地应聘到这家企业做一名工程师，那可真是老孙家祖坟上冒青烟，大吉之兆啊！

　　现场公告明示，招聘会正式开始时间是上午九时。他看了一下时间，距离开始还有一个多小时。他迅速跑回宿舍，冲完凉，吃毕早餐，换上一身自己结婚时才穿过一次的西服套装，扎上朱红色的领带，又马不停蹄地返回招聘现场。他精神抖擞、容光焕发，感觉今日不同于以往任何时候，冥冥之中似乎有贵人在向自己召唤。也许，陷于人生迷茫中的他太渴望得到贵人的指点迷津、提携相助，而产生了幻觉。不过，他知道人生的成功之路不外乎四条：读万卷书，行万里路，名师指点，贵人相助。如今，他缺的就是贵人相助。

　　飞天公司的招聘团队气势恢弘，在一排办公桌后的椅子上，十多名招聘专家正襟危坐，包括人力资源和专业技术专家。他坐在了招聘办公桌前，向一个负责招聘的中年女经理作了自我介绍，并递上自己的简历和相关证书。女经理仔细翻阅了一遍简历和证书，并了解了他的当前工作状况和未来发展意愿，之后将他介绍给坐在身旁的一位年轻男经理。她说："谭部长，这位孙工比较适合你们技术部的招聘需求，你和他聊一聊专业方面的知识吧。"他按照她的指引，坐在了谭部长的对面，只见眼前这位谭部长和自己年龄相仿，清瘦英俊的脸颊、精致有型的五官，打眼一看就知道他是一个典型的广东人，剑眉星眸、直鼻薄唇、丰神俊朗、潇洒宁人，尤其那双深邃黑亮的眼睛，像一潭清澈见底的湖水，透射出一种与生俱来的魅力，而这种由自身气质所产生的魅力，又散发出一种强烈的吸引力和感染力，令人看一眼就不由自主地俯首臣服。谭部长似乎觉察到他的心理变化，脸上掠过一缕让人不易察觉的微笑。他查看了他的简历和相关证书，之后面带微笑地作了自我介绍。他说："免贵姓谭，名志远，飞天公司技术部副部长。"并递上了自己的名片。他不动声色地和他聊起了专业知识方面的话题，了解他以往从事产品设计开发的过程和种类，巧妙地利用轻松愉快的谈话方式考问了他许多专业方面的知识以及解决具体问题的方法和能力。他的回答令他很满意。他们谈论完专业知识和技术管理方面的话题，谭志远又将交流的主题在不知不觉中转移到了业余生活和兴趣爱好方面，介绍说自己业余时间喜欢打羽毛球、篮球，喜欢和同事们一起喝酒、唱歌。瞅着谭志远阳光灿烂的笑容，他心里感觉有些自惭形秽，不好意思地说，自己来广东之前也喜欢踢足球、打羽毛球，偶尔还和同事们喝点小酒、打打扑克、麻将，但自从来到广东之后，他平日里除了加班还是加班，再也没有时间顾及自己的业余爱好，更别说是喝酒打麻将了，只是到了周末才有时间去公园里跑几圈出出汗。他们谈得很愉快、很投机，有一种相见恨晚、他乡遇知己的感觉，又像是一对久别重逢的老友，有说不完道不尽的美好回忆、奇闻趣事。

　　周一下午两时左右，他接到了飞天公司打来的录用通知电话。一夜之间，他的工资增长了一倍多,而且在不久的将来还可以分到一套一百多平方米的三居室。他高兴坏了,不敢相信这是真的,以为自己是在做梦。他用右手拧了一下自己的左耳,又用左手拽了一下右耳,确认两个肉乎乎的耳朵还都牢牢地长在自己的大脑袋上。他跺跺脚,自言自语地说:"这不是做梦,这是真的!"周围的同事看着他夸张的表情,以为是劳累过度而导致神情恍惚,不免窃窃私语:"孙工是不是累出毛病?"他发觉自己有些失态,稍作调整后,抑制住内心的激动,径直走到了黄主任的办公室,申请办理辞职手续。心地善良、为人公道的黄主任尽力挽留他,并承诺立即找陈厂长给他涨工资。已升任技术副厂长的区主任,听说他要辞职,内心却怎么也高兴不起来。因为一旦他离职,区厂长分管的技术部的设计力量几乎塌陷一半,设计效率和质量也将大打折扣。再说了,他现在已经对区厂长的仕途无丝毫的威胁,但却是一个能够为他创造优秀业绩的骨干马仔。私利当先、思维缜密的区厂长不得不放下往日高高在上的嘴脸,摆出一副诚恳待人的姿态劝说他留下来继续共事。然而,这时的他,如同王八吃秤砣铁了心要离开,任你磨破嘴皮子怎么劝说也无动于衷。最后,陈老板只得亲自出面挽留他。然而,陈老板的一番口水也是无济于事,因为他承诺给孙宝丁的馅饼,与飞天公司白纸黑字的待遇相比起来,差之甚远。陈老板一气之下,指示区厂长扣罚孙宝丁半个月工资,孙宝丁离开公司后造成的设计缺位暂由区厂长自己顶上,直到人员招聘到位。然而,当陈老板听说他离职后将要去飞天公司工作时,就像一条变色龙一样,立马又改口不再扣罚,而是工资奖金一分不少、全额支付,且又组织所有厂领导设宴欢送。因为飞天公司是他们厂的大客户,他即将成为他们的上帝,他们得罪不起这位未来的上帝啊。然而,他并没有仗势欺人,且婉言谢绝了陈老板的好意。他诚恳地告诉陈老板,大家能够在一起共事,就是缘分,感谢陈老板在他落魄的时候提供了一份可以养家糊口的工作机会。他承诺,在办完离职手续之前,一定会加班加点完成手头的设计任务,绝不会罔顾道义、不辞而别。下班时已近午夜,他跑步回到了宿舍,急不可耐地打电话把妻子从梦中吵醒,将这个他一生都为之欣喜若狂的喜讯告诉了她。

华哥是孙宝丁从古良镇来到一河之隔的凤山镇结识的第一个朋友。那时的华哥,还是一个三十刚出头的年轻靓仔。正值岭南的三月天,俗称"回南天",也是一年当中最难熬的日子。灰暗的天空飘着蒙蒙细雨,门窗紧闭的屋内阴冷潮湿,灰白的墙面、暗黄的地板和脱了漆的简陋家具都是湿漉漉的,仿佛刚刚被雨水淋过一样。孙宝丁打包好行李，独自一人待在临时居住的空荡荡的房间里，抽着烟，等候新东家派车来接。想到自己即将成为仰慕已久的全国最知名的家电企业飞天公司的一员，他很激动，明显听到心脏怦怦的跳动声。

　　大约上午十时，屋外传来咚咚的敲门声。他打开房门，只见门口站着一个穿着浅灰色夹克衫的年轻男子，操着一口广味十足的普通话，傲慢地问："请问是孙工吗？"他礼貌地回答："是的。您是？"来人说："我是飞天公司派来接你的司机。免贵姓刘，名厚华。我和香港演艺明星刘德华仅差一字，同事们都喊我华哥。"经华哥这么一介绍，倏忽间，他们二人一下子近乎了许多。他急忙客气地招呼华哥进房歇息。华哥也不客气，扬着头走进了房间。他环顾四周，然后随意地坐在靠墙的木制沙发上，不屑地说："孙工，这套房子好旧啊，门窗家具破烂成这样，住得习惯吗？"他说："还好。房子是旧东家的临时宿舍。出门在外的人，没有那么多讲究。"华哥说："我们公司像你这样的工程师，住的都是新建的两室两厅或三室两厅的单元房。"他一边倒水，一边点头说："嗯，我听人事科负责招聘的主管介绍过了。"之后接着又说："华哥，请抽烟喝水。"华哥用右手食指敲敲茶几，点头说："不用客气。"他从裤子口袋里掏出香烟抽出一根递过去，客气地说："华哥，请抽烟。"华哥接过香烟，惊奇地问："孙工也中意红双喜？"他点头答道："刚抽不久，感觉还不错。"华哥会心地笑道："嗯，我们当地人都喜欢抽它。"他从衣兜里掏出打火机，给华哥点燃了香烟。在火光的映照下，华哥长得确实精神，像刘德华一样俊逸帅气：眼睛黑亮，鼻梁高耸，嘴唇削薄；清瘦英俊的脸颊，如刀刻斧凿一般，有棱有角。他说："华哥，辛苦了。"华哥一边抽烟，一边笑呵呵地答道："不辛苦，不辛苦。"

　　茶毕烟灭，他和华哥一起将自己的行李搬到了楼下。走出单元楼防盗铁门时，他看见巷道口停放着一辆白色的原装进口日本丰田面包车，车身和玻璃窗都擦得锃亮，没有一丝的尘埃。华哥打开车门，三下五除二将行李装进了车，之后他们一起上了车。华哥坐进驾驶室，打开遮光板，对着梳妆镜，缩起脖子瞪着双眼，弯曲手臂整理了一下自己溜光的大背头。他紧随其后坐进了副驾驶位置，然后又抽出一根烟递给华哥，殷勤地说："华哥再来一根。"华哥来者不拒，自己点燃后，深深地吸了一口，并吐出一连串翻滚的白烟圈。之后，华哥不慌不忙地系好安全带，踩离合、挂档、松手刹……车子一溜烟行驶在城市的大街小巷。

　　车载收音机正在播放刘德华的新曲《来生缘》。华哥随着音乐的节奏摇晃着他那油光发亮的脑袋，很是陶醉。华哥开车的样子很潇洒：嘴里叼着烟，右手滑动方向盘，左手时不时地将烟灰弹到车窗外。他问："华哥，开车多久了？"华哥偏过头，笑呵呵地说："你猜。"他不假思索地问："五年？"华哥摇摇头。"十年？"他继续问。"已经十二年啦！"华哥一脸神气地说。

新东家位于河南岸的凤山镇，距离他居住的古良镇不到二十公里的路程。华哥车开得很快，不一会儿就上了国道，路上的车辆立刻多了起来。弯弯曲曲的国道两旁除了连甍接栋的厂房和霓灯闪烁的酒店之外，还有水波粼粼的鱼塘、绿油油的菜地和长满树木的山丘。

"孙工，老家是哪里的？"华哥一边抽烟一边聊天道。

"黄果树，知道吗？"他说。

"黄果树瀑布，当然知道了。"华哥说，"贵州是黄果树的省会？"

"贵阳是贵州省的省会。"他摇摇头笑道，"黄果树是贵州省的一个旅游景点。"华哥也跟着嘿嘿笑了起来。

"来这里多久了？"华哥像查户口似的继续问。

"两年多。"他说。

"生活习惯吗？"

"还好，已经习惯了。"

"会说我们广东话吗？"

"嘴笨，只懂说几句简单的日常用语。"

"听说你的家乡很贫穷，吃不饱肚子。'天无三日晴，地无三里平，人无三分银。'这是真的吗？"

"瞎说，那是很久以前的事了，现在温饱已经不成问题。"他说。华哥又嘿嘿笑了起来。

一路上，华哥很健谈，既风趣又幽默，而且讨人喜欢。公路上的车辆很多，行进的速度像蜗牛一样缓慢。绕过一个山冈，车子驶上一座雄伟的跨河大桥——凤山大桥。凤山大桥横跨南粤境内的凤山水道，连接凤山和古良两镇，全长一千多米。大桥气势磅礴，宛如万丈飞虹横跨两岸；泛舟胜海，不亦乐乎。

车子驶过大桥，华哥很快将他送到了飞天公司的临时宿舍。卸完行李，正好到了饭点，他便邀请华哥一起吃个便饭。华哥也不推辞，客气地问："孙工，喜欢吃什么口味的菜？"他说："随便，只要你喜欢就可以。"华哥说："好，上车。我带你去一个既便宜又好吃的地方。"他来到顺德已经两年多，但对这个城市始终没有方向感，对其辖下的各个镇更是分不清东南西北。华哥开车七拐八绕，来到一个隐藏于大桥之下的农庄。这里吃饭的人很多，华哥和饭庄的老板似乎很熟。"华哥，今天几个人？"老板殷勤地招呼着，"吃点什么？"华哥不用看菜谱，随口说道："老火例汤，豆豉蒸排骨，尖椒炒牛肉，蒜蓉炒芥蓝。"饭庄老板手里拿着写好的菜单走后，他说："华哥，来瓶酒喝？"华哥摆摆手说："不喝，不喝。开车时间不能喝酒。"他接着又说："公司管理这么严格吗？"华哥斩钉截铁地说："是啊，公司对安全生产和产品质量管得都十分严格。"他附和道："嗯，正规的大公司都重视这两项工作。"华哥强调道："这两项工作都是集团董事长亲自带头抓，可不敢马虎。"他好奇地说："社会上都在传说，董事长是一个充满传奇色彩的仁者，主张管理者对待员工要施以'道之以德，齐之以礼'，才能激发他们的热情，从而创造出辉煌业绩。这是真的吗？"

华哥听出他对董事长的创业故事很好奇，便一边吃饭，一边向他讲述了飞天集团公司董事长兼总裁宁国忠的传奇故事。那确是一个耐人咀嚼催人奋发的故事，像一粒火种，点燃了无数人的梦想。

宁国忠是凤山镇的能人。只要他认准了的事，没有做不成的；哪怕是上刀山下火海，他也不会轻易低头认输。有这种看法或者听说过这段赞美词的人在八十年代初的凤山镇政府大院里很多，包括刚刚上任的凤山镇党委书记陈勇。他是从凤山镇前任书记黄有成那里听来的。黄书记交接工作时，特意叮嘱："陈书记，凤山镇要发展壮大工商业，一定得用好宁国忠同志。他可是凤山镇的大能人啊！"

陈书记新官上任，正是需要能人相助烧火做业绩的时候。他想既然同志们都说宁国忠是个能人，我作为镇里的一把手，一定得想法子搭建一个足够大的平台，让他充分施展自己的才华。我要做刘邦，不做项羽。之后，他立即吩咐秘书将宁国忠同志的档案资料拿来放在自己的办公桌上，并安排时间下基层详细了解宁国忠以往的工作业绩。

宁国忠是凤山镇工业与交通办公室的副主任，在位已四年有余，行政级别股级，比镇政府普通科员的职位也就高那么一点点。但他的资历很老，十八岁入伍，十多年后转业到地方政府工作，至今工龄将近三十年。宁国忠为人随和，谦虚谨慎，没有官架子，镇里人不论官职高低都亲切地喊他"老宁"。

大锅饭年代，老宁对政治斗争不大感兴趣，甚至有些抵触，因而被领导从凤山镇农业办公室主任的位置上赶了下来，成了一名普通的镇政府科员。平日里，镇政府组织的各种政治学习、讨论会，他一概不参加。他喜欢一个人走进农村的田间地头、桑基鱼塘，嗅闻泥土的芳香，观赏鱼虾的肥美和桑叶的翠绿，喜欢在鸡鸭鹅羊牛的伴奏下和农民兄弟们一起拉家常，分享他们的喜悦，体验他们的心酸甘甜。然而，一心一意帮助农民兄弟发展经济、改善生活的老宁，却被扣上了走资本主义道路的帽子，时不时还被作为反面典型和其他犯了错误的同志一起接受组织的批判和再教育。他出身于农民家庭，在旧社会家徒四壁、一贫如洗，但却有人揭发他那早已死去的从未见过面的爷爷是大地主，被盗匪抢了蚕丝、又被日本人的流弹打死的父亲是资本家，虽然这都是很久以前的老黄历，但它依然像狗皮膏药一样死死黏贴在他的脑门上，撕也撕不掉。因他的家庭有着复杂而错综的海外关系，时刻都绷紧阶级斗争这根弦的革命群众始终怀疑他与万恶腐朽的资产阶级一直保持着千丝万缕的联系。故而，老宁参加革命几十年，最高级别才混到股级干部，也就不足为怪了。然而，了解他底细的人都知道，老宁虽然仕途不顺，但依旧壮心不已，他的内心一直蕴藏着一个巨大而伺机实现的抱负。

宁国忠是一个心胸豁达的人。他为了党的革命事业从不计较个人的得失，这些消极的负能量也决不会影响他对革命工作的热忱。他的意志始终坚定，风格永远果敢。他在自己的妻儿面前也是呈现出一如既往誓把革命事业进行到底的乐观主义态度。然而，他也是人，也有七情六欲。他眼巴巴看着昔日的同僚、部下一个个官运亨通、飞黄腾达，唯独自己年过四十依然死守阵地、升迁无望，不免偶尔也会一个人偷偷站在祖先的冢茔前，吐露心声、仰天嗟叹：空有鸿鹄之志向，而无腾飞之良机。

改革开放后，政府开始推进改革，倡导发展多种经济，老宁似乎嗅到了春天的气息，直觉告诉他，自己的机会来了。为革命事业摸爬滚打了大半辈子的他清楚地知道，自己擅长像一个将军一样，带领一帮人冲锋陷阵攻城略地，而不适合做一名躲在办公室里发号施令、玩弄权术的政客。一天清晨，初春的阳关透过窗外的枝丫刚刚爬上头顶，时任镇党委书记黄有成打电话让他来自己的办公室谈一谈工作。黄书记上任已近三个月，老宁还是第一次这么近距离和书记谈工作，不免有些局促不安。然而，黄书记倒是很亲切，快人快语，没有一丁点的官腔和客套。老宁注视着眼前的黄书记，有一种似曾相识的感觉，仿佛又回到了曾经战斗和生活过的部队。黄书记四十出头,一头黑而发亮的短发,目如闪电,声如洪钟,高大威武的身材,和颜悦色的笑容,须臾间让他产生了一种由衷的信任和安全感。老宁从他们之间的谈话中得知,黄有成是一个土生土长的本县人,来凤山镇前,他在本县白鹤镇担任镇长。黄有成也是一名转业军人,不过比起老宁的入伍时间要晚上好几年。黄书记说:"老宁,我来凤山镇时间不长,对这里的情况了解得不够深入。以后还需您多多支持我的工作。"老宁微笑地点点头,客气地说:"黄书记,做好工作是我的本分。我是一个大老粗,没读过几年书,只要您觉得我对人民对政府有用、能做事,您就尽管吩咐好啦。"其实,黄有成在找老宁谈话前,已经对他的基本情况做了详细的了解:一方面,他是一名经过血与火考验的转业军人,历史上没有不良记录,不拉帮结派,为人诚实,作风硬朗,尤其擅长经济工作、有商业头脑,这些都符合我党在新时期选拔干部的标准;另一方面,他是土生土长的本地人,了解当地的民风习俗,群众基础好,工作开展起来比较方便,推进经济体制改革的阻力会小一些。黄书记和老宁谈完工作上的事情,便聊起了家常。老宁的祖屋就在距离镇政府不远处的北极直街。在旧社会,宁氏家族是凤山镇的大户。早先的宁氏祠堂庄严肃穆、豪华典雅,古朴沧桑、恢弘气派,简直就是一座精美的建筑博物馆,名扬广府,而如今已是一片废墟。

这次谈话之后不久,镇政府任命老宁担任凤山镇工业发展办公室主任。人逢喜事精神爽,老宁突然变得年轻了,不由得想起了多年以前入伍那天,团长拍着他的肩膀用一口夹杂着北方方言的普通话对他说:"小鬼,这个世界是你们的!"此后不久,他真的成了这个时代少数能够影响中国经济体制改革进程的人。

一方水土养一方人。人多地少的自然环境激发了凤山人的创造精神和商业才干,桑基鱼塘的生产模式打破了自给自足的原始经济状态,培养了凤山人的商品经济意识。凤山镇毗邻港澳,受商品经济的大潮影响颇深。因而,骨子里就流淌着一股创业热血的凤山人觉醒得比其他地方的人更要早一些。刚刚上任工业发展办公室主任、天生就有一颗做生意脑袋的老宁,通过顺德县外贸进出口公司牵线搭桥,邀请香港"制衣大王"杨老板来凤山镇考察合作。之后,黄书记向上级领导汇报后,冒天下之大不韪,立刻拍板决定凤山镇与香港东盛集团合作建厂,利用当地丰富的劳动力资源生产出口产品。同年八月八日,可怕的凤山人像吃了豹子胆似的干了一件大事:建成全国最早一家中外合作制衣厂——凤山制衣厂。工厂的资金、设备、技术、管理人员、生产原材料和订单全部来自香港东盛集团,而凤山镇只负责提供厂房和劳动力。到了上世纪八十年代初，凤山镇已是全国镇域经济的领头羊，是基层干部创业实现梦想的沃土。在取得骄人业绩的同时，黄书记的继任者陈书记领导的镇党委一班人清醒地认识到，目前这种从事制衣"三来一补"的产业模式都是简单的代加工，只有加工费，利润很少，而想要赚取大利润，就必须做具有自主品牌的制造商。

宁国忠作为镇工业发展办公室的主任，培育产业、发展经济是他的工作职责。他经常利用到全国各地开会的机会，逛大街、进商店，一门心思研究有什么生意可做。期间，他敏锐地发现全国老百姓对于现代化家用电器特别渴求，而且随着人民生活水平的不断提高、生活节奏的不断加快，有食物储藏和冷冻功能的冰箱更是一个具有广阔发展前景的家电产品。于是，他回到凤山后，立即找到镇党委陈书记和梁镇长，汇报了自己的想法和创业计划。

恰在此时，陈书记也正在为濒临倒闭的镇办机械厂谋划新的发展方向，而宁国忠提报上来的市场调研报告和创业计划，正好与他们的想法不谋而合。陈书记在仔细研读了宁国忠的报告后，立即召开了镇党委扩大会议。经过八个多小时的充分讨论，镇党委一致同意拨给机械厂数万元试制费，由宁国中牵头带领机械厂的一百多号员工开始研制冰箱，突破重围，力求使企业起死回生。多年以后，不论面对多大的成绩或者挫折，宁国忠总是庆幸自己是这个时代的幸运儿。他时常提醒自己，如果换个地方当干部，恐怕就不会有今天的成就。明月悬空，华灯闪烁，街道两旁的大排档，火光熊熊、人头攒动。刚刚开完镇党委扩大会议的宁国忠骑着一辆泛着黑光的自行车从镇政府的大门口呼啸而出，灯光照射下的他，像打了鸡血似的，面色红润、精神亢奋。

一个炎炎夏日，日头如火正当顶，万里无云水雾飘。宁国忠带领一百多号工人，在简易的小作坊里，开始了艰苦的创业。宁国忠只有小学四年级的文化程度，虽然他见过冰箱，但对于其工作原理和内部构造却是一窍不通。他领导的研发团队的几十人当中，学历最高的人也只是一名中专毕业生。但他没有被困难吓倒，而是把同事们聚在一起，用自己看书自学的一些皮毛知识，给这些从未见过冰箱的同事们进行了简单的知识普及，接着又带领他们走出去，北上国营冰箱大厂，拜师学习别人的冰箱制造技术。

他们从最初遭受国营大厂的白眼、不接待、吃闭门羹，到后来，白天跟着人家偷师学艺，偷偷将车间的工艺路线、操作流程记下来，运气好碰上技术人员心情不错的时候，还能给他们讲上一阵子；夜里，为了节约费用，他们就在澡堂子里睡觉。学习了冰箱制造流程后，宁国忠又派人去西安交大学习制冷技术，并且到市场上搜集与制造冰箱相关的技术资料。之后，他和同事们回到了凤山镇，开始了十几个月的攻关。缺少设备，他们用零件替代模具，用汽水瓶做实验品，用锤子、锉子等简陋工具和简易万能表等测试仪器，反复实验。

一个近乎疯狂的设想，经历了无数次实验、技术攻关后，投入了不到十万元的试制费，终于展露真容。次年的九月，宁国忠带领的这支杂牌军在一间简易的作坊里，生产出中国第一台双门电冰箱。从此，凤山镇诞生了一家名叫飞天的冰箱厂。数年之后，飞天集团更是成为了中国大地上一颗最耀眼的明星企业。

"那是一个雷雨交加的夜晚，董事长一个人冲到雨里号啕大哭。"故事讲到这里，华哥已是眼含泪花声音沙哑。

一顿饭吃下来，花费不到五十元，既便宜又好吃，他不但吃得满意，而且听了一段让人热血沸腾的励志故事。此后一段日子里，华哥一直开他的车，他当他的工程师，他们之间没有更多的交集，只是偶尔相遇时打个招呼。他和华哥之间工作上的再次频繁联系，是他当上了技术部技术管理科科长之后。但是，关于华哥的一些新闻趣事，他还是道听途说了不少。

第十章

孙宝丁进入飞天公司上班的第一天，谭志远就将他请进了办公室，详细介绍了公司的组织架构，各分厂的产品种类和业务构成，各职能部门的管理范围和分工，以及技术部各岗位的工作职责。之后他又用开明的口吻征求孙宝丁的意见，想听听他对工作设想和具体计划。孙宝丁似乎早有准备，从容不迫地从裤子口袋里拿出了一个笔记本，滔滔不绝地讲起了自己事先拟定好的工作计划。

"谭部长，我计划先下到主机公司各个车间工作一段时间，熟悉一下冰箱生产过程中各个工序的工艺流程。"他说，"然后带着问题再去其他零件分厂工作，这样有利于切中要害，便于快速进入工作状态。"

"射人先射马，擒贼先擒王。"听完孙宝丁的工作设想，谭志远十分满意，赞许地说，"主机公司是集团的制造和技术核心，你带着发现的问题，再去其他零件分厂进行修正、整改、完善，确保以后配套到主机公司的零部件、模具都是合格产品，那么主机公司的生产效率和产品质量将会大大提高，公司的效益也就会越来越好。"

受到谭部长的支持和鼓励，孙宝丁更加胸有成竹、激情四射。他在心里暗暗下定决心，一定要尽快作出成绩来报答领导的信任。在主机公司二分厂工作了不到三个月，他就作出了一件轰动全公司的大事。他利用自己的专业优势和工作经验，对侧板成型线进行了重大技术改造，提高了线体的自动化水平和柔性化生产能力，使得线体的生产效率提高了百分之五十以上。该创新成果不但得到了集团公司的嘉奖，而且获得了轻工业部级科技进步二等奖。如鱼得水的他，可谓旗开得胜、首战告捷。此后，他没有在成绩面前止步，而是再接再厉，先后又对箱体拼装、箱体发泡和初装、门体发泡、箱体总装、箱体包装等其他重点工序都提出了工艺改进方案，并由此为公司取得了显著的经济效益。由于工作出色，他在主机公司二分厂工作了将近半年的时间，谭志远就改变了原先的计划，提前向公司领导提出建议，直接将他调到总公司技术部担任技术工艺管理科科长。同时，为解决他的后顾之忧，谭志远又预先帮他解决了妻子张燕的工作，安排在公司质量部检验科担任计量工程师。

三军易得，一将难求。一个阳光明媚的上午，谭志远特意找到孙宝丁，私下里对他说："孙工，你加入飞天公司以来，工作一直很辛苦，也很敬业，同时也取得了显著成绩，我代表公司技术部对你的付出和成绩表示感谢和祝贺。我邀请了几个同事，今晚一起吃饭。来公司这么久了，我还是第一次请你吃饭，实在不好意思。"不等孙宝丁言谢，他接着又说："抓紧时间把你和妻子的人事关系，以及全家人的户口调来凤山镇。住房问题，我已经给行政科打好了招呼，年底前就分给你一套新建的三室两厅住房。"孙宝丁欣然应诺，并对他人生中的贵人表示了衷心地感谢。他终于实现了三年前给妻女的承诺，一家三口将在岭南水乡团圆。

下午六时三十分，天刚擦黑，孙宝丁如约来到了谭志远的办公室。他发现办公室的沙发上已经坐着两个人，其中一位是他熟识的唐小天，是主机公司二分厂的生产科长。他和唐小天都住在公司的单身宿舍楼，而且住在同一楼层的对门。他们已经是无话不谈的朋友了。唐小天将他引荐给了坐在沙发上的另一个人。孙宝丁从唐小天的介绍中得知，此人是总公司销售部市场科科长陈道明。之后他们三人愉快地聊了起来。大约十分钟之后，谭志远处理完手头的工作，招呼大家说："各位，华哥的车已经到了楼下，我们出发吧。"

这是孙宝丁第二次坐华哥的专车。华哥开车的姿势依旧是那么帅气。

"华哥，今天带我们去哪里吃饭？"陈道明问。

"不要猴急，待会儿你就知道了。"华哥笑呵呵地说，"保证让你吃到正宗地道的顺德菜。"

"华哥，陈科长向你行拜师礼了吗？"唐小天问。

"嘿嘿，还没呢。"

"不拜师，就不要教给他顺德菜的秘诀，让他像小寡妇看花轿一样，干着急。"

"华哥，我今晚就敬三杯酒，拜你为师。"陈道明说。

"今晚是谭部长请吃饭，不能算数。改日设专宴，行拜师礼。"唐小天不依不饶地说。

"好，你们定时间，我来设专宴，恭候大家光临。"陈道明说毕，众人纷纷鼓掌叫好。

在众人的谈笑间，华哥的车子沿着崎岖小路已经开进了一座栽满奇花异木的休闲农庄。孙宝丁随众人下了车，步行到农庄的尽头，眼前是一条自西向东缓缓流淌的河流，河边有一幢占地面积超过一千平方米的饭庄，傍水而建。饭庄的主体结构用茅草屋顶、黑漆木桩木梁木椽、灰色砖墙搭建而成，内部装修豪华典雅、古色传香。孙宝丁坐在散发着淡淡清香气息的包间里，倚窗观景，繁星闪烁，夜色朦胧，小桥流水。此情此景不就是他在梦里曾经畅游过的岭南仙境吗？乘一只乌篷船，斟一壶岁月的酒，看一眼两岸的景，听一曲高山流水，枕水入梦，恍若身处桃源。

陈道明瞅着神色发呆的孙宝丁，好奇地问："孙工，想什么呢？"坐在一旁的唐小天插嘴说："孙工，是不是想老婆？"孙宝丁忙解释道："各位领导，不好意思，我是被眼前的景色深深吸引住了。来顺德近三年了，还是第一次近距离观赏到岭南的水乡风情，实在惭愧。"谭志远说："孙工一个人在外，想老婆也很正常嘛。"

"是啊，我也想，可是没得想。"唐小天酸溜溜地说。

"华哥，菜点好了吗？"陈道明问，"要不要我来做你的帮手？"

"各位领导，菜已点好，但不知各位想喝什么酒？"华哥笑呵呵地说。谭志远看着孙宝丁说："孙工千里迢迢从贵州来到了我们广东顺德，今晚就喝你家乡的白酒，53度飞天茅台，为你成为了飞天公司的一员得力干将，庆贺加油！"

说话间，饭庄的服务生端上来一口热气蒸腾的白瓷大盅。他揭开盅盖，给每个人盛了一碗汤。华哥说："各位领导，今晚的例汤名叫'杏仁凤爪炖水鱼'，其功效是滋阴壮阳、清而不腻，健脾养胃、醒脑益智。请品尝。"

谭志远说："孙工，我们顺德有句俗话：'宁可食无菜，不可食无汤。'每天工作之后，回到家，喝一碗老火汤，其中滋味也只有生活在当地的人才能体会到。以后，你在这里生活的时间久了，也会慢慢恋上这碗汤。"孙宝丁一边点头表示赞同，一边津津有味地喝着碗里的汤。他记得在自己的老家吃饭也喝汤，但都是吃完饭才喝，喝汤的目的是为了把还没有吃饱的肚子填满，而广东人是在饭前喝汤，他们是为了开胃健脾，为了多吃饭。他在心里叹息道，看来还是经济基础决定饮食习惯。

"华哥，凤爪是什么汤料？"孙宝丁好奇地问。

"凤爪就是鸡爪。"唐小天抢先答道。

"你们不要小瞧鸡爪，它在我们顺德，可是煲汤、茶点小吃的重要原料。凤爪富含谷氨酸、胶原蛋白和钙质，多吃不但能软化血管，同时具备美容功效。出名的菜品有：白云凤爪、豉汁蒸凤爪、紫金酱凤爪、虎皮凤爪、蚝皇凤爪。"华哥补充道。

潜心学艺的陈道明，鼓掌为华哥的博学多识叫好，其他人也随之拍手称赞。受到鼓舞的华哥继续说："孙工，我们顺德人不但喜欢凤爪，对猪手、鹅掌、鸭掌等飞禽走兽的脚掌也都喜欢，能够用它们做出各种不同口感和功效的美味佳肴。以后吃饭的机会多了，你就会了解得更多。"一碗汤，就让孙宝丁学到了这么多的顺德美食知识，他不由得更加佩服岭南文化的博大精深。

"孙工，你的老家贵州有哪些美食，给大家分享一下。"一直坐在一旁微笑静听的谭志远说，"有机会的话，带我们去你的家乡游玩，品尝一下贵州美食。"

对于家乡的味道，孙宝丁当然也是刻骨铭心，费不了太多的心思，他就能一口气讲出十数种菜名。他说："各位领导，我来自黔东南，我们家乡出名的美味佳肴也很多。我给大家介绍几个比较出名的菜肴：都匀狗肉，以'狗肉席'最为出名，其次是'黄焖狗肉'，清炖、白切和爆炒狗肉也不错，都是香飘四溢，让人食欲猛增，一尝为快；另外，还有鱼包韭菜、坝固连心鱼、墨冲角鱼、酸汤鱼、豆腐园子、丝娃娃、冲冲糕、辣子鸡，鲜肉饼、荤菜扣肉和凯口桂花腊肉等不胜枚举，欢迎大家前去品尝。"

在孙宝丁介绍家乡美味的同时，饭桌上陆续摆满了各种佳肴，美食家华哥又为大家一一作了介绍："烧味三宝，清蒸多宝鱼，蒜蓉粉丝蒸扇贝，清蒸鲍鱼，黄金凤尾虾，翡翠土鱿炒花胶，蚬肉蒸胜瓜，蒜蓉炒菜心。"华哥话音刚落，谭志远说："今天首次邀请孙工喝酒，感谢他这段时间的辛勤付出，我建议大家一起干一杯。"谭志远端起了酒杯一饮而尽。众人皆随他喝尽了杯中酒。只有华哥以茶代酒。"第二杯酒，我们一起祝贺孙工获得集团公司科技创新大奖和机械工业部科技进步二等奖。"谭志远言毕，又一饮而尽。其他三人自然紧随其后。"第三杯酒，我们要祝贺孙工升任技术部技术工艺管理科科长。"谭志远带领众人喝完三杯酒，接着又说道："接下来轮到陈科长和唐科长给孙科长表示祝贺了。"

三杯酒下肚，孙宝丁已感觉脸皮发烧、眼睛充血、脑袋犯晕。他再看看周围其他人，他们和喝酒前一样，面不改色，神态自然，有说有笑。孙宝丁暗暗提醒自己，头次和领导们喝酒，千万不能喝大了丢丑。他说："各位领导，本人虽说是来自盛产烟酒的贵州，但天生不善饮酒，三杯刚好，多一杯就会醉倒。"坐在谭志远右手边的唐小天，端起酒杯对孙宝丁说道："喝酒讲究气氛和心情。心情好了，气氛活跃了，自然就喝得开心、喝得多。难道孙科长今晚不开心？"孙宝丁受到了唐小天的激将，立马举杯，歉意地说道："开心，开心，哪能不开心呢！"二人碰杯喝尽后，唐小天又端起酒杯，说道："孙科长，你来自酒乡，酒乡犹醉乡。今晚你可不能输给我这个不会喝酒的外乡人吧。"此时，孙宝丁已有几分醉意，但他心想，自己初来乍到，以后还要靠同事们的提携和帮助，加上盛情难却，不能扫了他们的兴，干脆放开胆子喝，也趁机检验一下自己的酒量。第二杯酒喝下之后，他干脆主动出击，和唐小天喝了第三杯酒。这时，谭志远说话了："喝酒尽兴，能者多劳，同事们在一起可不能强行劝酒。"陈道明坐在孙宝丁的左手边。也端起酒杯对孙宝丁说："孙科长，兄弟我恭喜你旗开得胜，马到成功。这三杯我先干为敬，你随意，能喝多少就喝多少。"陈道明三杯酒下肚后，孙宝丁只好硬着头皮陪了三杯，之后他就趴在桌子上不省人事了。看见孙宝丁已经喝醉，谭志远和华哥将他搀扶到沙发上休息。坐在对面的唐小天开玩笑地说："半斤不当酒，一斤扶墙走，斤半墙走我不走。"在众人的笑声中，他和陈道明又喝上了。

孙宝丁醒来时，发现自己已经躺在宿舍的床上，头晕目眩，口干舌燥，浑身散发出一股酒味。漆黑一团的夜里只能听见对面床上的薛工发出如雷贯耳的打鼾声。

薛工四十多岁，离异单身。他原先在北方一家国营机械厂工作，因单位效益不好，妻子埋怨他挣不来钱，便与他离婚跟着别的男人跑了，唯一的女儿现在和前妻一起生活。他曾经对孙宝丁诉苦说，原先单位的离婚率很高，都是因为工厂效益不好、男人挣不来钱而导致夫妻感情破裂。他是一个大专生，学的专业是机械制造。一年前，他通过原先单位的一个同事介绍来到了飞天公司。那个老同事现在是飞天公司下属一间分厂的设备科科长。薛工在他的手下担任设备工程师。

薛工正值如狼似虎的年龄，每当耐不住寂寞的时候，他就去歌厅唱歌、喝酒，时不时还会带一个在夜店上班的女孩子回到宿舍里过夜。然而每当他潇洒过瘾的时候，却害苦了同宿舍的孙宝丁。最近，薛工又和一个川妹子勾搭上了。这个川妹子长得确实漂亮。住在对面宿舍的唐小天私下里告诉孙宝丁，这个川妹子在歌厅做妈咪，是一个久经风月的夜场老手。

单身宿舍的隔音不是很好，不论是白天还是黑夜，不经意间总能听见从隔壁传来令人身心荡漾的压床声。不过，这种羞于启齿的男女之事，对于住在这里的单身汉们来说早已习以为常、见怪不怪。一天晚上，孙宝丁加班归来，刚走到宿舍门口，就听见屋内传来女人娇喘的叫床声，并伴随着薛工像牛一样的呼哧呼哧的喘气声。孙宝丁不由得从裆下腾起一股压制已久的欲火，浑身燥热难受，因为他好久没有碰过女人了。恰在此时，住在对面宿舍里的唐小天也正好下班归来。唐小天看见他心神陶醉的样子，笑呵呵地问："回不了宿舍啦？"他尴尬地点点头，嘿嘿一笑。

"孙工，时间还早，不要打断了薛工的美事。"唐小天说，"我带你去一个地方放松一下。"

"放松？怎么放松？"他不解地问。

"不要害怕，去了你就知道啦。"唐小天说。

"怕什么？还能把我吃了不成？"他迟疑片刻，说道，"再说了，我来广东这么久，还没有体验过改革开放的前沿到底和内地有什么不同呢？"

唐小天已经算是半个地主。大学毕业后，他就直接被分配到飞天公司工作，比谭志远进公司的时间仅仅晚了两年。他对凤山镇乃至周边市镇各种档次的娱乐场所都很熟悉。单身楼里的同事们，背地里里都戏称他"教兽"，言外之意就是白天做"教授"，晚上当"野兽"。孙宝丁刚入职不久，就从薛工的口中得知，单身汉们都很欣赏唐小天在风月场上的非凡手段，承认他们在唐小天面前，就是小巫见大巫，差了一大截。

十分钟后，出租车将他们带到了一家名叫凤莲的大酒店。唐小天引领孙宝丁从酒店的后门进入了一栋三层高的小洋楼。小楼的外墙上挂着一幅彩灯闪烁的红字招牌——"桑拿休闲中心"。一个身穿黑色西装外套、打扮得像大堂经理模样的年轻男子，快步从大厅里走出来，他老远就伸出双手，对唐小天笑脸相迎。孙宝丁看出他和唐小天很熟。经理热情洋溢地带他们进了电梯，上到了三楼，然后说："唐总，您带您的朋友先去冲凉，其他事情，我会安排妥当，包您满意。"唐小天说："我这位兄弟可是头一次来，你一定要把这里的头牌叫来伺候他。"经理满脸堆笑地说："一定，一定。"

桑拿对于孙宝丁来说，就像是大姑娘入洞房，头一回。他想象中的桑拿不但神秘而且充满诱惑。然而，当他跟随唐小天走进换衣间的时候，却发现这里的所谓桑拿和北方的澡堂子差不多，都是光着尻子、披着浴巾的男人，在眼前晃来晃去。唯一不同的是，这里的装修风格、洗浴设备和服务水准都很现代豪华，洁白温暖的浴巾、香气扑鼻的洗发精沐浴露，让他有一种回家的感觉。孙宝丁脱完衣服，正要走进冲凉房的时候，听见不远处的唐小天招呼他："孙工，先来热水池里泡一泡。"他循着声音走了过去，无意中看见了唐小天的身体，惊得一愣，随即又担心唐小天觉察到自己的异样而难堪，便迅速恢复了平静，然后走进冒着热气的水池里，闭上眼睛静静地躺在池台边，心里却在嘀咕。他在羡慕唐小天的同时，不由自主地低头看了一下自己那个像大拇指一样的小东西，懊恼地赶紧用浴巾包裹严实。

他俩从热水池里出来，冲洗完毕，走进了休息大厅。一个留着小平头、面目清瘦、眼睛发亮、手指戴着蓝宝石钻戒、嘴里叼着雪茄的老板模样的人走了过来，将他们招呼到了休息大厅的沙发上。坐在软乎乎的沙发上，看电视，吃水果，喝果汁、咖啡或者绿茶，再抽上一根"555"牌香烟抽，那种惬意的感觉，别提有多幸福啦！这时，全身心沉浸在美好时光里的孙宝丁渐渐感觉到了这里与臭烘烘的澡堂子的根本区别。休息片刻之后，老板招呼手下经理带领他俩进了各自的房间。

孙宝丁独自坐在一个面积不到十平方的房间里，淡淡的清香的和诱人的灯光，让他的心里涌起一股莫名其妙的感觉，咚咚乱跳的心脏似乎又在期待着什么。敲门声响起，一个穿着暴露的妙龄女子推门走了进来。她扑闪一双灵秀的大眼睛，张开唇红齿白的樱桃小口，摇摆着魔鬼一样的身材，神灵活现地做了一番精彩诱人的自我介绍。之后他在她的搂抱下，鬼使神差地躺在了床上。安装在屋顶上的一面大镜子，将他和她的一切暴露无遗，也更加激起了他的欲火。她的主动热情，她的挑逗爱抚，以及她那娴熟的技巧和一颗洞悉男人的心，顿时把他弄得浑身酥软，心醉神迷。这种从未体验过的奇妙感觉和畅快淋漓，注定贯彻心扉、刻骨铭心，让他一生都无法忘怀。几番云雨之后，他感觉爽呆了，觉得自己以前都白活了。她轻轻抚摸着他的胸脯，恋恋不舍地说："亲爱的，记住我的工牌号'868'，以后可要常来。"

狂欢过后，随之而来的是无尽的懊悔。一个将近三十岁的男人，第一次背着老婆和一个陌生女子独处一室，而且还上了床做了见不得人的事，孙宝丁不由得懊悔不已，觉得自己不是人，是畜生，对不起自己的妻子和女儿。他想起了妻子张燕，想起了活泼可爱的女儿，想起了他们一家人的甜蜜与幸福生活……

从酒店走出来，孙宝丁忐忑不安地说："唐科长，今晚花费应该不少吧，我把钱结给你。"唐小天怪罪道："兄弟之间不必客气，下次有机会时你请我不就完了。"孙宝丁想想也是，就不再多说什么。他沉默片刻，突然好奇地问："唐工，你为什么不找女朋友结婚呢？"唐小天叹息一声，怅然答道："一言难尽啊！"

唐小天在大学期间，曾经暗恋过一位女同学，但一直羞于公开追求和当面表白而始终无果。辗转反侧之下，他写了一封求爱信，趁人不注意的时候，偷偷塞进了她的书包。没承想，这位女同学没有及时发现这封信，却不小心把它掉落在了教室里，被唐小天同舍的一个男同学捡到了。更令他想不到的是，这位男同学也喜欢这位女同学。从此，他和这位男同学由室友变成了情敌。正当他们约好时间准备去操场决斗的时候，那位女同学却高调宣布了自己的男朋友是同班的另一个男同学。至此，他的第一次单相思爱情宣告结束。

参加工作以后，唐小天又一次真心实意地喜欢过一个女孩子，她的名字叫韩雪。他和她是在公司组织的一场生产效率提升课题分享会上相识的。他的机灵敏锐、侃侃而谈让她佩服得五体投地；她的端庄秀丽、楚楚动人让他一见钟情。真可谓：天造一对，地设一双；郎才女貌，才子佳人。然而，他们相处了一年之后，正在准备谈婚论嫁的时候，她却不知从哪里听到了闲话，说他长了一个大得吓人、模样像狗的家伙。她羞怯不舍地对他说明原委，说自己害怕，不想和闲言碎语生活一辈子。他不甘因此失去她，一气之下，脱掉自己的裤子，赤条条地站在她的面前，让她看看到底是不是狗的东西。他万万没有想到，自己的那个家伙竟然把她吓哭了。她宣布彻底和他分手了。

后来，亲戚朋友们也陆续给他介绍过不少的女朋友，但大多是因为高不成低不就，而不了了之。偶有几个愿意深交的女孩子，也都因为他的那个大家伙而曲终人散。因而直到今天，他也没能找到一个合适的女人结婚。他时常也在寻思，别的男人都是因为那东西长得小而苦恼，而我却因为大而备受煎熬。但他的身边从来都不缺不三不四的女人。她们有的甚至为他神魂颠倒、魂牵梦萦。"丰富多彩的生活，是为了释放压力，缓解疲劳，让自己能够在明天更好地工作。"这是唐小天的口头禅，也是生活在凤山镇的所有年轻人的真实写照。

　　不知不觉，日子接近年尾。谭志远和他的兄弟们喜事不断、好运连连。谭志远由于工作业绩突出，已升任飞天集团新筹建的注塑厂厂长，而且正在忙于筹建新的模具厂。他的妻子也为他生了一个宝贝女儿。与此同时，初露锋芒、意气风发的孙宝丁分到了一间三室两厅的新房子，他和老婆女儿终于实现了团聚凤山镇的愿望。他把远在黔东南的父母也接到了凤山镇，准备一家老小共度春节。这个春节是孙宝丁在凤山镇将要度过的第一个新年，也是他第一次感受到春节给飞天人带来的喜悦。孙宝丁荣幸地参加了集团公司在凤山镇南环大酒店举办的年度新入职的专业技术人员团拜会，亲眼目睹了董事长宁国忠的尊容，聆听了他的教诲，并和他一起举杯畅饮。面对平易近人、和蔼可亲的董事长，孙宝丁激动得流出了眼泪。这一幸福时刻，他将永生难忘。

　　对于飞天公司的每一位员工来说，春节是他们一年当中最快乐最幸福的时刻。每逢这个时候，他们不但能领到丰厚的工资和奖金，还能拿到丰富多样的奖品，人人有份。运气好的时候，还可以抽到诸如摩托车、电视机、冰箱和洗衣机之类的大奖。每逢此时，也是董事长兼总裁宁国忠最开心的时刻。他躲在生活区三楼的玻璃窗后面，看着上万名员工分成数列纵队、按序抽奖，抽到奖的员工们喜笑颜开、手里都拿着各种各样的奖品，脸上露出了欣慰的笑容。

　　孙宝丁第一次抽奖，便出手不凡、鸿运当头。聪明伶俐的女儿帮他抽了一个特等奖——一辆大白鲨摩托车。这辆车给他带来的喜悦不亚于当年考上大学。当晚，凤山镇电视台新闻频道播出了他一家三口推着摩托车得大奖的喜庆画面，全家人高兴得合不拢嘴。喜事连连的他，借着得大奖、新居入伙之际，在酒店里大摆宴席，答谢各位领导和同事们的支持与帮助。谭志远、唐小天和陈道明自然是当仁不让的头等嘉宾。

　　一年后，谭志远被提拔为飞天集团下属配套公司总经理，唐小天、陈道明和孙宝丁也跟随他调任配套公司，分别担任生产部部长、营销部部长和技术部部长。他们一并在谭志远的领导下，开始了新的征程。

第十一章

　　经过一番精心策划和逐个谈话之后，谭志远指示王科长将各分厂和部门的领导班子调整方案提交公司办公会讨论。公司的经营班子成员包括谭志远在内共有三人。人事科提交的人事调整方案必须经过他们举手表决，赞成者超过半数，方可通过。谭志远虽说可以行使集团公司赋予分公司总经理的特权强行批准通过，但他不愿意那样做。他希望班子里的每一个成员都能发自内心地理解和支持这个方案。因为他知道，只有这样，配套公司的人事改革才能顺利地得以推进和落实。

　　副总经理侯翼德是经营班子成员之一。他是凤山镇当地人，上面有背景，性格鲁莽、行事张扬，思想简单、年轻气盛，只可智取、不可硬来。为了方案能够在公司办公会上顺利通过，谭志远事先将自己的初步设想与他进行了当面沟通，诚恳地征求他的意见。侯翼德是一个吃软不吃硬的莽汉，你敬他一尺，他就会敬你一丈。既然总经理瞧得起自己，他也就表示赞同，做个顺水人情。不过，为了体现一下自己的权力，他提出了一些不影响大局的补充意见，谭志远全然接受。三个人表决，两个人已经达成了共识，基本上是板上钉钉的事，没跑了。但谭志远却不这么想，他仍然虚心地征求了副总经理蔡福庆的意见。

　　蔡福庆是一个城府很深的人。当谭志远把自己的初步想法告诉他的时候，他既不表示赞同也不表示反对，而是模棱两可地说，容他想一想。然而，他这一想，就如同石沉大海，没了下文。谭志远也不好紧着催促，无奈之下，就采取了迂回战术来处理此事。他找到了自己的老领导、分管配套公司的集团副总裁陈永胜，将自己的改革方案和盘托出，一字不漏地讲述了一遍，希望得到他的支持。陈总听完谭志远的汇报后很满意，同时也赞赏他为人处世的方式和策略。陈总说："志远，目前整个集团公司正处于高速发展阶段，也是吐故纳新、自我蜕变，实现飞跃的关键时期。因而，各级管理者都不能躺在功劳簿上，墨守成规、不思进取、坐吃山空，而应辞旧布新、追求卓越、再创辉煌。"谭志远像一个虔诚的教徒，一边认真听讲做笔记，一边时不时点头表示赞同。陈总喝口茶，接着继续说："我对你们的方案没有意见，放大胆子去干，以出业绩、增效益为最终目的。推进过程中有什么困难，可以直接找我，我会全力支持你的工作。"谭志远获得老领导如此斩钉截铁的肯定，一颗悬在半空中的心，终于落了下来。

次日上午，刚刚上班，蔡福庆就屁颠屁颠地找谭志远汇报工作，不阴不阳、冗词赘句地讲了一大堆自己对于方案的想法，最后终于拐弯抹角地表态同意。但他的心里却对谭志远压制老干部、提拔心腹的行为耿耿于怀。

三个月后，时间刚交孟秋，配套公司人事调整方案已经全部落实到位，各分厂的技术改造项目也已完成验收并投入运营，新年度的生产大奋战已经如火如荼地开展起来，踌躇满志的谭志远将带领他的新团队迎接更新更高更大的挑战。

孙宝丁为了不辜负领导的信任，在上任之前，主动向谭志远立下军令状，表示一定要在半年之内，让钣金厂彻底改头换面，成为集团公司的标杆样板工厂。他立这个军令状，不是一时冲动、心血来潮，也不是空口白牙、信口雌黄，而是预先制定了一整套切实可行的工作计划，用科学方法和技术手段，从人、机、料、法、环、测六个方面进行全方位改善，进而提高钣金厂的产品质量、生产效率和配套能力，同时坚决杜绝安全事故的发生。他要求全厂各个部门都必须按照全面质量管理所遵循的科学程序 PDCA 循环的工作方法来开展工作，即按照以下顺序进行管理：计划（Plan）—执行（Do）—检查（Check）—处理（Act），并且循环不止地进行下去。为了加深各个部门领导对这个工作方法的理解，他亲自给他们授课，用实际案例给他们讲述了什么是 PDCA：计划（P），确定方针和目标，以及活动规划的确定。执行（D），根据已知的信息，设计具体的方法、方案和计划布局；再根据设计和布局，进行具体运作，实施计划中的内容。检查（C），总结执行计划的结果，分清哪些对了，哪些错了，明确效果，找出问题。处理（A），对总结检查的结果进行处理，对成功的经验加以肯定，并予以标准化；对于失败的教训也要总结，且引起重视。对于没有解决的问题，应提交给下一个 PDCA 循环中去解决。他不厌其烦地提醒大家，以上四个过程不是运行一次就结束了事，而是要周而复始地进行，一个循环完了，解决了一些问题，未解决的问题进入下一个循环，这样阶梯式上升。其实，他给部下教授的这个管理理念和方法也是从谭志远那里学来的。

钣金厂开料车间的胡主任是一个大老粗，土生土长的凤山镇人，小学文化程度。孙宝丁上课讲授的"PDCA"工作方法对他来说就是几个堆积在一起的英文字母，至于循不循环，他根本就听不进去。他觉得这些外地来的穷书生，只会纸上谈兵，不会真刀实枪地去现场干。"秀才造反，三年不成"的观念在他的脑子里根深蒂固。他和车间的工友们私下里都把这些外地人叫"捞仔"。对于个别车间领导干部在思想和行动上存在抵触情绪，孙宝丁早有准备。他知道，想要让他们理解和支持自己的工作，需要一个过程。首先，他要走下去，主动和他们做朋友、打成一片，理解他们的所思所想，帮助他们解决工作和生活中遇到的实际困难，进而取得他们的信任。开料是钣金加工的头道工序。开料车间的内部管理是否规范到位，物流运输是否顺畅有序，产品质量、成本和生产效率是否达成目标，直接关系到后续车间的生产开展情况，对整个工厂的生产经营活动将产生重大影响。同时，它也是钣金厂高技术重资产车间，这里有全集团技术含量和自动化程度最高、价格最昂贵的三条美国进口开料线，每条开料线的价格接近两千万元人民币。因而，维护和使用好这三条开料线，充分发挥设备资源，确保生产出高质量的好产品，成了开料车间重中之重的工作。新官上任的孙宝丁和他的工厂经营班子的第一把火将要从开料车间的民心工程烧起。

"大秤分银，小秤分金；大碗喝酒，大口吃肉；做人如斯，夫复何求？"这似乎是九百多年前水泊梁山的好汉们常说的一段话，也是那些好汉们向往的生活。这段话之所以能够引起水泊梁山众好汉的共鸣，是因为它很有魅力，与八百多年后在神州大地上开展的"打土豪、分田地"具有异曲同工之妙，极大地激发了底层贫苦大众奋起抗争的积极性。胡主任领导的开料车间的工友们，也沉醉于这种激情四射的幸福生活之中。改革开放前，他们缺地种、没工做，衣不蔽体，食不果腹。如今，他们的工作和生活都发生了翻天覆地的变化，平日里不分昼夜、加班加点拼命干活，到了月底、年终，他们领到厚厚的一沓钞票，买车盖楼，喜笑颜开。他们热爱生活，喜欢结交，经常利用周末空闲时间，聚在一起喝酒吃肉，品茶聊天。他们走在大街上，迎来的都是别人羡慕和向往的目光。

一个周末的夜晚，孙宝丁选在一品香醉鹅酒楼设宴款待开料车间工段长以上骨干员工。一张直径约三米的大圆桌坐得满满当当的。桌子上摆满了各式各样的美味佳肴，猪牛鸡鱼、虾鹅禽蛋、鲍鱼海鲜、青菜靓汤等时令美食应有尽有；白酒、红酒、洋酒、啤酒，还有当地的红米酒等酒品饮料，各取所需，能者多劳。孙宝丁的酒量虽说比以前稍有进步，但要和这些奋斗在一线的弟兄们相比还有相当大的差距。他提前给同事们声明，自己酒量有限，尽兴就好。但副厂长杨建军的酒量却非同一般，一圈酒喝下来，十几杯下肚，足有半斤以上，依然是面不改色心不跳、红白啤酒来者不拒。孙宝丁同杨建军共事两年多，喝酒的次数不计其数，他从未见杨建军喝高过。他估计杨建军的酒量至少一斤以上。酒桌上不谈工作，是谭志远给手下定的规矩。这个规矩在配套公司内部的各级酒桌上得到了积极响应和一丝不苟地贯彻执行。酒逢知己千杯少，他们谈笑风生，其乐融融。被红米酒滋润的胡主任，脸颊泛着红光，竟然一字一句地给杨副厂长教起了广东话：

谢谢——唔该晒！

对不起——对唔住！

你吃饭了没有？——你食咗饭未？

……

借着酒劲的牛段长也凑到孙宝丁跟前，讲起了自己带老婆孩子去贵州黄果树旅游时的所见所闻。酒让他们缩短了距离，消除了隔阂，成为了无话不谈的朋友。

胡主任家住凤山镇桂花村，距离飞天公司骑摩托车也就十几分钟的路程。喝了酒的他，说起桂花村的时候，就如同决了堤的河水，滔滔不绝。他说："小的时候，爷爷告诉我，在很久以前，我们村子东头的山冈上长着三株桂花，枝叶繁茂，花时清香四溢，村里的长者便以桂花为名，给村子起名桂花村。"看见同事们听得起劲，他继续说："族谱记载，我们老胡家祖籍浙江，南宋末年从南雄珠玑巷逃难来到桂花村一带落籍，随之开枝散叶。城南高约三十六米、始建于清代乾隆五十九年的文塔，就是胡姓人筹资建造。塔身六角形，每角墙宽四米有一，记共七层，正向每层均有石楣刻字，第一层刻'飞出上青霄'，第二层刻'秀甲狮阳'，第三层刻'聚奎阁'，第四层刻'题名处'，第五层刻'涵高下'，第六层刻'凤鸣'，第七层刻'灵照'。楣额书体包括行、草、篆、隶、楷五类，据传为一个名叫胡俊的祖先手笔。"讲到这里，胡主任又喝了一杯酒，且偷偷瞅了一眼孙宝丁。他从孙宝丁的眼神中看到了赞许和鼓励，便又接着说："俗话说：'顺德的祠堂，南海的庙'位于新路容驷大街的胡氏大宗祠名扬广府，容驷大街，据说因当初可以容纳四马并驾齐驱而得名。鼎盛时期的胡氏家族，在顺德、东莞、番禺等地拥有土地几十万亩,富甲一方,享有'官高容驷马,才达大中华'的美誉。清朝,胡氏'五子六登科'的故事更是名闻乡里,其中五个儿子考取四个进士、一个解员,一个女婿考中武举人,美曰:'六龙踊跃,五凤齐飞'。"在胡主任喘息停顿的时候,听得如醉如痴的孙宝丁趁空敬了他一杯酒。胡主任受宠若惊地喝完酒,对孙宝丁微笑道:"桂花村里的其他姓氏大多也是从南雄珠玑巷迁徙而来。就是说,七百多年前,我们的祖先和现在你们这些南下打工者一样,都是为了追求幸福生活,跋山涉水来到了这个神奇而充满活力的地方。我们大家都是追梦人。"听完胡主任的精彩讲述,孙宝丁情不自禁地竖起了大拇指,且带头为他鼓掌喝彩。他微笑着用全新的目光打量了一下眼前这个只有小学文化程度的车间主任,情不自禁地想起了凤岭公园山前牌楼上雕刻的那四个大字"大风来仪",以及两侧朱红色立柱上的联云:卧虎藏龙,崛起新城连碧海;翱鹏翥凤,腾飞古镇两青山。

杨建军进入飞天集团工作已经两年有余,一直从事技术管理工作,成绩斐然。他是飞天集团钣金加工工艺方面的首席专家,对钣金加工过程中涉及的材料、校平、分条、剪裁、冲压、拉伸、复合、折弯、焊接、铆接、成型、喷涂等工艺流程、模具参数和设备规格都了如指掌。钣金厂的每一条新建生产线都是在他的组织和领导下完成的方案论证并具体实施。然而,他美中不足之处就是嘴笨,学习语言的能力差,至今也不会说一句广东话,对凤山本地土话更是听也听不懂,只能连蒙带猜地听懂几句骂人的脏话。

钣金厂是一家老厂,工厂车间里的基层员工百分之九十以上是当地人。杨建军用夹杂着乡音的普通话和他们交流,他们却瞪着一双似懂非懂的眼神,叽里咕噜回应一番。他听不懂他们说些什么,一时尴尬得下不了台。无奈之下,他每次下车间,只好拽上一名员工来陪同自己做翻译。他长期从事技术管理工作,对于工厂的生产经营,尤其是管理干部,缺乏实际工作经验,也没有相关的理论知识作支撑。因而,他工作起来就显得捉襟见肘、顾此失彼,眉毛胡子一把抓,结果把自己累了个半死,也没能做出好业绩。

孙宝丁获悉杨建军遭遇的窘况后,与他做了一次促膝长谈,并将自己经常翻阅的那本《粤语速成》送给了他,且宽慰说:"不会讲广东话,咱就慢慢学,总比学外语容易吧。"之后又给他讲了一个刘邦与韩信的小故事。这个故事是孙宝丁上任之前,谭志远特意讲给他的,他觉得自己受益匪浅,于是借花献佛,又将这个故事讲给了杨建军。

话说，汉十年，韩信被俘洛阳，汉高祖刘邦经常轻松随便地和韩信讨论将军们的能力高下，结论是各有长处，各有不足。刘邦问韩信："像我这样的才干，能率领多少军队？"韩信说："陛下只能率领十万兵马而已。"刘邦说："那你能率领多少呢？"韩信回答："我当然是兵马越多越好。"刘邦笑道："既然你这么大能耐，为什么还成为我的阶下囚呢？"韩信说："陛下不善于带兵，却善于统领将领，这就是我韩信被陛下俘虏的原因。何况陛下的才能是上天赐予的，不是普通人通过后天努力能够做到的。"

故事讲完之后，孙宝丁看着杨建军，继续说道："建军，这个故事想必你曾经也听过，但要真正领会且应用于自己的日常领导行为之中，却不是一件容易的事。你是聪明人，无需我多言，一定要慢慢领会其中的奥妙。不过，话说回来，我和你一样，在管理企业方面也是新手，让我们携起手来共同面对这个全新挑战吧。"

听了刘邦和韩信的对话，杨建军的神经中枢被深深地触动了。虽然他在很久以前就读过这个故事，但今天再次从孙宝丁的口里听到，心中的感受却截然不同。他从中悟出了一个知之非难而行之不易的道理：每个人的能力各有长短、高低，作为一名合格的领导者就是要学会用人之长、避人之短，集众人之力来成就大事。思忖到这里，他又联想起了刘邦取得大汉天下之后，对手下群臣解释他之所以赢取天下的传世名言："夫运筹帷幄之中，决胜千里之外，吾不如子房；镇国家，扶百姓，给馈饷而不绝粮道，吾不如萧何；连百万之军，战必胜，攻必取，吾不如韩信。此三人者，皆人杰也，吾能用之，此吾所以取天下也。"

一个秋日的下午，日头高挂，热浪滚滚，谭志远乘车来到钣金厂。近期因出差在外，他已经有两个多星期没有下分厂了。下车后，他沿着厂区内的绿色人行道，径直走进了喷涂车间。技术改造后的喷涂车间焕然一新，头顶上几台呼呼转动的大风扇驱走了秋日里的闷热，宽敞明亮的车间里流动着清新宜人的空气。

"谭总，您好！"听见忙碌的人群中有人对自己打招呼，谭志远定睛一看，原来是车间的卢主任，便微笑着点点头，随口问："卢主任，改造后的喷涂线运行可靠吗？产品质量还稳定吗？"

"报告谭总，改造后的喷涂线运行可靠，故障停机率是零，生产效率提升了百分之四十，降低能耗约百分之三十，产品合格率一直稳定在百分之九十九以上。

产品的外观、颜色、光泽、涂层厚度、附着力、抗冲击性、铅笔硬度、耐盐雾性以及老化测定等各项指标均达到了主机公司和厨卫电器厂的要求。"卢主任回答起来有理有据、滔滔不绝，似乎早有准备。

谭志远听完后，心里很满意，嘴上却提醒道："今后一定要组织全体员工做好设备日常点检、润滑和维护保养工作，配合设备科完成设备的定期二保和年度大修工作，通过 TPM 活动的有效开展，确保设备一直处于良好的运行状态，最大限度发挥资产的价值，为公司创收增效。"卢主任点头表示一定贯彻执行。

"涂料利用率现在是多少？"谭志远又问。

"百分之九十八以上。"卢主任答道。

"使用的是哪家的喷枪？"

"德国瓦格纳。"

"现场 5S、设备清洁保养以及水质和压缩空气的洁清度都是造成产品涂层杂质、涂层缩孔、涂层色差、涂层附着力差和涂层橘皮的主要因素。因此，你们一定要抓好这几个方面的工作，断不可抱有侥幸心理。"卢主任目不转睛、一字不漏地将谭志远的要求记录在随身携带的笔记本上。

"工作上有什么困难可以找孙厂长反映。当然，也可以直接找我。"谭志远补充道。

"谭总，请您放心，我一定会努力做好本职工作，尽量不给领导添乱。"

目送谭志远渐渐离去，精神高度紧张的卢主任终于松了口气，方才还萦绕在心头的阴霾也一扫而光，心里由衷地感叹道：谭总真是一个令人敬仰的好领导啊！他不但对工作要求严格、讲原则，而且体恤下属，是一个有情有义的汉子。

卢主任和谭志远的妻子罗招弟是中学同学。他们从初中一年级一直到高中毕业都是同桌。卢主任是在罗招弟的婚礼上认识了谭志远，那时他已经是喷涂车间副主任，而谭志远只是一个刚毕业不久的普通大学生。然而，他绝对没有想到，十多年光景之后，谭志远像是坐火箭登天，一下子就当上了飞天集团公司属下配套公司的总经理，而自己依然是一个小小的车间主任。现如今，就连这个车间主任能否保住，他也是瞎子过索道，提心吊胆。卢主任是钣金厂前任厂长卢有富的近房侄子，他是在卢有富的一路关照和培养下成长起来的干部。自从卢有富降职调走后，他一下子就失去了主心骨，整日六神无主、惶恐不安，担心被新来的厂长抓住尾巴而借机免了职。虽说他和孙宝丁以前在工作上也有过一些接触，但毕竟不是很熟，而且这位孙厂长还是一个讲普通话的外地人。适才，经谭志远精心指导一番，他忐忑不安的心终于踏实下来了。

谭志远在钣金厂的各个车间巡视了一圈，整体感觉不错，心想，孙宝丁他们能够在这么短的时间内取得如此成绩，也真是难为他们了。然而，当他来办公室与孙宝丁面对面交流工作的时候，却没有显露出任何满意之色，而是将自己在生产现场发现的各种问题以及下一步如何改进的要求，与孙宝丁进行了详尽地沟通。他指示孙宝丁必须在规定时间内完成对这些问题的整改，且又对他的后续工作提出了更高更严的要求。其实，谭志远对工作的这种高标准、严要求的态度，孙宝丁早已心领神会，并且打心眼里表示赞同和理解。故而，他对自己的部下也是这样严格要求。

模具厂新任厂长赵达裕虽说他是初来乍到、立足未稳，但干起工作来却丝毫不瞻前顾后、畏首畏尾，而是以快刀斩乱麻的恢弘气势，废弃了飞天模具厂原有的一系列零散的不成体系的管理文件，将他在港资企业的一整套管理体系文件全部不加修改地"移植"过来，之后又根据飞天模具的实际情况逐步加以修改完善。作为一名优秀的企业管理者，他清楚地知道，一套体系的建立不是一蹴而就的事情，而是在体系建立之后，通过体系的不断运行，检验体系的有效性，对运行中发现的问题及时修订完善，然后再投入运行，周而复始、不断磨合。万事开头难，为了迅速打开局面，起到以点带面的效果，他计划以模具研发体系中的设计标准化作为管理工作的突破口，然后逐步延伸到加工工艺标准化、装配工艺标准化、试模验证标准化等方面，直到模具厂所有工作都实现标准化。为此，他专门成立了一个标准化管理推进办公室。室主任是一个满头华发、年近五十岁的香港人，他是赵达裕花高薪聘请来的一个从事标准化管理工作长达二十年之久的模具制造专家。然而，建立企业标准化管理体系的意义，对于飞天模具厂的大部分员工来说，并不是都能够深刻理解，尤其是部分领导干部心存疑虑、裹足不前，个别干部甚至还有消极抵触情绪，因而体系运行工作进展缓慢，推进过程阻力重重，相关管理标准和规定得不到真正贯彻执行。赵达裕长期在港资企业工作，习惯了按部就班，任何工作都要按程序进行的工作模式。他的管理风格不仅仅只关注业绩和结果，对工作过程也相当看重。他希望通过工作过程中的关键节点了解每个项目、每个环节的完成情况，对工作中出现的问题习惯刨根问底。如此细致的管理，不但可以大幅度减少出错的可能性，而且更加严谨，更加高效。然而，他的这种工作细致、注重细节的管理模式与飞天模具厂的粗放式管理格格不入，感觉有些水土不服。他精心设计的一系列现代化的企业管理理念得不到众人的响应，孤掌难鸣。他提出的标准化管理思路无人理睬，手下人都在背后戏说他是一个不切实际的理想主义者。

卢有富和赵达裕几乎是同时到职上任，他的工作分工是负责模具厂的生产。他自参加工作以来，一直就在钣金厂工作。从一个普通的工人，一直做到了厂长。作为一个长期使用模具的客户，他对模具设计与制造的标准化工作的重要性有着更加深刻的理解，对这项工作的迫切性也更有发言权。他知道这项工作推进起来会有很大的难度，便主动找赵达裕商讨对策。为此，赵达裕很感动，他没有想到第一个向自己伸出援手之人竟然是被降职的卢有富。有了卢有富的鼎力支持，接下来的标准化管理工作推进很顺利。卢有富发挥自己的技术优势，针对模具行业的特点，对于不同种类的模具，制定了不同的标准化实施方案，从易到难，从简到繁，逐个推进，有条不紊。

生产副厂长主动承担起了推动标准化管理工作的任务，分管技术的梁副厂长有些坐不住了。他找到了赵达裕，气呼呼地质问："赵厂长，工厂的标准化管理工作归我分管，如今交给卢有富负责推进，有些不合适吧？"

赵达裕说："有什么不合适？只要有利于工作开展，我认为就合适。至于说分管工作归属问题，可以组织班子成员开会讨论，调整分工。"

梁副厂长支支吾吾地还想说什么，赵达裕毫不客气地打断了他的话，口气严厉地说："如果梁副厂长果真支持标准化工作，我倒是有个建议，不知当讲不当讲？"

"您请讲。"梁副厂长闪着一双狡黠的小眼睛说。

"卢有富作为公司的一名元老，主动承担起了设计标准化的推动工作。我建议你把加工和装配工艺标准化抓起来，尤其是尽快把标准工时建立起来。这项工作的有效开展对于模具厂的生产计划、成本、效率和规模提升等各工作意义重大。"赵达裕说。

"标准工时牵扯的问题太多，我们一直想推都没有推成功。"梁副厂长耷拉着脑袋一副要投降的模样。

"以前没有推成功，不等于现在也不能成功。作为一个领导者，要有勇于战胜困难的决心。"赵达裕提高了嗓音，毫不客气地训斥道，"否则，还要我们这些领导干部做什么？难道就等着每月领工资吗？"

"那我就试试吧。"梁副厂长低声嘟囔道。

"不是试试，而是必须成功！"赵达裕斩钉截铁地说，"班子里的每一位成员都必须对自己分管的业务立军令状，达不成目标，就地免职。"

梁副厂长也是一个外地人，年近五十岁。传说他曾经是内地一家国营厂的厂长，因工厂经营不善而被赶下了台。两年前，他通过一个在飞天公司担任领导的同学介绍，应聘到了飞天模具厂担任见习技术副厂长，至今因工作业绩差还未转正。赵达裕上任伊始，首先对模具厂的人才结构进行了全面排查，特别是中高层管理人员的综合素质，逐一进行了评估和分析，得出的结论不容乐观。其中最让他头痛的人就是这个梁副厂长。老梁的简历显示，他在大学期间学的是内燃机专业，后来分配到工厂工作，先后做过技术员、设计工程师、车间主任、技术副厂长、厂长等职务。单看他的这些让人羡慕不已的经历，绝对称得上是一个资深的技术管理专家，担任任何一家同类型企业的技术副厂长也是绰绰有余。但令赵达裕没有想到的是，老梁多年来在国营单位养成的官僚主义作风，已经限制了他发挥技术管理方面的优势，工作上不积极主动，等靠要、不思进取等官僚习气严重，遇事推诿扯皮、缺乏担当，做人耍奸溜滑、虚与委蛇。事实上，梁副厂长的这些庸官做派已经通过各种渠道反映到了他这里。

关于梁副厂长的官僚作风问题，谭志远早有所耳闻，这也是他迟迟不同意梁副厂长转正的主要原因。他曾多次当面或者打电话对梁副厂长做过严厉批评和耐心教育，但见效甚微。他计划在各个分厂的人事调整进入第二阶段的时候，将重点考虑更换、淘汰那些像梁副厂长一样的不作为干部。

谭志远从侧面听说了模具厂当前面临的问题，便召集赵达裕和模具厂经营班子的其他成员开了一个座谈会。首先，他就赵达裕和卢有富能够凝心聚力、精诚团结，一起推动模具厂的标准化建设，给予了肯定和表扬，同时对卢有富积极主动勇挑重担的主人翁精神大加赞赏。之后，他话锋一转，语气严厉地说："一年以来，模具厂的基层干部和大多数员工对个别领导干部在工作上推诿扯皮、不思进取的官僚作风十分反感，他们形容这种干部干工作就是踢皮球，对工作消极怠工、态度生冷、推三阻四，口头禅就是'这事不归我管'。潜台词是不想负责任、怕担责任；遇到问题往上推、落实责任往下移，出了问题把板子打在基层，把落实责任变成往下'甩锅'；遇到困难绕着走，不敢接烫手山芋，不敢迎难而上，

最佳时机。再说了，老谢当厂长的时候，他俩因为工作上的分歧而成了不共戴天的"敌人"，但个人之间丝毫没有恩怨。如今，老谢运道不好、事业受阻，暂时屈身于他的麾下，作为一个男人，千万不能做那种落井下石、令世人耻笑的小人勾当。

一天下午，淅沥的秋雨刚刚停歇，久违的太阳就露出了灿烂的笑容。注塑厂每月一次的经营班子办公会刚刚结束，何卫国通知班子成员去醉仙楼聚餐。他兴致勃勃地告诉大家今晚聚餐有两个主题：一来是上个月经营业绩超额完成，特设宴感谢大家的辛勤付出；二来就是欢迎谢厂长加入我们注塑厂团队。往昔的"敌人"不但没有在自己跌倒在地、伤痕累累的时候踩上两脚，反倒不计前嫌、以礼相待，谢富春万分感动，欣然赴宴。酒过三巡，平日里腹藏千杯、大饮若河的他，竟然情绪失控、泪流满面，一会儿哀叹命运之无常，一会儿又庆幸人间还有真情在。是夜，杯酒泯恩仇，他和何卫国冰释前嫌，成了无话不谈的好朋友。

谢富春长年在模具厂工作，习惯了供方的思维模式，如今站在用户的角度，重新体验模具的优劣，内心的感受自然是大相径庭。他将自己发现的问题逐项记录下来，且提出了详细的改善方案，然后再提交给模具厂实施改进。此项工作在他的不断推动下，取得了显著的效果，不但大大提升了注塑厂的产品质量和生产效率，而且使得模具厂也从中受益良多。他主导的这项工作，得到了谭志远的充分肯定，并由此拉开了配套公司干部轮岗交流的序幕。

谭志远超人之处，就在于不论做什么事情，都善于总结。他说自己就是依靠总结成功经验和失败教训而成长起来的干部，这些经验和教训包括自己的，也包括别人的。他将谢富春和卢有富的成功经验总结为干部轮岗交流，并形成了制度，要求配套公司的所有科级以上干部三年一轮岗，且必须遵守执行。他告诫配套公司所有干部：树挪死，人挪活。实行干部轮岗交流，有利于将干部培养成"多面手""万事通"的复合型人才，有利于培养干部的换位思考和一切工作从大局出发的意识，有利于改善干部的工作作风、消除腐败。总的来说，干部轮岗交流制度是一项好制度，不论是选人用人的公信度，还是对员工追求价值、实现更大发展来说，都是势在必行。

三个月后，谭志远推行的干部轮岗交流制度被董事长万国锋在全集团内公开表扬，且又要求集团人力资源部组织在全集团范围内交流推广。事实上，万国锋从宁国忠手里接过飞天集团的大权后，也正在谋划集团层面的人事大调整，从而为自己的新政铺平道路。

谭志远推动了干部轮岗交流之后，紧接着又在思考生产一线员工也应该因材定岗、培养多能工，实现一人多岗、一岗多人。为此，他特意找到了谢富春，要他好好琢磨一下张小兵的工作安排，否则会把这孩子给毁了。谢富春不敢怠慢，和外甥商议后，便找何卫国帮忙，将一心一意想学做生意的张小兵从模具厂调来注塑厂从事生产物料采购。

混世魔王张永军得知儿子是被模具厂新来的厂长从既风光又高薪的加工中心班组"优化"到了低薪、脏乱差的线切割班组后，气急败坏、暴跳如雷，怨恨小舅子谢富春软弱无能，被人骑在脖子上拉屎拉尿，痛骂谭志远阴险毒辣、不念乡情。正当他准备拿出当年的泼皮气势、施展村长的威风、扯着嗓子去谭家大门口指桑骂槐大闹一场的时候，却又听小舅子说，儿子被调去注塑厂做了采购员，而且是谭志远的主意，不禁又为自己的鲁莽冲动而自责羞愧。但他对谭志远关心张小兵的职业前途，依然感到很意外，百思不得其解，他找到谢富春，满腹狐疑地问："谭志远一直都瞧不起我，怎么还愿意帮助小兵吗？"谢富春说："姐夫，您误解他了。志远为人正直、爱护乡邻，是一个做大事、有志向的年轻人。"张永军听罢，似懂非懂，但从内心深处开始佩服谭志远。

仲秋八月，一个周日的上午，日头渐炙，万里无云，张永军低下不可一世的头颅，提着礼物，领着老婆孩子来到了谭家，登门致谢。老村长张福生也亲自出马感谢东家的帮助。接着，张永军又以村长的身份宣布，在中秋节的夜晚，村里出钱设宴招待全体村民，喝酒吃席、观花赏月。这年的中秋节，对于谭家村的村民来说，不但品尝了传统的月饼、芋头、菱角、炒田螺、碌柚以及各种水果和美食，而且过了一个祥和喜庆的团圆节。谭氏家族的兄弟姐妹借机悉数回归了谭家村。谭志远的叔父也从香港归来，召集谭家子孙，商讨修复谭家祠堂的事宜。张永军知道谭家人的想法后，主动表态，村里对修复谭家祠堂将全力支持，他当着谭氏族人的面说："该项目作为谭家村明年的一项重点工程，村里先组织力量拿出一个初步实施方案，交你们族人讨论，讨论通过后再提交村委会研究，争取在年底前将方案确定下来。"谭氏家族长者悉数同意张永军的意见，且表示由衷感谢，静候佳音。酒宴期间，张永军端着酒杯特意走到谭志远面前表示感谢。

"志远，村里最近有部分宅基地准备出售，本村村民有特大优惠，并且有优先购买权。你们家兄弟姐妹叔伯亲戚多，全家几代人挤住在一个新建的小院子里总不是长久之计，还是尽快考虑再建造一处院子吧。"张永军附耳低声说道，"咋样？需要的话，哥给你留一块。"

"谢谢庆哥还想着兄弟！"谭志远一时犹豫不决，不知该如何回答，便随口道："等我回家和老婆商量一下再答复您。"

"这样的好事还要和老婆商量？"张永军一愣，接着又笑道："好，我等你消息，不过可要抓紧时间。"

第十二章

　　谭志远策划并推动的配套公司人事机构调整和技术改造项目运行三个月之后，各个分厂的产品质量、制造效率、生产规模和用户满意度较同期均得到了大幅提升，各项安全事故数据也实现了大幅下降，且全部达成集团公司下达的生产经营目标。

　　十一月中旬的一天上午，他将财务科科长姚玉婷请到了自己的办公室，用公司总经理的口吻对她阐述了经营企业的目的是为了盈利，从而实现企业的财务目标。而企业管理是为了实现这个目的而进行的决策、计划、组织实施、控制的过程。姚玉婷边听边在心里琢磨，谭总又要布置工作了，但她打心眼里喜欢聆听他的喋喋不休，希望这种谈话机会每天都有。果不其然，他接下来说："时间将近年末，按照惯例，公司将要对今年的经营情况进行全面总结，并制定明年的经营目标和具体的实施计划。这项工作由财务科、经营科负责组织实施，务必在一周内完成。有困难吗？"姚玉婷略为迟疑，之后低头道："请领导放心，保证按时完成任务。"他似乎觉察到她有难言之隐，又语气平缓地说："如果觉得时间有些紧的话，那就推迟几天，但必须在本月底前完成，而且必须是高质量地完成任务。"

　　"好的。谢谢领导！"姚玉婷感激地说。

　　"你的母亲来凤山了？"他接着说。

　　"嗯。"姚玉婷嗯了一声，接着又吃惊地问，"您怎么知道？"

　　"我是从小天那里听说的。"谭志远微笑道，"抽空带老人家出去玩玩。这里距离香港、深圳、珠海、澳门和广州都很近。"

　　"谢谢你的关心！最近工作比较忙，等过了这段时间再说吧。"姚玉婷依旧是低头回答，她似乎一直不敢正视谭志远的目光，但却将"您"换悄悄成了"你"。

"嗯，忙过这段时间，我做东代表公司为阿姨接风洗尘。"

"哇，规格也太高了吧，我简直有些不敢相信自己的耳朵。"姚玉婷抬起头，瞪着一双杏眼调皮地说。

"不高、不高。这都是公司包括我在内的飞天人应有的待客之道。"

姚玉婷用饱含感激的眼神望着谭志远，欲言又止。此时，门外传来了敲门声。

"请进。"谭志远朗声说。

"谭总，如果没有其他事情，我去忙工作了。"姚玉婷说。

"好，你去忙吧。工作上遇到困难及时与我沟通。"谭志远说。

姚玉婷点点头，刚要转身离开，迎面撞上了火急火燎的唐小天，二人相视一笑。目送姚玉婷离开了办公室之后，谭志远不慌不忙地问："小天，有急事？"

"谭总，有件急事需要当面向您汇报。"

"慢慢说，不要着急。"谭志远说。

"是这样的，从模具厂调去西南基地担任技术部长的梁副厂长，竟然打电话投诉说，我们制造的模具质量不合格，影响了他们的量产，扬言要到他们的总经理面前告我们。"唐小天说。

"小天，这件事不要急于和他争论对错，首要的任务是解决问题。"谭志远说，"你通知赵厂长立即派人去基地现场查清原因，排除模具故障，确保量产顺利进行，并且制定后续的应对保障措施。另外，你也要同西南基地的生产部门负责人、总经理积极沟通，实事求是，反映真实情况。"

"谭总，赵总已经派人坐今天的早班飞机飞去西南基地处理问题了。"唐小天说。

"嗯，这种处理问题的方式就很好。"谭志远赞许地说，接着他又语气严厉地说，"这个梁副厂长的官僚习气已经到了积重难返的地步。我免了他的职，他不但不能正确认识自己的错误，痛改前非，反倒是动用关系调去了另外一个地方，以为这样就可以继续混下了。我敢断言，像他这样的干部，就是光头上面长虱子，在飞天集团注定是无处藏身的。"

"没错，这个人官气太重，心术不正，以后可得提防。"唐小天脸色凝重、深有同感地说。

"模具厂副厂长的人选一定要抓紧。"谭志远说，"你要与赵厂长多沟通，不能因此而影响了生产的正常运行。但也不能仓促应付、顶缸凑数，务必谨记宁缺毋滥。"

"我和赵厂长已初步达成共识，一致认为从内部提拔更加稳妥一些。"唐小天说。

"我赞同你们的意见。事实证明，多年以来，飞天集团的大多数优秀干部都是我们自己培养起来的，外来的和尚不一定会念经。"谭志远似乎一下子来了精神，接着迫不及待地问，"有合适的人选吗？"

"我们认为模具厂技术科的设计主任工程师陈友信比较适合。他加入模具厂三年有余，一直从事塑胶模具设计工作，技术功底扎实，创新意识强，多次获得广东省和集团内部科技创新大奖，而且性格开朗、积极进取，是一个不可多得的人才。"

"嗯，我对陈工比较熟悉，他毕业于名牌大学，是模具厂技术科的一名虎将。既然你们都觉得他不错，那就大胆启用，我们也要学会不拘一格降人才嘛。"谭志远评价完陈工，接着又对唐小天说，"在你进来之前，我已经安排姚科长总结今年的经营计划完成情况，并规划明年的经营目标。配套公司总部及各个分厂的生产部门也要积极配合完成这项任务，主动支持财务科的工作。"唐小天点头领命，同时心里也明白，谭志远这是有意给他和姚玉婷创造互相接触的机会。其实，他私下里也邀请过姚玉婷吃饭聊天，以便增进双方的相互了解，但都被她婉言拒绝了。他心里知道，姚玉婷瞧不上他，自己不是她的"菜"。

姚玉婷年方花信，冰清玉洁、美若天仙，秀如玉兰，一般寻常男子怎能入得了她的春心。事业蒸蒸日上、前途不可估量的唐小天在她的心里只不过是一个能力超群的好领导，一个才华出众、风趣幽默的好同事，倘若要想成为她的男朋友，那可真是乌龟骑上凤凰背，白日做梦。其实，她的心中已经有了一个令自己想一想都觉得甜美的白马王子。但她没有告诉任何人，只是一个人暗恋而已。她认为真正的爱不是用语言可以表达的，而是发自内心的。她的整颗心都被自己心爱的人吃掉了，为他着迷，为他牵挂，但愿每一分钟都能见到他，见不到的时候，时时刻刻都会想着他。她每次见到他的时候就会兴奋，心跳加快，心里不由自主地渴望得到他的爱意。她和他在一起的时候，有一种温暖且安全的感觉，觉得自己也会甘心情愿地照顾他、关怀他，给予他想要的一切。看着他开心，自己也会跟着开心；看到他烦恼，自己也会跟着烦恼，但她会想尽一切办法使他开心快乐。她想要和他白头到老，与他相濡以沫，期待用自己的全部爱带给他最大的幸福，而她也在这个过程中收获了另一种幸福！她会时常想起他，想着他就开心。没有了他，心里就会空落落的，好像失去了什么；有了他，就像敲开的木鱼，开心地合不拢嘴。然而，她时常也因为这些不可告人的心思而感到羞愧，没有勇气去面对无法改变的现实。

相比起哈尔滨令人瑟瑟发抖的冰雪世界，姚玉婷更喜欢广东鲜花盛开的秋冬季节。每年的十月到次年的三月之间，是珠江三角洲气候最宜人的月份，也是旅游的最佳时间。这时的凤山镇，温度适宜，凉爽多风，即便是最寒冷的冬天，当北方地区大雪纷飞、冰冻三尺的时候，在这里穿一件薄毛衣即可过冬。因而，姚玉婷特意选择了在暮秋季节将母亲从遥远的冰城老家邀来凤山镇游玩，且在电话里告诉母亲："老妈，今年春节我们就在广东度过啦。"母亲说："婷婷，听邻居们说广东人最喜爱喝早茶，你一定要带妈妈去见识一下什么是早茶。"

广东人喜欢喝早茶，这句话是姚妈妈从大院里的邻居们的聊天中得知的。三号楼一单元二楼东屋的赵大妈，她的三儿子是一个做服装批发生意的小老板，长年往来于广州和"冰城"之间，对广东人的饮食习惯略知一二。出于做生意的需要，他经常宴请朋友吃饭喝茶联络感情，不经意间也喜欢上了喝早茶，时不时还会带着母亲去冰城的粤菜大酒楼里品尝广东风味的茶点。没承想，赵大妈享用过几次之后，竟然也迷恋上广东人的茶点，虽然本地茶点的色香味以及花样品种比正宗的广府茶点相去甚远，但足以让她的舌尖陶醉。赵大妈每次跟着儿子喝毕早茶，总要在大院里的大妈大婶面前眉飞色舞地炫耀一番。次数多了，留给姚妈妈的印象是，赵大妈最喜欢吃那种榴莲味的甜品，还有一种名叫水晶兔的小点心，一口一个，真是好吃。不过赵大妈也说了，那里的茶水、点心都很贵，像她们这样的普通工薪阶层是很难舍得花钱去享用的。

喝早茶，对于姚玉婷来说，同样经历了从神秘——体验——迷恋——最后成为一种生活习惯的一个完整的沦陷过程。顺德本地人对于早茶的态度与外地人截然不同。利用周末或节假日的上午时间，全家男女老少结伴一起去熟悉的酒楼喝早茶是顺德人一种独特的生活习俗，也是他们日常生活中不可缺少的一部分。对于他们来说，喝早茶，其实享受的就是一个过程，精致而可口的茶点被顺德人一双灵巧的双手和极富想象力的大脑赋予了生命。顺德的茶点丰富而独特，也彰显了些许奢侈；其长盛不衰的缘由，与顺德县近百年来的贸易兴盛息息相关。顺德人喝早茶并不只是吃吃喝喝，而是在吃喝中完成一种社交仪式，包括亲人之间的感情交流。这地方的茶点，从早上六七点一直营业到晚上一两点钟，无论是早、午、晚三个时段，茶楼里都是人声鼎沸的景象。每张桌子，一壶清茶，茶的种类繁多：菊花、铁观音、普洱、小青柑、滇红茶等，任意挑选；摆放几件心仪的点心，色香味俱佳的茶点更是数不胜数：酱香蒸凤爪、金蒜蒸排骨、沙爹金钱肚、香芹牛肉丸、蟹子干蒸、鲜虾贡菜饺、钵仔排骨蒸陈村粉、油炸春卷、黑椒牛仔骨以及各种粥、肠粉、包子、粽子……

一方水土养一方人，受当地生活习俗的影响，姚玉婷也渐渐养成了喝早茶的习惯。每逢星期天或节假日的上午，在懒觉睡醒之后，她总是精心梳妆打扮一番，身着一套自己最喜欢的服饰，邀上三五个要好的姐妹们，一起去酒楼喝早茶，由此开启惬意的一天。

姚妈妈来到凤山镇的第一个周末，姚玉婷便领着母亲去了凤山镇最高档的南环大酒店喝早茶。姚妈妈平日里在家是不喝茶的，因为她经常失眠，怕越喝越清醒。但今天上午，她喝了，而且喝得很舒服。

姚妈妈第一次走进这么高档的酒店里喝早茶，像是屁股坐在针毡上，忐忑不安。她悄悄问女儿："婷婷，在这么高级的酒店里吃东西，费用一定很贵吧？"

"老妈，不是很贵，您就放心啦。这里菜品的价格和街面两旁的大排档差不了多少。"姚玉婷说，"顺德这地方和内地城市不一样，普通百姓进大酒店吃饭是一件很平常的事。"

姚妈妈的心似乎踏实一些。她眼瞅着泛着亮光的大理石地面、金碧辉煌的前台大厅、耀眼夺目的玻璃门窗、披金戴银的贵妇人以及手戴蓝宝石钻戒走起路来大腹便便的老板们，不再心虚胆怯了，而是重新恢复了往日里固有的自信与热情。

母女俩走上二楼。一眼望去，餐厅的面积很大，尽是熙熙攘攘的茶客；数百张排列整齐、铺了白色桌布的餐桌被食客围坐得满满当当，几乎看不到空闲的位置；每张桌子的旁边都摆放着一套功夫茶具，每人一副碗筷和茶杯，几件可口的点心，热气腾腾，茶香四溢。餐厅的走廊里，数十人手里拿着写有编号的字条，坐在板凳或沙发上耐心地排队等候；再回过头，向楼梯望去，迟到的茶客络绎不绝。姚玉婷昨天已经预定了茶位，因而无需排队等候。她挽扶着母亲，在店员的引领下，找到了自己的餐桌。这是一张适合三四个人用餐的小桌子，两个人占用也不为怪。

姚玉婷自从喜欢上喝茶之后，利用业余时间对不同品种的茶叶进行了初步研究，渐渐也有了一些粗浅的认识。她喜欢喝花茶，包括：金盏花茶、玫瑰花茶、柠檬草茶等，这些花茶不但有美容养颜效果，而且还可以增强肝肺功能，缓解女性痛经。然而，她今天点的茶却是自己从未喝过的冰岛古树普洱茶，因了普洱茶具有抑胆固醇、舒张血管、暖胃养胃、解除油腻等功效，母亲身姿肥胖，患有高血压、高胆固醇，喝普洱茶益处多多。

头一次喝功夫茶，姚妈妈有些受宠若惊，更不习惯别人伺候自己。一个面目清秀、衣着华丽的小妹妹把泡好的茶杯端放在她的面前，用甘甜清脆的声音说出请用茶的时候，她像是听到了久违的问候，心潮翻涌，有一种想哭的感觉，但迅速又恢复了平静。她告诫自己要学会控制自己的情绪，不能在大庭广众之下丢了女儿的面子。

笑容可掬的女店员推着铁皮餐车从餐桌之间拥挤的过道上走了过来，姚玉婷帮母亲叫了榴莲酥、宫廷桂花糕、沙洲糕，又点了自己平日喜欢吃的干蒸排骨、金钱肚、凤爪、虾饺、葱花鲜肉肠，外加两份皮蛋瘦肉粥，之后轻声细语地说："老妈，您先尝尝这几样茶点。好吃的话，我们再点。"

姚妈妈瞅着满桌子的小碟子、小蒸笼的盛菜方式，感觉很舒服，心想，人家南方人做事就是精巧细腻，懂得享受生活。但这些做得像艺术品一样精致的茶点，对于习惯了大口吃肉大碗喝汤的北方人来说，倒显得有些小家子气了。

"妈妈，这盘点心就是榴莲酥。"姚妈妈在女儿的指点下，尝了一口心仪已久的榴莲酥。金黄诱人的榴莲酥，以新鲜榴莲果肉配置的软滑馅心，配以层次分明、异常松化、做工精细的酥皮，令她食指大动、垂涎欲滴。狼吞虎咽之后，淡淡的榴莲味又让她"榴莲"忘返，有一种相见恨晚的感觉。不消一刻工夫，如风卷残云一般，盛满榴莲酥的碟子早去了一大半。姚玉婷提醒母亲，喝早茶要慢慢来，不能像在老家吃油条、喝豆浆那样火急火燎的样子，喝一次茶不消磨掉两三个小时，说明你不是喝早茶，而是在吃早餐。姚妈妈听从了女儿的建议，立即改变了性情，开始细嚼慢咽起来。接着，她又向母亲灌输了喝茶的技巧，说："老妈，茶要品，才能喝出味道来。这是正宗的冰岛老寨古树普洱茶，喝的时间久了，就像喜欢喝酒的人一样，慢慢也会上瘾的。"

"婷婷，冰岛在哪里啊？"姚妈妈好奇地问。

"云南啊。"姚玉婷说。

"云南我知道，那里是盛产烟草的地方。俗话说：'云南烟，四川酒，贵州有烟又有酒。'没想到云南的茶叶也好生了得。这种茶和其他茶有什么不同吗？"

"您别着急，慢慢品就感觉出来了。"

姚妈妈小心翼翼地喝了一口，然后在嘴里仔细品味了一下，回味甘甜，似乎有一股美妙的香气弥漫口中，一时无法用语言来形容。

"嗯，这茶的味道确实不错。"姚妈妈说，"清澈的红褐色茶汤，颜色很像红酒。清香四溢，口感醇厚，入口甘甜，纯而润口，绵软回甘。"

"老妈，您这么快就懂得茶道了？"姚玉婷睁大眼睛很是吃惊地问。

"妈妈小时候，家境富裕，隔三差五也跟着你的外公和外婆去茶馆里喝茶。"姚妈妈神情自豪地对女儿说，"我的这些三脚猫功夫都是跟他们学的。"

"老妈，我差点忘记了，新中国成立前您可是富贵人家的大小姐呀！"姚玉婷扮了鬼脸，故作惊讶地说。

"那是当然了。"姚妈妈挺直了身子，一本正经地说。

母女二人边喝茶边品尝顺德美食，有说有笑，其乐融融。

"老妈，这是水晶桂花糕。"姚玉婷指着服务生刚刚端上来的一碟点心，殷勤地说："您尝一口，味道可好啦。"

姚妈妈仔细看了一眼盛在一只长方形白瓷碟子里的水晶桂花糕，不由得啧啧称奇：造型完整，厚薄均匀；色泽黄白分明，无斑点，无杂质；组织滋润松软，细腻化渣，不翻粗，无糖子。之后她又像品尝仙桃参果一样，小心翼翼伸出筷子夹了一块放在嘴里，口味香甜，滑软酥润，且有浓郁的桂花清香，简直可以将"山寺月中寻桂子"的意境融化口中了。

品一口茶，尝一口甜点，身处富丽堂皇的餐厅，耳边萦绕着无异于外语的说话声，看着窗外的一轮红日、葱翠茂盛的树木和汩汩流淌的河水，此时此刻的姚妈妈有一种身处异国他乡的感觉，心里不由得有些飘飘然。

"婷婷，这个点心叫什么名字。"

"老妈，这个叫沙洲糕，是顺德的一种传统糕点小吃。此品因首创于顺德县的沙洲镇而得名，距今已有数百年的历史。"姚玉婷说，"它是用大米浆经发酵蒸制而成。其糕体晶莹雪白，表层油润光洁；内层小眼横竖相连，均匀有序；质爽软而润滑，味甘冽而清香。"听女儿讲得头头是道，姚妈妈夹了一块放到嘴里，优哉游哉地咀嚼起来。

"姚科长，饮咗茶？"一个年轻女子向姚玉婷打招呼。

"阿娇，你也来了，坐下来一起喝茶。"姚玉婷有些意外地说。

"谢谢姚科长，我们全家人都坐在那边呢。"

姚玉婷顺着阿娇手指的方向望去，看见一张大圆桌子围坐了十余位男女老少，羡慕地说："哇，全家人聚在一起，好热闹啊！"

"是啊，我老公、一对儿女以及婆家人都在。"阿娇露出满脸的幸福与自豪，"我娘家那边还有一大家子人没有来呢。"

"真让人羡慕！"姚玉婷说。

"这位阿姨是？"阿娇礼貌地问。

"我的母亲，刚从老家过来。"

"阿姨好！欢迎您来广东游玩。"

"老妈，这位是我的同事，阿娇。"姚玉婷介绍说。

姚妈妈看着阿娇微微一笑，表示感谢。阿娇走后，姚妈妈说："这姑娘长得真水灵，能说会道，怪招人欢喜的。"

"她比我年长两岁，已经是两个孩子的妈妈了。"姚玉婷说。

"哦，真看不出！"姚妈妈惊讶地说，"当地人不计划生育吗？怎么这里的大多数年轻父母都生了两个孩子？"

"她们大部分都是当地农民，政策允许生二胎。"姚玉婷说，"即使不是农村户口，她们宁愿被罚款、受处分，也要生二胎。"

"看来这地方的人，更注重传宗接代。"姚妈妈若有所思地说。

不知不觉，姚妈妈在女儿的陪伴下，从上午十时一直吃喝到了将近下午十三点，撑肠拄肚，感觉自己的肚囊似乎又肥了一圈。姚玉婷结完账，姚妈妈悄声问："这顿饭花了多少钱？"姚玉婷说："不多，也就一百多元。"

姚妈妈瞪着铜铃般的眼睛，大声说道："一百元还不多呀？顶得上我一个月工资了！"她话音刚起，周围的茶客们都瞪着诧异的目光瞟了一眼这一对操着北方口音的异乡母女，嘴角流露出让人不易觉察的轻蔑。姚玉婷羞红了脸，微笑着示意母亲说话声音小一点。

暮秋的凤山镇，风清气爽，万里晴空，母女二人走出酒店大门，行走在绿草如茵、葱翠欲滴的街道上，姚妈妈有一种重蹈冰城夏天的感觉。作为一个土生土长的冰城人，姚妈妈知道，哈尔滨最美的不仅仅是白雪皑皑、银装素裹的冬季，天气凉爽、绿树成荫的夏天更加迷人。

　　姚玉婷领着母亲来到了凤山镇最大的一家服装零售商场。现代摩登的商场里，人头攒动，熙熙攘攘；各色各样的服装、皮鞋、皮包和女性用品，琳琅满目，令人目不暇接。她把母亲领到了一家知名品牌的女鞋专卖店。年轻的女店员十分热情，左一双右一双不耐其烦地介绍，柔软亲切的南方口音，让人听了心里就觉得舒服。她拿来一双丝绒平底鞋，颜色和款式看上去都比较时尚，是那种让人看一眼便有一种独特的高贵气质之感觉。她对姚玉婷说："这款鞋是今年刚上市最新款式，卖得很火，非常适合阿姨穿。"

　　女店员单腿跪在地上，不厌其烦地为姚妈妈试鞋，姚妈妈又像适才喝茶的时候一样，显得颇不自在。她是过惯了苦日子、穿惯了处理品地摊货、一分钱掰成两半花的人，刚才上大酒楼喝早茶，现在又进名牌云集的大商场买鞋，心里难受啊！她一边试鞋，一边忍不住对女儿低声唠叨："这鞋子很贵吧！"姚玉婷微微一笑，假装没有听见，而是继续陪着母亲试鞋。其实，此刻她的心里已是百感交集、酸楚无比。她知道母亲这是舍不得花女儿的钱。

　　姚妈妈，姓李，单名静，前半生可谓时运不济，命途多舛。她出生在一个商人家庭，幼时不幸丧母，在奶妈的看护下长大。十岁那年，她的父亲又因两代人历经数十年千辛万苦积攒下来的产业被政府公私合营而心生积怨，进而染病卧床不起，不久便离开了人世。父亲去世后，继母视她如同眼中钉、肉中刺，事事刁难、处处找茬，她是在人嫌狗不爱的情况下，自强不息，从小学一直读到大学，按部就班、艰辛走来。大学毕业后，她因品学兼优、出类拔萃，被择优留校工作，从此开始了一个崭新灿烂的人生新篇章。然而，人算不如天算，一年之后，她又因出身不好，被下放到一家地方国营工厂做了一名车间的普通工人，接受工人阶级的再教育。紧接着，热恋了三年的男朋友也狠心地离她而去。

　　作为一名"黑五类"子女，她在工厂里备受激进分子的打压和排挤，生活中被人歧视，精神上屡遭摧残，真是含垢忍辱、度日如年。无奈之下，将近三十岁的她，嫁给了一个比自己年长近十岁的车间主任，这才得以短暂安生。丈夫的名字叫姚钢。她下放到工厂的第一天，他就利用自己手中的权力对她进行恐吓，强迫她老老实实接受工人阶级的监督、批评和再教育。私下里，他又用小恩小惠的手段和甜言蜜语追求她。姚钢只有小学文化程度，没有读过几年书，但他好学上进，钳工技艺了得，是工厂里为数不多的八级钳工，颇受领导和同事的尊重。不过，他的不足之处是嗜酒贪色，脾气暴躁，因此也树立了一些政敌。

李静和姚钢结婚不到一年的时间，厂里流传姚钢又和别的女人勾搭上了。她忍受不了流言蜚语的伤害，向他证实真伪。他不但不道歉、承认错误，反而借着酒劲动粗、打了她，警告她少管自己的闲事。无处诉说冤屈的她，每日只能忍辱负重、以泪洗面。

半年后，姚钢被人告发，因克扣工人奖金、私设小金库供个人挥霍，犯贪污公款罪而被查处，不久之后，被判处有期徒刑五年。姚钢入狱不久，她发现自己怀孕了。她利用探监的机会，将喜讯告诉给了监狱里的丈夫，希望他能好好改造，争取早日减刑出狱。姚刚是一个"宁肯站着死，绝不跪着生"的主，早已习惯了在工厂里称王称霸、颐指气使，哪里受得了被人欺凌、遭人压迫的监狱生活。李静探监后不久，他便因没有孝敬牢头，遭受欺凌而与牢头发生争执，进而引发殴斗，被牢头和手下的兄弟们失手打死。当狱警将这个不幸的消息告诉她的时候，她没有过分悲伤，而是坦然认命。因为她已经遭受过太多的生死离别，伤痛的眼泪早已流干。

丈夫死后，李静独自一人咬紧牙关生下了女儿，且重新鼓起了面对艰辛生活的勇气。此后漫长的岁月里，母女俩相依为命，命途多舛。随着时间的流逝，一个年轻貌美、才华横溢的女知识分子，渐渐被柴米油盐、吃喝拉撒煎熬得人老珠黄、市井粗俗，夸张的大嗓门、婆婆妈妈的唠叨、莫名其妙的伤感或者大笑，都已司空见惯。买便宜的地摊货、疯抢打折商品都成了她勤俭持家的法宝。

姚玉婷是母亲一手拉扯大的乖女儿。父亲在她的脑海里只留下了镶嵌在镜框里的照片。母亲也从未在她的面前提及过他。她只记得小时候和大院里的孩子吵架时，听她们说自己的父亲是罪犯，是被坏人打死的坏人。也许正因如此，她从小就很懂事，比同龄孩子成熟许多，学习刻苦认真，成绩名列前茅，一直都是"别人家的孩子"；唱歌、跳舞、背诵唐诗宋词以及英语对话，样样精通、一枝独秀，同班级的学生无出其右；放学回家后，主动帮母亲做饭、拖地、洗衣服。总之，她是那种永远不用家长操心的好孩子。

考上大学之后，她为了减轻母亲的经济压力，开始勤工俭学，给中小学生做家教，帮个体户摆摊卖衣服，同时兼职好几个工作。大学毕业后，她又凭借自己的优异成绩，毅然选择了远赴工资高出内地数十倍的广东地区就业。她在心里暗暗发誓，一定要靠自己的努力让母亲的后半生过上体面的生活。

如今母亲的岁数大了，到了她回报养育之恩的时候。她喜欢带着母亲外出购物、吃饭的感觉，买过去想到不敢想的高档服饰、金银首饰和美容护肤品。她要通过自己的努力让母亲重温青春年华的美好。为了让母亲安心地居住下去，她又向公司申请租住了一套两室二厅的单元房，计划将母亲的户口也迁来凤山镇。

姚妈妈跟着女儿住了一段时间后，感觉南方人的生活节奏相当快。女儿早上七点出门，晚上七八点才回到家，有时会更晚。每天早出晚归，几乎见不到她的人影。姚妈妈一个人感觉空虚寂寞，很不适应。她打电话给远在冰城的姐妹们诉说，待在女儿这里，生活无忧，美食相伴，鸟语花香，气候温和，如世外桃源一般；唯一的遗憾，就是感觉有点寂寞，每天都是一个人，无人聊天说话；想出去走走，又不认识人，也听不懂他们的话，如同坐监狱一般……

她知道母亲的烦恼后，心生愧疚，懊悔自己整天忙于工作而忽视了母亲的感受，也没能抽时间带她出去玩。她安慰母亲，计划春节放假期间一起去深圳、香港、澳门、广州游玩一圈。同时，她又萌生了一个奇怪的念头，却没敢告诉母亲，而是悄悄付诸了行动。

注塑厂的出纳员王萍和姚玉婷住在同一个单元的二楼。她的丈夫就是模具厂的设计主管陈友信。她和陈友信都是北方人，育有一女。她的父亲王德生退休后来到了广东，帮他们在家带女儿。王德生是一个性格开朗、乐于助人的老头，逢人就热情地打招呼。一天清晨，他在院子里领着外孙女玩耍，碰见了从菜市场买菜回来的姚妈妈，便主动上前和她聊天，并邀请去家里坐坐，但被她婉言谢绝了。

姚玉婷和王萍虽然都属于配套公司财务系统的工作人员，但她不是她的直接领导，只是业务上存在上下级关系，因而她们在工作上的直接联系并不多，平时难得一见。然而，自从姚玉婷搬到了王萍的楼上居住后，两个人见面聊天的机会便多了起来。姚玉婷从聊天中得知，王萍和陈友信都是河北人，加入飞天公司的时间比自己要早几年，夫妻俩都是从河北的一家国营单位调动过来的。王萍是王德生的小女儿。几年前，王萍的母亲不幸得病去世，父亲王德生一直孤身一人，也再未考虑寻找新的伴侣。她的两个已经成家的哥哥担心父亲娶一个后妈回家与他们分割财产，也公开反对他再婚。

王德生投奔小女儿已经三年有余。他是一个随遇而安的人，对于广东的饮食、人文、气候以及生活居住环境都相当满意，也不想再回河北了。他曾对女儿说，准备用自己的积蓄在这里买一套房子，安度晚年、尽享绕膝之乐。

　　一天傍晚，姚玉婷下班回家，碰巧在楼下遇到王萍和父亲带着女儿一起玩耍。她说："王萍，有时间带上孩子和伯父一起来我家玩，尝尝我妈做的猪肉饺子。"父女二人听说有猪肉饺子吃，都很高兴，因了他们全家人已经好久没有时间包饺子吃了，但又不好意思现在就空着手去人家。王萍说："好的，谢谢玉婷妹妹！改日有空，一定去吃阿姨包的饺子。"姚玉婷说："那就一言为定。明天正好是周末，你们全家人都来我家吃饺子吧。"王萍觉得既然姚玉婷这么诚恳邀请，再推托就显得自己有些矫情了，便说："好的，那就一言为定。明天中午见。"

　　告别了王萍祖孙三人，姚玉婷像是做了一件大事似的哼着小曲儿回到了家。电视机正在播放新闻联播，姚妈妈一个人坐在沙发上低着头好像睡着了。她听见女儿回家了，马上站了起来，兴奋地说："乖女儿下班了，快坐，妈这就给你端饭菜。"

　　"老妈，明天是周末。我约了住在楼下的同事王萍一家人来家里做客，品尝您最拿手的猪肉饺子。"姚玉婷说。

　　"猪肉饺子有什么稀奇的？人人都会做。"姚妈妈说。

　　"那可不一定。在广东这地方，很难吃到纯正的北方水饺。"姚玉婷说。

　　"楼下那家人听口音也是北方人。他们老家是哪里的？"姚妈妈说。

　　"河北沧州。"姚玉婷说。

　　"那个老头好像也是单身一人。"姚妈妈说。

　　"听王萍说，她母亲在几年前得病去世了。"姚玉婷说。

　　姚妈妈听后沉默不语。姚玉婷怕引起母亲伤感，也不再说王家的事了，知趣地招呼母亲一起吃饭。

　　次日上午十时，王萍、陈友信提着礼物领着父亲和女儿来到了姚玉婷的家里。姚玉婷笑盈盈地把客人让到了客厅的沙发上，嗔怪道："我们都是同事，大家聚一下，还带礼物做什么呀，搞得我都不好意思。"

　　"玉婷，别客气，也不是什么贵重东西，就是想让阿姨尝尝我们家乡的土特产。"王萍微笑道，"这些东西都是我二哥前几天从沧州寄过来的。"

　　众人正在说话间，姚妈妈从厨房里走出来。姚玉婷将客人逐一介绍给母亲，并招呼她坐下来，自己则去了厨房烧水泡茶。

　　"大妹子，我听王萍说，您的老家在哈尔滨？"王德生扶了扶眼镜，毫无拘束地看着姚妈妈问。

"那是呀，我可是土生土长的哈尔滨道里区人。但我的爷爷奶奶都是山东人，他们是在闯关东的时候来到了黑龙江，最后定居在哈尔滨。"姚妈妈说，"其实，你们老家沧州距离我祖上山东老家也是很近的。"

姚玉婷给客人倒好了茶水。姚妈妈招呼客人们喝茶，之后她吩咐女儿陪客人，自己却起身去了厨房。王德生是一个见面熟的人，到别人家做客，却从不把自己当成是外人。他不等主人允许，便主动跑进了厨房，帮姚妈妈洗肉、拔毛，剁肉馅。稍后不久，不善言辞的陈友信也坐不住了，开始帮着摘菜、洗菜。两个男人包揽了全部的力气活，女人们则开始和面、砸蒜泥、浇辣椒油、切菜、炒菜。人多力量大，不到一小时的时间，饺子都已包好，菜品也已备齐，万事俱备，就等着大厨掌勺下锅炒菜了。这时，姚玉婷和王萍似乎一起预谋好了似的，纷纷将期待的目光投向了王爸爸。王德生也不客气，扫了众人一眼，底气十足地说道："承蒙各位信任，我这就献丑了。"

王爸爸走进客厅，从随身携带的小包里，拿出了叠放整齐的白色围裙、袖套和帽子，穿戴整齐后，又折回了厨房。站在一旁的姚妈妈惊讶地说："王大哥，想不到您这是有备而来呀！"王萍笑嘻嘻地说："阿姨，这是我爸多年来养成的老习惯，去别人家做客，他都要随身携带这些行头，以便有机会展露一下自己的厨艺。"姚妈妈和姚玉婷都不约而同地点头称赞道："嗯，这真是一个难能可贵的好习惯。"

王德生做的第一道菜是广东风味的豆豉蒸排骨。姚玉婷家没有豆豉，他便打发王萍回家里去拿。王爸爸是一个做过工厂总工程师的高级知识分子，不论做什么事情都严肃谨慎、细致周全，严格遵循标准流程。他首先将洗净后的肋骨切成小块，放入清水浸泡，然后把姜、蒜切末，豆豉剁碎备用；十分钟后，再将排骨清洗两遍后控干水分，向排骨中加入生抽、几滴老抽、盐、鸡精、胡椒粉，抓匀腌制十分钟；接下来，将姜、蒜、豆豉放入锅中小火炒香，然后将炒香的姜、蒜、豆豉放入排骨中拌匀，再往排骨中加入一勺生粉，两勺花生油抓匀；最后，将排骨平铺在盘中，摆上红椒圈，置于烧开水的锅内上盖，用大火蒸五分钟再转小火蒸八到十分钟；出锅后，王爸爸又撒上少许葱花，然后端放在餐桌上，招呼大家食用。

"哎呀，这道菜做得太专业啦，馋得我直流口水。"姚妈妈瞅着餐桌上的豆豉蒸排骨惊呼道，"我们还是等你把全部菜都做好，再一起吃吧。"

在蒸排骨的空隙，王爸爸已经准备好了第二道菜蒜蓉粉丝蒸大虾的食材。他把粉丝用温水泡软，剪开虾背挑除虾线，轻拍虾肉，把泡好的粉丝放入盘中垫底，摆上大虾，大蒜切末备用；锅中烧油，油热后倒入蒜末，放适量生抽、蚝油，翻炒出香味，加糖、鸡精，把炒好的蒜蓉放在虾背上；豆豉蒸排骨出锅后，他又将摆好大虾的盘子放入蒸锅大火蒸五分钟；蒜蓉粉丝蒸大虾出锅后，他照例是撒上小葱花，并招呼陈友信将蒸好的蒜蓉粉丝虾摆上了餐桌。

对于老丈人的多才多艺，陈友信从第一次踏进王萍家大门的时候，便佩服得五体投地，且甘心情愿地拜他为师。多年以来，他不但从老丈人那里学到了许多企业管理方面的知识和经验，而且掌握了很多生活方面的常识和技能。尤其是，老丈人的这种充满激情和活力的生活态度，深深地感染了他和王萍，让他们受益匪浅、惠及终生。

姚妈妈同样很受鼓舞。她看着色香味俱佳的菜肴，一直面带微笑，嘴里不停地念叨："老王这手艺，与饭店的大厨相比没什么两样！"王爸爸说："大妹子，这些菜做起来不难。你想学的话，我可以教您。"

第三道菜是清蒸鲈鱼。得益于临水而居的地理优势，顺德人特别擅长烹饪各种鱼类，其中尤以顺德清蒸鱼名气最盛。王德生跟着女儿女婿在大饭店吃过一次，便明白其中诀窍，屡试不爽，甚为满意。他说："大妹子，顺德清蒸鱼做法讲究快与鲜，除了要求鱼必须生猛鲜活外，蒸一条好鱼的必要条件就是火候和调味；蒸鱼的火力要开足，猛火快蒸，肉质才会鲜嫩。"姚妈妈用笔在本子上认真地记录着。

王爸爸一边说话一边从水池里捞出一条活蹦乱跳的鲈鱼，刮鳞去除内脏后洗净备用，葱、姜、红椒切丝备用；然后在鱼身上斜切几刀，表皮和内部抹上少许的盐和料酒，放一些葱姜丝腌制片刻；将腌制好的鱼去掉葱姜丝和多余的汁水，淋上花生油，用手轻轻将油在鱼身上涂抹均匀，锁住鱼肉水分，蒸出来的鱼更香更嫩；之后在鱼肚和鱼身上铺好葱、姜丝，把盛鱼的盘子放入水开的蒸锅内，大火煮八到十分钟；鱼蒸好出锅后，王爸爸倒掉了多余的汤汁和葱姜丝，淋上蒸鱼豉油，重新放上新的葱姜丝、红椒丝，将花生油烧至微微冒烟，趁热浇到鲈鱼表面的葱姜丝上。这时，一条好吃又有营养的清蒸鲈鱼便做好了。姚妈妈乐呵呵地将清蒸鲈鱼端上来了餐桌。

接下来，王爸爸又先后做了茄瓜咸鱼煲，东北风味的软炸里脊、小葱拌豆腐和韭菜炒土豆丝，以及蒜蓉炒小白菜。一共八个菜，摆了满满的一桌子，姚妈妈觉得其丰盛鲜美程度一点也不亚于在大酒店吃饭的感觉，心里赞许道，这老王还真不简单！

姚妈妈抑制不住内心的喜悦，主动招呼王爸爸坐在自己身边，关切地说："老王，大家先吃菜，等会再煮饺子。饺子是我的专利，你就不要再插手了。"王爸爸受宠若惊，欣然应诺。姚玉婷从酒柜里拿出两瓶酒，一瓶是五十二度的五粮液，另一瓶是长城干红葡萄酒。她说："我提议，王爸爸和陈工喝白酒，我们女同胞们喝红酒，大家没有意见吧？"

"玉婷也要喝白酒。听同事们讲，她的酒量贼厉害了。"陈友信说。

"要我说呀，大家都喝红酒。专家说红酒能够软化血管，有益健康。"王萍说。

"客随主便，我们都听姚妈妈的。"王爸爸说，"她说喝啥，咱们就喝啥。"

"要我说呀，今天高兴，大家都喝白的。"姚妈妈说，"等白的喝完了，再一起喝红的。怎么样？"

"我看成。"王爸爸说，"今天我们两家人能在遥远的广东相聚在一起，实属难得，先干一杯，以示庆贺。"。

众人皆乐呵呵地跟随王德生干了一杯。之后姚妈妈又招呼大家多吃菜，酒慢慢喝，自家人在一起不要太讲究礼仪客套，以开心为主。

姚、王两家首次聚会完美结束，姚妈妈和王爸爸也开始了邻里之间的正常走动。每天清晨，王爸爸将孙女送到幼儿园，然后总是叫上姚妈妈一起去菜市场买菜或者去周边的公园里散步。认识了老王，姚妈妈给老家的姐妹们打电话的次数也渐渐少了许多，偶尔联络一次也是大肆宣扬自己现在的生活是如何的欢心如意，大有乐不思蜀之意。从此，姚妈妈的日子过得既充实又快乐。她每天早上八点出门，跟着王爸爸去公园里和一帮朋友一起运动；一小时后，结伴再去菜市场买菜，或者去商场逛一圈，俨然像一对老夫妻。到了中午，俩人简单炒两个菜吃少许米饭或者面条，便各自回家休息。周末的时候，两家人隔三差五地轮流在姚家聚一聚或者在王家聚一聚，不亦乐乎。姚妈妈跟着老王也认识了很多新朋友。她渐渐地感受到，小镇上的本地人对他们这些外地人十分包容热情。

姚玉婷略施小计，便让母亲死心塌地地喜欢上了顺德，喜欢上了这里的生活以及这里的人。她所做的一切，都是为了让母亲快乐起来，因为母亲的前半生实在是太苦了。她要让母亲的后半生幸福美满、再无遗憾，如果能给她找一个老伴，那就更好了。

第十三章

　　位于凤山镇新城区中心地段的一栋栋红瓦灰墙的小洋楼，看起来似乎与周边不远处的普通民居没太大的区别，只是建筑风格上略显时尚、潮流。但凤山当地人都知道，这些规划整齐、风格迥异的独门独户的庭院可不是普通的乡村民宅，它们都是当地事业有成富人们的私家花园洋房。其中临街的一处庭院，便是谭志远入住不久的新家。这栋洋楼里住着他们一家三口，外加一个保姆和一个佣人，共计五个人。因了谭志远的奶奶不愿离开乡下老家来城里居住，他的母亲也只好陪婆婆居住在白鹤镇谭家村的乡下老家。

　　走近谭志远的新宅，映入眼帘的首先是两扇高大宽阔的朱漆大铁门，以及两米左右高的花岗岩围墙环护四周，墙头绿柳垂吊；用力推开大门，走进院内，一栋五层楼的花园洋房矗立在院子的东北角，灰墙红瓦，上有天，下有地，甬路相衔，山石点缀，整个庭院富丽堂皇，雍容华贵，花园里各种奇花异草散发出淡淡的清香。登上二楼，站在金碧辉煌的会客厅大理石地面上，向外望去，熙攘的人群和川流不息的车辆尽现眼前，视野非常开阔；三、四、五楼分别是主人房数间、婴儿房、客房、书房等，每间房屋里的装修比五星级酒店有过之而无不及；洋房的一楼是车库、洗车房和杂物间。顺德雨水丰富、气候潮湿，因而所有居民建筑的一楼都不住人，而是作为车库或杂物间使用。整栋楼安装的家用电器自然都是飞天品牌。

　　是日正逢周末，时令正值小雪节气，阴沉的天空中隐隐约约透出一丝霞光，瞬间又被乌云遮住；迎面刮来的北风吹弯了街道两旁的树枝，枯叶飘落一地。谭志远晨练归来，刚走上三楼，听见妻子正在洗漱，就走进了女儿的房间。他坐在床边，俯下身子亲了一口熟睡中的女儿，静静地看着她，抚摸着她的小手，心里却不停地念叨，爸爸一定要让你像其他孩子一样健康快乐地成长！

罗招弟从洗手间出来，也走进了女儿的房间，但她看也没看丈夫一眼，便又回到了自己的房间里。这时，家里的佣人已经将早餐摆放在了二楼餐厅的餐桌上，且招呼主人下楼用餐。年轻的保姆也从楼顶的睡屋里走下来，准备英子的起居饮食。

谭志远犹豫了一下，兀自敲门走进了妻子的房间，低声说："招弟，我打算回乡下看望妈妈和奶奶。你方便带英子一起去吗？"

"不去了。我要带英子去大姐家，她家老二过生日。"罗招弟面无表情，冷冰冰地说。

"那我开车送你们过去。"谭志远殷勤地说。

"不用了，我自己会开车去。"罗招弟头也不抬地答道。

"哦，那好吧。代我向大姐一家人问好！"谭志远从房间里出来，径直进了卫生间，开始冲凉。十多分钟后，他身着平日里很少穿的休闲套装，来到二楼餐厅用餐。整个吃饭过程，罗招弟没有再和他说一句话。其实，很长时间以来，他们之间已经很少交谈了，今天算是说话比较多的一次。

吃完早餐，谭志远独自下到一楼车库，围着一辆白色佳美轿车仔细查看了一圈，没有发现什么异常，之后便驾驶旁边的一辆黑色凌志轿车，出了家门。他阴沉着脸，情绪有些低落，就像此时的天气，死气沉沉，没有一丝霞光。他叹息道，唉！不知道这种让人郁闷的生活还能继续多久？车窗外的天空愈加阴沉，像是要下雨了。公路上的车子比平日里也少了许多。他踩足马力，沿105国道，驶过凤山大桥，一路狂奔，似乎要将心中的闷气透过轰鸣的引擎声发泄出来。三十分钟后，他回到了白鹤镇谭家村。

车子进村的时候，正逢一户人家娶亲。张灯结彩、宾客盈门，摆酒席的红帐篷占了半条巷子。但见，新郎官手捧鲜花在众人的簇拥下坐上了一辆黑色奔驰小轿车，他的身后跟着一群年轻的男生，正准备上各自的迎亲车，他们一个个西装革履、容光焕发，英俊潇洒、风流倜傥。长长的迎亲车队一直延伸到村西头郊外的鱼塘边。这时，谭志远郁闷的心情一下子变得舒展起来，迎面扑来的喜庆气氛，令他心旷神怡、烦恼皆忘。他在心里不由得感叹道，这里才是我的家，我的根，我休养生息的港湾，我孕育幸福和梦想的摇篮。虽然老家已今非昔比、时过境迁，但自始至终都令他流连忘返、魂牵梦绕。

谭志远沿村子外围驱车回到了家。数年前，他的母亲已搬离谭家老宅，携奶奶一起住进了新建的宅院。谭家的新宅院位于村东头濒临河滨公园的地方。这里风景优美、环境幽静，周围配套设施齐全，是谭家村新生代成功人士的居住地。一座座具有乡村风情的精致宅院散落在苍翠树木的掩映之中，置身其中，恍若远离了所有的都市尘嚣，宁静幽远的世外桃源气息，令人神驰。谭家老宅，历经风雨、年久失修，鉴于其历史悠久、艺术和观赏价值颇大，被政府定为市级重点文物保护单位，继而收归国有，并投入资金进行了大规模的全面修复，对现存的建筑给予抢救保护。政府按照相关政策，承诺给谭家重新划分宅基地，并发放不菲的补偿金。但谭家祖孙三代一致表示，将祖宅无偿捐献给国家，不收取一厘一毫的补偿款。谭家新宅院是谭志远的哥哥谭志致一手出资修建的，其占地面积和建筑规模较谭志远在凤山镇的宅院多出一倍有余，是谭家村最壮观最豪华的宅院之一。

谭志远看见自家宅院大门紧闭，便下了车，按响了门铃。佣人阿敏从大门的视窗里看见他，慌忙打开大门，指挥他把车开进了地下车库。宽大的车库里停放着两辆挂着黑底白字的粤港澳通行车牌的三厢小轿车，一辆是深灰色的奔驰，另一辆是浅灰色的宝马。阿敏待他下了车，解释说家里人一大早都去喝茶了。

"阿妈，我回到家了。"他打电话给母亲。

"阿远，我们在茶楼里喝茶呢。"母亲在电话里说，"招弟和英子回来了吗？"

"她们去招弟的大表姐家了。"他说。

"你过来一起喝茶吗？"母亲问。

"我已经吃过早餐了，就不过去了。"他和母亲说完再见，便兀自上楼休息了。

谭家新宅子共计七层。罗马柱、圆拱门、大落地窗。洋房的三到七楼每层都有一个大露台，上面建造了一间阳光玻璃屋。主人为方便家人上下楼，还安装了一台进口三菱电梯。小洋楼的地下一层是车库、杂物间，二楼是客厅、餐厅、厨房和卫生间，三楼到七楼，每层都是四室二厅，外加一间书房和卫生间。

胡玉珍和婆婆谭洪氏住在三楼，小叔子谭明星住在四楼，长子谭志致住在五层，次子谭志远住六层，两个女儿很少回家，就住在七层。家里的佣人住在楼顶通往天台的小阁楼里。然而，偌大的房子，平日里也就住着婆媳二人和一个佣人，其他人都因为生意、工作繁忙，一两个月才偶尔回家住上那么几天。不过，谭明星总是隔三岔五地从香港开车回来陪将近九十高龄的老母住上几天。

洋房的周围种满了花木，亭台楼阁掩映其中，活像一个世外桃源。庭院的大门和围墙也很特别，从外面看，类似于西方的古城堡。围墙是白色花岗岩，有三米之高，灰白色的大铁门上端呈拱形，门的表面雕刻着许多黑白色的精美图案，给人一种很现代的感觉，打眼一看就知道这是一座归国华侨的别院。

谭志远坐电梯上到二楼。他首先走到供奉着祖先牌位的厅堂前，烧香点烛，行跪拜之礼，之后又乘电梯到了六楼。他慵懒地躺坐在客厅的沙发上，随手用遥控器打开电视柜上的音响，听起了神秘园乐队创作的歌曲 *You Raise Me Up*。他已经很久没有这样放松自己了。

阿敏走进客厅，把泡好的茶水端放在茶几上，嘱咐道："老细，您用茶。如果需要别的什么东西，招呼一声就可以了。"他用手指在茶几上轻轻点了两下，微笑道："好的，谢谢！"阿敏走后不久，他就迷迷糊糊地睡着了。

冬日里，昼短夜长，墙上的时钟滴答、滴答，下午五时三十分，窗外的天空便已夜色朦胧。伏案疾书的谭志远突然接到集团公司分管领导陈总打来的电话，通知他去一趟自己的办公室，有要事相谈。谭志远挂断电话后，他没来得及细想，就匆匆赶了过去。

满面春风、喜形于色的陈总，看见秘书领着谭志远走进了办公室，便客气地招呼他坐下，且吩咐秘书把泡好的茶水端上。秘书走后，陈总亲切说："志远，你最近的工作业绩斐然，公司各个层面都反响热烈，尤其一些好的工作方法甚至在全集团得到了推广，深得各级领导的赞赏与肯定。"

"陈总过誉了！"谭志远谦逊有礼、不骄不躁地说，"志远能取得这些成绩，都赖于您的组织得力和领导有方。"

"我今天专程叫你来，不仅仅是为了表扬你，而是有更重的担子让你来挑。"陈总表情严肃地说。

听到这里，谭志远的心脏不由得怦怦乱跳，心里嘀咕道，难道是前段时间流传的外派高升？嘴里却鬼使神差地说道："承蒙陈总厚爱！只怕我的能力和资历有限，有负领导的期望。"

"志远，不必过谦。过分的谦虚，就是骄傲。"陈总说，"就在一个小时之前，集团公司经营班子研究决定，任命你担任新成立的飞天集团华东基地的总经理，明天一早集团公司就会印发红头任命文件。你回去移交一下工作，三天后到任。"

从天而降的喜讯，让谭志远一时不知如何应对是好，他只好程式化地表态：
"请陈总放心，我绝不辜负公司领导的信任。"

华东基地总经理的干部等级比谭志远现任职务高一级，相比陈总的级别也仅
仅低半级。谭志远聆听完老领导的指示和嘱咐，便轻飘飘地走出了集团公司办公
大楼。他没有坐华哥的车，而是兀自步行返回配套公司。夜幕笼罩下的天空，繁
星点点，皓月当空；工业区周围华灯闪烁、人头攒动，一片生机勃勃、繁忙兴旺
的景象。他一边匆匆赶路一边嘴里喃喃道，华东基地？那不是离家更远了吗？

"好男儿志在四方，再远也不比出国下南洋。"突然，繁华热闹的景象消失
得无影无踪，四周一片寂静、鸦雀无声，他的耳边响起了低沉而幽远的声音。

"谁？"他愕然地环顾四周，故作镇静地问，"敢问是何方高人？"

"孙儿，我是你的爷爷啊。"只听其声，却不见其人。

"爷爷？"他将信将疑地问，"空口无凭，何以取信？"

"你的奶奶可以作证。"

"奶奶？"

"志远，不用怕，他是你的爷爷。"奶奶踮着小脚从不远处缓缓走来。

"奶奶，您怎么来了？"他诧异地问。

"我是陪着你爷爷来找你聊天。"奶奶解释道。

"我怎么看不见爷爷呀？"他不解地问。

"乖孙儿，爷爷能看见我们，就是谭家世代积攒的福分啊。"奶奶说。

"志远，当断不断，反受其乱。"爷爷低沉而幽远的声音又在他的耳边响起，
"男子汉做事不可好恶难决、优柔寡断，而应行事果断，舍小而取大，舍身而取
义，方能实现人生的目标。"

"好孙儿，你就应承了你爷爷吧！"奶奶在一旁帮腔道。

"爷爷，孙儿一定听您的教诲。"他举目四顾，空无一人，奶奶也不见了踪影。

"奶奶，奶奶……"

"志远，志远……"

谭志远睁开了眼。第一眼，他看见了站在身旁的母亲。接下来他看见了茶几
上的茶水，散发着淡淡的菊香。之后，他又听到了正在播放的歌曲《You Raise
Me Up》。他清醒过来，原来是南柯一梦。

"想奶奶了？"母亲关切地问，"我来叫你起床吃晚饭，却听见你不停地喊

奶奶。"

谭志远惊恐未定。他看了一下客厅的闹钟，已是日入时分，不想这一觉竟然睡了将近半晌。为了不引起母亲的猜疑，他若无其事地说："是的。好些日子没有回家，想您和奶奶啦。"但心里却在思忖，怎么做了这么一个梦？难道真是天将降大任于斯人也，先托一梦而告之。

母亲微笑道："别贫嘴了，赶紧下楼吃饭。奶奶、阿叔和姑妈都在楼下等着呢。"之后领着他来到了二楼餐厅。

谭志远向阿叔、姑妈诸位长辈一一问好。谭明星看见高大英俊的侄儿，高兴得合不拢嘴。他把志远招呼到自己身边，拉着他的手，笑眯眯地说："我家志远，年纪轻轻，依靠自己的努力，就当上了总经理，阿叔真为你高兴。我们谭家耕读传家、英才辈出啊！"

坐在一旁的姑妈也随声附和道："志远是我一直看着长大的，他出生时便不同于一般人。"

谭明星疑惑地问："小妹，此话怎讲？"

见二哥尚不明就里，谭明芳便学着张嫂的口吻一字一句地仔细道来。听完妹妹绘声绘色的讲述，谭明星便更加确信侄儿志远不是一般的凡夫俗子，而是一个天生异象、"神鸟"转世的旷世奇才。

"聊什么话题这么开心啊？"谭洪氏在阿敏的搀扶下走进了餐厅，笑呵呵地问。

"奶奶，您坐这里。"志远把奶奶让到了他和阿叔之间的椅子上坐下。

"我们正在聊关于志远的神奇故事呢。"谭明星笑呵呵地对母亲说。

"他阿叔，那些传说全当饭后谈资，不可当真。"胡玉珍解释道。

"呵呵，不可全信，也不可不信。"谭洪氏神色严肃地纠正道，"适才我在梦中又见到你们的父亲了。他开导志远的一席话，现在还在我的耳边铮铮作响、清晰可辨。"

"奶奶，爷爷说什么了？"谭志远大吃一惊，急切地问。

"你爷爷说，好男儿志在四方；当断不断，反受其乱；还有什么舍小而取大，舍……记不清了。"谭洪氏不假思索地说。

"舍身而取义。"谭志远抢答道，接着又大感不解地说，"真奇怪，刚才我在睡梦中也见到爷爷和奶奶。但看不见爷爷的长相，只能听见他的声音。"

"怪不得我叫你吃饭的时候，听你在喊'奶奶，奶奶'，原来如此。"胡玉珍看着儿子，满腹狐疑地补充道。

胡玉珍话音刚落，众人似乎想到了什么，整个餐厅一下子变得鸦雀无声，静得连根针掉到地上都能听见，全家老少的神情都变得惊悚悬疑、如临大敌。

见多识广的谭洪氏咳嗽一声，喝了一口茶水，之后慢悠悠地说："走，跟着我到你们父亲的灵位前，摆上供品，烧香磕头，以示孝敬。"

叩拜完丈夫和列祖列宗的牌位，谭洪氏又嘱咐孙子志远单独给爷爷和父亲点香磕头。当她确信丈夫的魂魄已安然离去，所有法事处理停当之后，这才领着子孙们回到了餐桌前准备就餐。经过刚才的一番心惊胆战之后，全家老少似乎都感觉有些饥饿了。

胡玉珍给儿子做了一桌丰盛的菜肴，尽是谭氏几代人手口相传的拿手好菜、独家秘肴。谭志远不但吃得津津有味、大快朵颐，而且陪着阿叔喝起了顺德市生产的红米酒，以驱寒壮胆。俗话说："食在广府，厨出凤山，味在白鹤。"白鹤镇谭家村的谭氏菜肴绝不是浪得虚名，确实别有一番风味。相传，谭家菜历经几代人的不断创新改良，在清朝末年，通过官吏谭宗浚的发扬光大，享誉京城，曾有"食届无口不夸谭"之说。后来，谭宗浚不肯就此止步，又不断提升烹饪技艺、吸收众家之长，成功将粤菜与川鲁等名菜相结合，精益求精、独创一派，最终发展成为中国三大官府菜之一，与南京随园菜、曲阜孔府菜并称中国著名的三大官府菜。谭家菜厨艺成员全部迁入招待贵宾的北京饭店。谭氏家族在顺德县各镇枝叶繁茂、人才辈出，此举乃谭氏另一支脉所为，在此不多赘述。

胡玉珍看着儿子的吃相，心里不由得又想起了丈夫谭明德。丈夫在世时，像儿子一样，也是整日里忙于工作、四处奔波，许久都不回家。偶尔回家一次，吃饭的时候也总是狼吞虎咽、风卷残云。俗话说知子莫如母，儿子心里想什么，阿妈一眼就看出来了。

"志远，你的工作是不是遇到困难了？"胡玉珍问。

"也不是什么困难，只是有传言说，公司要外派我到省外基地工作。"谭志远说。

"那你刚才是不是做梦成真了？"谭洪氏问。

"是。但飞天集团没有梦中所说的华东基地呀？"谭志远不解地说。

"没有基地，才需要你这样的人才去另辟疆场啊。"谭洪氏胸有成竹地说，

"看来木已成舟，孙儿一定是要去外地工作了。"

"能去外省工作也不错，对自己来说也一个难得的锻炼机会。"谭志远说，"只是，招弟和英子留在家里，我有些不放心。"

"英子现在好些了吗？"谭明芳问，"我已经好久没见招弟和英子了。"

"英子现在学着说话了，进步很快。"谭志远说，"招弟在家专门看护孩子，也好着呢。"

"唉！这门亲事……"谭洪氏叹息道，欲言又止。

"常言道：亲事不成，反成仇。志远，你要用心处理好与招弟的关系。"谭明星若有所思地说，"你们现在的状况，让人揪心不已。"

"阿叔说的在理，阿远要好好思量一番，分居不是长久之计。"胡玉珍说，"改日我去找你的岳母好好商量一下，一定要处理好这件事。"

"是啊，你们毕竟是亲姐妹，总是有话好说的。俗话说：亲事不成，仁义在。"谭洪氏说，"不能因为这件事情，把两个孩子的一辈子都给毁了。"

"奶奶说的是，好聚好散。"胡玉珍迎合道。

"唉！这事谁都不能怨，都是那个动乱而贫穷的年代给我们家族造成的伤害。"谭明星哀叹道。众人皆沉默不语。

谭志远从长辈的言谈中已经明确感觉到他们都在为他和招弟的离婚而做准备，心里不免有些伤感。当初所谓的"天造一对，地设一双"，也是他们精心设计的成果。无奈之下，他岔开了话题，关切地问："阿叔，村里修祠堂进展咋样了？"

谭明星听到志远对修祠堂也感兴趣，便饶有兴致地介绍了工程的进展情况，包括是哪个大师设计的，准备请何处的工匠，用的是什么材料，工期多久，工程如何验收，工程造价是多少，如何结算工程款等等，巨细无遗，一一翔实道来。谭明星说："这件事是谭氏家族的一件大事，也是我个人有生之年的一件大事，实在马虎不得。否则，愧对谭氏家族的列祖列宗和后世子孙。"

吃毕晚饭，谭志远打电话给招弟，说他陪阿叔喝了几杯酒，今晚就不回家了，明天一早直接返工，让她和女儿早点睡觉，不要等他了。妻子似乎对他回不回家毫无兴趣，只是机械地嗯了一声，再没有说多余的一个字，之后就挂断了电话。谭志远自讨没趣，苦笑一声，便继续陪家人聊天唠嗑。

夜色渐浓，谭洪氏像是突然起什么似的，郑重其事地对儿子谭明星说："星仔，明日一早，开车送我去宝林寺。我要找方丈。"

"阿妈，明日有许多事情需要我来处理。"谭明星说，"能不能改天再去？"

"你若没有时间，我便一个人去。"母亲态度很坚决。谭明星无奈，只好应承下来，之后补充说："那我现在就给方丈打电话，预约一下。"

"明天我也随奶奶一起去吧。"坐在一旁的胡玉珍急忙插嘴道。

谭志远却在心想，难道这位方丈法师比我的恩师赖先生更加神机妙算？

宝林寺坐落于古良镇南郊太平山西麓，是一座易地新建的佛教庙宇，传承法统，属禅宗临济，历史悠久，民间素有"未有顺德，先有宝林"之说。宝林寺原址位于古良镇南门外凤山南麓，山如凤凰般蜿蜒起伏绵亘不绝，树木葱茏，苍翠峭拔，依山傍水，景色清幽。在顺德县域内，除了凤山镇的凤山之外，古良镇也有一座山名曰凤山，似乎它的名气更大一些。

孩提时代，谭洪氏就从长辈们的口中得知了宝林寺。宝林寺初名曰"柳波庵"，始建于一千多年前的五代之南汉殇帝光天元年，庵内先建有观音殿，殿内供奉的观音塑像是唐代的珍贵塑品。时至南宋，殿宇颓败，香客稀少。宁宗开禧年间，当地乡绅捐资，重修殿堂。宋末度宗咸淳年间，禅风盛行天下，一个名叫德钦的和尚，云游至古良镇，发现柳波庵背山面水，古木参天，且有泉水潺潺、清秀幽静之胜景，随即率众徒，留居此地，购置田产，耕读研修，繁衍光大。柳波庵所处的古良峡，靠山环水，坐北朝南，实乃风水宝地，德钦主持，登台讲法，开创法河，慕名前来的信徒渐次增多，进而将佛学不断发扬光大。德钦圆寂，众弟子将其遗骸漆布傅其肉身，放进龛中，供奉于观音殿中，并书楹联："至道无言从北宋，法身不老等华南"。可惜，到了新中国成立初期，在拆除宝林寺时，肉身被毁，实是憾事，这已是后话。临济禅宗历经宋、元两代长时间的调整，为明清两代的复兴打下来更为坚实的人文基础。明朝末年，因时世动荡，赋税沉重，民不聊生，柳波庵难以为继，被迫典当变卖产业，僧徒四散，闭庵谢客，一度荒废。

清康熙初年，肇庆庆云寺僧人元亮，云游四海，途经古良，登临凤山，观其山体似凤凰展翅，柳波庵如凤之口，口吐莲花，不禁心动，便立志留庵居住，推动顺德佛教复兴，弘扬临济禅宗，预言日后佛法禅宗必定在此地发扬光大。元亮德高望重，深得民心，遂集资募捐，赎回田产，扩建庵堂，恢复寺院产业。时庵内种植有七棵参天古木，宛如西天宝林之山，元亮取其净土七宝树之意（阿弥陀经所说的七宝：金、银、琉璃、珊瑚、琥珀、砗磲、玛瑙），便将将柳波庵易名宝林寺。继后，元亮在此广栽树木，极力弘扬禅宗临济，使得宝林寺日渐显赫。

康熙十六年，知县时应泰捐俸禄赎回原田二百亩，靠收取田租供养众僧，于是古刹始生光添色。就在此时，宝林寺经过扩建、修葺，其庙宇建筑已颇具规模，共四庭五进，盖有头山门、天王殿、大雄宝殿、禅堂、方丈说法堂、伽蓝堂、祖堂、客堂、肉身堂及僧房、库房、斋舍等十余座。天王殿供奉弥勒、韦驮、四大天王、关帝等，大雄宝殿供奉三方佛祖、十八罗汉、六祖慧能及地藏菩萨，客堂主要供奉千手千眼观世音菩萨。时有僧徒三十余人，藏《频伽大藏经》一千九百一十六种，分八千四百一十六卷，合四百一十四册。另外，寺内种菩提树数株，浓荫蔽日，乃丛林中的风水之树。此时，宝林寺已成为乃地首刹，百姓视之为胜地，每遇国家大典或开读朝廷诏令，则地方长官绅耆仍集合寺庭举礼。随后县衙在寺内增设万寿宫，供文武官员向帝、后祝寿及恭听"圣谕"。

宝林寺作为顺德县最负盛名的古寺庙宇，历经整个清代，香火鼎盛，寺庙规模不断扩大，殿堂雄伟，菩提树枝叶繁茂，榕树苍劲如虬龙。每逢佛诞、观音诞及每月初一、十五，周边信众、香客以及商贾来寺朝拜者络绎不绝，人山人海。方圆百里的人们都以宝林寺德钦肉身最为灵验，因而"去求肉身"成为当时世俗的一句口头语，此为宝林寺鼎盛时期。清末民初，山门联书："苦海无边，回头是岸；禅关有路，捷足先登"。

时至民国时期，因连年战争，民不聊生，宝林寺香火渐衰。抗战期间，顺德沦陷，宝林寺成了日寇的营地。这期间，宝林寺在肇庆鼎湖高僧铁航禅师的主持下，镇恶除霸，悬壶济世，为百姓做了不少好事，深受世人所爱。

中华人民共和国成立初期，宝林寺由地方政府接管，部分建筑成了人民解放军顺德部队某连的驻地。此时，铁航禅师主持的宝林寺仅剩十数人。不久，铁航禅师遭匪徒谋害遇难。之后部队撤离宝林寺，改为古良镇第一小学。五十年代中期，在破除迷信运动中，寺内佛像和法器被毁，荡然无存。到了九十年代中后期，宝林寺原址四周土地逼仄不堪，难以修复原貌。政府遂征求各方意见，最后选址古良镇南郊太平山麓，易地重建。宝林寺新礼聘的方丈，乃中国当代高僧之一，从小跟随母亲信佛，一九八二年在汕头佛教协会总道场出家，拜定恩法师为师。中国佛学院栖霞山分院毕业，历任广东省佛教协会多个重要职位，多次受到党和国家领导人的接见，乐善好施，声名远播。至此，千年古刹，历经劫难，始获新生。

谭洪氏受家庭环境的影响，从小就是一个虔诚的佛教徒。婚后，她不但在家里烧香拜佛，而且每逢佛诞、观音诞以及每月初一、十五，都要去宝林寺烧香拜佛，为家人祈福平安，年复一年，几乎雷打不动。中华人民共和国成立后，破除迷信，寺庙被毁，她只好在家里偷偷点烛烧香，和南圣众，祈福家人平安快乐，心愿佛法久驻，慧灯长明。改革开放以来，随着宗教政策的进一步落实，原宝林寺弟子信众以及众多港澳台同胞和海外侨胞回乡探亲，纷纷要求重建宝林寺，后经广东省宗教部门批准，由顺德市有关人士组成筹建委员会募资重建。此举深得海内外社会贤达、八方善信的鼎力支持，慷慨解囊，乐施善财，诚笃捐资，共襄善举，使得宝林寺的重建得以顺利进行。历经两年多的建造，宝林寺终于在上年的十月十一日，落成开光。凡发心捐助者，寺庙筹建委员会将其芳名，立碑刻铭，永志功德。谭家叔侄的名讳，赫然在列。谭洪氏作为十万信众之一，和南顶礼，喜上心头。新落成的宝林寺位于古良镇太平山西麓，于名山秀水之中，取"龙跃天门，虎卧凤阁"之山势，占地十三万平方米。这里除佛教信徒经常去朝拜之外，也是全国各地游客的旅游胜地，故而被誉为"太平瑞气"。

顺德的初冬，气候凉爽宜人，是一年之中最美好的时光。星期一的早晨，寺庙山门刚开不久，谭洪氏就在儿子和胡玉珍的陪同下来到了宝林寺。她们还没有走进寺庙，便闻到袅袅清香弥漫在寺庙周围，不觉吸上一口，顿感心旷神怡，心中郁结豁然开朗。寺庙的前门厚重实在，门楼上威严挂着一块匾，上书"宝林寺"三个大字，白底黑字，铿锵有力，挥洒至极。走进前门，寺内寂静，游客信徒稀少，只有栖息在树枝上鸟儿，叽叽喳喳叫个不停。几颗罗汉松，枝叶繁茂，造型各异，一副仙风道骨的姿态。沿着一条大道，再往里走，道路两旁摆满了各式各样的盆景，五彩缤纷，婀娜多姿。前方不远处有一颗粗大的小叶榕树，树干足有一人抱粗，树冠下围砌出一圈石基，既可以保护树木，又可供有人乘凉纳坐。数尺开外，有一个水池，扶栏观看，方知是一个龟池。目测池子大概八十平方米、池深三米左右，绿幽幽的池水中央趴着一只大石龟，神态逼真，栩栩如生，令人啧啧称奇。这时，胡玉珍往池里撒了些许饲料，引得数百只小龟竞相游来，疯狂抢食。

龟池旁边，有一道阶梯，是通往山上寺庙之路，抬头仰望，映入眼帘的建筑金碧辉煌，巍峨，端庄；左临德胜河，右邻旧寨，青云双塔，主体建筑依山而建，仿照宋、明两代的风格建筑，气势恢宏，古朴庄严，掩映在郁郁葱葱的山谷之中。拾级而上，哼哈二将分列山门两旁。走进山门，进到天王殿，弥勒笑佛及"风调雨顺"四大天王供奉其中。接下来，依次是鼓楼、钟楼、九龙壁、斋堂、客堂，大雄宝殿最为壮观，供奉有佛祖释迦牟尼、阿弥陀佛、消灾延寿佛，普贤、文殊两菩萨。再看周围，地藏殿、观音殿、罗汉堂、碑廊、僧舍、藏经阁……一座比之原址更为壮丽的佛教丛林成为顺德乃至珠三角的人文景观，是广东最大的寺院。登临回首，凤城繁华尽收眼底。

谭明星因昨夜已经与寺庙提前预约，因而完成了虔诚的烧香拜佛祈福许愿仪式后，没有耽搁多久，便引领母亲和大嫂见到了方丈。方丈作为宝林寺的传法大和尚，严于律己，每日四点半起床，五时做早课，六时用早餐，此时他已经盘腿静坐，整装待客。谭家人作为顺德贤达善信之士，因缘际会，自然与方丈很熟络。谭洪氏对方丈说明来意，报上孙儿志远的生辰八字，且将梦中听到的丈夫与志远的谈话内容简要陈述了一遍。再看这位方丈，四十出头的年纪，天庭饱满，地阁方圆，红光满面，两目炯炯有神，油光光的脑袋里似乎充满了智慧，仿佛世间万物的生死存亡、喜怒哀乐都在他的掐算和掌控之中。

方丈闭目沉思了半晌，用低沉而充满了智慧的声音说："施主的孙儿，命中注定乃富贵之人，财运亨通、大富大贵。此年生人，性格好动不喜静，游走天下、广交朋友，为人处世、力图树立自己的信誉，从而得到他人的信任。具有大将风度，处事沉稳、忍耐心强，不达目标不罢休，遇到困难时，善于通过自己的细致，抽丝剥茧，从蛛丝马迹中发现问题的根结所在。然而，时运有起伏，万事有跌宕，预先规避风险，方可逢凶化吉。"

"在下愚钝，还请方丈明示。"谭明星瞪着一双疑惑的眼神说。

"谭施主，既然咱们是朋友，我也就不再掖着藏着。"方丈说，"贵侄儿，逢己卯兔年，运势一般，可安然度过。但到了明年，农历庚辰年，有事业受阻、妻离子散之劫数，遇事容易走极端，显露物极必反之兆。故而，切记凡事适可而止，多留余地，应稳定发展、不可操之过急，即使有灾害，也能遇救。两年过后，方能时来运转，洪福齐天，应抓住机会，大展宏图，但切勿得意忘形，多行善事，方可久远不衰。此外，明后两年容易遇到小人，说话办事之时要多注意提防。"

"请问大师，如何才能规避这些灾难？"胡玉珍焦急地问。

"俗话说：'天将降大任于斯人也，必先苦其心志，劳其筋骨，饿其体肤，空乏其身，行拂乱其所为，所以动心忍性，增益其所不能。'天机不可泄露，阿弥陀佛，施主请便。"方丈说毕，便悄然离去。

从寺庙里出来，谭明星开车将满怀心事的母亲和嫂子载到了凤城大酒店喝茶。谭洪氏嘱咐儿子说："星仔，我们有些日子没有来古良了，方便的话把洪家和胡家的亲戚都招呼过来，大家借机会聚一聚。"谭明星爽快地答应了母亲。

洪家在中华人民共和国成立前虽说是顺德县首屈一指的大户，枝叶繁茂、人丁兴旺，但自从谭洪氏的父母去世后，家道中落，树倒猢狲散，兄弟姐妹大多移居港澳及海外。那些原本就生疏的叔伯堂侄，几十年过后，也早已物是人非，鲜有往来。即便还有几家关系亲近的亲戚，也因种种原因，心存余悸，隐姓埋名，几乎断了音讯。改革开放后，回乡探亲的洪家子孙日渐增多，但也只是短暂停留，并没有进一步的联络和走动。因而，这些年继续和谭洪氏往来的亲戚也仅有两个堂兄弟，其中一个已于去年冬天过世了。

胡玉珍的亲戚中生活在古良镇的就更少了，只剩下妹妹兼儿女亲家胡玉珠一家人。胡玉珠和丈夫罗炳辉都已退休，赋闲在家，三个女儿都很孝顺，时不时领着孩子轮番回家陪伴他们。不过，他们也没有闲着，而是依靠丰富的人脉资源，准确把握政策的脉搏，四处入股投资，购买商铺、地皮、房产。这种超乎寻常人的投资理财能力，日后为夫妻俩带来了丰厚的经济回报。然而，自从孙女小英子被查出患有先天性智障之后，胡氏姐妹俩的关系渐渐变得疏远了，几个月也不联系一次。方才听了方丈一席话，胡玉珍觉得姐妹俩似乎更不方便见面了。

就在谭明星打电话通知亲戚们的时候，胡玉珍突然想起了一个人，但又不能确定邀请他过来喝茶是否礼貌、合适，一时犹豫不决。毕竟他年岁已高。她拿起手机拨通了大女儿的电话，轻声问："志宁，在忙吗？"

"妈咪，我昨天刚回到古良镇婆家，还没来得及回家看您和奶奶呢！"电话那头传来了大女儿谭志宁的声音。

"你婆家没什么事吧？"胡玉珍诧异地问。

"没事。我在顺德开几天会，就顺道回来看看。"谭志宁答道。

"嗯，没事就好。"胡玉珍松了口气，接着又说，"我和你奶奶、叔父正在凤城酒店喝茶，你方便的话，带公公婆婆一起过来。我们两亲家也好久不见了，正好叙叙家常。"

"妈咪，先等一下。"电话那头的女儿似乎犹豫了片刻，才答道："我征求一下公婆的意见，再回电给您。"

"玉珍，早就听说阿宁的公公，能掐会算，不如请他来帮志远占卜一番。"谭洪氏说，"我记得他还是志远的高中老师呢。"

"奶奶，我正是这个意思。"胡玉珍不假思索地附和道。

"阿妈，年轻人经历一些人生的小挫折和坎坷不是坏事，正好有利于他们日后的快速成长。这些没影的小事，您就不要放在心上，以免影响健康。"谭明星说，"话说回来，他们比起我们那一代人来说，可是幸福多啦！"

"是啊，要说起这点小事，真不值得奶奶费心，相信志远一定会处理好的。"胡玉珍说。

说话间，一个花甲老人在一个中年妇女的陪同下来到了酒店包间。谭明星从座位上站起，迎上前说："舅父，您里边请。"并把老人搀扶到母亲的身边坐下。谭洪氏笑呵呵地和堂弟拉起了家常。胡玉珍帮舅父用热水烫洗了餐具，并斟满了茶水。陪同老人的中年妇女则一声不吭地在靠近门口的位置坐下了。她是老人的保姆。

胡玉珍刚走回自己的座位，放在手袋里的手机响了起来，是女儿志宁打来的，她说十分钟后带着公婆过来。

谭志宁领着公公婆婆走进了包间。胡玉珍立即起身迎到门口，拉着亲家的手，亲切地说："快请里边坐。"

"老夫人好！"谭志宁的婆婆满脸歉意地说道，"我们来迟了，让您久等了，实在不好意思。"

"不好意思的人，应该是我这个老太婆。"谭洪氏笑呵呵地说，"是我突发奇想、临时抱佛脚，通知你们来喝茶。"

"不敢，不敢。老夫人身体安康，晚辈赖星文这厢有礼了。"但见拱手说话的赖星文童颜鹤发、仙风道骨，果然与凡俗不同。

"赖老师，大驾光临。"谭明星拱手说道，"小弟有礼了。"

"明星老弟，过谦了。"赖星文拱手还礼道，"同乐，同乐！"

赖星文虽说是因为儿女亲家的缘由与谭明星称兄道弟，但实际上他比谭明星年长许多，确切地说，他的年龄比谭洪氏小不了几岁，加上他辉煌的成就和丰富的人生经历，因而在座的众人也都对他怀有敬重之心。

喝茶聊天间，谭洪氏借着兴致，绘声绘色地讲起了自己突然梦见死去了数十载的丈夫训教孙子的场面，恰巧孙子志远也做了一个同样的梦的神奇经过。就在大家沉默不语、潜心琢磨其中奥秘的时候，谭洪氏用探寻的目光看着赖星文，一字一句地说："赖先生见多识广，恳请您帮我这个老太婆释梦解惑。"

"老夫人，您过誉了。志远是我的学生，他的情况我一直都在关注，责无旁贷。"赖星文不紧不慢地说："每个人的生命中，或多或少都会遇到一点挫折，但只要正确对待、处理恰当，都不会碍事，反倒是一件好事，更利于他以后的发展。志远天资聪颖、慧根深厚，此生必成大器，老夫人无需过虑，顺其自然便好。"

听完赖星文的解惑，众人皆面露喜色，以茶代酒，共庆平安。

第十四章

一周后，姚玉婷将配套公司年度经营工作总结报告以及下年度的经营规划递交给了谭志远。谭志远看后很满意，仅仅做了局部的修改完善，便通过了配套公司经营班子的研究讨论，于十二月中旬，上报给了集团公司财务经营部。

冬月的一天，临近冬至，日头高照，风轻云淡，一身单衣单裤的顺德人仍然感受不到丝毫的寒意。唐小天和孙宝丁结伴来到了谭志远的办公室。

"叫你们两个来，主要是商量一下钣金厂上报的下年度产能扩张方案。"谭志远说，"宝丁，你先谈谈自己的想法。"

孙宝丁说："今年已完成的所有技术改造项目，均达到了预期的效果，确保生产效率和产品质量实现双提升，但距离主机公司和厨卫电器厂来年扩能后所需的配套产能还有不小差距。我的初步想法是，首先解决瓶颈工序的产能问题，其余工序的产能缺口依靠外部资源来解决。目前，冰箱、空调的产能都在扩张，我们与之配套的开料、冲压、焊接和喷涂都不同程度地存在产能缺口，尤其是开料、外观大件冲压以及喷涂的缺口最大。因而，明年技改投入的重心必须放在这些瓶颈工序的产能提升项目上。"

唐小天说："我赞成宝丁的意见，钣金厂技改投资的重点应该放在技术含量高、外部配套能力差的瓶颈工序上，对于一些利润低、外部配套能力强的工序应逐步淘汰，腾出厂房空间让给高效率、高利润工序。另外，我们要加大自动化改造项目的技改投入，特别是多工位冲压移载线的投入，提高现有冲压设备的生产效率。"

听完两位部下对于扩大产能的初步设想，谭志远说："我和两位的思路基本一致，但在具体实施中有一些不同看法。我认为，扩大产能，绝不是简单的投入资源。而是要从以下四个方面全面推进产能提升：首先，要推行拉动生产和优化产销流程；其次是通过寻找和消除现场存在的浪费；第三是针对现场岗位进行分析和攻关，充分挖掘现场资源的潜力；最后才是投入资源。在以上四个方面的工作中，生产均衡应是贯彻其中且必须遵守的原则，量化分析则是主要运用的方法，即要用数据说话。"

谭志远稍作停顿，然后继续说："提高产能不是一哄而上，不能各个车间或工序各自为战，从自己的需要来提高产能，这样做能够提高工厂的产能吗？工厂的产能是单位时间内生产出的最终产品的数量，而不是某一个车间或工序生产的数量。工厂的产能如同水桶里的水，车间和工序的产能就是木桶四周的木板，决定木桶最多可以装多少水的不是最长的木板而是最短的木板。因此，提高钣金厂的产能，应从整个工厂的生产流程来研究，最大限度使所有工序的生产节拍相同或接近，只有这样提高产能才有意义，否则仅仅是某一车间或工序提高了产能，只能造成车间和工序之间的在制品积压，并不能提高工厂的产能。"

"谭总站得高看得远，听了您关于提高工厂产能的工作论述，我忽然间醍醐灌顶、甘露洒心，心里的疑惑已去了六七分。"孙宝丁心悦诚服地说，"通过领会理解您讲述的生产线平衡理论知识，我明白了提高工厂产能的重点就是提高生产能力最薄弱的工序的产能，也就是我们常说的消除'瓶颈'；一旦开始消除'瓶颈'工作，就会发现这是一个持续的过程，因为当我们消除了最初发现的'瓶颈'后，新的'瓶颈'又会出现，与此同时，在我们不断消除'瓶颈'的规程中，钣金厂的产能就会一步一步提高。"

"我和宝丁一样，听了谭总的教诲，茅塞顿开。"唐小天接着孙宝丁的话题说，"我们不但树立了生产线产能平衡的科学理念，而且知道仅仅具备该思想仍然无法保证钣金厂顺利提高产能，还必须对现场每一个工序进行量化分析，掌握精确的数据，从而找到'瓶颈'、消除'瓶颈'。"

"你们二位理解的都很到位，也抓住了这项工作的核心。"谭志远补充道，"但现场产能量化分析是一项大量细致的基础工作，其中首要的基础工作就是工序生产节拍的测量。如何科学地测量生产节拍，需要事先制定明确的方案，因为生产节拍包括了生产准备时间、步行时间、设备工作时间、人员操作时间和等待时间等，每个工序测量多少次，让什么人操作，这些问题都要事先得到确定，否则测量的方法五花八门，得到的数据将无任何用处。因而，测量工序节拍，也对另一项基础工作提出了要求，就是每个工序岗位操作的标准化，没有这项工作的支持，节拍时间将不能稳定，生产线平衡就无从谈起。"

孙宝丁虽然长期从事技术开发和管理工作，但对于提高工厂产能而涉及这些理论知识理解起来并不是很难，他知道只有测量节拍获得现场的准确数据后，才可以计算出人员时间利用率、设备利用率、生产周期等指标，通过对这些指标的分析和总结，才能发现现场管理存在的问题和资源利用存在的浪费，从而帮助各级管理人员找到改进的方向。

唐小天是生产管理方面的专家，他对谭志远的论述理解得更加透彻，他知道仅有数据和指标是远远不够的，根据指标揭示的问题和指明的方向去观察和分析现场，从人、机、料、法、环、测六个方面找到现场存在的具体问题才是关键，为什么人员时间利用率低，设备利用率低，生产周期过长等等，然后针对这些问题制定措施，解决问题，提高指标水平，进而产能就得到了提高。

谭志远瞅着两位部下若有所思的神情，明白他们已经对自己的意见心领神会，便继续说："获得现场的准确数据后，还可以绘制生产平衡图，找到'瓶颈'。而消除'瓶颈'则需要从减少现场存在的浪费和挖掘资源的潜力两方面入手。只要只有我们的各级管理者明确了生产线平衡的原则，掌握了量化分析法后，就可以寻找和消除现场存在的浪费；针对现场岗位进行分析和攻关，充分挖掘现场资源的潜力；只有我们充分做足了以上工作，最后才是投入资源来提高钣金厂的产能。"

此次谈话之后，孙、唐二人从内心感到受益良多，也更加增强了他们对谭志远领导能力的信赖和赞誉。其实，谭志远的管理理念和工作思路也不是从大学的课堂上学来的，而是他在日常工作中通过不断学习和实践积累起来的工作经验，并加以总结和不断完善。作为配套公司的最高管理者，他清楚地知道，解决指标所揭示的现场问题和消除"瓶颈"都需要现场管理人员对生产现场存在的浪费有清醒的认识，并树立强烈的减少甚至消灭浪费的意识，正是因为浪费使我们在效率、质量和成本无法取得优异成绩；企业的各级经营决策者，首先应该思考如何通过消除企业内部存在的浪费来提高产能，而不是盲目地投入资源。

谭志远自担任工厂及分公司一把手以来，历经数年企业经营的磨炼，切身体会到随着市场竞争的日趋激烈，对资源粗放利用的企业必将无法在市场中立足，盲目投入将使企业在随之而来的市场竞争中面临巨大的成本压力，于是企业为尽快降低成本，又迫不得已走上降工资和延长劳动时间、降低原材料价格、超期超负荷使用设备、甚至以次充好来"降成本"的道路，这样无异于饮鸩止渴。因此，他绝不允许自己所领导的企业进入这种误区，而是要真正把精力放在提高企业的管理水平和利用资源的能力上，如此一来既提高了产能，同时又夯实了企业的基础管理，形成了企业可持续发展的长期竞争力。

孙宝丁和唐小天刚刚离开了谭志远的办公室，平日里神龙见首不见尾的蔡福庆就紧跟着敲门走了进来。他作为配套公司一名资深副总经理，一般情况下很少主动走进谭志远的办公室，除非是迫不得已有紧急的事情需要自己出面。谭志远瞅着皮笑肉不笑的蔡福庆，有些诧异地问："蔡总，有什么急事吗？"

"是这样，注塑厂明年的产能规划方案两天前已经提交到我这里，您看什么时候有时间，我们一起讨论一下？"蔡福庆耷拉着一双没有睡醒的眼睛，不紧不慢地说："如果您方便的话，我现在就通知何卫国过来一起讨论。"

谭志远心想，我正要准备去注塑厂找何厂长过问此事，不想你拖了两天后，才肯屈尊降贵放下架子，主动找我商议，实属难得。嘴里却说："蔡总，真不巧，我正要去厨卫电器厂开会。你看这样好不好，两个小时后，我们在注塑厂讨论此事。"

蔡福庆说："也好，那我们就在注塑厂见。"

"您通知侯总了吗？"谭志远问。

"还没。我这就去通知他。"目送蔡福庆离开了办公室，谭志远打电话给郭厂长，说他稍后就到，有事相商。

谭志远来到厨卫电器厂办公楼二楼，郭厂长已经在楼梯口恭候，之后他们一起走进了郭厂长的办公室。厨卫电器厂是生产终端产品的工厂，直接面对市场，是配套公司经营结果的最终体现。配套公司其他所有分厂都是为主机公司和厨卫电器厂提供配套服务，围绕着终端产品而生存。因而它是配套公司地位最高的生产经营实体，谭志远自然也将自己百分之八十的精力聚焦在它的生产与经营管理上。

"志雄，厨卫电器厂下年度产能提升方案基本上得到了集团领导的认可，他们原则上同意我们提出的增加两条生产线的方案。接下来，你们要尽快拿出详细的推进计划，并对各个配套分厂的产能提出相应要求。"谭志远刚一落座，便开门见山地说，"过一会儿，你随我一起去注塑厂参加他们的产能规划方案讨论会。"

"谭总，我们正在细化项目推进计划，并对各个关键节点进行落实，最迟明天就可以提交公司审批定稿。"郭厂长说，"对各个配套分厂的产能需求，前期我也和孙厂、何厂分别进行了沟通。孙厂长这边沟通比较顺畅，基本上确定了每月的配套供货量；何厂那边沟通了几次，目前还未达成共识。"

"主要分歧在哪些方面？"

"新技术、新工艺的应用。"

"正好，等一下开会讨论的时候，你可以畅所欲言。我们的目的只有一个，各个配套分厂的技改项目，必须紧紧围绕主机公司和厨卫电器厂的需求展开，用最小的投入实现新技术、新工艺的应用以及产能提升，确保明年配套给主机公司和厨卫电器厂的生产计划百分之百完成。"

"好的，开会的时候，我一定会充分发表自己的想法和需求。"

"时间还早，我们一起去车间走走，看看现场的生产情况。"谭志远和郭志雄一起走出了厂部办公室。

其实，郭志雄担任厨卫电器厂厂长的时间并不是很长，也就一年多。厨卫电器厂承担着集团公司新产业的开发与拓展任务，而他又有多年主机公司的生产管理经验，于是集团领导便将他从主机公司调到了谭志远的手下做帮手，以图将厨卫电器产业做大做强。郭志雄和谭志远一样，也是一个工作狂，他除了工作之外，很少主动找谭志远谈论其他方面的话题，也不羡慕唐小天、孙宝丁他们和谭志远之间的亲密关系。他加入飞天集团的时间比谭志远晚了两年，但升迁速度一点也不比谭志远慢。虽然他只是一个分厂厂长，但厨卫电器厂的级别比其他分厂都要高一级，也就是说他的级别相当于配套公司副总经理，仅仅比谭志远低一级。郭志雄和妻子都是外地人，在顺德也没有根基，更谈不上有什么过硬的社会关系，他现在所取得的一切成绩，都是通过自己的努力和拼搏而获得的。

谭志远对这位从主机公司空降来的部下，始终另眼相看，有时甚至把他当做自己的接班人或者潜在的竞争对手来对待。他对郭志雄的工作能力和敬业精神都很认可，但总觉得自己和这个部下缺乏思想和感情上的真正沟通与交流，似乎双方都带着一副面具防备着对方。他偶尔也会闪现出一个疑问：如果真如传说中的那样，自己调去了新公司工作，上级领导要求推荐配套公司总经理的后备人选，我会推荐他吗？但他确实是一个理想的总经理人选。

　　注塑厂二楼会议室里灯火通明，参加会议的人已悉数到场。蔡福庆闪烁着征询的目光看了一眼谭志远，意思是可以开始吗？谭志远点头默许。接下来，他挺胸坐直，清了清嗓子，慢条斯理地说："今天把各位从百忙之中请来，开一个短会。会议的主要议题是讨论注塑厂明年的技改项目。"他喝了一口茶，举目环视四周，然后继续说："接下来，首先请何厂长给大家说明一下注塑厂技改项目的规划思路和依据。"

　　何卫国也不客气，上来就直奔主题。他一副方领矩步的外表、不苟言笑的神态，以及铿锵有力的语调，令在场的人感受到有股不可抗拒的力量。他介绍起来，言简意赅。他最后说："我的介绍就到这里，有不完善或者没有说清楚的地方，请谢厂长补充。"

　　谢富春负责注塑厂的技术工作，工厂的扩能技术改造本应是他的分内工作。他环顾四周，像一个做错事的小学生，怯生生地说："刚才何厂长已经介绍得很到位了，我也没有什么补充。如果各位领导有什么疑问，我负责解答。"

　　"老谢，我不懂技术，说句外行话，你不要见笑。"侯翼德瞪着一双大眼睛，乐呵呵地说，"第三个项目喷漆线改造，第五个项目气辅成型工艺应用，在我的记忆中，这两个项目已经连续搞了两年了，怎么明年又要搞？难道不能一次做成功吗？前面搞的有没有总结？达到预期的效益目标吗？"

　　"侯总，这个…这个问题…"谢富春偷偷看了一眼何卫国，一时不知如何回答是好。

　　"还有第九个项目精密注塑，应用在哪些产品上？有必要吗？做过详细论证了吗？"侯翼德不依不饶地继续追问。

　　"做技术工作，不可能一蹴而就，需要我们有耐心、有毅力，静下心来，不断地探索、实践和完善。"蔡福庆接过侯翼德的疑问，振振有词地说，"个别难度大的项目，甚至需要几年时间才见到效果。这就是我们经常挂在嘴边的技术储备。"但他在内心却骂道，注塑厂归我分管，你一个什么都不懂的愣货，来凑什么热闹！

　　"我不同意蔡总的说法。"郭志雄插嘴道："注塑厂是直接生产零部件的工厂，不是集团公司的研发部门，更不是做基础研究的科研部门。我们要讲究技术应用的实用性，提高资金使用效益，要通过四新技术的应用，提高我们的生产效率、产品质量以及竞争力，尽快地转化为企业的经济效益，而不是望梅止渴、画饼充饥，摆花架子给人看。"

半路又杀出了一个程咬金，蔡福庆的脸色青一阵白一阵的，煞是难看。

"我赞成郭厂长的看法。他说出了我的心里话。"侯翼德得意洋洋地说。

"对于一些成熟的技术，只要有利于公司提升产品竞争力，提高质量和效益，就要毫不犹豫地加以利用。"郭志雄继续说，"比如刚才侯总所说的喷漆线，就完全是一种成熟技术，而注塑厂搞了两年，却一直不能满足主机公司和厨卫电器厂对零件表面光亮度的要求，我想这其中的问题应该不是简单的探索、实践和完善，而是项目的技术方案或者项目承接方的资质出了问题。"郭志雄停顿一下，喝了一口茶水，看了一眼何卫国和蔡福庆，又补充说："我刚才的发言是就事论事，有不到之处，还望各位领导海涵。"

郭志雄是从主机公司空降来的干部，在座的所有人对他的经历多少都有些了解，因摸不清他的背景、深浅，皆沉默不语。

提起"空降部队"，蔡福庆便心生厌恶、耿耿于怀，他认为这些人掠夺了他们这些创业元老奋斗多年的胜利果实。两年前，他担任集团技术部副部长，人生充满了希望，随时都有升任部长的可能。没承想，正当他努力拼搏、忘我工作的时候，上级领导突然从外部空降来一个博士，直接任命为部长，彻底断了他的梦想。后来，机构改革后，又将他平级调动到配套公司担任副总经理。万国锋接替宁国忠担任董事长兼总裁以后，所谓的外部顶尖人才开始大批量空降飞天集团，且分批进入集团及各个分公司中高管理层，大有蔓延之势；与此同时，一批在飞天集团各个分公司成长起来的高学历的外地年轻人，也渐渐得到上层领导的提拔重用，逐步走上了关键领导岗位，直接威胁到他们这些打江山的元老们的地位。近段时间，公司中高层干部之间又在疯传，万国锋正在谋划集团层面领导干部的更新换代，计划将宁国忠时代的创业元老全部换掉，取而代之的是空降部队，或者内部提拔的一批高学历有技术背景的年轻干部。听到这些传闻，蔡福庆更是惴惴不安。他预感到这把火很快就要烧到自己身上。

看见蔡福庆铁青着脸，一声不吭，似乎准备缴械投降的样子，善于见风使舵的何卫国态度坚决地说："我也赞同郭厂长的意见。注塑厂对于技改工作管理不到位，我首先要承担主要责任。在此，我深表歉意！接下来，我们会按照各位领导的意见，对每一个项目的可行性、必要性和投资收益进行认真分析，确保无懈可击，再提交领导们讨论审核。"

听到何卫国主动站出来承担责任，蔡福庆的内心不但不感激，反倒有种墙倒众人推的感觉，他在心里想，这人看上去威风凛凛神圣不可侵犯，原来也是一个软骨头的草包，墙头草随风倒！

对于郭厂长的批评，谭志远的心里也是五味杂陈、不可名状。毕竟，注塑厂多年以来也是在他的领导下开展工作，一荣俱荣一损俱损的道理，他还是懂得的。但谭志远毕竟不是何卫国，更不是蔡福庆，目标远大、胸怀宽广的人生态度，决定了他看问题的角度和高度，他代表着飞天集团的未来，是一颗正在冉冉升起的新星。

众人都发表了各自的观点，到了谭志远该做总结发言的时候，他面带笑容、神情泰然地说："注塑厂自成立以来，一直都是配套公司的盈利大户，为公司作出了突出贡献，总体工作是值得肯定的。前几年社会上流行一句话：'注塑机就是印钞机。'意思是说，只要你买了注塑机，就能赚到钱。但随着市场竞争不断加剧，如果内部管理不到位，注塑机也就成了烧钱机。因此，向管理要效益，在注塑行业显得十分重要。现代注塑企业正在由劳动密集型转向技术密集型，由手工作坊迈向自动化生产模式。注塑厂今后的技改投资，也必须紧紧围绕这个思路开展。一方面，不但要增加硬件投入，也增加管理软件的投入，逐步淘汰那些劣质、低效、高耗的落后生产方式，引进先进的管理流程和相应的管理制度，从人治逐步过渡到利用标准和流程进行治理；另一方面，通过加强对技术人员的专业技术培训，提高他们分析问题和动手解决问题的能力，全方位提高生产效率、降低材料损耗和能源消耗，进而提升我们的生产配套能力。"他略作停顿，目光柔中有刚，扫视一圈，接着继续说："刚才你们说到的喷漆线迟迟达不到主机公司的外观要求，我有不同的看法。注塑件喷漆工艺是由主机公司研发部门提出来的，我们作为供方又没有和对方进行前期的技术沟通，只是一味地接受，然而，喷漆工艺和设备恰恰是我们的弱项，我们没有这方面的专业人才，只能依靠线体供应商，工作起来很被动。那我们为什么不能换一个思路开展工作，主动和主机公司的研发部门沟通，发挥自己的优势，采用高光注塑代替喷漆。如果高光注塑能够达到主机公司的零件外观要求，不但投资小，而且生产效率也会大大提高。今天开会前，我专门找了郭厂长，这也是我今天拉他一起来参加此会的主要目的。我建议，高光注塑代替喷漆，首先在厨卫电器做实验，批量生产稳定后，再推广到主机公司。但你们必须提前和他们做好前期的技术沟通。"

听完谭志远的讲话，众人的表情似乎都轻松了许多，他们好像又找到了通往光明的道路。郭志雄的内心也不由得感叹道，他真不愧是总经理，站得高、看得远。一席话，让我眼前一亮，豁然开朗，受益匪浅啊！

刚才脸色还铁青的蔡福庆，脸上重新又泛起了令人捉摸不透的微笑。他一改往日麻木不仁的表情，神情激动地说："谭总的指示，如醍醐灌顶，立刻让我得到了启发，且彻底醒悟。真是听君一席话，胜读十年书啊！我作为负责技术的副总经理，实在感到惭愧。接下来，我们一定要依照谭总的指示，制定详细的推进计划，明确各个节点的目标、责任人、完成时间以及验收标准，以确保该项工作顺利完成。"

会议结束后，谭志远招呼何卫国和谢富春留下来，他有话要对他们说。听见让自己留下来，这两位刚刚松弛下来的神经，都不约而同地又紧张起来。因为近段时间里飞天集团的所有干部，只要听说上级领导要找自己谈话，都会不由自主地骤然紧张起来。但导致他们紧张的预期则有所不同，一种是觉得自己可能有机会升官了，抑制不住激动而紧张；另一种，却是悲观地预感到自己会被降职降薪，甚至可能被劝说提前退休下岗，而心有不安。

"两位应该也知道，近段时间，集团上上下下都在进行干部队伍调整，一批高学历、有技术背景的年轻干部，逐渐走上了领导岗位。"谭志远说："注塑厂作为集团公司的一家分厂，其干部队伍势必也要按照这个精神进行调整。你们都是公司元老，思想不能保守，更不能麻木，要及时准确地领会上级的意图，做好工厂内部的干部调整工作，尤其是一些关键部门的负责人，必须尽快调整到位，务必做到人尽其才、悉用其力。同时，组织力量做好工厂中层干部的测评工作，选拔优秀中层干部进入工厂经营班子，逐步实现工厂经营层知识化、专业化和年轻化。"

谈话完毕，谭志远从会议室走出来，独自穿过隔壁的仓库，准备去车间巡视。这时，前方不远处传来了一阵女人的嬉笑声。一听声音，就知道是那个喜欢卖弄风情、招蜂引蝶的阿香，他不禁眉头一皱，正欲掉头返回，且又听到一个年轻男子的声音。他从两个人的对话中听得出，他们正打得火热。上班时间，在工作场所，公开打情骂俏，太不像话了。谭志远心生怒气，硬着头皮走近一看，躲在货架里面的那个男子原来是张小兵。他惊愕地责问："怎么又是你？"

"谭叔，我是来这里送货，不小心多聊了几句。"张小兵满脸委屈地辩解道。

"在公司里，不要叫我谭叔。"谭志远怒斥道，"立刻离开这里，回到自己的岗位。"

张小兵擦了一下额头上的汗珠，吐了吐舌头，低着头一溜烟跑了。紧随其后的阿香也像是躲避瘟疫一样，快速离去。但刚才这一对男女令人肉麻的对话，却一直在他的耳边萦绕，挥之不去。

"阿香，你的人和名字一样香！"

"嘻嘻，你真坏！"

"晚上带你去唱歌，敢去吗？"

"敢！有什么不敢的？"

"不怕你老公揍你？"

"那个窝囊废，整日里熬夜加班，回到家倒头便睡，哪有时间理会我呀。"

"……"

听见这段既肉麻又让人懊恼的对话，谭志远突然有一种莫名其妙的感觉，像是喝了一口山西老陈醋，浑身酸溜溜地直打冷战。这也难怪，他现在的状况比阿香的男人也好不到哪里去。自从夫妻分居后，他已经很久没有碰过女人了。毕竟他也是一个身强力壮、活力四射的正常男人。这时，一阵悦耳的手机铃声，打断了他满脑子纷乱的杂念。他接通手机，话筒里传来了唐小天的声音："谭总，今晚在渔家新邨的仙鹤房。七时准点开宴。"

"知道了。"谭志远说，"其他人都通知到了吗？"

"都通知到了。"唐小天应道。

"你们四个人一起坐华哥的面包车去，顺路再接一下姚玉婷的母亲。"谭志远说。

"好。七点见。"

"七点见。"

谭志远讲完电话，看了一下时间，十七时二十分。他穿过移印车间，走进了喷漆车间。车间吴主任和技术科的张科长正在查看产品质量，远远看见了他，赶忙上前打招呼。

"张工，产品合格率现在是多少？"谭志远问，"找到不达标的原因吗？"

"合格率只有百分之八十六左右，而且不稳定。问题表现在表面涂层龟裂，局部有颗粒、杂质。"张科长说，"造成这种现象的原因是多方面的，主要是因为塑料件表面的油污、手汗和脱模剂清洁不干净造成的。它会使涂料附着力变差、涂层产生龟裂、起泡和脱落。虽然我们在涂装前对塑料件进行了除油处理，但仍然不能满足要求。另外，现场的采光、亮度的均匀性、温度和湿度、空气的清洁度以及通风等因素，对喷涂效果的影响也比较明显。"

"你所说的这些因素，大多都是因为作业环境和管理不善造成的。"谭志远语气严厉地说，"难道就没有解决问题的方法吗？为什么拖了这么久迟迟得不到解决？"

"这个……我也……"张科长支支吾吾，不知所云。

"这些问题一直没有得到解决，主要责任在设备科。"吴主任插嘴道："恒温恒湿空调、空气净化器系统、工件清洗系统等技改项目一直没有达到合同的技术要求，王科长对设备供应商似乎也没有采取相应的制裁手段，问题就这样一直拖了下来。"

"麻烦你打电话把王科长叫过来。"谭志远面露愠色。

数分钟后，一个四十多岁戴着一副宽边眼镜的男子，上气不接下气地跑过来。他有些不知所措地问："谭总，您找我？"

"老王，喷漆线项目拖了将近两年时间一直没有验收，是什么原因？"谭志远盯着他，目光中含着些许怒火，嗓子像是寺庙里的钟声一样，低沉而充满穿透力，字字洞穿人心。

"主要原因是无尘室的温湿度控制、前处理和自动静电除尘设备技术不达标造成的。"王科长喘着粗气答道。

"为什么不找设备供应商解决？"

"他们一直在努力解决问题，但……"

"但什么？"

"他们的技术能力有限……"

"技术水平低？他们是怎么进来的？你们是如何把关的？"

"这个……我也……"

"吞吞吐吐的，有什么难言之隐？"谭志远厉声问。

看见王科长低头不语，谭志远猜测他一定是有话不敢说，也就不再逼问，而是和颜悦色地说："老王，张科长，你们二位要携起手来为生产服务，替吴主任排忧解难。喷漆线供应商的技术能力不行，我们就更换合格的、有能力的设备供应商，但将原供应商给公司造成的损失，一定要追回来。同时，你们也要研究有没有其他可以代替喷漆的加工工艺，比如高光注塑。总之，大家都要开动脑筋，积极探索，为工厂的生产经营献计献策。"

天色入暮，华灯初上，距离约定的吃饭时间还有二十分钟，谭志远脚踩油门，开足马力，驱车径直来到了渔家新邨酒楼。

"谭总，您来啦？"酒楼老板亲热地招呼道，"是和唐部长他们一起吧？"

"是。"谭志远点头答道。

"请跟我来。"酒店老板殷勤地引路前行。

谭志远尾随饭庄老板，穿廊过亭。沿路但见奇花异草，丑石假山，楼台亭阁，粉妆玉砌，好一派世外桃源之景象。末了，他们穿过一片幽静的竹林，走上一座小浮桥，然后走进了一间四面环水名曰仙鹤的亭阁包房。

房内众人见谭志远驾到，纷纷起坐迎接。眼明手快的唐小天，把他让到了最里面靠窗正对房门的主配位，之后又对坐在谭志远右手边主客位置的客人说："姚妈妈，这位就是我们的谭总。"

"您好！"谭志远微笑道，"刚才有点急事，耽搁了时间，让您久等了，请见谅！"

"谭总不要客气，我们也是刚刚到。"姚妈妈满脸堆笑地说，"感谢您拨冗宴请我这个老太婆。"坐在母亲身边的姚玉婷，端起茶杯、站起身，笑盈盈地说，"我以茶代酒，感谢谭总及各位领导的盛情款待。"

"别急，别急。"孙宝丁一脸坏笑地说，"等会喝酒的时候再言谢不迟。"

姚玉婷没有理会他，兀自喝了一口。众人相视而笑，也都随之喝了一口茶水。

"姚妈妈，您请喝茶。"陈道明见缝插针地帮姚妈妈添了茶水。

"您有忌口的食物吗？"华哥当仁不让地开始点菜，且礼貌性地征询姚妈妈的意见，"或者喜欢吃什么？"

"不忌口，随便什么都行。"姚妈妈笑呵呵地说，"你们广东人做的菜，样样都好吃！"

"我老妈可喜欢吃顺德美食啦。"姚玉婷补充道。

"看到你们一个个年纪轻轻的，都当上了总经理、部长这样的高级领导，我真心为你们感到高兴啊！"姚妈妈说，"谭总年轻有为，看上去也就二十多岁的年纪。阿姨冒昧地问一句，你还没有结婚吧？"

"老妈，谭总是有妇之夫。"在众人哈哈大笑的同时，姚玉婷红着脸小声说道，"人家的女儿都已经三岁多了。"

"哦，真看不出来呀。"姚妈妈看着谭志远乐呵呵地说，心里却在想，如果这小伙子没有成家，那该多好！他和我们家婷婷可真是天造地设的一对啊。真是可惜了！

"不年轻了，我已经是三十多岁的人了。"谭志远不好意思地说。

"看不出，看不出。"姚妈妈一个劲儿地摇头说。

"姚妈妈，他们四个都是已婚男人，这里只有我一个人是找不到媳妇的单身汉。"唐小天边帮姚妈妈斟茶，边讪讪地说。

"小唐，你也很优秀，一定会找到自己的意中人。"姚妈妈笑眯眯地说。

"姚妈妈，请喝汤。"谭志远说，"这汤的名字叫枸杞海参鸽蛋汤，味道不错。"

"好，好。"姚妈妈说，"你们广东人会享受懂生活，不但菜做得好，煲汤也很讲究。"

"姚妈妈，你们东北菜的味道也不错。"陈道明说，"拉皮子、猪肉炖粉条、蘑菇炖小鸡、酱骨架……不胜枚举。"

"东北菜工艺简单粗放，比起广东菜的精工细作、匠心独运，相去甚远。没得比，没得比。"姚妈妈说话的口气，俨然像是一个美食评论家。

"老妈，看不出来，说起美食来，你的理论也是一套一套的。"姚玉婷朝母亲扮鬼脸，嘿嘿一笑。

"如果你能早点找个顺德女婿，我就可以天天品尝广东美食了。"姚妈妈用手轻轻戳了一下女儿的鼻头，笑眯眯地说。众人纷纷也随之笑了起来。

"老妈，您又来了。"姚玉婷嗔怪道。

"男大当婚，女大当嫁，各位领导也帮忙张罗一下。我这个女儿整日一心扑在工作上，全不考虑个人问题，让我这个老妈干着急没办法。"姚妈妈说。

"老妈！"姚玉婷红着脸，低下了头。

"姚妈妈，玉婷的个人问题没有及时解决，主要责任在我的身上。作为领导，我对她的个人生活关心不够，请您批评。"谭志远歉意地说。

"谭总，我就是随口说说，这事哪敢怪罪您呀。"姚妈妈说，"玉婷能有这份好工作，我感激您还来不及呢。"

"玉婷能取得今天的成绩，都是她个人努力工作的结果，说感谢的人应该是我们，感谢您为我们企业培养了一个好员工。"谭志远边说边看了一眼姚玉婷，发现她也在看自己。她的眼睛里透出了一种陷入感情漩涡中的女性独有的温柔和可爱。他心头一震，慌忙将目光移向唐小天，用提醒的口吻说："小天，给大家都把酒斟满。"

"好嘞。"唐小天像接到命令的士兵，立刻起身斟酒。

看到在座的除华哥外的每一个人的面前都摆上了斟满酒的酒杯。谭志远站起身，端起酒杯，微笑道："这第一杯酒，我们一起为姚妈妈接风洗尘。干杯！"

众人站起身，一起附和道："干杯！"

姚妈妈也痛痛快快地喝下了杯中酒。谭志远用公筷夹了一块烧鹅放在了她的碗里，亲切而又不失礼节地说："姚妈妈，吃菜。"

"好，好。"姚妈妈慌忙道谢。谭志远不经意的一个举动，让她受宠若惊，心里不由得赞叹，小伙子挺会招呼客人，高情商！

"我们广东有三宝：烧鹅，荔枝，凉茶铺。正宗的烧鹅，皮脆肉嫩，汁水饱满，咬下去唇齿留香，回味无穷。"紧挨着唐小天右手边、坐在菜口位置的华哥介绍道。

"华师傅，出口成章，好学问。"姚妈妈不失时机地赞誉道。

"老妈，华哥姓刘。他是我们的美食家。"姚玉婷纠正道。

"哦，不好意思，应该叫刘师傅。"姚妈妈看着华哥，歉意地说。

"嘿嘿，没关系，叫华师傅也挺好的。"华哥一脸憨笑。

"华哥不但是美食家，而且是地主、富豪。"孙宝丁插嘴道，"他们村里每年每个人分红好几十万呢。"

"早就听说广东城郊的农民富得流油，但没想到富得这么夸张，简直令人无法想象。"姚妈妈咂巴着嘴说。

"孙厂长说得没错，村里每年都有分红不假，但没有我的份。"华哥一脸无奈地说，"都怨我没有那个好命啊！"

"这又是为何？"姚妈妈不解地问。

"一言难尽哦！"华哥点燃烟，深深吸了一口，又长长地吐了一口气，然后慢条斯理地说，"早些年，农村贫苦，城镇户口吃香，孩子长大了有工作分配，我就花钱将全家人的户口从农村转成了城镇户口。然而，人算不如天算，三十年河东、三十年河西，近年来，村里因出卖土地而收入大增，年年分红、人人有份，农村户口变成了香饽饽，再想转回去，比登天还要难。你们说说，是不是我这个人的命不好彩啊！"

"刘师傅，你现在也很好呀。司机在我们内地可是一个很吃香的工作呀。"姚妈妈说。

"那是，那是。"华哥嘿嘿一笑，连忙点头说。

"来，第二杯酒。我们一起预祝姚妈妈在广东游玩期间，吃得好，睡得好，玩得开心！"谭志远端起酒杯，且又对姚妈妈说，"您随意。"

姚妈妈已经好多年没有和这么多人在一起吃饭喝酒了。今晚有幸和女儿的同事们一起开怀畅饮，她的心情很兴奋，仿佛又回到了三十多年前刚刚参加工作的那些日子。看着眼前这些朝气勃勃、意气风发的年轻人，她不禁想起了自己的初恋。她没有随意，也没有克制，而是和这几个年轻人一样，一饮而尽，仿佛在向全世界宣布：我要将失去的年华夺回来。她想起了住在女儿楼下、刚刚相识不久的老王。昨天中午，老王征求她的意见，准备两个人一起去深圳、香港、澳门旅游。她还在犹豫是否答应。然而，她现在想好了，明天就去应承老王。她在内心里鼓励自己，真可谓酒壮怂人胆！

"姚妈妈，多吃菜。"谭志远用调羹盛了一块鱼，放在姚妈妈的碗里，介绍说，"这道菜是顺德最出名的清蒸石斑鱼，鱼是产自深海的老鼠斑，您请品尝。"

"好，好。"谭志远的一条清蒸石斑鱼，将姚妈妈从遐想中拽到了现实，她吃了一口碗里的鱼，连连称赞道，"好吃，好吃，肉质嫩滑，味道鲜美极了！"

"顺德人出了名的爱吃鱼，光是做鱼的花样就层出不穷。"华哥说，"下次有机会带您去吃鱼生。"

"是吃生鱼肉吗？"姚妈妈惊愕地问。

"是的。"华哥语气平淡地说，"鱼生，是一种古老的顺德美食。料取一尾水库野生活鱼，以精湛的刀法剔骨去刺，切成薄如蝉翼、晶莹剔透的薄片，叠成花瓣状置于冰块之上。食用时，配以蒜片、姜丝、香葱丝、洋葱丝、萝卜丝、花生碎、芝麻、糖蒜瓣、鱼腥草、香茅草、香芋丝，榨菜丝，再添加少许生抽、盐、糖、油（油必须是纯洁花生油），一起在碗里混合搅拌；须臾，一口吃进嘴里，鱼生冰凉爽滑清甜脆嫩的口感瞬间让人畅快淋漓，欲罢不能；再仔细咀嚼，香、辛、酸、甜各种调味品，更将鱼生之鲜美尽情带出，满口溢香、回味无穷。这时，一定要饮一杯烧酒，以压腥杀菌。"

"华哥，你说得那么好，让我馋涎欲滴，恨不得现在就来一口。"陈道明和孙宝丁异口同声地说。

"刘师傅不愧是美食家，绘声绘色、栩栩如生，说得真好！"姚妈妈说，接着她又指着一盘被一圈焦黄的虾头围拢的虾肉，好奇地问："刘师傅，这道菜叫什么名字？"

"这道菜叫特色炒罗氏虾球。"一直闷头吃菜没有机会发言的唐小天抢先答道。

"你知道这道菜是怎么做出来的吗？"姚玉婷斜睨双眼，狡黠的目光看着唐小天，面带微笑地问。她的嗓音清喉娇啭，宛如天籁。

谭志远借着酒胆，不由得又偷偷瞅了她一眼：灯光下一张泛着红晕的脸颊，像熟透的水蜜桃一样，甜美可爱；浅浅一笑，两个小梨涡，愈发楚楚动人；明眸皓齿，淡扫蛾眉，秀发齐耳，像出水芙蓉一般，十分娇媚迷人。他的心怦怦乱跳，一股久违的异样感觉贯通全身。他急忙喝了一口茶水，以浇灭自己不可告人的蠢蠢欲动之惑。

"谭总，您的第三杯酒也该开始喝了吧。"唐小天瞪了一眼姚玉婷，嘿嘿一笑，赶忙岔开了话题。

"好。这第三杯酒，我们一起祝福姚妈妈：生活幸福，身体安康，永远年轻！"谭志远端起酒杯看着众人说。

三杯酒过后，宾客们便各自寻找自己的目标，开始自由发挥，这在南北方的酒桌上，似乎都是约定俗成的套路，表面上看，并没有太大的区别。但细心的姚妈妈发现，广东人的精明和斯文，不仅表现在说话的语气和声调上，而且体现在饭桌上的酒风。如果你说自己不胜酒力，他们绝不会强迫你继续喝，而是面带微笑、声调温和地说，您随意，以茶代酒，意思一下就行。因而，在这样的环境里吃饭、喝酒，她没有丝毫的压力和无奈，只要尽情地享受美食美酒带来的快乐便可以了。

饭局结束后，华哥开车送姚玉婷和姚妈妈回到家的时候，已是晚上九点多。姚玉婷送走华哥，对母亲说，自己先去洗澡了，要早点休息，明天还有重要的工作任务。但母亲似乎依然处于兴奋状态，她拉着女儿的手，若有所思地说："婷婷，你若能找到一个像谭志远一样的小伙子做丈夫，老妈就可以放心了。"

"老妈，我都告诉您了，他是有妇之夫。"姚玉婷挣脱开母亲的双手，脸颊绯红地嗔怪道。之后她站起身，进了卫生间。

"这死闺女，我是说像他那样的人，又不是让你嫁给他。"母亲纠正道。

"假如我真心喜欢他，就是想嫁给他，你会同意吗？"姚玉婷突然转过身，一脸严肃地问。

"他？他不是有妇之夫吗？"被女儿呛了一句，姚妈妈反倒不知该如何回答是好。女儿洗澡的时候，她打开电视，没看几分钟，就呼噜、呼噜打起了鼾声。

姚玉婷洗完澡，从洗手间出来，看见坐在沙发上鼾声如雷的母亲，心里泛起了疑惑，自己睡觉的时候，会不会也是这样打呼噜？她刚一走近，母亲便醒了。她说："老妈，困了就洗澡上床睡觉吧。"

"唉，头一挨枕头，我就又清醒了。"母亲说，"人老了，都这样！"

"那您就困了再睡。"姚玉婷说，"我可要上床睡觉了。"

"婷婷，楼下你王叔，约我和几个退休老人组团一起去香港旅游，你说去还是不去？"母亲面带羞色地低声问。

"去，一定要去。我支持您。"姚玉婷拥抱了母亲，并在她的脸上亲了一口，斩钉截铁地说。

"老王说，女儿王萍好像不大愿意。"母亲忧心忡忡地说。

"你们是去旅游，又不是结婚，有什么可怕的。"姚玉婷鼓励道，"即便是结婚，只要你们互相喜欢，子女是无权干涉的。"

"再乱说话，看我揍你！"母亲双目圆睁，假装生气的样子，扬起手来，就要教训女儿。姚玉婷搞怪似的扮鬼脸、伸舌头，之后转身跑进了自己的房间，关门睡觉了。

姚妈妈坐在沙发上，心里突然又生出空落落的感觉，这种感觉已经伴随了她数十年。是否准备和老王发展到结婚，她倒是没有想过，但她已经适应了和他朝夕相处的生活状态，怕是也离不开他了。她盼着天快亮起来，早点去见老王。

"江天一色无纤尘，皎皎空中孤月轮。江畔何人初见月？江月何年初照人？"听到谭志远独自一人站在湖边吟诵唐朝诗人张若虚的《春江花月夜》中的一段诗句，姚玉婷感到有些差异，心里自忖，难道他有心事？

她环视四周，灰暗的灯光下，杯盘狼藉，万籁俱寂，刚才一起喝酒吃菜的人都不知去向。一直坐在她身旁的母亲也没了踪影。只见谭志远一个人站在不远处的湖边，时而仰天轻吟，时而又四处观望。她觉得那张脸恍恍惚惚，总也看不真切，就像是海市蜃楼一般，飘来荡去，似有若无，可望而不可即。可是，她仍然能感觉到他在偷偷注视着自己。

高悬的月亮，已褪去了赤红色的浮晕，像被水洗过的铜镜一般，暗淡了璀璨的群星。波光粼粼的湖面，清澈舒缓、微微颤动，坐在四面环水的阁楼里，兀自饮酒作乐的姚玉婷不由得春心荡漾，有一种飘飘欲仙的感觉。

她走出包房，月色如霜，夜凉如水，湖畔两边，灯光闪烁。那灯光像是星星撒下的金粉，浮在黑黢黢的草木花丛中，看得她眼花缭乱。她鬼使神差地走到他的身旁，牵起了他的手。她和他开始说话的时候，实际上已经并排地走在了那片幽静的竹林里。月光下，一阵嘘嘘的蟋蟀声，像是悦耳的音乐，在草丛中回旋，在夜空中飘荡。她的秀发，随风飘舞，轻轻地撩拨他的脸颊。他的手臂搭在她的肩上。在这一刹那，她闻到了他腋窝下男人特有的淡淡汗味。她感觉自己浑身都在颤抖。任凭她怎样凝神屏息，她的喘息声兀自加重。竹林的虫鸣，晴朗的月色，沟渠里汩汩流淌的溪水都变成了能够听懂的语言。她已经在心里暗暗打定主意：不管他说什么，她都答应；不管他要做什么，她的眼睛和心都将保持沉默。

她问他："你喜欢我吗？"

他说："喜欢。"

她娇羞地问："喜欢我哪里？"

他一把将她搂在怀里，把手伸进她的裙子里，顺着她的大腿摸索着，直抵含苞待放的私处……

顷刻间，她就像照射在烈日下的冰块，慢慢地开始融化。她欲仙欲死的状态，让他十分有成就感。渐渐地，她的喘息声越来越大，用尽全身的力气开始呻吟……

突然，天公不作美，刚才还晴朗明镜的天空，顷刻间下起了大雨，雨滴打在竹叶上的响声，多少让她感到扫兴。她穿上鞋子，整了衣衫，他搀她起身，两人就朝不远处的一个亭阁跌跌撞撞跑去，一路跑一路笑，笑声响彻夜空。

"这孩子，做梦也笑得这么开心！"她睁开了眼睛，听见母亲的说话声，"睡觉前，窗子也不关。"窗户被风吹得嘭嘭直响，窗台上沙沙的雨声，果真屋外下起了大雨。原来是做了一个梦。母亲出了房门，她发现自己全身都已湿透，下身私处湿漉漉的，一滩黏性的液体浸湿了内裤。她羞红了脸，拿起手机看了一下，时间还早，便悄悄走进洗手间，冲洗了身子，换身干净的睡衣，接着又蒙头进入了梦乡。

从渔家新邨出来，华哥开车送姚玉婷母女回家，其余人则搭乘谭志远的车返回城里。谭志远经不住唐小天的死缠硬磨，陪他们又去歌厅唱歌放松了一下。他回到家的时候，已经是凌晨两点多。看见房门紧闭，妻女都已熟睡，他悄声走进洗手间冲凉。待他从洗手间出来的时候，却看见妻子披头散发、睡眼蒙眬地坐在客厅的沙发上，不由得吓了一跳。他问："招弟，怎么还没睡？"

"你坐过来，我有话对你说。"她说。

"时候不早了，有话明天再说吧。"他说。

"我们离婚吧。"她淡淡地说，"我和我的家里人都已经沟通了，他们没有什么意见，一切由我们自己决定。"

"一定非要走这条路吗？"他低头问。他像是问妻子，又像是问自己。

"还有其他好办法吗？"她冷笑一声，生硬地问。

"我抽时间回趟家，和奶奶、阿妈商量一下。过几天再答复你。"他说，"不过请你放心，即便我们离婚了，我也会抚养女儿长大成人。家产全部归你，我净身出户。"

"那就提前谢谢你了。"她冷冰冰地说完，便径自回了自己的卧室。

罗招弟是一个倔强又有毅力的女人。只要是她决定的事情，即便十头牛也拉不回来。女儿在她的精心看护和独特的寓教于乐的熏陶下，慢慢能够与大人进行一些简单的对话交流，痴呆的眼神也渐渐活泛起来。医生说英子的智力发育水平和同龄儿童已无太大差异。听到这个消息，她高兴地哭了半宿。她现在的心中只剩下自己的宝贝女儿了。

她也是一个聪慧明智的女人。她清楚地知道，自己和谭志远的婚姻已名存实亡，再维持下去，对双方都是伤害，长痛不如短痛，早点结束，对大家都是一个解脱，双方的父母也不至于太难相处。

然而，此时的谭志远却身心俱疲、心乱如麻。他一个人坐在客厅里发呆，之后又走进书房，在抽屉里拿出一包久未开封的香烟，去厨房里翻腾了半响，才找到一个一次性塑料打火机。他下楼来到二楼的露台，斜靠在沙发上，抽起了烟。上次抽烟是什么时候，他已经想不起来了。

　　雨下得越来越大，庭院的地面像是煮沸的砂锅粥，咕嘟咕嘟冒泡，这在岭南的冬月几乎是见不到的景象。大雨从午夜一直下到现在。天井的积水高过花坛，眼看就要漫到回廊里来了。他听着噼里啪啦的雨声，默默地抽着烟，一根接一根，直到他的两个眼皮直打架，连雨声听起来也不那么真切了，这才迷迷糊糊地睡着了。

第十五章

　　世纪之交，新元伊始。就在人们还沉浸在新春快乐之中，表面上依然平静如水的飞天集团，突然发生了继万国锋上任以来的第一次人事大地震，集团公司所有副总裁全部更换为新人，且将副总裁的人数从五人裁减为四人，新班子成员中出现了具有国际资深经理人背景和国内营销界名流巨星的空降兵，也有从集团内部新提拔上来、有技术背景的年轻干部。整个班子充分体现了高学历、强技术、年轻化、大视野的时代气息。同时，为了解除下台高层人员的后顾之忧，保障他们的各项权益，稳定军心，使其不致产生他念，万国锋将这些元老安排到下属的各个总公司担任总经理或者副总经理，且继续保留他们在董事会的位置，尽最大限度发挥他们的能力和优势。紧接着，各个分公司以及下属分厂也都按照集团公司的统一部署，正在酝酿一场翻天覆地的人事大变革。受此影响，谭志远的老领导、先前在集团公司担任副总裁的陈总，也在这次调整中被免职，等待新的任命通知。

　　谭志远得此消息后，感到十分震惊。他在第一时间来到了陈总的办公室，表示了自己的不解。他直言不讳地表达了自己的观点：改革不能一刀切，不能想当然，要从实际出发，从企业的根本利益出发。公司创业元老中也不乏锐意进取、勇于创新的干部，空降兵、有背景、有学历的所谓的高级人才，不一定都符合我们企业的需求，外来的和尚不一定会念经。

　　陈总安慰他坐下来，不要着急，慢慢说。谭志远赌气地说："我就是想不通。"

　　"对于集团的决定，起初我也是想不通，但后来经过上级领导的耐心帮教、开导，我也就慢慢想通了。公司要不断发展壮大，管理者就不能墨守成规、故步自封，尤其是涉及自身利益和地位时，更不能推三阻四，成为改革的绊脚石。创业容易守业难，如何在丰功伟绩的基础上建立新的功勋，从而带领企业再创辉煌，对于我们这些老人来说，确实是一个新的课题，也是每一个守业者面临的难题。"陈总语重心长地说，"再说了，你前段时间在配套公司各个分厂搞得那套人事调整方案，不也是如出一辙吗？"

谭志远一时语塞，不知该如何回答。

"己所不欲，勿施于人。改革不能因人而异，我们这些领导干部必须身先士卒，绝不允许改革别人怎么都行，但轮到了自己头上就想不通。"陈总表情严肃地说，"你刚才的那一番话，在我这里说说也就过去了，去到别处，可千万不要再说了。"

谭志远垂头丧气地点点头。陈总接着说："改革必定会牺牲部分人的利益。集团领导主导的这次人事调整的目的很明确，就是要引进、提拔一大批高学历、有技术背景的人担任重要领导职务，而那些不符合公司发展需要的管理干部则自然让贤。通过改革，压缩各层级领导干部、部门和人员的数量，精兵简政，使整个集团公司的管理结构呈现扁平化，提高工作效率，减少管理成本。下一步，各个分公司、各工厂的人事改革，马上就要开始。你作为配套公司总经理，一定要深刻领会上级领导的指示精神，要站得高、看得远，确保改革顺利推进。你本人也要做好充分的思想准备，不论是上还是下，都要正确认识，摆平心态，积极面对。"陈总话音刚落，放在办公桌上的手机像是提醒谈话该结束似的突然响了起来。他拿起手机，接通电话，语气平缓地说："李总，您好！我是陈永胜。"少顷，他又连续嗯两声，末了说："好的，我这就去您办公室。"待对方挂断电话，他对谭志远说："志远，我有急事要去处理，改日我们再谈。如果你遇到急事，也可以打电话给我。"

陈总一席推心置腹的谈话，令谭志远顿时如释重负，且暗自下定决心，将以更加积极健康地心态面对即将发生的一切。他走出集团公司办公大楼，抬头看了看天，没有一朵云，蓝幽幽的，又高又远，适才激动的心情，此刻已经平静如水。

谭志远回到配套公司，立刻召开了副部级以上干部座谈会。他亲自宣讲了集团下发的人事改革方案，要求大家认真学习，积极面对，深刻领会方案的精神以及改革的意义。他着重强调了，本次人事改革是全方位的，改革会涉及在座所有人的利益，请各位务必做好充分的思想准备；每一位干部，不论是上还是下，都要相信，这样的安排一定是上级领导从公司的根本利益和长远发展来统筹规划的，绝对没有半点的私情杂念。当然，也包括他自己。接下来，他号召大家自由发言，讲讲各自对本次改革的认识。他举目扫视全场，所有干部皆表情凝重、如临大敌，便又用轻松的语气宽慰道："大家也不要过分紧张，一切以平常心对待。"接着他又偏过头，对坐在身旁的蔡福庆说："蔡总，您带头讲几句。"

"我作为公司的一名老干部，积极响应上级领导的号召，绝不做改革的绊脚石，领导安排我做什么，我就做什么，毫无怨言。"蔡福庆笑眯眯地说，"我也赞成谭总的讲话，这次改革不同于以往，大家都是多年的干部，一定要有高度的责任感和使命感，配合上级部门，做好各自的工作。"

"我说两句。"侯翼德不等蔡福庆把话讲完，便急不可耐地插嘴道，"有一句话叫做：大树底下好乘凉。我们许多干部，长年养尊处优、不思进取，总想着有飞天集团这棵大树罩着好乘凉，过一天算一天，将自己的私念凌驾于企业未来发展之上，这种行为是可耻的，必须坚决制止。如果任由这样的人继续在公司担任领导职务，飞天的未来将会是什么样子？另外还有一句话是这么说：人无远虑，必有近忧。改革必然会影响一部分人的利益，我们这些当干部的，有没有想过，假如你的学识和能力不满足公司未来发展的需要，飞天不让你当领导了，那你能做什么？会做什么？离开了飞天这艘航母，你在大海里还能生存吗？"

侯翼德盛气凌人、激情澎湃的一席话，令现场的气氛更加寂静凝重，连他呼哧呼哧的出气声，众人也听得一清二楚。

蔡福庆阴沉着脸，心里思忖道，让我说，处境最危险的人就是你——侯翼德！

谭志远见无人继续发言，便宣布会议结束。事实上，侯翼德的一番话也戳到了他的痛处，他不禁也在扪心自问，离开了飞天这艘航母，我在大海里还能生存吗？

就在集团公司任命文件公布的当日，郭志雄接到了集团新任副总裁李继先打来的电话。李总在电话里说："志雄，今晚七点，几个老同事在帝豪酒店泰山房聚会。你如果没有其他紧急事情，就过来参加。"受宠若惊的郭志雄，二话不说，便欣然答应了。

李总是郭志雄在主机公司担任分厂副厂长时的领导。当初调他来配套公司担任厨卫电器厂的厂长，也是李总的提议。如今，李总升任集团公司分管配套公司的副总裁，对他来说绝对是一件天大的好事。真所谓山不转水转，他庆幸自己跟对了人。

郭志雄按照约定时间提前半小时到达了酒店。他走进泰山房，发现和自己几乎同时到达酒店的同事中，除了主机公司几位熟识的领导之外，还有注塑厂厂长何卫国。他心里不免有些诧异，这何卫国难道也是李总的昔日部下？

就在众人寒暄之际，李继先携同集团公司人力资源部的新任总监贾博士姗姗来迟。众人纷纷上前握手相迎。这位贾博士可不是一般人，也是一名空降兵，他在整个集团公司的影响很大，飞天集团近年来的一系列人事改革都与他密切相关。郭志雄对他也是只闻其名、不识其人，今天第一次近距离识得庐山真面目，心里不免咯噔一下：此人看上去年纪轻轻，弱不禁风，一脸书生气，他能担此重任吗？他了解飞天文化吗？

李继先招呼贾博士在主宾位落座之后，其余赴宴者这才惶恐不安地按照自身职位的高低以及与领导的疏近程度，依次而坐。几位主机公司的领导自然挑选靠近李总和贾博士的位置落座，而郭志雄和何卫国则坐在靠近门口上菜的位置。他们在酒桌上的座次与各自管辖的工厂在集团公司的地位高低一般无二。

李继先环视一周，发现昔日部下，一个个敛容屏气、正容亢色，便面带微笑、语气轻松地说："各位都是各个分公司的高层骨干，也是跟随我工作了多年的老部下，今天请大家聚一聚，主要目的是想与各位交流一下感情，顺便了解一下各个分公司和下属分厂的生产经营状况，以及各层级领导干部和员工的思想动态。大家畅所欲言，不要有顾虑。知无不言，言无不尽；言者无罪，闻者足戒。"他端起茶杯，喝了一口茶水，见无人发言，接着又说："我向各位介绍一位贵宾，他就是集团公司人力资源部总监贾博士。大家热烈欢迎，感谢贾博士拨冗莅临，共襄盛举，同谱华章。"

贾博士似乎不为震耳欲聋的掌声所感动。他面色冷峻，用躲藏在镜片后边闪着亮光的两颗黑眼珠扫视一圈，然后语调平缓地说："承蒙李总高看，有幸和各位同仁相聚一堂，不胜感激。今晚我来的目的，主要是想请各位领导讲出自己的心里话，本人洗耳恭听。"看见酒店服务生进来斟茶，他稍作停顿，喝了一口茶水。待服务生走出了包间，他接着又说："为了不引起其他干部的误会，李总选择了在酒店开座谈会，边吃边聊。但这里毕竟是酒店，不是公司，人多嘴杂，服务生进出频繁。因而，希望大家发言的时候，避开外人，尽量放低声音，保证公司信息不外泄。"

听完贾博士的讲话，郭志雄大体上了解了今晚聚会吃饭的缘由。与此同时，他对这位人力资源总监也有了新的认识,此人不像他想象的那么简单。他再看看在座的其他人,也都没有了刚来时的谈笑风生、幽默风趣,一个个变得谨小慎微、唯唯诺诺起来。

"你们各自先向贾博士做一下自我介绍,然后讲一下自己的初步想法。"李继先用命令似的口吻说,"从空调公司马总这里开始,顺时针依次进行。"

"我,我还没有想好……"坐在李继先左手边的马总语无伦次、低声下气地说。

李继先又将目光投向了其他人,也都是目光躲闪、缩头缩尾。眼见昔日生龙活虎的部下,一个个突然变得像个熊包,他心里有些恨铁不成钢。这些人都是自己精心挑选的精兵强将,本想趁此机会让他们在贾博士面前展现一下自己的能力和才华,以便为下一步干部调整做准备。没想到,一个博士就把他们吓成这个熊样。

"大家不要拘束,拿出平日里干工作时敢打敢拼的劲头,发表一下自己的观点。"李继先放缓了语气,鼓励道,"志雄,要不你给大家带个头。"

既然李总点将,郭志雄自然不能临阵退缩。再说了,他在这些人当中,学历最高,是正儿八经的名牌大学硕士毕业生,比博士也就差一级,而其他人充其量不过是一个本科学历。他不上谁上?

"恭敬不如从命,我就斗胆谈一下自己的一些不成熟的想法。"郭志雄不卑不亢、侃侃而谈,"首先,我介绍一下配套公司的生产经营情况。目前,公司各个分厂的生产经营情况都比较理想,各项经营指标在上年度的基础上都有比较大的增长,比预期的还要好,超计划完成任务。其次,公司的人力资源改革也在有序推进,一批高学历、技术强、有管理经验的年轻干部逐步走上了领导岗位。对于那些退下来的老干部,我们也是根据他们的能力和经验,安排合适的岗位,继续发挥他们的余热。第三,我们在工作中也存在不足,亟待改善提高。主要表现在面对瞬息万变的市场环境,创新不够,包括管理创新、技术创新、机制创新、人才创新以及企业文化创新。"

贾博士不断地点头,鼓励他继续说。李总也在目不转睛地注视着他。

"当然,我不是说过去就没有创新,而是要加大创新力度,将原来传统的、在计划经济或者短缺经济时代形成的以内部计价为核心的经营方式尽快转变为以市场为导向,形成适应市场变化的全新的业务流程。"郭志雄说,"各级干部要通过不断学习、不断追求,用创新理念和行为,确保企业持续保持健康、快速的增长势头。"

李继先正欲肯定郭志雄的高谈阔论，两个服务生推着一辆摆满盘子、罐子的车子走了进来。他们将汤、菜摆放在餐桌上，之后又给每一位客人盛了一碗汤，斟满了一杯酒。

"大家肚子也饿了，先喝汤吃菜。"李继先改口说，"等大家吃饱喝足了，我们再继续聊。"

"喝了酒，大家借着酒劲，就可以放大胆子、解放思想、畅所欲言了。"贾博士开玩笑说。他笑起来的样子，给人一种皮笑肉不笑的感觉。

"来，我们就借博士吉言，一起连干三杯。"李继先端起酒杯说。

"干杯。"众人异口同声。

李继先见菜已上齐，便叮嘱服务生，你们退下，我不招呼，就不要进来。服务生退下之后，三杯酒下肚的干将们，果然个个变得面红耳赤、群情激昂，开始自告奋勇、争先恐后地告白了。适才推脱说自己还没有想好的马总，这时唾沫星四溅，口若悬河、滔滔不绝。

细心的贾博士发现，坐在门口的一位同事一直缄口不语，只是默默地吃菜喝酒，他表情严肃，神态凛然，给人一种高深莫测的感觉。贾博士好奇地问："这位同事贵姓？为什么不和大家一起发表高见？"

"贾总，您好！免贵姓何，名卫国，注塑厂厂长。"何卫国语调平缓，不卑不亢地说，"本人行伍出身，才疏学浅、胸无点墨，只知听从号令、冲锋陷阵，不会激扬文字、指点江山。因了我还是多听、多学为好。"

听了何卫国文绉绉、不容争辩的解释，贾博士也不好再说什么，但心里却在自忖，这人虽不言语，但出口成章，颇有文采。这时，李继先忙打圆场道："卫国性格内向，不善言辞。我们就不要强迫，由着他好了。"其实，了解何卫国的人都知道，他讲这段话，听似谦虚，实则满是心机。只因他担心自己言多有失、祸从口出，故而缄默不语、故弄玄虚。

次日，李继先聚集老部下喝酒叙旧、封官许愿、笼络人心的传言不胫而走，闹得配套公司的中高层干部个个人心惶惶。孙宝丁、唐小天先后打电话给谭志远，询问此事。谭志远听完电话，一头雾水，即刻也无法判断传言的真假。他刚要打电话给陈永胜探问虚实，马上又挂断，痛恨自己又沉不住气了，心想，陈总已被免职待任命，是泥菩萨过河自身难保，且昨天又刚刚批评过他，这个敏感时期还是静观其变为好。

上午九时左右，谭志远正在审批文件，侯翼德径直走进办公室，气喘吁吁地说："谭总，底下人心惶惶，都乱成一锅粥了，您却兀自好整以暇，大有轻裘缓带之气象啊。"谭志远瞪大眼睛，佯装不知何故，不紧不慢地问："上班时间，不好好工作，乱什么？"侯翼德没好气地一屁股坐在沙发上，愤愤不平地说："您还被蒙在鼓里，外边都传疯了，说是集团新任副总裁李总召集旧部下喝酒叙旧、封官许爵，还拉上了人力资源总监贾博士一起助阵。郭志雄和何卫国也都去了。"谭志远心头一震，表面上却不动声色地说："说的有鼻子有眼，是谁告诉你的？"侯翼德说："空调公司的一个哥们，他们公司的马总也去了。"他见谭志远没有反应，接着又补充道："听他们说，各个分公司的人事大调整马上就要开始了。"谭志远依旧泰然自若、缄默不语，心里却在想，真是山雨欲来风满楼，连这位平日里桀骜不驯的侯总，现在也急得像热锅上的蚂蚁。唉！也许这个时候他才认为和自己是一个战壕的战友。侯翼德见他半晌不吭声，也就不好继续坐下去，便快快不悦地走出了办公室。瞧着侯翼德垂头丧气的背影，谭志远心中突然有一种空落落的感觉。这是他参加工作以来从未有过的感受，像是瞎子过河，一时摸不着边际。

也许是听见侯翼德刚刚走出了谭志远的办公室，隔壁办公室的蔡福庆紧接着敲了敲门，水獭似的脑袋从门外探了进来，一双老鼠似的小眼睛骨碌碌乱转。他确认办公室里只有谭志远一人，便蹑手蹑脚地走上前去，脸上挤出一堆笑来，压低了声音说："谭总，底下都在疯传，公司即将进行大规模的人事调整。这消息是真的吗？"

"蔡总，您坐。"谭志远说，"目前，集团上上下下都在大张旗鼓地进行人事改革，这已是公开的秘密，我开会也给大家讲了，没有什么大惊小怪的。集团的副总裁一个个都能上能下，难道我们这些中下层干部就不可以吗？"

"那是，那是。"蔡福庆擦了擦额头上的汗珠，点头说。由于终年缺乏锻炼、久坐办公室，他的脸像长满霉苔的粉墙，灰白中透出点点斑痕，光亮的脑壳上残留着几根已褪去黑色染发剂的毛发，如霜打的玉米穗，泛出褐黄。

"蔡总，如果我没有记错的话，您的生肖是属猪，今年应该五十有三，对吗？"谭志远若有所思地说。

"是的。您的记性真好啊！"蔡福庆说。

"按理说，这个年龄还可以为企业多干几年。"谭志远说。

"是啊，我也是这样想着。可是……"蔡福庆欲言又止，似乎有什么难言之隐。

"蔡总，有什么顾虑但说无妨。"

"我觉得这次人事调整会搞到我的头上？"蔡福庆低声说。

"为什么？"

"一个原因是，我的年龄大了，学历也不高，也就是一个老中专学历，不能满足新时代的发展要求；第二个原因，也是致命的，就是我和新任副总裁李总曾经有过矛盾。因而预想自己难逃此劫。"

"蔡总，不要这么悲观。您曾经是李总的老部下，又是创业元老，他不看僧面也要看佛面，绝不至于让你没有工作可做。"谭志远安慰道，"如果我有说话的机会，一定帮您美言几句。"

"那就谢谢谭总了！"蔡福庆紧握谭志远的双手，眼里充满感激之情。

"不用谢！"谭志远说，"大家都是为了工作，为了企业的发展。"

蔡总刚走，谭志远的手机铃声就响了起来。他接通电话，听到对方底气十足地问："你是谭志远吗？"

"是我。请问您是？"

"我是李继先。"

"李总，您好！"

"十分钟后，来一下我的办公室。"

"好的。"

谭志远准时来到了李继先的办公室。李继先热情地招呼他坐下，并吩咐秘书泡了一壶上好的普洱茶，之后微笑道："久闻大名，不见其人；今日一见，果真相貌堂堂、举止不凡，实乃飞天后起之秀的风貌。"

"李总，过誉了。"谭志远说，"我是一个不谙世事的晚辈，初出茅庐，工作多有漏洞，还请李总多指导。"

"志远，不要过谦。虽然我以前没有当过你的直接领导，但你的业绩在整个集团公司都是有目共睹的。"李继先正色直言，"今天叫你来，就是提前沟通一件事。经我提议，集团领导批准，任命你担任飞天集团华东基地总经理，同时负责集团公司对外产业拓展、收购、兼并、重组等业务。具体工作就是负责华东基地的筹建。"谭志远不由得心里一沉，暗自吃惊，李总的谈话内容，竟然与梦中陈总所说的内容几无两样。

"华东基地？集团准备向华东地区拓展？"谭志远满腹狐疑地问。

"是的，该决议已经得到集团董事会的批准。在华东建立主机生产基地，对于飞天集团来说，是新世纪的头等大事，是继华南、西南之后的第三个生产基地，投资规模将超过华南总部。集团领导的设想是将华东基地建设成为飞天集团规模最大的生产基地。因而，你一定要做好充分的准备，确保顺利完成任务，不负众望。"李继先说，"明天一早，集团公司就会印发红头任命文件。回去准备一下，三天后到新岗位就任。"

李继先充满激情和诱惑力的一番言论，虽说暂时消除谭志远心中的疑惑，但现实与梦境的高度重合，依然让他惊骇不已、恍若梦境。他喝了一口茶水，定睛一看，皎白的灯光，茶杯中袅袅升起的热气，以及目光炯炯、英气逼人的李总，禁不住安慰自己，尽管现在迷惑，但未尝不是一个更大、更遥远的梦的一部分。

谭志远腾云驾雾般地走出集团公司大楼，午后慵倦的太阳，绿得发青的大榕树，摇曳着树枝的西北风，一切都显得那么陌生，如隔三秋。不知为什么，本应欣喜若狂的他，一点也高兴不起来，反倒平添了少许的伤感。这时，他想起了爷爷在梦里的训诫：好男儿志在四方，再远也不比出国下南洋远。他努力使自己平静下来，然后拨通了司机阿华的手机，有气无力地说："华哥，下午上班后，来我家里一趟。"

在华哥的帮助下，谭志远将装满书籍的两只大箱子、一些日常生活用品和几件运动器材搬运到了二姐谭志静的旧宅。原来，他在春节前就已经和罗招弟办理了离婚手续，今天是净身出户。调任顺德市某上市公司总经理的谭志静，已经在两年前搬去了新城区居住。她的一处旧宅——位于凤山镇塘边村村后池塘边上的一处独门独户的宅院——一直空着，只留下一只看家的老狗。院外一片池塘，塘的四周长满了芦苇或垂柳，中央还残留着几朵红莲，在阳光的照射下，依然暗焰若燃。院门紧闭，寂然无声。院子里，一棵桂花树，花败叶茂，一只被铁链拴着的看家护院的老黄狗，警觉地立起身，眼睛死死盯着谭志远不放。他睁大眼朝它一瞪，它像是被激怒的样子，对他连续吼了几声，以示抗议：没有得到老夫的允许，你就私自住了进来，还敢用眼睛瞪我？谭志远瞧着它嘿嘿一笑，心想，以后的日子里将有这条老狗陪伴自己，他的心情似乎一下子好了许多。

次日清晨，上班的铃声刚刚停歇，谭志远还没有来得及打开电脑，手机铃声便响了起来，是唐小天打来的。

"谭总,您又高升了。集团的红头文件已经在邮件系统公布了。"唐小天说,"不过……"

"不过什么?"他问。

"您打开电脑看看,不太好说。"唐小天说,"如果方便的话,我约一下宝丁、道明和玉婷,今晚咱们聚一聚,反正明天也是周末。"

"过一段时间再说吧。"谭志远说,"现在是敏感时期,不要给别人留下口实。"

"好的。"唐小天说,"随时听你的召唤。"

结束了与唐小天的通话,谭志远迅速打开电脑,仔细查看了集团总裁办发布的红头任免文件,不由得心头一紧。文件概要如下:任命谭志远为华东基地筹建处总经理;任命郭志雄为配套公司总经理,陈永胜、何卫国分别担任配套公司副总经理;蔡福庆、侯翼德分别被免去现任职务;任命蔡福庆担任注塑厂厂长,侯翼德则没了下文。如此大幅度的职务调整,作为配套公司的总经理,他事先毫不知情,也只是在对外公布的前一天才知道了自己的去向,集团新一届领导班子的这种工作方法着实让他感到震惊。他不禁要问,难道这种在自己记忆中从未有过的干部调整方式也是集团人事改革的一部分吗?况且,根据对他的任命来分析,明眼人一看都能发现,有明升暗降之嫌,没有了往日的实权,沦落为一个光杆司令。怪不得唐小天方才在电话中欲言又止。他陷入了深深的思考之中,难道真应了那句俗语'一朝天子一朝臣'的魔咒不成?这时,他又想起了老领导陈永胜。他觉得老领导这个时候更需要别人的安慰。他拨通了他的手机,低声说:"陈总,现在有空吗?我想去您办公室坐坐。"

"志远,现在就不要来了。"陈永胜苦笑道,"改日方便的时候,再打电话给你。"

他垂头丧气地结束了和陈永胜的通话,转念一想,自己也该给别人腾地方了。这时,办公室外响起了敲门声,蔡福庆满脸堆笑地走了进来满口的发自肺腑的感谢,将他的脸都笑得浮肿了。他瞧上去对自己的归宿很满意。谭志远诚恳地告诉他,这都是上边做的决定,与自己无关。但他兀自不停地感谢,而且提议晚上一起去桂花酒楼喝酒吃饭。谭志远婉言谢绝了,推脱说:"以后喝酒的机会多着呢,过了这段时间再说吧。"他又邀请了一次,见谭志远态度坚决,便佝偻着背、心有遗憾地走了,但他很快又踅了回来,微笑着将门轻轻带上。

送走了蔡福庆,谭志远鬼使神差地想到了侯翼德。隔壁办公室一直黑着,从上班到现在始终没见到他的踪影，也不知道他会不会想不开而走极端。见鬼了，真是说曹操，曹操到。侯翼德气冲冲地走进了谭志远的办公室。

"这也太欺负人啦！"侯翼德怒吼道，"连个招呼也不打，说免职就免职，而且也不给退路，不讲一点人情世故，这不是明摆着要赶我走吗？"

"息怒，息怒。"谭志远说，"你的事，我也是刚刚看了邮件才知道。这件事也许没有你想象的那么糟糕，可能是这次人事改革的方式不同于以往罢了。"

"那我现在应该找谁说理去？"侯翼德说话的声音愈加亢奋。

"你现在还是配套公司的人，应该找新任领导好好谈谈。事情总会有一个圆满的结果。"谭志远心平气和地说。

"找现任领导？我丢不起那个脸。"侯翼德倔强地回应道。

"那就找上一级领导。"谭志远说，"不过，我劝你一句，做人能屈能伸，做干部也要能上能下。这次干部调整，受影响的人很多，上到集团副总裁，下到普通基层干部。因此，你要调整好自己的心态，积极面对，切不可鲁莽行事。"

"那也不能就这样不明不白地被人家给免职了吧！"侯翼德说话的语气里饱含冤屈，但情绪却明显缓和了许多。

"有意见可以通过正常渠道反映。"谭志远提醒说，"我想上级领导一定会给你一个合理的解释。"

侯翼德满脸怨气、怅然离去，留下谭志远兀自发呆。他不由得感叹人的两面性：两天前，侯翼德还说得头头是道、振振有词，如今改革的斧头当真轮到自己头上，却立刻变了一副嘴脸。不过，他也开始自我反省，如果这件事轮到自己的头上，会不会也是这种反应呢？

侯翼德从谭志远的办公室出来，感觉到同事们看自己的目光都有些变样，没有了往昔的躲闪和惧怕，而是变得自信和冷漠。那几个整日里跟在他屁股后边，摇旗呐喊、狐假虎威的干将，也都不见了踪影，不知躲在哪个角落里，偷偷做兔死狐悲的悲哀。他尝试着给几个所谓的兄弟打电话，得到的回复不是说：您拨打的电话，暂时无人接听。就是说：不好意思，兄弟正忙，有空再联系。他知道自己前些年仗着父亲的威势得罪了不少人，也没有结交到真正的朋友和兄弟，那些当年在他的父亲面前低头哈腰的政府官员们，早就随着老爷子的离世，曲终人散、人走茶凉。但他不甘就此退出飞天集团这个大舞台，要使尽最后一股力气和政敌们做殊死博弈。他决定将自己的委屈投诉给董事长兼总裁万国锋。虽说他和万国锋之间的级别相差悬殊，且从未有过工作上的直接接触，但他曾经听父亲说过，万国锋和原任董事长一样，在工作上也曾得到过老爷子的鼎力相助。

万国锋在飞天集团所有员工的心目中，是一位讲原则、求变革、谋发展的创业元老和守业新帅。飞天集团如火如荼的人事改革都是在他的领导和策划下有序推进。因此，当他接到投诉说，配套公司有一个名叫侯翼德的副总经理被无缘无故免职，又没有给其安排新的工作，并没有太在意，毕竟改革的目的就是要将不合格的干部调整出来，让出位置，然后把合格的干部提拔上来，做到人尽其才、物尽其用。然而，当他知道这个年轻人就是顺德县原工业发展办公室侯主任的儿子时，便立即做了批示，且给予及时纠正。他直接打电话给李继先，直言不讳地强调，侯主任可不是一般人，他是对飞天集团做出重要贡献的县政府干部，如果当年没有他的鼎力支持，恐怕就没有飞天集团的今天。

谭志远履任新职的第三天，配套公司新帅郭志雄带领他的团队，完成了分公司副部级以上干部的职务调整，且通过了上级领导的批准，之后便公之于众。当然，这一切都和昔日的总经理谭志远没有丝毫关系。公告的大致内容如下：侯翼德被任命为厨卫电器分厂厂长；郭志雄的一名部下取代唐小天担任配套公司生产计划部部长；提拔姚玉婷、陈友信、张科长，分别担任配套公司财务经营部部长、模具厂副厂长、注塑厂副厂长；免去唐小天、卢有富、谢富春的现任职务，听候公司另行安排。配套公司这次任免公告，最不同于以往的地方就在于多了"听候公司另行安排"八个字。聪明人都知道，这是当权者吃一堑长一智的结果。不要小看这八个字，其中隐藏着无尽的腾挪和遐想空间。

唐小天是配套公司公认的聪明人，理所当然地能看出其中的奥秘。他在飞天公司的官场上摸爬滚打了十数年，清楚地知道，郭志雄此举的目的无非是想逼迫他投靠到自己的门下，俯首称臣，唯自己马首是瞻。就在他犹豫不决、思考该如何应对的时候，接到了谭志远的电话。谭志远约他下午下班后到自己位于塘边村的家来一趟。

塘边村？谭志远的家？他乍听听起来，满腹疑惑。之后，谭志远在电话里告诉他，自己已经离婚、净身出户了。短短一个多月时间，就发生了这么多意想不到的事，他不由得惊骇异常，叹息世道的无常。他本想不把这个消息再告诉其他任何人，但却鬼使神差地给姚玉婷打了电话。他约姚玉婷下班后一起去塘边村看望谭志远。

　　唐小天没等到下班，就一个人来到菜市场，买了鱼、虾、肉以及蔬菜若干，接着又去商场买了两瓶五粮液，他打算今晚一醉方休。之后，他开上自己新买的丰田佳美轿车，又返回公司，接上姚玉婷一起赶去了塘边村。姚玉婷问他，要不要通知孙宝丁和陈道明。他一时拿不定主意，便发了一条短信征求谭志远的意见。谭志远回复，如果他们方便的话就一起来吧。姚玉婷接到指令，立即打电话给孙宝丁和陈道明，他们的答复是随后就到。唐小天途中又进商场买了两瓶五粮液。

　　第一次和"四大金刚"在自己家里聚会，谭志远显得手忙脚乱、不知所措。兄弟们放眼一瞧，就知道他是一个不理家务的甩手掌柜，幸亏有未卜先知的唐小天提前准备好了酒菜。陈道明也不客气，自告奋勇地说："我今晚掌勺，宝丁和玉婷打下手就行。"

　　"我来淘米、择菜。"孙宝丁接口道，"谭老板，家里的米在哪里？"

　　"谭老板？跟谁学的？"谭志远吃惊地问，接着又笑道，"这种叫法听起来蛮时髦的。"

　　"郭志雄的手下都这么称呼他。"孙宝丁嘿嘿一笑，解释道，"我一时改不过来，也就顺口叫上了。"

　　"哦，看来我以后也得称呼李总为李老板了。"谭志远摇摇头，无可奈何地说。

　　"你还没告诉我米在哪里呢。"孙宝丁追问。

　　"哈哈，我也不知道。"谭志远不好意思地傻笑了几声，"我们一起找找吧。"

　　唐小天独自站在院子里，边逗狗边发信息。他交代阿梅说，自己今晚有事，晚些时候回家。他又换了一个女人。不过，他这次是认真的。他和她在自己买地建造的私家小院里已经过上了公开的同居生活。

　　"小天，下一步有什么打算？"谭志远插不上手，便走到唐小天身旁，关切地问。

　　"能有什么打算？"唐小天苦笑道，"等领导安排呗。"

　　"我这里正在物色华东基地筹建部人选，你来担任部长，怎么样？"谭志远低声问。

　　"当然可以啦，那就先谢谢老板了！"唐小天嬉皮笑脸拱手谢道。

　　"你小子，也学会贫嘴了！"谭志远说。

　　"华东基地项目有眉目吗？"唐小天心有疑虑地问。

　　"董事长对筹建华东基地十分重视。"谭志远说，"下周三，他计划领着李总和我一起去合肥、芜湖一带考察。"

"日前公司内部动荡不安，人心惶惶。"唐小天说，"能去您那里从事对外拓展、新基地筹建工作，当然不错。这份工作，不但能让我开阔视野，而且还可以为将来做打算。"

"为将来做打算？"谭志远不解地问，"此话怎讲？"

"嘿嘿，暂时保密。"唐小天故作神秘地卖了个关子。

一个小时之后，从屋子里传来了姚玉婷的招呼声："两位领导，开饭啦。"

谭志远走进餐厅，看到餐桌上摆满了丰盛且又色香味俱佳的菜肴，赞不绝口。紧随其后的唐小天也是喜上眉梢，且连忙打开酒瓶，将酒倒进了分酒器，接着又给每个人都斟满了一杯酒。众人落座后，谭志远也没客套，端起酒杯就说："今晚借小天的酒菜和道明的美食家手艺，与各位相聚寒舍，不胜感激。我也就不再啰唆，先干为敬。"众人同饮而尽。他放下酒杯，端起分酒器，亲自给每个人又斟满了一杯酒，接着又说："近段时间，公司里人心惶惶、军心不稳，早就想抽时间和大家聚一聚，缓解下精神压力，但又担心引起别人的误会，给各位造成不必要的麻烦，故而迟迟未能兑现。如今，我也离开了配套公司，今天上午又从电脑中看到了配套公司干部任免通知，作为你们曾经的领导，我觉得有必要把大家召集到一起，聊聊天、谈谈心。"话音刚落，他便表情沉重地自行喝了一杯酒。其余人皆随之喝干了杯中酒。

"别急着喝酒，先尝尝我的手艺吧。"陈道明打破了沉闷的气氛，笑眯眯地说。

"好。先吃菜。"谭志远附和道。

"道明的手艺愈加炉火纯青了。"孙宝丁也插嘴夸奖道，"菜的味道比酒店大厨的手艺有过之而无不及啊。"

"是啊。"姚玉婷恢复了天真烂漫的模样，笑嘻嘻地说，"我坚决支持老孙的评价。"

"哈哈，什么时候改口叫'老孙'了？"陈道明忍不住笑道。

"我……我也是跟他们学的。"姚玉婷羞怯地回道。

"来，这第三杯酒，一是庆贺玉婷高升，二是为小天惋惜。"谭志远语气轻快地说，"但我相信，小天和你们一样，他的明天一定会更美好。干杯！"

"干杯！我们的明天一定会更美好！"众人立身齐声高呼道。

"你们都是跟随我多年的部下兼朋友。事实上，在更多的时候，我一直把你们当朋友看待。"众人落座后，谭志远继续说，"是朋友就要开诚布公、互相关怀、互相鼓励、共同进步。大家今晚畅所欲言，有什么心里话，就说出来。我毕竟是当地人，多少也有一些社会关系，一定会尽自己的最大力量帮助你们排忧解难。"

"我先说几句。"唐小天又独自喝了一杯酒，脸色凝重地说，"公司从上到下，实施人事改革，推进干部队伍知识化、专业化、年轻化，精简机构，压缩成本，实现企业经营效益最大化，这本是一件好事，我相信绝大多数干部员工也都是衷心拥护、全力支持。但从目前改革运行的实际情况来看，个别地方已经变了味，成了某些人利用改革机会来排除异己、争权夺利的名利场。如果任由这种行为持续下去，必将会动摇人心，对企业发展造成不可估量的损失。"

"我同意小天的看法。"孙宝丁说，"近日各种流言满天飞，搞得人心惶惶。昨天还有干部问我，要不要到郭总面前表衷心、明立场，被我严加训斥了一番。"

"是啊。这段时间，我也是坐卧不安。"陈道明说，"前几天，听说有人坚持要拆分营销管理部，分散到各个分厂。不知何故，后来又没有了动静。一场虚惊，弄得部门的员工们各个胆战心惊，生怕被分流下放。"

"财务科与其他部门接触的机会一直不多，对于外界的传闻也知之甚少。"姚玉婷闪烁着一双大大的眼睛，大咧咧地说，"前几天，领导谈话说是要加强公司的财务经营管理，成立财务经营部，管辖经营科和财务科，我便稀里糊涂地升官了。"

"说实话，这种大规模的人事改革，我也是第一次遇到，起初也很不适应，对集团主要领导的某些做法更是想不通。但经过上级领导的开导，我慢慢地想通了，也理解了他们的良苦用心。纵观古今，无论什么样的改革，总会牺牲一部分人的利益，这是避免不了的。作为旋涡中的一分子，我们能够做的就是尽量调整好自己的心态，主动适应环境，积极面对各种挑战，从而提高自我的生存能力。"谭志远听完大家的发言，语重心长地说出了自己的看法，"我相信，任何改革都不可能一蹴而就，肯定还会出现反复，甚至推倒重来。因此，你们一定要做好充分地思想准备，准备迎接更大的挑战。当然，也包括我在内。"没承想，半年之后，谭志远说的这一段话竟然变成了现实，他们中的许多人都将面临人生的重大挑战。

谭志远端起酒杯，再看看大家，每个人的脸上都流露出凝重的表情，便又开导性地说；"来喝酒，谈些开心的事情，对于自己无法把握和预判的事情，还是顺其自然为好。"

"我觉得也是。"姚玉婷双手托着下巴无奈地说,"不要给自己太大的压力,调整好心态,做好准备,一切都不是问题。"

"玉婷说得好!"谭志远举杯一饮而尽,"放下烦心事,大家一起喝酒、吃菜。"

"老陈,底下有人在说你老婆躲回老家,偷偷去生了二胎,是真的吗?"孙宝丁话刚一出口,马上又改口道,"呸、呸,看我这臭嘴,怎么哪壶不开提哪壶!"

众人皆露出惊愕的表情看着陈道明,异口同声问:"老实交代,是真的吗?"

"他们都在瞎说。"陈道明连忙澄清道。

"其实,这件事就算是真的,大家也不要紧张。"谭志远一本正经地说,"生二胎在我们这里很普遍,交罚款就是了。如果经济条件允许,我倒是赞成你们都生二胎。"

听谭志远这么一说,大家似乎都来了精神。

"我是家里的独子,生了一个女儿,爹娘催我再生一个儿子。"孙宝丁抢先说,"可是⋯"

"可是什么?"陈道明问。

"老婆身体不好,医生建议不能再生了。"孙宝丁一脸茫然地说。

"老孙,你陪我喝杯酒,我告诉你一个好办法。"唐小天神秘地说。

"你有什么好办法?"孙宝丁好奇地说,"来,我陪兄弟喝一杯。"

"⋯⋯"唐小天趴在孙宝丁的耳朵边嘀咕了几句,然后又问,"这主意怎么样?"

"这,这也行?"孙宝丁惊讶得像头顶炸了个响雷。

"老唐帮你出的是什么主意?"姚玉婷好奇地问孙宝丁。

"老孙,保密!"唐小天赶忙用手掩嘴说。

"保密,保密。"孙宝丁也掩嘴对姚玉婷笑道。

众人皆哈哈大笑。

"各位,谭总现在和我一样,也变成了单身汉。"唐小天站起身,像是宣布自己被女朋友蹬腿一样,哭丧着脸说,"你们也要关心他啊!"

"对了,差点忘了,我有一件私事要通报给各位,也免得大家乱猜测。"谭志远语气伤感地说,"前段时间,我和老婆离婚了,净身出户。既然大家都是朋友,我就把离婚的原因说给你们听也无妨。我们是近亲结婚,不离不行啊。"

"近亲结婚?"姚玉婷惊讶道,"《婚姻法》不是禁止吗?"

谭志远没有回避姚玉婷的疑问，如实述说了自己婚姻的来龙去脉，以及因此而造成的不幸后果。选择他释然地说："我和妻子都意识到这桩婚姻再也无法维持下去了，好聚好散、协议离婚是我们的最佳。"

听完谭志远凄楚而又无奈的讲述，众人皆沉默不语，无助与迷茫渐渐沉淀，化作一股莫名的忧伤，涌上他们的心头。泪水在姚玉婷的眼眶里打转，顺着脸颊悄然滑落，她忍不住哭出了声。夜色如墨，灯火阑珊，喧闹的街道没有了匆忙赶路的脚步，艳丽的花朵也收起了阳光下的笑脸而昏昏欲睡，整个世界仿佛都披上了一层黑色的面纱，只有月光冷清地站在树梢。姚玉婷暗自决心，愿意用自己一颗热烫的心去抚平谭志远心头的累累伤痕。他们都喝了很多酒。就连酒仙陈道明也扒在桌子上鼾声如雷。世事艰辛，红尘纷扰，无法忘怀的往事，不可解释的过去，萦绕心头的烦恼，变幻莫测的未来，都混杂在眼泪和酒精中，一起咽进他们的肚子里。

聚会结束后，姚玉婷回到家，彻夜未眠。就像是和自己赌气似的，她整宿倚着北窗，遥望夜幕笼罩下的鳞次栉比的高楼大厦中几间闪着亮光的窗户，痴痴发呆。只因她发了一条短信给谭志远，而迟迟没有收到回复。直到天边泛出了鱼肚白，她的眼睛实在不听使唤了，这才迷迷糊糊地睡着了。

姚玉婷听见了手机的提示铃声。她醒来时，看见屋里的灯还亮着，而西边的窗户已被落日的余晖映得通红，空气中隐隐有了一丝寒意，冬已深了。她急忙打开手机，是母亲发来的短信：婷婷，我们玩得很开心。现在正在深圳的锦绣中华游玩。老王同志一路对我都很照顾。爱你的老妈。姚玉婷给母亲回复了短信："老妈，开心就好！注意安全！爱您的婷婷。"之后，她刚要起床，手机铃声突然又响起。当她拿起手机，看到屏幕显示是谭志远的电话时，像是怀里揣个小兔子，心头怦怦直跳，迟疑了一会儿才接通了电话。话筒里传来了谭志远的声音："玉婷，短信我看到了，谢谢你对我的厚爱！这件事还是过一段时间再说，毕竟我刚刚离婚，公司知道的人还不多。等大家习惯了我是单身，咱们再相处也不迟。你说呢？"

"嗯，嗯。我……好……"她语无伦次、结结巴巴地说了几个字，也不知道自己想表达什么意思。接着，她又听道话筒里传来谭志远温柔的说话声："你明白了就好。昨晚的酒醒了吗？"

"醒了。"她说。

"以后还是少喝酒为好。我们互相监督。"谭志远说。

"嗯。你还好吗?"她说。

"好着呢。"谭志远的语气已经带有淡淡的娘娘腔了。

姚玉婷结束了和谭志远的通话,马上就像变个人一样,活蹦乱跳地唱起了歌。此刻的夕阳也好,晚风也罢,都很甜蜜。然而,电话那头的谭志远却没有恋爱中的那种轻松。自从接到姚玉婷的短信后,他就一直在思考,该如何面对现实,如何接受这份爱,如何消除大家的误会,而又不伤害任何人,包括一直暗恋自己的姚玉婷。说实话,他的内心也很喜欢她。她那娇美的身姿不止一次地出现在他的梦里。

唐小天的新家坐落在一汪山泉冲刷而成的深潭边。潭水清澈,水雾迷漫。一座老旧的水车吱吱转动,四周一片静谧。潭边一处茂密的竹林,一直延伸到半山腰上。山前,一栋栋别致精巧的小别墅,红瓦白墙,分外耀眼,打眼一看就知道,居住在这里的人都是成功人士。

这是一座幽僻精致的小院。院中一颗桂树,一个木架亭廊,廊架上缀着各种各样的花草。唐小天醒来的第一眼,便看见了从落地窗照射进来的静静的阳光,接着他闻到了刚刚换洗的一床新被褥散发着幽幽的熏香味,之后又听到了锅碗瓢盆发出的碰撞声。将近三十岁的他,第一次从心底里有了一个属于自己的家的温馨感觉。

他下了床,走出卧室,来到二楼的餐厅。他看见阿梅正在准备早餐,便坐在二楼的露台上,一边凝望远处迤逦不断的青山,一边抽起了烟。她走了过来,在他的脸颊上亲了一口,轻声细语地说:"今天是周末,为什么不多睡一会儿?"

"阿梅,吃完早餐,我们一起去宝林寺转转。"他答非所问地说,"听说那里的观音菩萨十分灵验,有求必应。"

"去求什么?"她不解地问。

"去散散心。"他不经意地说。

"我也有一个惊喜要告诉你。"她莞尔一笑道。

"什么惊喜?"他依旧望着窗外,头也不回地问。

她走近衣帽钩,从手提包里拿出一张医院的化验单,递给他,羞答答地说自己怀孕了。他吃惊地瞅了一眼她,发现她说话的语调不一样了,红扑扑的脸颊不一样了，畅快而兴奋的神色也不一样了，此时此刻。她就像一朵盛开的栀子花，婀娜娇羞，温婉甜美，实在美极了！他接过化验单，瞄了一眼，轻描淡写地问："你准备怎么处理？"

"准备把他生下来呀。"她毫不犹豫地回答。

"可是，我们……还没有……"他吞吞吐吐地不知想说什么。

"你不用怕，孩子生下来后，我自己养，不会连累你。"她轻柔平缓的语调中带着不容争辩的刚毅。

"我不是这个意思。我是说我们都还没有准备好。"他解释道。

"可是，我已经准备好了。"她语气坚决地说。

"阿梅，既然你已经决定了要把孩子生下来，我也不反对。"他拉着她的手说，"但你要做好思想准备，带孩子可是一件很辛苦的事情。"

"我已经想好了，过些日子就把母亲接回来，让她照顾我。"她轻松自如地说，"不行的话，再请一个保姆。"

"我没有意见。你提前做好心理准备就好。"他说，"钱不是问题，都已经准备好了。"

阿梅比他小三岁，湖南岳阳人，她在一家贸易公司做业务经理，和他毕业于同一所大学。他俩是在一次校友会上经朋友介绍认识的，既是校友又是老乡，自然很快就熟络了。他们相处后，她告诉他，自己之所以现在还没有结婚，是因为男朋友去了美国，背叛了她，也耽误了她的青春；如果他不嫌弃，她愿意和他相处下去。听了她毫无保留的告白，他觉得自己也不能再等了，就同意了她的建议。相处了几个月，他感觉十分满意。她看上去感觉也不错。他带她住进了自己新建的小院子里。从此他们都有了家的感觉。

"我们结婚吧。"他边吃早餐边说，"明天就去领结婚证。"

"明天？"她一惊，迟疑地问。

"是！"他很坚决。

"好吧。我们明天一起去领结婚证。"她的脸上露出了灿烂的笑容。

"现在能告诉我求菩萨保佑什么吗？"阿梅又提出了刚才的疑惑。

"求菩萨保佑你们母子平安！"他笑眯眯地说，"这下满意了吗？"

"你真坏！"她娇媚地嗔怪道，"不说实话。"

"我只是有一个想法，还没有下决心。"他正色道，"想找宝林寺的大和尚给算算，有没有那个命。"

"什么想法？"她娇声问。

"我想辞职，自己创业。"他说。

"想好了做什么吗？"

"当然是我熟悉的厨卫电器。"

"小天，不论你做什么，只要做好了充分的思想准备，我都支持你。"她语气坚决地说，"我是一个资深产品销售经理，说不定还能帮上你的忙。"

"有你的理解和支持，我的信心更足了。"他说话的声音立刻变得铿锵有力了。

一周后的一天上午，已经到任飞天集团华东基地筹建部长的唐小天，匆匆走进谭志远的办公室，压低了声音说："谭总，我刚刚听说，谢富春跳井自杀了。"

谭志远惊得从椅子上跳了起来，失声问："听谁说的？"

"注塑厂设备科的王科长。"唐小天说，"他刚刚从谢富春家里回来，说是昨天发生的事。"

"知道他为什么自杀吗？"谭志远追问。

"传说，老谢被免职后，公司一直没有给他安排工作，老婆就吵闹着要离婚，且又对外宣扬，他在外边包二奶，炒股亏了很多钱，贷款投资买房产、铺头，又断了月供。"唐小天神秘兮兮地说，"大家猜想，可能是他承受不住压力，就自寻了短见。"

谭志远拿起手机，拨通了蔡福庆的电话，压低声音问："老蔡，听说老谢出事了？"

"是啊。我刚从他家里回来？"

"这么大的事，通知李总了吗？"

"通知了。"蔡福庆操着沙哑的声音说，"这事发生得太突然了，我也没有想到。本来计划这两天就要任命他担任制品车间主任，还没来得及，就……"

"老谢的家属安抚好了吗？"谭志远问。

"他老婆对他的死漠不关心，说是他欠了一屁股外债，两口子早就分居了。"蔡福庆说，"倒是那个张小兵的父亲，也就是老谢的姐夫，大喊大叫着说，要来公司讨要说法。"

谭志远挂断电话，然后对唐小天说："这个老谢，平日里看上去是一个本分人，怎么会做出这么多匪夷所思的事情来？都是真的吗？"唐小天伸开双臂，摆出一副无可奈何的样子，摇摇头说："鬼知道！"谭志远像是突然想起了什么，话题一转，接着说："华东基地的规划设计方案要抓紧，争取在下月中旬向集团领导做汇报。"

唐小天走后，谭志远给张永军打了电话，心情沉痛地说："军哥，节哀顺变！发生了这种事情，是我们大家都不愿意看到的，你也不能全怪公司，一定要控制好自己的情绪，妥善处理此事。"张永军在电话那头激动地说："这是我与飞天公司之间的事，你就不要劝了。我一定要为妻弟讨回一个公道。"既然张永军不听劝告，依旧是不依不饶，谭志远也就无能为力了，也算是尽了乡邻之谊。但谢富春自杀这件事对他和唐小天的冲击特别大，他们都不得不重新思考自己未来的人生。

第十六章

农历三月的一天上午，孙宝丁从车间刚刚回到办公室，就接到了一个陌生电话。对方说他是凤山镇派出所的民警，问孙宝丁是否认识一个叫薛贵林的工程师？他说认识，民警说薛贵林嫖娼，被派出所拘留，通知他过来缴罚款，然后代表单位领导再把人领回去。

孙宝丁很是诧异，心想，这个薛工怎么会想到自己？我又不是他的领导，难道他怕被单位领导知道后有麻烦而找我顶替？孙宝丁犹豫了半晌，转眼一想，念及他们曾经是一个宿舍的舍友，便如约前往派出所交钱领人。薛贵林见到孙宝丁，就像是见到了救命恩人，感激涕零、无以言表。他们刚一走出派出所的大门，孙宝丁就迫不及待地问："薛工，怎么会这么不小心？"

"唉！一言难尽。"薛贵林一脸无奈地说，"我也没做什么违法的事，只是普通的桑拿按摩而已，不走运，就被扫黄队抓了一个现场。"

"常在河边走，哪有不湿鞋。"孙宝丁微笑道，"以后还是小心一点为妙。"

"是，是。一定听孙厂长的教诲。"薛贵林点头哈腰地笑道。被拘留所囚禁了一天一夜，他的笑容像灰烬，又像石蜡。

"薛工现在应该也是设备科科长吧？"孙宝丁问。

"当科长三年了。现在不是进行人事改革嘛，担心被人抓了小辫子，情急之下就想到了您。真是不好意思！"薛贵林说，"哪天有空，我请您喝酒。"

"不用了，大家都是多年的同事，帮这点小忙，举手之劳，何足挂齿。"孙宝丁说，"我这里倒是有一件事要麻烦你，不知意下如何？"

"您快说。"薛贵林说。

"你的技术不错，抽空给我们厂设备科那些兄弟们上上课，培训一下设备维修保养方面的知识。"孙宝丁说。

"好的。只要您需要，我随时都可以领命。"薛贵林两眼放光地说，脸上总算焕发出了一点生气。

"那就拜托你了。"孙宝丁说，"确定好时间，我就安排设备科科长直接联系你。"

"好的。遵命！"薛贵林紧握着孙宝丁的双手答道。

孙宝丁和薛贵林分别后，突然想起了自己第一次跟着唐小天去桑拿的情景，情不自禁地从心底腾起一股醉人的冲动。他鬼使神差地拨通了唐小天的电话，语调轻松地问："小天，最近跟着谭总忙什么呀？"

"出外考察，做规划，写报告。"唐小天在电话那头牢骚满腹地说，"怎么突然想起给我打电话了？"

"没事就不能关心一下你吗？"孙宝丁说。

"孙大厂长关心小弟，当然求之不得啦。"唐小天说。

"这几天有点累，想找个地方轻松一下。"孙宝丁压低了声音说，"你来带路，我请客。"

"宝丁，我虽然还没有举行正式的婚礼，但从法律上来讲，已经是有妻室的人了，加上老婆也看得紧，本不该再跟着你出去混夜生活。"唐小天装腔作势地说，"不过，看在兄弟一场的情分上，我今晚舍命陪君子，不醉不归。"

"哈哈，你这杆老枪还真想立地成佛不成？"孙宝丁调侃道，接着又补充说，"晚上七点，你开车来接我，不见不散。"

傍晚时分，落日的余晖映得西边的天空一片通红，唐小天开车准时来到了钣金厂办公楼下。孙宝丁听见小车的喇叭声，就匆匆下楼，坐进了副驾驶的位置上。唐小天问："孙厂长的新车什么时候剪彩呀？"孙宝丁回道："车行经理说要等三个月才能提到车。广州本田很紧俏，等候提车的人已经排到了明年六月份。"

"今晚带你认识一个朋友，他是一家生产热水器的企业老板。"唐小天说，"他和我是老乡。今晚他请客，你就不用破费了。"

"那不太好吧。"孙宝丁说。

"有什么不好的？大家都是朋友嘛。"唐小天满不在乎地说。

三十分钟后，唐小天的白色丰田轿车开上了位于香山市三角镇的一座湖心小岛。在灰蒙蒙的夜幕中，孙宝丁透过车窗，看见稀稀疏疏的树木和裸露的山石，再往前走，是一片茂密的竹林；穿过竹林，他终于看见了一栋矗立在岩石上的西式建筑，闪烁的霓虹灯将它衬托得富丽堂皇。这个岛上唯一的一座建筑看上去甚是气派豪华，屋顶上栖息着成群的白鹤，不远处有一簇树林，隐隐约约的，被大雾罩得一片幽暗；堤岸上的芦苇高大茂密，流水脉脉，停靠在岸边的渔船；映入眼帘的一切都宛如世外桃源。他们在保安的指引下停好车，之后又在门童的引领下，走进了酒店大堂。这时，迎面走来一位风姿妖娆、年轻貌美的女经理，挤眉弄眼地媚笑道："唐哥，好久不见了，最近又去哪里风流了？"唐小天色眯眯地看着女经理回道："最近很忙，哪有时间风流呀。"

"几号房？小女子给您领路。"女经理娇滴滴地说。

"318。"唐小天笑眯眯地答道。

"嘻嘻，跟我来。"女经理转动着一双大眼睛，笑嘻嘻地说。那笑声像是勾魂的妖魔，搅得孙宝丁心潮荡漾；再瞧她那一对左右摇晃、浑圆结实的屁股，更令紧随其后的孙宝丁欲火纵生。

走进房间，孙宝丁看见一个头发谢了顶的中年男子和一个年轻女子坐在茶桌前喝茶。中年男子看见他们进来，急忙起身相迎，握住唐小天的手，笑眯眯地说："欢迎唐总大驾光临。"之后又朝孙宝丁问："这位是？"唐小天介绍说："这位是我们孙厂长。"

"孙厂长，幸会！幸会！"男子声音洪亮地说，"鄙人免贵姓朱，单名一个贵字。请孙厂长多多关照。"

"您客气了。"孙宝丁表情矜持地说，"一次生、二回熟。下次再见面，我们就是朋友了，大家互相关照。"

再看这朱贵，五短身材，一张油光泛亮的脸上，长着一对铜铃似的大眼睛，鼻直口方，方脸阔腮，两耳垂肩，一副暴发户的模样。坐在他旁边的那个女子，端庄秀丽，犹如一朵盛开的水仙花，给人一种清雅脱俗之感。孙宝丁忍不住多瞄了她一眼。

"朱总，最近生意咋样？"唐小天问。

"生意不错，销量增长迅猛，但产能有限，时常不能按订单及时交货。"朱贵说，"目前我正在筹资扩建厂房、增加设备，扩大生产规模。"

"去年销售收入多少？"唐小天问，"每年的增长率大概有多少？"

"去年销售了两个亿。"朱贵底气十足且胸有成竹地说，"今年计划翻一番，超过四个亿。"

"嗯，市场需求强劲啊。"唐小天附和道。

"中国的市场确实很大。只要你生产出来的产品物美价廉，就不愁卖不出去。"朱贵声如洪钟地说，"就像你们的冰箱、空调和厨卫电器一样，只要用心做，就一定会做强越大，百亿、千亿都不是梦。"

"敢问朱总开工厂几年了？"孙宝丁插嘴问。

"满打满算三年了。"朱贵说，"不瞒你们说，创业之前，我在古良镇的乐天公司当技术部长，待遇也不低，年薪过百万。后来发现了好机会，就辞职单干了。"

"乐天公司的效益在业内是数一数二，员工的工资待遇也不错，比飞天有过之而无不及。"孙宝丁不无羡慕地说。

"是啊。"朱贵说，"不过这两年开始走下坡路了。主要还是体制的原因限制了企业的发展和壮大。"

听了朱贵的讲述，孙宝丁和唐小天的心里都不免泛起阵阵涟漪，他们都在暗自盘算自己的未来。"朱总现在属于成功人士，我们都要向您学习。"唐小天心悦诚服地说，"宝丁，我们以茶代酒，先敬朱总一杯。"朱贵笑呵呵地说："不敢，不敢。两位都是飞天公司的青年才俊，我要向你们学习才是。"唐小天说："我们兄弟需要朱总指导的时候，还请兄长不吝赐教。"之后，三人以茶代酒互敬。

"两位兄弟，今晚喝哪种酒？"朱贵放下茶杯，指着放在墙角的几瓶酒问，"我这里带来了白酒、洋酒和红酒。"唐小天说："客随主便。"朱贵说："那就喝白酒吧。白酒喝起来爽快。"唐小天说："也好。"朱贵接着转向坐在身边的女子说："我给两位介绍一下，这位李小姐是我的私人秘书，叫她阿敏就好了。"

"两位老总好！"李小姐嫣然笑道。

"李小姐好！"唐小天回道。坐在一旁的孙宝丁也面带微笑地向李小姐点头示好，心里却在偷笑，私人秘书？不就是小情妇嘛，还说得一本正经、冠冕堂皇。朱贵瞧着孙宝丁笑眯眯地说："兄弟擅自做主点了全龟宴，不知合不合孙厂长的口味？"孙宝丁慌忙收回思绪，答道："朱总，我这人吃饭不讲究，没有忌口的食物，见啥吃啥。"这时，朱贵仿佛透过孙宝丁的皮囊，看穿了他的五脏六腑，接着又笑呵呵地说："我有阿敏作陪喝酒吃菜，是不是给二位也叫两个美女来陪陪？不然怪不好意思的。"唐小天一脸坏笑地问："朱总有合适的美女介绍？"

"阿敏，找两个好姐妹介绍给两位老板。"朱贵爽快地说，"一定要找那种有沉鱼落雁、闭月羞花之女子。"

"好的。"李小姐笑嘻嘻地说，"我这就打电话叫她们过来。"

十分钟后，两个花枝招展的年轻女子像一阵风，带着清香走进了包间。她们在李小姐的安排下，分别坐在了唐小天和孙宝丁的身旁，落落大方得几乎要贴上他们的身子。孙宝丁拘谨地向一旁挪了挪，像是打坐念经的和尚一样，目不斜视，两手下垂，正襟危坐。就在这时，用大大小小的盘子盛装的全龟宴，已经摆满了桌子，斟满酒水的酒杯，也摆放在所有宾客的面前。朱贵端起酒杯说："来，先喝一杯，漱漱口，各位就不会那么拘谨了。"一杯酒下肚，孙宝丁果然感觉到不再像刚才那样紧张了。他用眼角的余光瞟了一眼坐在身旁的女子，只见她一双清亮灵动的大眼睛，眸凝春水、顾若生盼，将温柔恬静的气质发挥到了极致；再看裸露的脖颈、纤细的手臂，已经让人联想到躲藏在薄如蝉翼的衣裙下的一对雪白的小馒头。他在心里不由得暗自惊叹，世间竟有如此貌若天仙的女子！

"两位美女先给大家做一下自我介绍。"朱贵放下酒杯，继续说，"然后再各自敬两位老板一杯酒。"

"我先来讲。"坐在唐小天身旁的那个小姐抢先说，"小女，姓赵名小燕，年方十九，无业游民。今晚有幸和各位老板一起吃饭喝酒，倍感荣幸。为答谢各位老板的盛情款待，本人敬各位一杯。"之后，她端起酒杯一饮而尽，众人皆鼓掌叫好。

"小女子再敬这位老板一杯。"她又端起酒杯眉目传情地看着唐小天说。

"他是唐老板。"朱贵说。

"嗯。唐老板，小女敬您一杯。"说完又是吱儿一声喝进了肚子。

"姑娘好文采、好酒量！"唐小天对小姐大加赞赏，之后又好奇地问，"请问是哪一所大学毕业的？"

"小女子高中尚未毕业，就出来混世界。适才说了几句古今混杂的废话，实乃雕虫小技，只是喜欢咬文嚼字、给各位大哥取乐罢了。"说毕，她嫣然一笑，之后又对坐在孙宝丁身旁的年轻女子说，"轮到你了。"

"我，我是贵州都匀人，姓王名小凤，今年十八岁。"年轻女子面带羞涩，怯怯地说，"我刚来不到一个月，人生地不熟，请各位老板多多关照。"

"你是少数民族吗？"唐小天用未卜先知的口气问。

"唐老板，我是布依族。"王小凤答道。

"老孙，你们两个还是老乡呀。"唐小天扭头对孙宝丁笑呵呵地说。

"孙老板，是贵州哪里人？"王小凤吃惊地问。

"凯里。"孙宝丁说，"距离都匀不远，也就七八十公里。"

"在广东遇到老乡，应该说是二位的缘分不浅啊。"朱贵表情夸张地说，"美女，还不赶快敬老乡一杯。"

"我酒量不好，先敬孙大哥一杯。"王小凤一杯酒刚一下肚，朱贵眉头一挑接着又说："难道你单敬孙大哥，就不敬我们吗？"

"是啊，美女不敬我们一杯酒吗？"唐小天一脸不正经地插嘴问。

"那，那我就恭敬不如从命，再敬各位老板一杯。"第二杯酒下肚后，王小凤一张嫩如羊脂的小脸，泛起两朵红晕，像出水芙蓉一般，绽蕾盛开，鲜艳娇红。

"既然姑娘不善喝酒，适量意思一下就可以了，不要勉强。"孙宝丁像是邻家大哥一样照顾起了小老乡。

"谢谢孙大哥！"王小凤感激之情全部显现在那双惹人喜爱的大眼睛里。

"吃菜，吃菜。"朱贵打趣地说，"喝酒适量就好，但一定不要辜负了今天的全龟宴。"

众人皆哈哈大笑，唯有小凤不明其中原委。

"孙老板，我这个小妹妹是刚来不久的新人，您一定要小心疼爱她啊。"李小姐娇滴滴地说。

"一定，一定。"孙宝丁红着脸说。

"放心啦，孙总是有名的护花高手。"唐小天笑道。

时间过了两个多小时，酒足饭饱之后，朱贵凑到唐小天的耳边，轻声说："兄弟，我们先去唱歌，然后再上房，这样安排如何？"

"直接上房吧，就不去唱歌了。"唐小天悄声说，"弟媳盯得紧，回去晚了，不好交代。"

"那好，这是两张房卡，你和孙厂长带着小姐上房吧。"朱贵说，"费用我都结了，你们尽情地玩。"

"好。那我们就先上房了。"唐小天说完，扭过头又对孙宝丁悄声说，"老孙，这是房卡，带着你的小老乡上楼吧。"

孙宝丁和王小凤手拉着手走进了客房。俩人刚一落座，小凤满脸好奇地问：

"孙大哥，你经常带女孩子开房吗？"

"不常来，一年到头，也就两三次。"孙宝丁尴尬得不行，随口答道，"老婆看得紧。"

"嫂子是哪里人？"小凤调皮地歪起脑袋笑眯眯地问。

"她也是贵州老乡。"

"哦。"小凤说，"你们是带着孩子一起来广东的？"

"是。"孙宝丁说。

"孙大哥，我帮你脱衣服吧。"小凤两眼放光，笑嘻嘻地说。

……

"孙哥，下次还来找我吗？"小凤躺在孙宝丁的怀里，头枕结实的胸膛，满脸稚气地仰望着他，目光既羞怯又天真。

"找，一定找。"孙宝丁迫不及待地说，"能把你的手机号码给我吗？"

"当然可以。"小凤毫不犹豫地说。

"你住在哪里？"孙宝丁问。

"南头。刚来不久，和姐妹们租房住在一起。"小凤说，"李姐住在凤山镇，朱老板帮她买了房子。"

"朱老板和她是什么关系？"

"她被朱老板包养了，待在家里不用做事。"小凤不无羡慕地说，"听小燕说，李姐给朱老板生了一个儿子。"

"朱老板的老婆不闹事吗？"孙宝丁不解地问。

"那我就不知道了。"小凤说。

此时，孙宝丁想起了那天在谭志远家里喝酒，唐小天趴在他的耳朵上说得那句悄悄话：老婆不能生育，就包养一个美女给你生儿子，岂不两全其美。想到这里，他不由得多了一个心眼，半开玩笑地对小凤说："你的业务很熟练呀。"

"什么业务？"小凤莫名其妙地问。

"就是，就是床上功夫。"孙宝丁讪讪地说。

"都是姐妹们教给我的。"小凤羞怯地说，"她们说，只有自己热情、主动、放得开，客户才会玩得尽兴、开心。"

"哦。"孙宝丁说，"如果我想包养你，愿意吗？"

"孙大哥喜欢我哪里？"小凤狡黠地问。

"全部都喜欢。"

"包养女人，就不怕你老婆知道吗？"

"我不告诉她，她怎么会知道？"

"时间久了，她自然会知道的。"小凤肯定地说，"女人的心是很敏感的。"

"唉，那就走一步算一步呗。"孙宝丁叹口气，若有所思地说，"车到山前必有路。"

"什么时候开始包我呀？"小凤问。

"明天。"

"当真？"

"当真。"

"好，明天就搬进你为我租的房子里住。"小凤美滋滋地说。

"我出钱，你自己找房子雇人搬过去吧。"孙宝丁说，"我不方便，明天还要上班呢。"

就在孙宝丁从皮包里取钱时，小凤却说："既然孙哥这么诚心诚意，就不用急着给钱，等我找好房子、搬完家，你来看我的时候再说吧。"孙宝丁诧异地说："哦，也好。"

正值季春时节。窗外虫鸣蛙叫，氤氲缭绕。他们依偎在窗前，静静看着天空中现出的月牙儿和点点繁星，一艘行驶在一片开阔的湖泊之中的货船。突然，一阵急促的手机铃声响起，惊醒了梦中的一对佳人。"老孙，该走了。"孙宝丁接完唐小天的电话，洗澡穿衣，依依不舍地告别了小凤。在回家的路上，唐小天好奇地问："老孙，小凤咋样？"

"不错。"孙宝丁意犹未尽地答道。

"那就把她包了吧。"唐小天说。

"唉，没钱啊！"孙宝丁叹口气说。

"一个大厂长说没钱，谁信？"唐小天撇嘴道。

"老婆管得严啊！"孙宝丁无可奈何地说。

"以后得给自己留点私房钱了。"唐小天提醒说

"是啊。"孙宝丁仿佛大彻大悟一般。

"朱总的创业史值得我们学习。"唐小天突然岔开话题，郑重其事地说，"说不定哪一天你我也会走上自主创业这条路。"

"哈哈，我可不敢再做老板梦了。"孙宝丁心有余悸地说，"曾经的创业史，几乎让我沦落到妻离子散、家破人亡的下场。"

"你呀，一日被蛇咬，十年怕井绳。"唐小天调侃道。

"我觉得你行。"孙宝丁说，"我支持你创业。等你成功了，我给你打工。"

"一言为定？"

"一言为定。"

节气正逢谷雨交节，阴雨绵绵，湿热难耐，整个城市氤氲在水雾之中。正午时分，谭志远正要下班，突然接到了老领导陈永胜的电话，说是有要事相谈，他便爽快地答应了。如今的陈总已沦落为他的下级，但在他的心目中陈总永远是自己的领导。他刚刚挂了电话，又接到姚玉婷打来的电话，约晚上打羽毛球。他毫不犹豫地接受了她的邀请，但却自嘲地摇摇头，叹息自己真是够忙的。只是，现在的忙碌不同于以往罢了。

下午三点钟，他准时来到了配套公司办公大楼。陈永胜已经泡好了茶水，正在恭候。他刚一落座，陈永胜就开门见山地说，自己申请了内退，也得到了公司的批准，月底就要离开公司了，约他来做个告别。他惊愕地表示了自己的困惑和不解，但陈永胜却很豁达，表现出作为一个创业元老在自己不能胜任岗位要求的时候就应该让位给年轻人的心胸。末了，陈永胜低声说："有件事情我得提醒一下你。"他心里一紧，迫不及待地说："您说。"陈永胜在门窗紧闭的办公室里环顾左右，再次压低声音说："有消息灵通人士说，过段时间，公司可能又要进行大规模的人事变动。"不等谭志远反应，他接着又强调道："估计比前几次更加惊心动魄。"

"您说这个情况真有可能发生。"谭志远若有所悟地说，"前段时间，万总、李总都在不停地催促我们拿出华东基地的投资方案。可是，等到方案出来了，我约他们抽时间讨论，他们却一直推托，似乎心不在焉。"

"这件事你自己心中有数就好了，不要再对外人说。"陈永胜叮嘱道。

"您退休后，准备做什么？"谭志远点头应承后，又关切地问。

"帮儿子看厂。他的公司现在做得不错。"陈永胜又恢复了气吞山河的神采，兴高采烈地说，"去年销售额已经做到了三个多亿，预计今年能超过四个亿。"

"太厉害啦！真心为您有这么一个杰出的儿子高兴。"谭志远赞誉道。

事实上，听到陈总将要提前内退的消息，谭志远的心里并不感到意外。因了他知道像陈总这样拥有自己工厂的创业元老在飞天集团大有人在。他们早已实现了财务自由，割舍不下的只是未竟的人生梦想。面对动荡不安的时局，他们镇定自若、游刃有余，会选择在恰当的时候，以不失尊严的方式，离开自己奋斗了数十年的企业。从配套公司办公大楼出来，谭志远沿着飞天工业区的绿荫大道时走时停，面对与自己朝夕相处的厂房、车间，驻足观望了良久。当他准备返回集团公司大楼时，突然看见华哥开着一辆双排座五十铃迎面驶来。

"谭总，您去配套公司了？"华哥问。

"嗯。"谭志远应了一声，接着惊讶地反问，"怎么开起了货车？"

"公司压缩成本，将领导们的专车全部取消了。"华哥无奈地说，"我被下放到模具厂开货车，每天拉送模具和材料。"

"那辆接送客户的面包车现在谁开？"谭志远问。

"从集团车队精简下来的阿强。"

"哦，知道了。华哥，辛苦了！"谭志远默默地点头。他知道阿强先前是李继先的专车司机。

"不辛苦。有一份工作就知足了。"华哥说，"注塑厂的张小兵，现在连工都没得做，只好开店做生意了。"

"他不是在注塑厂做采购吗？"谭志远问。

"他舅舅谢富春死后不久，厂里就把他下放到车间开注塑机。之后，他又因为勾引有夫之妇、破坏别人的家庭，被厂里辞退了。"华哥说，"不过，他现在当上了小老板，代理销售塑料粒料。"

"那也不错，总比下车间开机器好。"谭志远说。

"是啊。这衰仔做采购没有白干，事先给自己铺好了一条后路。"华哥说，"听说，那个阿香也跟老公离婚了，死心塌地地跟了他。"

谭志远告别了华哥，之后拨通了唐小天的手机，通知他来一下自己的办公室。二十分钟后，唐小天气喘吁吁地跑进了他的办公室，上气不接下气地问："老板，找我有急事？"

"没急事就不能找你了吗？"谭志远佯装生气地反问。

"嘿嘿，哪敢，哪敢。"唐小天嬉皮笑脸地说。

"这段时间，我们也考察了不少地方和项目。"谭志远说，"你对国内外未来家电市场的发展趋势怎么看？"

"我认为，国内家电市场真正的爆发期还远未到来。"唐小天不假思索地说，"现在正是企业投资布局、蓄势待发的时候。"

"各大媒体都在报道，国内市场上，电视、冰箱、洗衣机等大型家电都基本上趋于饱和，你怎么说爆发期还没有到来？"谭志远疑惑地问。

"老板，他们说的都是即将推出历史舞台的老式家电产品，我讲的可是通过广泛应用互联网技术平台孕育出的新家电产业。随着国内二次消费升级的启动、房地产市场的崛起，消费者对于空调、电视、洗衣机、厨卫电器以及其他各种小家电将呈现爆发式增长态势。现在，飞天的销售规模不到一百亿。用不了几年时间，中国千亿级的家电企业必将产生。"唐小天说，"可惜的是，我们的集团领导都缺乏这样的大战略观念。对内，整天不务正业、好高骛远，请了一帮子所谓的博士、专家、咨询公司，指手画脚、胡乱改革，弄得公司上下人心浮动、鸡飞狗跳；对外，畏首畏尾，故步自封，缺乏超前的创新意识，早没了当年敢为人先的闯业劲头。"

"看不出，小天同志分析问题一针见血，很不简单哦！"谭志远赞誉之后，接着又问，"再说说，对自己的未来有什么打算？"

"既然老板说起了这个话题，我也不再掖着藏着了。"唐小天说，"准备辞职创业。如果老板也有兴趣，不如合伙一起干。"

"创业做什么？"谭志远问。

"厨卫电器。"唐小天说，"毕竟我对这个产业最熟悉。"

"厨卫电器？"谭志远若有所思地问，"有具体想法吗？"

"有一个比较稳妥的方案。"唐小天说，"不知你愿意听否？"

"什么方案？说说看。"谭志远眼里放出亮光，追问。

"我在明处，你在暗处。互为呼应，共成大事。"唐小天说。

"你的意思是，你辞职开厂我入股，我利用手中资源在背后支持你。"谭志远笑眯眯地问，"是这样吗？"

"老板真是聪明人，一点就通。"唐小天戏谑道。

"你给一点时间，容我想一想。"谭志远表情严肃地说。

"好吧。老板可要抓紧机会哦！"唐小天说，"我已经开始找厂房，准备注册公司了。"

"哈哈，行动够快的！" 谭志远说。

"那是。"唐小天说，"决定了的事情就要立即落实到位，这都是您经常教导我们的工作作风。"

"道明、宝丁他们有想法吗？"谭志远问。

"宝丁那里，我试探过了。曾经的创业失败，给他的心里留下了很深的阴影，他对创业谈虎色变。这事就不要勉强他了。"唐小天说，"道明的顾虑应该不多。我明天找他试探一下。"

"我今晚约了玉婷打羽毛球，你带上老婆一起来。"谭志远说，"打完球，我们一起去吃鱼头火锅，出汗祛除湿气。怎么样？"

"好的，听令！"

"问一下道明、宝丁他们，有没有时间一起去。"

"遵命！"

一个月后，广东时代电器有限公司正式成立。谭志远、唐小天、陈道明每人各占百分之三十股份，余下的百分之十股份分摊给了另外几个一起参加创业的骨干员工。这些骨干员工都是谭志远在厨卫电器厂的老部下。他们不但具有丰富的工作经验，而且学历高、技术精湛、事业心强，都是怀揣创业梦想的仁人志士。为了避免引起不必要的麻烦，公司的开业仪式十分低调，谭志远和陈道明都没有参加。

俗话说万事开头难。他们在公司成立之前，首先策划了公司三年发展战略：第一年，通过严把质量关、新技术应用、准时生产和成本控制等手段，把工厂打造成业内排名前十的代工制造商，实现营业收入三亿元以上。第二年，逐步推广自主品牌，实现自主品牌销售额占总营业收入的百分之四十以上。继续提升代加工生产规模，力争成为业内排名前五的代工制造商，实现营业收入五亿元以上。第三年，也是关键的一年，自主品牌销售收入占公司总营业收入的比例，必须超过百分之八十。同步，继续提升代工生产规模，确保行业前三。实现营业收入八亿元以上。

有了规划，接下来就是将规划分解成为实现规划目标的具体工作计划，然后通过每一个具体工作的落地，来实现总体目标的达成。对于这种人人皆知的工作思路，谭志远他们自然是耳熟能详、了然于胸，并且持之以恒地贯彻执行。为了便于开展工作，他们做了内部分工：唐小天负责公司的整体运营。主管对外联络、营销、生产、质量等工作；谭志远由于不便公开露面，主管公司的研发、财务等工作，但不领工资。陈道明负责大客户开发工作，同样是幕后操作不领工资。

创业初期，大大小小的事务，繁杂琐碎、千头万绪，仅是应付政府的各种检查、验收、取证等鸡毛蒜皮的小事，就令唐小天应接不暇、分身乏术。公司的厂房是临时租赁的一间旧仓库，没有像样的办公室、实验室和设计室，更谈不上产品展示厅和饭堂。但他凭着一股不屈不挠的精神，经过两个多月加班加点的奋战，硬是挺过难关，和谭志远、陈道明一起，让公司渐渐步入正轨。从一个自己熟悉、又感到舒适的环境，去到另一个完全陌生、一切都需要自己精心打理的新环境，对每一个人来说都是一种挑战。但唐小天喜欢这种挑战，他时刻都在提醒自己没有挑战就没有进步，不思进取、碌碌无为，人生就失去了意义。

飞天集团新一轮人事大地震又上演了。万国锋被免去了总裁职务，继续担任董事长；李继先等一大批创业元老先后被免职。之后，这些人大多办理了退休或辞职手续，彻底告别了飞天公司。留下来的元老已是寥寥无几，他们暂无去处，只好强迫自己适应新的环境，继续苟活于飞天公司的各个基层单位之中。谭志远在这次改革中，又一次幸运地保住了自己的职位。而蔡福庆、侯翼德以及其他众多老干部大多被免职，离开了飞天公司。

集团新任副总裁刘志勇是从冰箱公司提拔上来的干部。他在上任伊始，首先对配套公司的组织机构进行了调整，将厨卫电器厂从配套公司分离出来，成立了厨卫电器公司，直接隶属集团公司管理，提拔孙宝丁担任厨卫电器公司总经理，陈道明担任厨卫电器公司营销副总经理，免去了蔡福庆、侯翼德等众多低学历的老干部。同时，又先后提拔了一批高学历的年轻干部担任分厂、配套公司的领导职务。何卫国在这次改革中受到的影响不大，他被调到钣金厂担任厂长，划归厨卫电器公司管理。而配套公司又调来了两个副总经理，其中一位就是被谭志远免去职务的梁副厂长。

听到梁副厂长升任为配套分公司副总经理，谭志远百思不得其解，心想，这个人不干实事，官僚作风严重，却能从配套公司跑去西南基地，现在又返回配套公司，一路官运亨通，足以说明他的后台够硬。他打电话给郭志雄，了解梁副总经理是靠哪路神仙爬上来的。郭志雄在电话里压低声音告诉他，刘志勇是梁副总经理的大学同班同学。至此，谭志远才知道，梁副厂长的那位后台老板原来是集团公司新任副总裁刘志勇。他抢起拳头，狠狠地一击桌子，头发根根竖起，真到了怒发冲冠的地步，嘴里怒吼道：这样搞下去，飞天公司还能好吗？

孙宝丁担任了飞天集团厨卫电器公司总经理之后，唐小天的公司更是如虎添翼。他不但承接了飞天公司贴牌代工的厨卫电器业务，而且通过陈道明的精心运作，拿到了国内另外一家大型家电巨头的贴牌订单。至此，时代电器三条生产线连轴运转，也无法满足不断增长的订单需求。与此同时，陈道明引荐的一家欧洲家电企业对时代电器公司的管理现状也很满意，双方有望达成代工协议。

一个星期六的夜晚，唐小天召集谭志远、陈道明一起商议扩大生产规模的方案。他简要介绍了影响生产规模提升的主要瓶颈工序，分别是大吨位冲床、油压机和注塑机。这两个工序的设备投资金额较大，因而外部配套能力差，一时半会儿找不到合适的合作伙伴，只能靠自己解决。

"大概需要多少资金？"谭志远问？

"初步预算需要一千万。"唐小天说，"设备到位后，可实现年产十万台套的生产能力。"

"这是按照新设备做的预算？"谭志远问。

"是。"唐小天答道。

"如果买二手设备，预算应该会少一些吧。"谭志远说。

"我找二手设备供应商咨询过了，这种大吨位冲床和油压机在二手市场上，几乎看不到。因为这些设备上市时间都比较短，最多不超过十年，再加上各个企业都在扩大再生产，淘汰下来的设备很少。"唐小天说，"我也找了宝丁，询问钣金厂有没有旧设备处理。他说他们还不够用呢。"

"这个情况我清楚。"谭志远说，"钣金厂正在申请购买新设备。"

"如果确实需要，我认为应该立即投资，时间不等人。"陈道明说，"而且，我们的生产规模必须不断扩大才能满足订单增长的需求。再说了，要实现我们既定的每年上一个台阶的经营目标，不投资是不行的。"

"好。那就先投资一千万，后续根据需求再追加。但一定要稳扎稳打，切不可盲目乐观。"谭志远赞成道，"资金问题我来想办法，三天后给你们答复。"

一千万可不是小数，去哪里筹资？银行贷款必须提供资产抵押，但我们也没有资产呀！谭志远想到了自己的哥哥谭志致。这几年，哥哥的鞋厂赚了不少钱，而且规模越来越大，一千万对他来说，应该不是大问题。他拨通了哥哥的电话，详细说明了时代电器的经营现状、遇到的困难以及未来的规划。谭志致是一个做实业起家的大老板。弟弟遇到的困难，他在创业初期同样也遇到过。因而，当志远说出了自己的困难后，他这个当哥哥的哪有不帮之理。再说了，当年自己也是在叔父的扶持下，才有了今天的事业。不过，亲兄弟明算账，应该签订的合同、贷款利息和相关费用一样也不能少。

三天后，谭志远通知唐小天、陈道明，资金已经到账，抓紧时间订购设备。购买设备也要排队，这在经济火热的年代并不奇怪。唐小天想起了孙宝丁，他曾经在锻压机床厂工作过，对冲压设备也很熟悉。他打电话给孙宝丁，说时代电器计划买设备，请他帮忙找机床厂的老板疏通一下，给个优惠价，货期短一些，最好能一手交钱，一手交货。孙宝丁欣然答应了，且又自愿掏腰包邀请他晚上出来放松一下。他说："走不开呀。我现在是每天二十四小时都不敢离厂，吃在厂里，睡在厂里。"接着又强调说："创业初期，必须事事亲力亲为。"

"当老板确实不一样了。"孙宝丁说，"好好干，哪天我干不下去了，就去投奔你。"

"没问题。"唐小天说，"我说的事，尽快落实一下。"

"放心吧，你们的事，就是我的事。"孙宝丁说，"我这就打电话去落实。"

唐小天委托的这件事，对孙宝丁来说，就是小菜一碟。他不但在锻压机床厂工作过，而且来飞天公司之后，对老东家的贡献也从未中断过。他管辖的钣金厂每年都要向其购买上千万的设备。他拨通了陈老板的电话，详细说明了唐小天的需求。陈老板听后，满口答应，承诺尽最大力量满足他们的要求。由于订购的是标准设备，且得到了陈老板的鼎力支持，三个月后，时代电器购买的所有新设备全部安装到位，并投入了正常生产。

解决了设备问题，新的问题又出现了，生产场地又变成了瓶颈。三千多平方米的厂房，除去办公室、实验室等必不可少的区域外，用于生产、仓储以及周转的区域十分有限，不但无法满足日益增长的订单需求，而且存在较大安全隐患。谭志远利用周末冒着酷暑勘察了生产现场，然后对唐小天和陈道明说："这座厂房空间狭小，通风不畅，闷热潮湿，消防设施欠缺，存在较大安全隐患，必须抓紧时间，寻找新的生产场地。"

"香山南头、黄埔一带，新建了许多厂房出租，而且租金便宜。不如搬到那边去。"陈道明说，"只是路程远了一点。"

"不算远，也就二十分钟的路程。"谭志远说，"马上寻找合适的厂房，年底前必须搬完。"

"等到我们账上有闲余资金了，就自己买地建厂房。"唐小天说，"南头、黄浦一带的地价很便宜。"

"嗯，小天说得对。"谭志远说，"明年，或者最迟后年，就要考虑买地建厂房了。"

"资金不够，也可以分批买。"陈道明说，"现在各地政府都在搞招商引资，有的地方的土地几乎是白送。我们还是多了解一些信息为好。"

"道明这句话倒是提醒了我。"谭志远说，"找关系，了解一下当地政府的优惠政策。"

"明天我就去政府部门咨询一下。"唐小天说。

"好。这事就交给小天去办。"谭志远说，接着他又补充道，"小天，安全生产千万不能放松。人手不够的话，可以从飞天再挖几个有生产管理经验的人出来，加强我们的干部队伍，提高管理水平。"

"宝丁原来住在单身宿舍的时候，有一个舍友，叫薛贵林，说是刚刚被免了科长。"唐小天说，"这人技术不错，管理经验丰富。就是有个坏毛病。"

"什么坏毛病？"谭志远问。

"单身一人。喜欢唱歌、'沟女'。"唐小天说。

"这个不算是什么坏毛病吧！"陈道明说完，便和谭志远都不由自主地笑出声来。

"还有一件事，我差点忘了。"谭志远说，"公司刚刚起步，一切费用都得从简。因而，财务、税务这方面的工作，暂由姚玉婷帮我们做，也免了一份费用。但你们一定要严格按照制度审核、把关，等我们度过了这段困难时期，还是请一个专业的会计兼税务人员为好。"

"玉婷是飞天的财务部部长，难道她不够专业？"唐小天问。

"我不是这个意思。"谭志远解释道，"我的意思是说，她和我一起负责管理财务工作不合规矩，应该避嫌。"

"这事以后再说吧。"陈道明说，"玉婷做财务、税务，起码为公司省了一部分费用。"

"走，今天是周末，我请客，让大家放松一下，最近都太累了。"谭志远说，"小天，把宝丁也叫上。"

"好嘞。"唐小天应承道。

陪兄弟们吃毕饭、唱完歌，谭志远带着姚玉婷回到了位于塘边村的临时住处。他们两个人已经在公开场合谈恋爱了。

"志远，我给英子买了一个小礼物，你帮我送给她吧。"姚玉婷依偎在谭志远身旁，亲昵地说，"一件大毛绒娃娃。"

"好的。我代英子谢谢你了！"志远抚摸着姚玉婷的秀发，眼里透出感激。

"志远，有件事我想听听你的意见。"姚玉婷说。

"什么事？"谭志远问。

"我老妈说，她准备和陈友信的岳父结婚。"姚玉婷说，"你认为合适吗？"

"这种事只要他们两个人觉得合适就可以了，不需要获得别人的同意。"谭志远语气肯定地说。

"可是，陈友信的老婆王萍不同意。"姚玉婷心有顾虑地说。

"只要两位老人态度坚决，晚辈是干涉不了的。"谭志远说，"有时间，我去找友信谈谈，让他做做王萍的工作。"

"这种事，你还是不出面的好。"姚玉婷说，"顺其自然吧。"

"也好。"谭志远说。

"时间已经很晚了，你送我回家吧。"姚玉婷低头轻声说。

"这么晚了，你就不走了吧。"谭志远说，"你睡在另外一间卧室。"

"这，这样好吗？"姚玉婷犹豫问。

"我不会欺负你的。"谭志远坏笑道，"我要把这份美好，留在我们的新婚之夜。"

"你真坏！"姚玉婷闪动着妩媚动人的眼神，娇嗔道。

就在谭志远收拾隔壁卧室的时候，姚玉婷打电话给母亲说，自己加班太晚，在办公室凑合睡一宿，就不回家了。母亲提醒她，做好保暖，不要让空调把自己吹感冒了。

隔壁卧室已经好久没有住人了，空调打开后，潮湿的空气中，发出一股淡淡的霉味。谭志开始清理床铺更换被褥。姚玉婷走进了屋子。

"玉婷，今晚我就睡在这里。"谭志远说，"你睡在我的床上。被褥都已经换好了。"

"还是我睡在这里吧。"姚玉婷从后面搂住谭志远的腰，把身子紧贴在他宽厚的背上，柔声低语地说。

隔着薄薄的衣衫，谭志远明显感受到了姚玉婷胸部的温软和怦怦的心跳。他转过身，紧紧地把她抱在了怀里。当他宽厚结实的胸脯贴在她柔软的双峰时，一股久违的热流开始从腹底涌动。他已经好久没有碰过女人了。

听见谭志远渐渐加重的喘息声，姚玉婷感觉到一种异样的喜悦涌进了自己的心头。她的心仿佛荡漾在春水里，上下波动；柔软的身子开始发热、颤抖。她踮起脚尖，张开两只青葱白玉似的手臂，缠绕在他的脖子上，挺起呼之欲出的双峰，扬起诱人的香唇，闭上双眼，喘着香气，期待着他的滋润。

陶醉在温柔乡里的谭志远忘却了刚才的承诺。

第十七章

　　是年国庆节，对谭志远和唐小天来说，绝对是一个终身都难以忘记的好日子。他俩选择了同一天、同一家酒店，在亲朋好友的祝福下，分别和自己的心上人举行了婚礼。两对新人欢聚一堂，庄严宣布他们结婚了。为了节约开支，他们的婚礼办得低调从简，仅邀请了各自的家长和至亲好友，简单地摆了几桌酒席以示庆贺。此后，他们共同开启了一个崭新的人生。这时，李红梅已经是身怀六甲的准妈妈，两个月后，她给唐小天生了一个女儿，取名唐嫣。

　　国庆长假结束后的第一天，刘志勇把谭志远叫到了自己的办公室，莫名其妙地聊起工作上的事情。他的谈话内容冗长乏味，给人的感觉是在做政治思想工作报告，而不像是在讨论企业的生产经营。一番长篇大论之后，他拐弯抹角地问："志远，有人反映说，你和从公司离职的老同事合伙开厂，是真的吗？"谭志远愣了一下，一时不知该如何回答，正在犹豫之际，又听到刘志勇接着说："你也不要紧张，我就是随便问问。其实，开厂也不是什么坏事。据我所知，飞天公司的中高级干部在外边开工厂或贸易公司者大有人在。"这时，谭志远紧张的情绪有所缓和，像一个做了错事的学生低声说："刘总洞察秋毫，志远心悦诚服。您不但是我的领导，也是前辈，我有做得不好的地方，还请您多多指教。"

　　"指教谈不上，我只是有几句心里话想对你说一说。"刘志勇操着官腔，不紧不慢地说，"俗话说，一心不能二用。年轻人有梦想、勇创业、追富贵，我赞同。但不论做什么事，都要专心致志，倾其全力而为，断不可三心二意、脚踏两只船，到头来落个竹篮子打水一场空，于公于私皆无益。"谭志远被他这么冷嘲热讽一说，只好默然不语，心里却在想，姜还是老的辣，他想让我辞职，却不明说。不过话说回来，他说的也对，我自己也该尽快做出决断了。

刘志勇一旦说起话来就唠叨个没完。上到国家鼓励创业的大政方针，下到公司人员机构改革方案，理论联系实际，生动逼真、通俗易懂。他嘴里宣讲大道理，眼睛里发出的光却像是伺机而动的猫，时刻不停地琢磨着谭志远的心思。他最后强调说："志远，你是聪明人，这些事就不需要我再啰唆了。我相信，像你这样的优秀人才，将来一定会作出一番惊天伟业。"目送谭志远离开了自己的办公室，心里暗自窃喜的刘志勇，立刻紧锣密鼓地安排心腹爱将接替谭志远的职务。然而，他绝对没有想到，多年以后，谭志远将他说的这段言不由衷的套话，变成了现实。

从刘志勇的办公室出来，谭志远静静地站立在办公大楼前那颗亭亭如盖的大榕树下，一动不动。他知道自己将要永远地离开飞天公司了，心里充满了惋惜和惆怅。一周后，他办理了辞职手续，离开了自己工作了十多年的飞天集团。他没有遗憾和怨恨，心中只有感恩。他感恩飞天公司培养和成就了自己。没有飞天，就没有自己的今天。虽说他不能再继续服务于飞天公司，但飞天人的优良传统和创业精神将永远驻留在他的心间。紧随其后，陈道明也办理了辞职手续，全力以赴地投入到时代电器的创业之中。

寒露刚过，天朗气清，惠风和畅，纵目四望，目之所及皆是秀美；开阔胸怀，心之所想皆是恬静。谭志远甩开膀子，带领一帮兄弟开始了第二次创业，开启了时代电器的传奇之路。"要么不做，要做就做行业第一。"这是他在时代电器上班的第一天对所有员工讲的第一句话。这句话不是忽悠人的空话，而是他要实现人生目标的庄严宣告。接下来，他要做的事就是将自己的承诺变成现实。

进入二十一世纪以来，在家电行业摸爬滚打了十数年的谭志远，深知厨卫电器和其他家电产品一样，竞争都已进入白热化，行业平均利润不到百分之五。然而他心里也清楚，虽然厨卫电器是一个成熟的行业，但行业集中度不高，龙头、名牌产品稀少，诸多厂家之间的价格战，如诸侯混战，你方唱罢我登场，一直处于低层次恶性竞争模式。时代电器要做的就是凭借自己的技术、管理和成本优势，突破重围，跳出怪圈，从中国众多的厨卫电器企业中脱颖而出，发展和壮大自有品牌，扩大时代电器在国内外市场的影响力，进而成为和飞天集团一样的行业龙头。他进入时代电器后推动的第一件大事就是提高生产效率，降低制造成本。他分析，厨卫电器行业成本过高的主要原因是产品线过多。他们为了多拿订单，同时生产多家客户的多种型号的产品，给整个供应链管理带来了相当大的难度，进而导致生产效率低下，制造成本居高不下。

一个深秋的夜晚，天气依然燥热，生产车间的大风扇呼呼地吹着热风，被灯光照得通亮的生产现场，忙而不乱，井然有序。他处理完当天的工作，看到手下的兄弟们还都在忙碌，便召集唐小天、陈道明以及几个管理骨干，来到了工厂对面的一个大排档，一边吃饭，一边给他们讲述了自己对产品成本过高的原因分析，并提出了解决问题的方案，供大家讨论完善。通过将近三个小时的讨论和集思广益，最后形成了以下会议决议：集中公司所有资源只给国内外的几家大型家电企业贴牌代工；所有营销人员对外只宣传时代电器的技术和成本优势，而不像其他企业那样宣传自己产品线如何齐全。接下来的日子里，在这一经营理念的指引下，他率领团队成员，凭借产品的技术和成本优势先后又拿下了国内两家大型家电企业的代工订单。紧接着，为了给客户准时提供优质的产品和服务，确保后续订单源源不断，对于每一份订单，他都要亲自组织生产、质量、采购和营销等部门负责人，召开项目启动会，协调各方资源，确保以最好的质量、最高的效率和最低的成本完成订单交付。他时刻提醒手下的经理们，虽说经过营销人员的不断努力，我们拿到了越来越多的订单，但并不是说从此就万事大吉了。恰恰相反，我们的工作才刚刚开始。持续不断地将合格的产品和服务按时交到客户手中，收到客户的货款、良好的评价以及源源不断的订单，这时才可以说我们走完了万里长征第一步。

不知不觉中，时间很快到了年末，谭志远带领下的时代电器已提前完成了公司成立时制定的全年生产销售目标，实现销售收入三亿一千八百万人民币，跻身行业十强。公司取得了骄人的战绩，员工们的收入自然也是盆满钵满。谭志远对来自飞天电器的所有员工宣布：每人月收入在飞天原有工资的基础上增长百分之十，季度绩效奖金、年底双薪、骨干员工每年一次旅游、年底抽大奖等飞天公司原有的奖金福利待遇全部维持不变。夜幕降临，繁星点点，在凤山海龙湾大酒店，四百多名时代电器员工欢聚一堂，谭志远代表公司董事会发表了热情洋溢的讲话，对全体员工的辛勤付出表示了感谢，祝福他们以及他们的家人身体健康！阖家幸福！新年快乐！之后，员工们开始唱歌跳舞，把酒言欢，畅饮达旦，庆贺旧年的丰收，喜迎新年的到来，热闹的场面将新年尾牙宴会一次又一次推向高潮。孙宝丁、赵达裕、华哥等昔日的飞天旧部，作为特邀嘉宾，被谭志远邀请参加了时代电器首次年末欢庆宴会。孙宝丁作为嘉宾代表，上台发表热烈的祝贺演讲，言语之间流露出浓浓的敬意。

春节假期，谭志远带着妻子姚玉婷、女儿英子，联合孙宝丁、陈道明三家人一起前往云南自驾游。一路上，他们一边游玩，一边商讨公司的发展规划，喝酒吃肉，两不耽误。一帮人结队出门旅游，最开心的就是孩子们了。英子和两个姐姐一路上有说有笑，嬉戏玩耍，跋山涉水，玩得不亦乐乎，根本看不出她和正常的孩子有什么区别。整个旅途中，姚玉婷比亲娘还要细心地照顾她的起居饮食。她也习惯了和这个后妈的相处，不再那么执着地排斥。昆明的蓝天、石林，丽江古城、束河古镇，玉龙雪山、蓝月谷，大理洱海，泸沽湖以及香格里拉等旅游景点给他们留下了深刻的印象。沉浸在幸福中的唐小天，则放弃了旅游的机会，全心全意地陪同从老家远道而来的父母、生育不久的妻子以及刚满月的女儿在凤山镇欢度春节。不过，他还有另外一项任务，就是每天都要回公司巡视一圈，确保公司在春节期间的用电防火安全。

辛巳蛇年，正月初八，春节后开工的第一天，鞭炮齐鸣、锣鼓喧天，谭志远带领唐小天、陈道明等公司领导在厂门口给全体员工发红包、送祝福。工厂大门的门楣上方悬挂着一幅红底金字的横幅：敢为人先，与时俱进；技术立企，再创辉煌。热闹的开工场面刚刚结束，他又马不停蹄地启动了自己进入时代电器后的第二件大事：筹集资金买地，建厂房，添置生产线，扩大生产规模。为此，他说服唐小天、陈道明以及公司的其他股东，调整股权结构，引进了外部投资公司进入股东会，并以工会代持股份的方式预留了一部分股份用来激励有突出贡献的骨干员工。后来的事实证明，他的这项决策不但正确而且很及时。这家由谭氏家族在港澳地区的亲属们实际控制的投资公司，对时代电器的快速发展起到了推波助澜的作用。

一个月后，新募集的三千万资金全部到位，谭志远立即着手买地建厂，购置设备和生产线。黎明即起，夜不归宿，深入生产第一线，亲临施工现场，成了他每天的工作节奏。一个春雨初霁的上午，他裤腿上沾满了泥巴，头上、脸上都是尘土，站在太阳下指挥，一干就是一整天。他走起路来，匆匆的身影就像吹风一样移动。他这种不怕艰辛身先士卒的工作精神，从仲春一直到夏末，从未中断。待到全部设备和生产线投入正常运行的时候，他白净的脸颊已变得如焦炭一般漆黑，油光锃亮。他秉承一贯的艰苦创业精神是时代电器的一种无形支撑，也逐步凝练成为时代电器的企业文化。

就在谭志远投资买地建厂干得热火朝天的时候，风雨飘摇的飞天集团又发生了一件惊天动地的大事。一个星期一的早晨，适逢惊蛰，春气萌动，万物复苏。上午九时，红彤彤的日头已经爬上三竿，华哥踱方步走进办公室，屁股刚一落座，还没来得及平息因爬楼梯而导致的气喘，便听到坐在前排的采购员阿彪瞪着一双充满惊奇的大眼睛指着电脑屏幕上密密麻麻的蝌蚪字小声说："华哥，快来看，政府把公司变卖了，我们就要换新老板啦。"华哥心里咯噔一下，满腹狐疑地思忖，公司这么能赚钱，政府为何还要卖掉它？但嘴上却说："公司换老板关我们什么事，皇上不急太监急。"阿彪撇嘴吐了吐舌头，操着唯恐天下不乱的腔调说："哼！你瞧好了，与我们有没有关系，过几日便知道了。"孰料阿彪一语成谶，飞天集团此次大股东易主，不但关系到每一个员工的利益，而且改变了他们中间很多人的人生轨迹。

华哥是一个有城府的人。他没有盲目附和，而是镇定自若地从上衣口袋里拿出一包红双喜，抽出一根点燃，兀自悠闲地抽起烟来。"华哥，今天喝什么茶？"寂静的办公室里回荡起车间文员阿玲轻柔而妩媚的声音，"我帮你一起泡茶。"华哥笑眯眯答道："铁观音。谢谢！"之后，他脱下左手腕上金光闪闪的劳力士手表，仔细调校起来。这块表是他的父亲早年从澳门回乡探亲时带给他的礼物，也是父亲生前留给他的唯一遗产，他一直爱若珍宝，虽然这块手表总是时快时慢。他的右手腕戴着一串青云寺长老开了光的海南黄花梨手串。手串不时与玻璃桌面接触，发出清脆的碰撞声，如山涧中泉水一样叮咚作响，让人陶醉其中。这件手串活络了他的五脏六腑，滋润了他的皮肤，使得四十多岁的他依然保持着三十岁之前才有的朝气和活力。

华哥开了二十多年的车。他先后开过小轿车、面包车，如今，他开一辆将近报废的五十铃双排座小货车。熟悉华哥的人都知道，他的资格很老，见证了公司从几百人发展到几万人的全过程。许多新来的同事，看到挂在他胸前、工号是三位数的厂牌，都会惊奇地说："华哥，您一定是一个有故事的人。"他总会自豪地答道："那当然了，我目睹了公司创业初期用锤子敲打出第一台冰箱的全过程。"同事们看他的眼神，除了羡慕还多了一份敬重。

华哥不但车技好，人缘也不错，不论在哪个部门工作，都深得领导的信任和同事们的喜爱。办公室的美女阿玲和他的关系就不一般，私下里喜欢对他撒个娇、卖个萌，纵然是当着众人的面，她也是华哥长华哥短，叫得那股亲热劲儿，让其他男人听了心里麻酥酥的，像是触电一般。华哥也不避嫌，空闲的时候，总是偷偷开车拉着她出外兜风、喝茶或者去花市买花，想着法子逗她开心。

阿玲二十岁，像是十一月枝头上的柿子，正是醉倒男人的年龄。办公室的老马，第一次见到她的时候，一不小心，没有控制好情绪，竟然在众目睽睽之下流了鼻血。去年，阿玲的丈夫因车祸不幸去世，垂涎她的男人们便开始蠢蠢欲动。阿彪有一次酒后失态，竟然当众人的面诉说，自己在夜里梦见了阿玲，但阿玲不搭理他，惹得他伤心地哭了一宿。与此相反，公司里几个心生嫉妒的长舌妇人却在私底下散布谣言说，阿玲是夏姬转世，谁碰谁倒霉。

"华哥，还没出车？"车间主任老马看着坐在办公桌前仔细整理、粘贴各种运输票据的华哥，笑眯眯地问，"听说你又中大奖了？"

"华哥请大伙吃饭。"阿彪也附和道，"阿玲，打电话订房。"

"好吧，今晚我请客。"华哥笑呵呵摇摇头说：

"订几个人的房间呀？"阿玲笑嘻嘻地问。

"肯定是十个人的大房间啦。"阿彪插嘴道。

华哥性格开朗，懂得生活。他每天除了忙于工作之外，空闲时间喜好打麻将、买马，偶尔也和同事们一起去喝酒、唱歌，日子过得优哉游哉，一副安于现状与世无争的样子。他打麻将的技术一般，有输有赢，但买马的水平却高出常人许多。他不但经常中小奖，而且还中过几次大奖。他私下里对阿玲说，每次中大奖的号码，都是他前一晚在梦中见过的数字。其实，他在梦中也时常见到阿玲，那种醉人的感觉，只有他自己知道。但他却没有告诉过任何人。华哥喜欢分享自己的快乐，一旦赢了大奖，必然邀请同事们吃大餐。当然，同事们也会以各种名目回请他。他买马的传奇故事已传遍马友圈，有相同爱好的同事们都委托他买马下单。他成了业余收单人，距离小庄家仅差一步。但他有一个原则，要求同事们每次下单的金额不得超过十元，而且必须是利用业余时间完成投注，不能影响他的工作。他也给自己设定了底线：坚决不做庄家。他的这些交易都是在私底下偷偷摸摸地完成，见不得一丁点阳光。

隔壁办公室的对话，厂长赵达裕听得一清二楚。平日里，他对待下属在上班时间谈天说地，只要不是太过分，往往是睁一只眼闭一只眼，不加任何干涉。况且，他现在正对着电脑屏幕发愁呢。其实，公司大股东换成了私人老板，已在六个月前木已成舟。现在全集团正在按照新老板的要求，开始精简机构，裁员百分之二十，不得打折扣，且必须在三个月内完成任务。配套公司分配给模具厂的裁员名额是八十多人。裁谁？如何裁？让他伤透了脑筋。挂在墙上的时钟敲响了中午下班的音乐，从隔壁办公室传来了阿玲那令人春心荡漾的招呼声："赵厂长，今晚华哥请吃饭，邀请您参加。"他迟疑片刻，回答道："晚上厂里有事，我就去不了。改日再和你们一起去吃饭，不过今晚的费用由我来买单。"他的话音刚落，顷刻间，整个办公室里欢呼雀跃。

华哥原本是附近村庄的农家子弟。他还在读小学的时候，村里连年闹饥荒，全家人食不果腹、衣不蔽体，难以为继，他的父亲就带着哥哥姐姐偷渡逃去了澳门，丢下他和母亲相依为命，艰难度日。改革开放前夕，尤其是七十年代中后期，本地经济复苏，一批优秀的乡镇企业如雨后春笋般涌现出来。华哥初中毕业后，进厂做了一名工人，家里的生活渐渐开始好转。之后，他又学会了汽车驾驶，考取了驾照，成了工厂的一名专职司机。从此以后，华哥变成了有钱人，口袋也开始鼓起来。他花钱买户口，将全家人由耕田种地的农民变成了吃商品粮的城市居民。几年后，他又买了新宅基地，盖起了新楼房，且又甘心情愿地接受政府的巨额罚款，超生了一个儿子。

华哥是一个见过世面的人。他给集团领导开小轿车的时候，可谓是出尽了风头。那时，他开着一辆浅灰色最新款原装进口德国奔驰小轿车，偌大的城市像这样档次的小轿车十分少见。他整日里西装革履，打扮得油头粉面，像一个大老板，开着大奔，穿梭于城市的大街小巷。他无论走到哪里，店家都是好烟好酒、好茶好饭款待；在单位里，他也是风光无限，不论大小领导、平头百姓见了他都是笑容可掬、以礼相待。不过，华哥对自己要求严格，做人低调，从不狐假虎威。他嘴巴严实，腿脚勤快，脑袋瓜灵活，位置摆得正，明事知礼，注重细节，有担当。因此，领导们都很看得起他，也不把他当外人，包括谭志远。然而，现如今，飞天公司的大股东变成了私人老板，华哥能否继续当专职司机、过旱涝保收的太平日子，已变得扑朔迷离。

一天上午，人事部门的李经理晃着尖脑袋，笑呵呵地将一份车辆运输租赁合同递到华哥的手上，说是公司要对车辆运输进行改革，将这部分业务推向社会，事先来征求他的意见。

"华哥，这次公司裁员，涉及的人不止你一个，而是一批人。"李经理解释道，"赵厂长和我，都念及您是公司的老员工，又为公司的发展做出过突出贡献，因而想出了这个折中的办法，既保住了您的饭碗，也完成了上边分配下来的裁员任务。"听完李经理冠冕堂皇的说辞，华哥碍于面子自然是感激一番，心里却骂道：我为公司工作了几十年，如今被你们变相裁员了，反倒要我感谢你们。这是什么世道啊？看见华哥发呆，李经理接着又说："这是我草拟的一份合同，您先拿回家看看，有意见再找我。"他说完，拍拍华哥的肩膀，扬长而去。

凌晨一点，华哥送完客户的货物，拖着疲惫的身躯回到了家，双眼布满血丝，手脸沾满油污。妻子心疼地看着他，心里念叨，老公为了这个家实在太辛苦了。卧室里的儿女都已熟睡，时不时传出梦呓、磨牙和打鼾声，就像林子里断断续续的鸟鸣声一样，为阴冷的冬夜带来了春天的气息，华哥的脸上也露出一丝不易觉察的笑容，又催促忙碌了一天依旧在等候自己回家的妻子快去睡觉。他洗漱完毕，点燃一支烟，呷一口妻子泡好的浓茶，伸长了脖子和四肢斜靠在沙发上，长出了一口气，仿佛这时才触摸到生活的惬意。之后，他从退了色的手提包里拿出车辆运输租赁合同，睁大眼翻来覆去看了好多遍，心乱如麻，生怕陷于李经理事先设计好的圈套。也许是合同内容太过深奥，理解起来有些费劲，他几乎一夜没有合眼，直到邻家的公鸡扯着嗓子叫到第三遍，他才想明白自己要开始单干了，将来的一切风险均由自己承担。他站在自家的阳台上，拂晓风起，残月降落，内心的无奈多过喜悦。

次日上午，华哥带着疑问找到了李经理。李经理的办公室在厂部办公大楼的五楼。正好大楼的电梯坏了，他走进李经理室的时候，已是虚汗满头、气喘吁吁。李经理招呼他坐下，且又耐心地回答了他的疑问：车要自己贷款买；车辆的保险、维修保养、养路费、日常加油费等等所有费用均由自己承担；自己负责购买社保；公司每月按照实际的运输公里数结算租赁费给他，同时确保车辆运输租赁合同五年内有效；每年的租赁单价，甲乙双方可以根据物价的变化通过协商的办法进行适当调整。他走出李经理的办公室，手里拿着签字盖章后的租赁合同，百感交集，有一肚子说不出的委屈。

时间到了下午，华哥的心情平复了许多，他觉得自己还是比较幸运的，起码比军哥幸运多了。五十多岁的军哥被公司逼迫辞工后，一分钱的赔偿金也没有拿到，现在沦落为一家私人工厂的保安。不过军哥比他幸运的是，全家人每年都能从村里领到数额不小的分红。

"那人尖酸狡诈，逢迎领导，欺压员工，一定会得到报应的。"军哥说起李

221

经理，两眼喷火、咬牙切齿，"人事部门，从来都不干人事。"听了老友军哥的满肚子怨言，华哥反倒释然了许多，进而心存了一份感激。他感激公司领导念及旧情，变相地为自己创造机会继续为公司开车。他知道自己这辈子注定与车结下了不解之缘。不过，他也知道，其他公司裁员，都会按照劳动法的规定对员工给予一定的经济补偿，唯独自己服务的这家企业是个例外。然而，更令他意外的是，一年后，随着改革的不断深入，人见人恨的李经理也被公司免职辞退了。但精通劳动法的李经理却不甘任人宰割，他竟然聘请律师和公司打起了官司，要求经济赔偿。结果，事与愿违，他也是一分钱的赔偿都未拿到，只好夹着尾巴灰溜溜逃跑了。

一晃到了六月，烈日烘烤下的天空灰蒙蒙的，弥漫着尘埃和雾气的混合物。这时，大股东易主掀起的风浪，同样给孙宝丁和他的团队造成了巨大冲击。一天上午，他刚从车间走回热如蒸笼的办公室，还没来得及打开空调，就接到上级部门的电话通知，因公司经营战略改变，集团领导决定裁撤厨卫电器业务，将所有人员就地解散，自谋生路。突如其来的变故，令他感到十分震惊，一时不知所措。他思虑再三，决定将此消息告诉谭志远，听听老领导的意见。没想到，谭志远听了他的电话之后，欣喜若狂，脱口说出："真是天助我也！"

紧接着，谭志远立刻打电话给唐小天和陈道明，提议将全盘接受孙宝丁团队的提案上报时代电器董事会研究讨论。提案当天就获得了董事会全票通过。董事会成员一致认为，孙宝丁团队加入时代电器，不但能为公司注入强大的技术和管理力量，而且还会毫不费力地得到飞天集团精心培育了多年的销售市场，此举将会大大提高时代电器在国内外代工市场的占有率和知名度。恰在此时，竞争激烈的国内厨卫电器市场迎来新一轮洗牌，为时代电器异军突起又提供了难得的契机。真可谓踏破铁鞋无觅处，得来全不费工夫。

为了适应突如其来的变化，谭志远首先对公司的组织架构进行了全面的正规化建设，在当地政府的支持下，建立了飞天公司党支部，成立了国内营销部、国际营销部、技术开发部、财务经营管理部、质量管理部以及制造工厂，并配套制定了一系列干部提拔、激励考核机制，为时代电器的所有员工搭建了一个广阔的发展平台，最大限度地发挥他们的积极性和创造性，充分挖掘每一个人的潜能，从而为股东投资的每一分钱都创造出最大的收益。新组织架构调整完成后，他又组织唐小天、陈道明和孙宝丁对经营层的分工重新做了调整：谭志远担任总经理，全面负责公司生产、经营工作，分管人事、财务、营销等工作；唐小天担任常务副总经理，负责公司生产、质量、安全、采购、设备等工作，分管制造工厂、质量管理部；陈道明担任副总经理，协助总经理开展营销管理工作；孙宝丁担任副总经理，协助常务副总经理开展制造工厂的管理工作，分管技术开发部。

是年七月，时代电器正式启动国内市场，开启自主品牌发展的新里程。为此，谭志远力邀在国内某大型家电公司担任营销总监的郑希同和在欧洲某大型电气公司担任营销主管的田震加盟时代电器，分别操刀国内和国际市场，进行渠道布控和品牌营销。为了实现公司年度经营目标，他向董事会立下了军令状：时代电器以其"出口""代工""自主品牌营销"三驾马车互为犄角之势，在公司成立的第二年度，实现从"全国十强"向"全国前五"跨越，完成销售收入超五亿人民币。不达目标，他自动放弃个人年薪。

谭志远生来就是一个奋斗不息的追梦人。来自美国的田震，第一次光临凤山镇的时候，便被他的人格魅力和当地的美食文化深深吸引住了。他和谭志远的年龄相仿，同是六零后。他在十六岁那年，高中还没有毕业，就跟随父母投奔亲戚移居美国。他毕业于美国宾夕法尼亚大学电子工程系，获博士学位，现任通用电气公司电气自动化系统软件开发部经理、高级项目经理、高级工程师。十数年的异域生活、学习及工作经历，已经将他打造成为一个纯粹的美国人。今年年初的时候，飞天集团人力资源部总监贾博士通过猎头公司和他取得了联系，高薪邀请他加入飞天集团，负责海外营销业务。然而，当他专程从美国回到国内准备和贾博士见面详谈的时候，飞天集团却突然发生了大股东更替、换了新老板，令他们事先约定的讨价还价瞬间化为泡影。将要面对新老板的贾博士也无能为力，只好再三赔礼道歉，承诺飞天集团承担他在此间发生的一切交通、住宿费用。

飞天集团动荡不安之时，正是时代电器招贤纳士之际。谭志远计划启动国内市场、做自主品牌，进而开拓国际市场，但他的这些战略部署都亟须一批具有丰富实战经验的行业顶尖人才来具体实施并达成目标。于是，他想起了贾博士。虽说此人和他没有深交，但他们在表面上还是互相尊重。飞天股份被政府出售的次日，他拨通了贾博士的电话，约他出来一起吃饭。贾博士和飞天集团的其他高管一样，此时都处于心烦意乱、惶恐不安的状态，正想找人倾诉心事、借酒消愁，便欣然接受了。是晚，在吃饭聊天中，谭志远说起了自己对人才的迫切需求。贾博士获悉他的需求恰巧和田震应聘飞天集团的职务比较吻合，便立刻将田震推荐给了他，并许诺邀约田震见面。同时，他又将不假思索地将另外一个人的情况也介绍给了谭志远。此人就是业内鼎鼎大名的营销牛人郑希同。

那是一个春雨绵绵的日子，谭志远冒着大雨，亲自开车将田震从下榻的酒店邀请到了时代电器公司，向他详细讲解了时代电器的发展过程、产品类型、员工队伍、经营理念以及远景规划。他讲得激情澎湃、风采动人，他听得津津有味、热血沸腾。两人言谈投机，不免有些惺惺相惜、相见恨晚的感觉。参观完工厂，谭志远特意将接待田震的宴席安排在凤岭山庄，陪他一边喝酒、品尝顺德美食，一边详细介绍了凤岭山庄是如何从一家马路边的大排档发展成为中国餐饮巨头，又是如何将顺德美食宣传给全中国乃至全世界。他告诉田震，代表顺德美食最高境界的凤岭山庄，是中华餐饮名店，有三位中国烹饪大师。顺德美食如今享誉全国乃至全世界，凤岭山庄的贡献当属头功。这家年销售额超两亿元人民币、拥有十多家连锁店的酒家，在全国的正餐餐饮企业中排名第二，为其服务的三百多位厨师代表了顺德厨艺的最高水准。田震从谭志远的话语中，明显地感觉到此人有着强烈的事业心和责任感，他的人生目标不仅仅是赚钱当老板，而是通过将企业做大、做强，宣传顺德文化、弘扬顺德精神。此次凤山之行，田震心里十分满意。他不但阴差阳错地认识了谭志远，加入了时代电器团队负责海外营销业务，而且品尝了顺德美食，对顺德人的创业文化有了近距离地感受。他们敢为人先、不畏强手的奋斗精神给他留下了深刻印象。

七月的一个烈日炎炎的夏日，暴雨洗刷过的厂区，干净明亮，田震如约来到时代电器。就在他入职后不久，正逢美国惠而浦公司在中国寻找代工厂商，向包括时代电器在内的中国厨卫电器制造商发函招标，他便立刻带领时代电器国际营销团队，经过一系列精心策划和积极准备，顺利通过了惠而浦公司的质量和资格评定，时代电器和另外一家企业成功入围。惠而浦公司提出两个条件，其一是代工企业负责自费制造符合惠而浦要求的模具，其二是惠而浦公司要求锁定这一型号厨卫电器的独家销售权。竞标对手犹豫不决，自费制造模具意味着增加投入成本，锁定独家销售权则导致其他客户流失。权衡再三，他们觉得有些得不偿失。但田震在未向谭志远请示的情况下，便代表时代电器果断同意了对方的要求。于是，惠而浦的订单花落于时代电器。事成之后，田震亲自向谭志远作了汇报，详细说明了拿下此订单的意义，并就自己擅自做主做了自我检讨。但谭志远不但没有批评他，反倒对他的这种工作作风大加赞赏，说他办事果断、有担当，是一条真汉子。从此，惠而浦公司更多型号的产品订单交由时代电器代工。正如田震事先预测的那样，时代电器与惠而浦公司的合作有着很强的示范效应。之后，欧洲几家大型电器制造公司纷纷与时代电器接触。田震如法炮制，将独家代理作为优惠条件提供给这些国际客户，通常一个国家只授权一个代理商。于是，时代电器的国际订单开始逐步递增。

谭志远在推进海外市场攻城略地的同时，自主品牌的国内销售市场也逐渐打开。有十多年大型家电企业营销管理经验的郑希同，在进入时代电器前，与谭志远做了一次促膝长谈。他在充分调研分析了时代电器的发展现状后，向谭志远提出了自己的营销思路。他认为，自主品牌的建设，不是一朝一夕就能立竿见影、看到效果的，而是一个循序渐进、步步为营、稳扎稳打的过程。他建议，首先要做好公司的定位，也就是说要通过广告、媒体、经销商和用户全方位宣传时代电器，慢慢培育、引导顾客对公司的看法。顾客对公司所持的看法，也就是公司的"定位"，才是决定营销成败的关键。时代电器想笑傲市场，最重要的是要在人们心中形成鲜明的个性，时代首先代表"厨卫电器"，其次意味着"厨卫电器专家"，如果这两点都能深入人心，那么竞争对手就难以望其项背了。也就说，在消费者大脑里"厨卫电器"这个品类的品牌阶梯上，"时代"要向第一的位置不断攀爬，最后牢牢占据第一的位置。这个第一的位置，能够给时代电器带来用之不竭的力量，打赢一场又一场营销战争。其次，就是怎样进行定位？定位决定于顾客，而不是自己一厢情愿，但我们可以在顾客的脑海里塑造它。塑造的方法有三个要素：抢占第一，好名字和聚焦。所谓"先入为主"，人们总是对第一有特殊的好感。但是，我们的第一必须让顾客感知到。比如，我们可以通过媒体宣传公司每年的研发费用是销售收入的百分之几，是中国厨卫电器业技术投资费用最高的企业，并将每年的重大技术创新通过媒体广泛宣传，树立并巩固我们在行业的领先地位和领先者的形象。企业的名字和人名一样，一个朗朗上口又有现代感的好名字是打造自主品牌中最不可忽视的要素。比如，"雀巢"、"索尼"、"东芝"，简短有力，天生具有成为世界级品牌的模样。"时代电器"这个名字就很响亮，与美国的时代广场、《时代周刊》颇有异曲同工之妙，令人有一种高端、大气、时尚、引领潮流的感觉。聚焦，是一个企业最重要而又最难做到的事情。如果把定位当成是发外力，那么聚焦就是苦练内功。内强才能外坚，内功愈深厚，外力愈持久。聚焦要求企业最高管理者围绕企业的定位进行资源调配协调运营，持之以恒，心无旁骛，集中、集中再集中，专注、专注再专注。飞天早期成功就是依靠聚焦的累积效应，使其冰箱"质量保证"的定位日益巩固，与竞争对手的距离也越拉越大。相反，后来的飞天晚节不保，又进入了自己不熟悉的空调行业，精力分散，焦点涣散，管理跟不上，质量滑坡，导致亏损，每况愈下。第三，就是要尽快建立适合自己的销售模式。厨卫电器是一种半成品，不像其他家电买回来插上电源就可以用，它必须经过专业的选型、设计和安装，消费者才能最终投入使用。因而必须在各个渠道商的平台上建立专业化的营销队伍，突出"服务"，以专业化的服务拉动销售。

听完郑希同关于自主品牌的营销策略，谭志远很满意，将他的讲话内容打印成文，发送给公司经营层的每一个成员，要求他们组织各自管辖范围的骨干员工认真学习、深刻领会，然后转换成自己及管辖部门的行动方案，并逐一贯彻落实。两个月后，时代电器在郑希同的统一部署和推进下，初步建立了遍布全国的销售服务网络。

郑希同是享誉业界的著名实战派品牌营销专家，被称为用行动改变中国品牌的先锋级人物，他在企业发展战略、品牌战略、新产品营销、营销管理、团队培养、品牌策划及影视广告制作等诸多领域有着精深的见解，尤其对家电品牌营销发展规律有深刻的认知。长期的营销经验告诉他，消费者评价一个产品的好坏，最初都是参照它的广告，一个广告的好坏似乎直接决定一个产品是否能售卖出去。因而，利用各种形式的广告来宣传时代电器，成了他的唯一选择。紧接着，他组织各种资源对产品进行精品包装。电视广告、广告牌，只要有人的地方几乎都有时代电器的广告语："时代，新时代的厨卫电器专家。"在电视广告的黄金时代，一个精美的包装，可以创作一个美妙的故事，一句铺天盖地的广告语，可以影响一代人很长时间。郑希同赶上了电视广告的黄金时代，他利用电视广告很快打开了国内市场的销售局面。广告的魔性，让人一眼就印象深刻，难以忘记，凭着朗朗上口、脱口而出的广告语："时代，新时代的家电专家。"时代电器从此迎来了自己的春天，开始风生水起。

进入第四季度，"出口""代工"和"自主品牌营销"三驾马车同时发力、并驾齐驱，随之而来的是订单呈现爆发式增长，三条生产线二十四小时满负荷运行，公司的生产经营已经进入高速成长的轨道。但谭志远并没有丝毫的松懈，而是开始思考如何让这种喜人的态势持久健康地发展下去。

结婚一年后，姚玉婷生了一个儿子。婆婆胡玉珍和奶奶谭洪氏都高兴得整日合不拢嘴，挨家挨户地奉送她们事先煲煮好的姜醋。自古以来，顺德人就有家有产妇必煲姜醋的风俗，亲朋好友探访必以姜醋招待。猪脚姜，因它具有散寒解表、醒神健胃、增加食欲、温经补血、补充钙质以及延缓衰老、养颜美容之功效，故而女人特别爱之，是产妇的滋补佳品。姜醋分为猪脚姜醋、鸡蛋姜醋和凤爪姜醋三种，顺德人往往将这三者混合在一起煲。由于用料不同、称号不同，它们的功效也有一定差别。材料比例：猪脚一只，凤爪五百克，鸡蛋五只，添丁甜醋一千五百克，片糖一片，老姜六百克，料酒少许。谭家是大户人家，亲戚朋友多，单纯姜的用量就超过了千斤。

女儿生了一个胖嘟嘟的外孙子，李静和刚刚结婚不久的丈夫老王自然也是忙前忙后、乐不可支。姚玉婷心安理得地享受着他们无微不至的服侍。等到坐满月子出家门时，她变得更加楚楚动人，两只饱满的乳房挺在胸前，完全变成了一个闭月羞花的少妇。

婚后的老王，虽说是琴瑟和谐、晚景如春，但心里还是时不时想起自己那个远赴异域的女儿。半年前，一直反对他再婚的女儿王萍一气之下说服丈夫陈友信辞职，带着女儿，一家三口技术移民去了加拿大。女儿一走，没了羁绊的老王干脆用自己的积蓄在凤山镇买了一套三居室，死心塌地地和李静过起了小日子。

谭志远一改往日的低调，将庆贺儿子满月的仪式办得隆重而又热烈。他不但邀请了公司的骨干员工，通知了所有亲戚朋友，而且将多年已经断绝往来的亲戚也悉数请来。为了儿子将来能够健康快乐地成长，他特意将弥月宴席安排在顺德最高档的灵泉大酒店，满心欢喜地待承亲朋乡友。他遵从族谱的规定，没费多少心思就给儿子取名谭嘉诚。当然，他也没有忘记祭祀祖先，一是向列祖列宗报喜，谭家新添一员；二是祈求祖先保佑儿子嘉城在未来的日子里健康快乐地成长。膝下有儿，就又多了一份责任和希望，谭志远往后的岁月将会变得更加充实、更加令人陶醉。

时近年尾，公司各项经营指标已提前完成，到了该做年终总结规划来年目标的时候。一丝不苟地做好事后总结，是谭志远始终坚守的工作习惯，也是他多年来能够应对各种错综复杂的环境而立于不败之地的制胜法宝。历经了飞天公司从辉煌走向衰落的全过程，他从中总结出一个并不怎么高深却常常不容易被最高管理者正确认识的道理：企业要持久健康发展，构建一个稳定的高素质的核心团队和留住优秀员工是关键；而建立一套科学的股权激励机制，通过核心成员获得公司股权形式，给予他们一定的经济权利，使他们能够以股东的身份参与企业决策、分享利润、承担风险，从而勤勉尽责地为公司的长远发展服务，是实现上述目标的根本保证。

冬月初四，正逢大雪节气，一股自北向南的强冷空气，使得昨日还艳阳高照的岭南大地，气温骤降，从早到晚，经历了春、夏、秋、冬四季。子夜时分，谭志远会同唐小天、陈道明商讨草拟了时代电器股权激励分配方案及实施细则，计划在本月上报董事会讨论批准。他们确定了股权激励的分配对象，一是历史贡献者：曾经为公司的发展、创新等方面做出重大贡献、至今仍在其所负责领域内发挥着巨大作用的高级管理人员；二是现在奋斗者：就是有卓越成就的奋斗者，或者说是为公司创造更多价值的骨干员工；三是未来的优秀者：包括行业资源的拥有者、技术和研发专家、营销专家等；四是潜在的卓越者：指那些可以开发潜能但没有被开发出来的优秀员工；五是紧密合作者：指的是公司所处行业链条上的紧密合作者，比如公司的战略重点客户、核心供应商、优秀经销商等。

"老板，夜宵请我们去吃什么呀？"唐小天在电脑上修改完最后一个字，笑呵呵对谭志远问，"肚子都饿扁了。"谭志远无奈地说："这么晚了，只能去大排档啦。"

二十多分钟后，他们来到了凤山镇富华路的一家大排档。三人刚一落座，唐小天突然看见侯翼德走了过来，惊愕地问："侯总也来吃夜宵？"

"怎么是你们？"侯翼德涨红了脸，尴尬地笑道，"一时没有认出来。"

"你这是？"谭志远瞅着一只手拿着菜谱，另一只手端着茶壶，满脸胡子茬的侯翼德，十分诧异地问。

"这间大排档是我开的，混口饭吃。"侯翼德不好意思地说，"离开飞天之后，其他事也做不来，就只好做这个了。"

"饮食业做好了，也不错的。"谭志远说，"恭喜生意兴隆！"

"恭喜发财！恭喜发财！"唐小天和陈道明异口同声地拱手道。

"发财谈不上，也就勉强过日子。"侯翼德满脸堆笑地说，"你们随便点菜，今晚就算我的啦。"

"翼德，小本生意也不容易，就不要客气了，该收多少就收多少。"谭志远说，"现在客人也不多，你就坐下来陪我们一起喝杯酒吧。"

"那多不好意思呀！"侯翼德说。

"侯总，一起坐下来喝几杯吧，大家都是老同事了。"唐小天说，"先来二瓶五粮液，不够了再拿。"

"那好吧，恭敬不如从命。"侯翼德说，"我先去安排好后厨，各位兄弟暂且喝茶，稍等片刻。"看着侯翼德忙碌的背影，谭志远三人一时间竟然相对无语，他们都不约而同地想起了侯翼德曾经在公司中层以上干部座谈会说过的一句话："人无远虑，必有近忧。"

"小天，可以考虑将我们公司的职工食堂承包给翼德。"谭志远说，"等会征求一下他的意见。"唐小天答道："好的。"陈道明也附和着说："这主意好。"

这个寒冷的夜晚，侯翼德喝醉了。

十二月二十八日，时代电器公司董事会讨论批准了谭志远为首的经营班子编制的本年度经营工作总结和下一年的经营规划方案，同时也审核通过了他们提交的股权激励方案。按照激励方案的相关规定和分配细则，孙宝丁、田震和郑希同分别获得了相应的激励股份。来年是谭志远团队创业的第三个年头，也是时代电器实现跨越式发展最最关键的一年。谭志远告诉兄弟们，他所谋划的上述一系列重大决策，都是为了实现这个目标而做的准备。

第十八章

　　腊月二十八，暖阳映照，风柔气清。谭志远带着妻子、女儿和刚刚接受了百日祝福的儿子回到了白鹤镇谭家村。车子一进村，坐落在村子中央的谭氏大宗祠尽收眼底。修葺扩建后的谭氏大宗祠，四角高高翘起，像四只展翅欲飞的白鹤，青瓦红柱，屋脊的正中雕刻着福、禄、寿三星图，周围还有一些寓意吉祥的图案，屋檐下是金漆木雕，古色古香，使谭志远油然而生出一种庄重之感。大宗祠占地面积两千一百平方米，工程历时两年，耗资一百一十万元，旧貌换新颜。他从心底里感激阿叔为谭氏家族又做了一件名垂青史的大事。

　　祠堂门前有一条河涌，清水潺潺流淌。河涌上有一座石拱桥，通往庵堂。祠堂的正门前立有四根石柱，石柱上雕刻着各种精美图案。谭志远下了车，兀自拾级而上，来到祠堂的正门前，但见左右两扇门都刻有威武的门神。祠堂的正中悬挂着一块朱漆牌匾，上面写着"谭氏大宗祠"五个苍劲有力的金漆大字。据说是仿当年的镇祠之宝。左右两边有一副对联："祖德家声远，弘商世泽长"牌匾的上方雕刻了三幅古代神话故事壁画，横梁上镶嵌着金漆木雕。

　　推开祠堂大门，一股肃穆典雅之气扑面而来。映入眼帘的前堂左右两边的墙壁上挂有一副对联：追宗慎远祖训长存遗厚德，溯源念本栋梁辈出留青史。穿过前堂，来到正厅，只见正厅的屋檐下"国泰民安"四个金光闪闪的大字赫然入目。龛台前红烛高照、香火缭绕。砖壁雕刻着多姿的花卉、活灵活现的禽鸟，栩栩如生，独具匠心。谭氏大宗祠右壁的几块石碑铭，清楚地刻着祠堂的建造时间和修葺时间以及捐赠善款的芳名榜，记录着谭氏后人的善举。祠堂内还摆放了一些古老的农具，如风柜、锄头、犁耙等。祠堂四处皆蕴含着浓浓的古色古香，充满了古朴典雅的气息，把岭南的地域风格以及风土人情表现得淋漓尽致，给人以厚重的美感，同时呈现了古代建筑的高超技艺和精雕细琢。

修葺后的祠堂，不但用来祭拜祖先，而且当做村史博物馆，以作教育后人之用，平时也对村里的老人们开放，举办一些他们喜欢的粤曲活动，让老人们颐养天年。

看着恢弘壮观的谭氏大宗祠，神情肃穆的谭志远心里念道，再过几天，我就要按照村里的习俗，进祠堂给儿子举行'添灯'仪式了。

谭志远开车进家门的时候，阿妈已经站在二楼的露台上向他招手，嘴里不停地喊着："乖孙，乖孙，我的乖孙可回来啦。"他向母亲挥挥手，然后将车停在地下车库，携妻儿坐电梯上到了二楼。奶奶、阿叔阿婶、大佬阿嫂、堂哥堂嫂们以及侄子侄女们也都在客厅里喝茶聊天、玩耍，全家老少二十多口四世同堂，有说有笑、其乐融融。思念孙子的胡玉珍迫不及待地从儿媳妇怀里接过孩子，对着红扑扑的小脸蛋亲不停，嘴里反复念叨着："乖孙，乖孙。"大佬、阿嫂和两个侄女也都凑到近处亲昵、逗玩得不亦乐乎。

姚玉婷为谭氏家族生了一个男丁，自然受到了谭洪氏的最高礼遇。奶奶把她和志远招呼到自己的身边，拉着她的双手，用只有顺德人才能完全听明白的土话问寒问暖。用了不到一年时间就能说一口流利标准粤语的姚玉婷，也只能连猜带蒙地听一个大概。

"志远，什么时候将自己的宅基地建起来呀？"阿叔问，"前几天永军来家催促了。"

"宅基地？"谭志远疑惑不解地问。

"是你阿妈帮你们向村里买的。"奶奶乐呵呵地说，"如今永军成事了，这些年他给咱家办了几件大事。不但帮助你阿叔修葺了谭家祠堂，而且还给你留了一处宅基地。"

"哦，想起了，他去年给我说过。"谭志远难为情地说，"工作一忙起来，我都忘到九霄云外了。"

"志远一直忙他的事业，顾不得这些小事。"哥哥谭志致说，"不过，还是抓紧时间把楼房建起来，借住在二姐那里总不是长久之计。"

"好的。"谭志远说，"我会抓紧时间的。"

"听永军说，他的儿子小兵现在懂事多了，生意也做得风生水起。"阿叔说，"但小兵相好了一个外地离过婚的女人，却让他烦透了心。"

"现在的年轻人，思想是越来越解放了。"阿妈说，"志远，抽空帮永军劝劝小兵，听说那个女人原来是你们公司的职员。"

"这种事情，我也……"谭志远一时不知该如何回答。

"常言道：宁娶寡妇，不娶生妻。"阿叔说，"现在的年轻人不懂这其中的利害。"

"阿妈，这是人家的私事，志远是不方便去说的。"谭志致帮弟弟解围道。

"我们两家是世交，几代人一直就像一家人一样，有什么不方便的？"奶奶面带不悦地说，"阿致，你又把香港人的那套带回咱家不成？"

众人听后皆被奶奶逗乐了。他们都从心底里为九十高龄的奶奶思维谈吐依然敏捷幽默而感到由衷的高兴。

大年三十的清晨，姚玉婷刚刚睁开眼睛，就听到了窗外此起彼伏的鞭炮声。这种久违了的声音，就像是尘封已久的照片，让她一下子就想起了自己小时候过年时的情景：相依为命的母女，住在工厂分配的一间不到二十平方米的平板房里，窗外下着鹅毛大雪，屋内温暖如春，身穿新衣、脚蹬新鞋，吃着平日里难得一见的锅包肉、酱猪蹄、小鸡炖蘑菇、炖大鹅、杀猪菜、红烧鲤鱼、蒜泥白肉、皮冻、拔丝地瓜、炸虾片，还有热气蒸腾的饺子。这些甜蜜的记忆就像是刚刚发生过一样，依然清晰可见。她始终不会忘记，自己虽然在单亲家庭里长大，但母亲给她温暖和甜美一点也不比其他人家的孩子少。如今，她嫁给了谭志远，成了名副其实的外地媳妇本地郎，加入到一个人丁兴旺的大家庭，一时之间还有些惶恐、不适应。她不知道该如何去处理婆媳、妯娌和亲戚之间的关系，如何才能真正地融入这个大家庭。就在她胡思乱想的时候，谭志远从洗手间返回房间，关切地说："老婆，睡醒了。"

"嗯。"姚玉婷睡眼惺忪地说，"儿子昨晚哭闹没？"

"我去楼下看了，阿妈说，儿子很乖，整晚睡得都很香。"谭志远说。

"你把儿子抱过来，我该给他喂奶了。"姚玉婷说。

"去阿妈屋里喂吧。"谭志远说，"你难得回家一次，多陪阿妈聊聊天。"

"好的，老公。"姚玉婷娇声道，"只是我不大会说话，怕说错话惹她生气。"

"不用怕。"谭志远用鼓励的语气说，"阿妈是一个很好相处的人。"

天刚亮就要起床，洒扫庭院和房屋，保持内外部清洁，本是女佣阿敏的职责，但今天这些事都要由谭志远和哥哥来完成。因为阿敏回乡下过年了。他打开庭院大门，手持扫把、抹布，一丝不苟地清扫庭院、台阶、擦洗门窗，从大门外刮来的阵阵朔风穿廊而过，摇得院子里的树叶哗哗作响。这时，哥哥谭志致手里拿着一副对联和胶水走过来，对他说："志远，帮我一起把对联贴在大门上。"

"好的。"谭志远应道。

"哪一个是上联呀？"谭志致摊开对联，不解地问。

"上联：喜居宝地千年旺，下联：福照家门万事兴。"谭志远说，"横额：吉星高照。"

"上联贴在哪边？"谭志致又问。

"横额文字顺序是从左到右，那么上联贴在左，下联在右。"谭志远解释道。

"我总算搞明白怎样贴对联了。"谭志致不好意思地笑道。

兄弟俩清洁完了庭院、门窗，贴好了对联、福贴，又忙着去厨房里准备年夜饭了。团年饭是全家人在除夕夜的晚餐。为了这一顿晚餐，胡玉珍在八天前就开始准备食料了。在中国人的家庭里，逢年过节大多是男主人施展厨艺的时候。谭家也不例外，团年饭的主厨是长子谭志致。谭志远只能给哥哥打下手，做一些杀鸡宰鹅、洗菜剁肉的粗活。男人们准备年夜饭，媳妇们也没有闲着，她们都在忙着准备祭祀祖先用的各种祭品。最喜欢过年的孩子们则在庭院里嬉戏玩耍、尽情欢乐。

掌灯时分，谭志远像一个跑堂的小二，招呼全家老小上桌吃饭。待众人落座后，他小心翼翼地端上一瓦缶的老火例汤，给每人盛了一碗，且又介绍说："此汤名曰：'花胶汤'。脂肪含量低，蛋白质丰富，营养健康，还能补充大量骨胶原，老少咸宜。"听了他具有煽动性的演说，女人们开始津津有味地埋头喝汤，她们都在幻想喝一碗花胶汤，便能使自己芳华再现、年轻十岁。唯独姚玉婷反应迟钝、不为所动，原来她坐月子期间，几乎每天都要喝婆婆给她煲的花胶汤。她的脸颊已经被调养得像熟透了的鲜桃，捏一下就出水。紧接着，他又小心翼翼地端来了年夜饭的第一道菜。然而，不等他开口介绍，阿叔谭明星抢先发话了："这道菜名曰：'风生水起'。"

"阿爷，这道菜是怎么做出来的？"谭明星的大孙子瞪着一双大眼睛好奇地问。

"孙，且听阿爷慢慢道来。"谭明星一边示范如何捞起，一边对孙子说，"这道菜的主料是：三文鱼，鲜活鱼，红蟹籽；配料有：柠檬叶，胡萝卜丝，酸荞头，酸姜，香芋丝，泡椒，洋葱，花生，青红椒，五柳丝，紫甘蓝。调料：青芥辣，刺身鲜露，香油，芝麻。它的最大亮点就在于生鱼片的制作。一条鲜活鱼放血、去鳞、取肉、切片，每一张鱼片看起来都是晶莹剔透、薄如蝉翼、嫩滑香甜。大家都尝尝，是不是像我说的这样？"

众人纷纷盛在碗里，开始品尝。姚玉婷来到顺德已数年，还是第一次品尝这道菜，不由得多吃了几口。她觉得这道菜和顺德人喜欢吃的鱼生一样，酸爽嫩滑，鲜甜可口。

"为何叫'风生水起'呢？"阿叔的小孙女又撅着小嘴问。

"阿爷给你们讲一个故事。"谭明星饶有兴趣地讲起了他小时候就听自己的爷爷讲述的一个流传很久的故事，"说是很久、很久以前，咱们生活的这个地方还是一个贫穷不堪的小渔村，村里住着两个相依为命的兄弟，他们没有土地，终年以捕鱼为生，常常因为捕不到鱼而忍饥挨饿。一年的腊月三十，他们一大早就划船出海捕鱼，辛苦奔波了半晌，好不容易才捉到两条鱼，然后拿到镇上去卖，准备卖些银子过年。可是，等到日落西山，一条也没卖出去，兄弟俩只好把鱼带回家自己吃。然而，他们穷得连一根烧火的木材也没有，于是只好把生鱼切成片当做年夜饭来吃。没承想，自从吃了那两条生鱼后，兄弟俩每天都能捕到很多鱼，生活也一天天富裕起来。日子好了，兄弟俩却不忘当年的贫困，每逢过年，仍然吃鱼生。为了增添美味、去除鱼腥，他们又创造性地加入了蔬菜和酱料拌在一起进食。于是，就有人传说吃鱼生会带来好运。从此，这道菜在民间得以流传，起名曰：'风生水起'。"

就在众人如痴如醉听阿叔讲述故事的时候，餐桌上已经摆满了各式各样的菜肴，包括：白切鸡，烧鹅，清蒸鱼，香辣蟹，蒜蓉粉丝蒸虾，佛跳墙，发财蚝豉莲藕，包罗万象，炸牛奶，煎焗竹肠……直到每个人的面前都摆放了一碟海参鲍鱼捞面时，谭志远宣布今晚的菜品已全部上齐。这时，忙碌了一天的谭志致脱下大厨的行头，以胜利者的姿态坐在了餐桌前，开始和家人一起享受自己的劳动成果。

正当大家都在津津有味地品尝只有在高级酒楼才能吃到的海参鲍鱼捞面的时候，阿叔又开始唠叨了："海参和鲍鱼的泡发时间长，制作的工序比较多，趁着春节假期比较得空，我就让志致做给大家尝尝。海参有了鲍鱼汁的辅助，才不至于太清淡；鲍鱼发泡充分，制作时间足，里面有浓郁的味道。选用虾子云吞面来搭配，鲜香味美，镬气十足。鲍鱼素称'海味之冠'，自古以来就是海产'八珍'

之一。这么珍贵的食材，年夜饭吃最好不过了。"

"一顿既讲究又豪华的年夜饭，全家人齐齐整整围一桌吃一顿，寓意一年丰衣足食，家庭幸福美满。"谭洪氏接着儿子的话说，"这就是我们这些做长辈的最大的新年愿望。"

"大家举起酒杯，一起为奶奶的新年愿望干杯！"谭志致端着酒杯附和道。

"干杯！"全家人老少异口同声、举杯共饮。

吃毕年夜饭，女人们开始准备祭祖、守夜用的各种果品、点心，男人们则坐在沙发上喝茶聊天，吃饱了肚子的孩子们开始占据最佳位置，守在电视机前等待香港翡翠台的迎春晚会。满屋子人都说着叽里咕噜的广东话，就连穿梭于人群中的小狗和静静躺在角落里的老猫也都表现出顺德人特有的矜持和自信。姚玉婷傻傻听着似懂非懂的家长里短，第一次尝到了"独在异乡为异客，每逢佳节倍思亲"的滋味。谭志远觉察到了妻子内心的微妙变化，他贴在她的耳朵上悄悄说："老婆，咱们去卧室里观看中央电视台的春节联欢晚会吧。"

"这样不好吧。"姚玉婷轻声道，"大年三十晚上，还是全家人都在一起的好。"

"阿婷和阿远一起回房间休息吧，不能太累了。"谭洪氏听见小两口在小声嘀咕，便善解人意地说，"我的宝贝重孙子还候着你的奶水呢。"

"是啊，弟妹不能太累，早点回房休息吧。"谭志致的妻子附和道，"等小诚仔睡醒了，我再唤你给他喂奶。"

"阿远陪阿婷回房去休息吧。英子和诚仔跟我一起睡，你俩就不要操心了。"心疼儿媳妇的胡玉珍说，"我听邻居的潘姨说，外省人都喜欢看中央电视台的春节联欢晚会，尤其钟爱赵本山、冯巩的小品。"

姚玉婷随谭志远刚一走进六楼的客厅，就像是一只逃出笼子的小鸟，活蹦乱跳地拿起遥控器，打开电视机，急不可待地将电视频道调到了中央一台。她感激丈夫以及夫家人的理解和包容，让自己又可以在中央一套春节联欢晚会的陪伴下度过新春之夜了，仿佛在短短的几十秒里便实现了穿越，从岭南又回到了遥远的北国，回到了属于自己的另一个世界。

快乐的时光总是那么短暂。赵本山的小品《卖车》刚刚演完，小英子就气喘吁吁地跑上楼来，急急忙忙地说："阿爸，弟弟睡醒了，哭着要吃奶。"

"英子不着急，慢慢说。"谭志远看着女儿好奇地问："你怎么知道弟弟要吃奶？"

"是奶奶说的。"

"乖英子，阿妈这就去给弟弟去喂奶。"姚玉婷拉着英子的小手说，"英子自己的小肚子饿吗？"

"不饿。"英子挣脱姚玉婷的手，瞪着一双大眼睛说，"你不是我阿妈。"

"英子，不可无礼。"谭志远柔声训斥道，"英子有两个阿妈。她们都爱英子。"

"英子喜欢怎样称呼，就怎样称呼。"姚玉婷再次拉住英子的小手道，"称呼我阿姨也可以。"

谭志远一家三口下到了二楼，见全家人都守在电视机前一边看香港艺人的春晚节目，一边聊天吃东西。奶奶依旧精神矍铄。阿妈正在逗着孙子开心，小东西咧着红嫩的小嘴忽闪着一双亮晶晶的眼睛咯咯地笑，如银铃般清脆悦耳，粉嫩红润的脸蛋像一朵盛开的花朵，灿烂得令早晨的太阳也黯然失色，仿佛他就是这世间最美的使者。姚玉婷从婆婆怀里接过儿子，亲了一口他的小脸蛋，轻声说："阿妈，我喂小东西吃奶，您休息一下吧。"

"阿妈不困。"胡玉珍笑着说，"我要陪着小孙子一起守岁。"

不知不觉，客厅墙面上滴滴答答的挂钟已经走到了子夜十一时五十五分。庄严肃穆的神坛上摆好了煎堆、年糕、粽子、油角、斋菜、果品、瓜子、香茶等祭天敬神的贡品；挂满红灯笼的庭院灯火通明，一根高高的灯柱上挂着一串足有二三十米长的鞭炮；长辈和成了家的子孙们手里都拿着厚厚的一沓红包。此刻，谭家人都在静候着新年钟声的敲响。

"一、二、三……"当谭家男女老少的数数声伴随着钟声敲响十二下的时候，院里院外，鞭炮齐鸣，噼里啪啦，四野里响成一片；五彩斑斓的烟花，划破夜空的宁静，直冲云霄，与繁星争艳。鸣炮迎喜之后，谭洪氏带领子孙们开始祭天敬神。他们按照从长到幼的顺序面向神坛依次站列，然后焚香点烛，毕恭毕敬、向天参拜，齐声高呼：拜年啦！祈求上苍保佑谭家子孙新年大吉！百事亨通！风调雨顺！生活康宁！接下来，全家人开始围桌饮茶、品尝点心。谭洪氏又精神矍铄地给子孙们一一讲解其中的寓意。先吃煎堆，寓意一年富，煎堆碌碌，金银满屋；再吃年糕，高升、高中、步步高升；吃油角，又叫油角仔，因为形状像荷包，而且都是鼓鼓的，就取意钱包鼓鼓；剥瓜子叫挠银，意为收入多多；饮红枣甜茶，寓意生活开年就甜。对于孩子们来说，过年最开心的事情莫过于领到利是封了。谭家没有结婚的子孙们，由小到大，排成长队，一个个按顺序向长辈们送上节日的祝福语，诸如节日快乐！身体健康！长命百岁！等轮番上阵。长辈们则乐呵呵地给他们一个个派上开年利是。谭洪氏第一个向晚辈们派利是，她派利是的金额都一样，六百六十六元，寓意六六大顺。她告诉子孙们："派利是以图好意头为主，不在乎钱多少，派派收收，欢欢喜喜。"

三更时分，村里的鞭炮声渐渐变得稀少，欢喜忙碌了一整天的谭家老少也都熄灯进入了梦乡，只有墙上的那面挂钟还在嘀嗒、嘀嗒继续走个不停。

大年初一，阴沉的天空刚刚麻麻亮，村子里又传来了此起彼伏的鞭炮声，一阵高过一阵。谭家二楼的厨房里，胡玉珍和两个儿媳妇正在忙碌着为全家人准备早餐。习惯早起的谭明星独自在满是碎红的院子里散步，那只凶猛霸气的金毛犬跟在他身后寸步不离。谭志远起床后，来到了三楼，他看见女儿和儿子都还在阿妈的房间熟睡，便进了奶奶的房间，给老人家拜了早年，然后搀扶着她来到了二楼客厅。阿妈已将热气腾腾的早餐摆上了餐桌，早餐有煎堆、松糕、油角、沙洲糕、马蹄糕、粽子等。

"阿远，唤你阿叔、大哥快来吃早餐了。"阿妈说，"等一会儿，你们都要去村里给同族的长辈们拜年呢。"谭志远应承道："好的。"

吃罢早餐，谭明星携谭家子孙带上礼品出了家门，走进村庄，与族人们一起相互拜年。这种充满人情味的习俗从谭志远记事起就没有中断过。年初一，不杀生、吃斋菜，是谭家人一直坚守的习俗。午饭时，全家人享用了胡玉珍用发菜、粉丝、冬菇、木耳等材料做成的罗汉斋，寓意一次性吃够了一年的清苦，接下来的一年里就会天天有肉吃。

大年初二，谭志宁、谭志静姐妹俩领着她们各自的老公先后回到了娘家。她们事业有成、收入稳定，儿女都在国外读书，也就落得一身轻松、悠闲自得。她们在一起聊天的内容也大多是国家大政方针、地方政府经济发展规划一类的政经性话题。谭志静告诉家人广州、顺德的房价较北京、上海、深圳等地来说，蕴藏着惊人的上涨空间，鼓励手里有闲余资金的兄弟们投资房产和土地。谭志宁凭借新闻人的优势，未卜先知地说，自己年前在广州的珠江新城买了两套临江的大户型复式单元房。谭志静也沾沾自喜地说，她也在顺德市新城区投资购买了多套房产和商铺。阿叔谭明星作为对房地产投资最有发言权的香港商人建议说，以自己长期在香港的投资经验来看，在大陆投资房地产肯定会有一番大作为。谭家人逢年过节聚在一起，谈论的话题始终与投资理财、创业、做生意有关。这时，谭志远的心里也正在筹划时代电器二期工业园的建设项目。

初二开年，谭家人就可以动刀杀牲了。谭志远和哥哥又忙碌着杀鸡宰鹅准备酒席。谭志宁、谭志静两姐妹虽说都是在城里做大事的国家公职人员和企业高管，但她们带给奶奶、阿妈的礼物却大同小异，除了一些珍贵的补品外，绝不会少了顺德的特色美食：松糕、煎堆、油角、冬菇、虫草、灵芝、人参、鱿鱼等海味干货。

晚饭过后，两个女儿准备返回婆家，胡玉珍早已按照顺德的习俗，为她们准备好了两份回礼：生菜两颗，带着头尾的甘蔗两根，葱、蒜、芹菜、大橘、茨菇等各两个，以及回礼利是。礼虽轻，但寓意深厚，祝福她们大吉大利，甜甜蜜蜜，有依有靠，相亲相爱。

每年的正月初六是谭家村一年之中最热闹的一天，长达数公里的车队停在村口的马路边、几百围台摆在祠堂、数千号人齐聚一堂，举行声势浩大的饮灯酒会。是日，乡亲们不论身处何处、事务多么繁忙，都会赶回村里。街道两旁张灯结彩，一条摆满酒桌的巷子里洋溢着节日的喜庆气氛。

正月初六的清晨，冉冉升起的太阳驱散了笼罩在村庄的寒气，和暖的春风将节日气氛推向了高潮。谭志远在家人的陪同下，为儿子举行盛大的入族仪式。他把事先准备好的八角纸灯，描花画红，贴上有吉祥图案的彩色剪纸，里面吊装一个盛满花生油的小碟子，分别悬挂在家里、土地庙和祠堂里，且整日点亮，象征新生儿生命力旺盛。然后再摆上姜、蛋，祭拜太公，祈求儿子平平安安、快快长大，请祖先神明保佑。灯一挂出，意味着儿子正式"入族"了。

傍晚时分，谭家老少和数千名村民一起聚集在祠堂，伴随着噼里啪啦的鞭炮声，几十个帮厨阿姨将第一道菜端上每张桌台，饮灯酒便正式开始了。许久不见的亲朋好友开始推杯换盏、觥筹交错，谈天论地、其乐融融。酒席上虽然没有什么名贵珍馐，但菜肴的花样和命名都突显了添丁发财、喜庆吉祥的主题。村长张永军搀扶着父亲，特意走到谭家人的酒桌前，恭祝谭洪氏洪福齐天、长命百岁，祝福谭家子孙人丁兴旺、大展宏图。谭明星把张福生请到自己身边坐下，哥俩一边喝酒一边开始回忆童年往事。

酒席吃到一半，主持人宣布开始竞投灯。竞投灯是每年饮灯酒的重头戏，以事先制作好的花灯，冠以好意头的名字，然后由乡亲们自由竞投。

"各位乡亲，今年的头灯是'添丁发财'，起投价三千六百八十八。"主持人话音刚落，即刻又响起了噼里啪啦地鞭炮声。

"请各位父老乡亲们开始竞价投灯。"主持人手持麦克风穿行于酒席间，提高了嗓门呼吁大家投灯。

"六千六百八十八。"席间有人举牌高声喊道。

"八千六百八十八。"又有一个人举牌高声喊道。

"一万二千六百八十八。"又是一个人举牌高声喊道。

"一万六千八百八十八。"又是一个人举牌高声喊道。

"两万六千八百八十八。"竞投者踊跃举牌，报价不断攀升。

"两万六千八百八十八，一次。"主持人操着具有煽动性的嗓音高声喊道，

"两万六千八百八十八，两次。"

"三万六千八百八十八。"不等主持人第三次喊出，沉寂了几分钟的席间又有人举牌高声喊道。

"五万六千八百八十八。"竞价再次进入高潮，人人都希望争夺"独占鳌头"的机会。

"八万六千八百八十八。"村东头的蔡永雄举牌喊道。只听见席间人声鼎沸、一片叫好。他是一家制衣厂的老板。

"八万六千八百八十八，一次。"主持人情绪激昂，撕破了嗓子喊道。

"八万六千八百八十八，两次。"

"十二万六千八百八十八。"又杀出一个程咬金，举牌人是村西头的谭复兴。他是开酒楼的，儿子刚结婚，正等着抱孙子呢。

"十六万八千八百八十八。"蔡永雄毫不示弱。竞投已进入白热化阶段。

"十六万八千八百八十八，一次。"主持人挥舞着手里的话筒，满脸涨红、两眼发光，又开了他那招牌式的呐喊。

"十六万八千八百八十八，二次。"

"二十六万八千八百八十八。"就在主持人刚要落槌宣布头灯竞投结果的时候，谭志致举牌高声喊道。

现场一片寂静。能说会道的主持人也被他的气势震住了，良久才从喉咙里发出沙哑而颤动的声音："二十六万八千八百八十八，一次；二十六万八千八百八十八，二次；二十六万八千八百八十八，三次。"当他高声宣布谭志致胜出、赢得头灯"添丁发财"的时候，弥漫着酒香的夜空里再次响起了噼里啪啦的鞭炮声。此时，坐在酒桌上的姚玉婷同样被谭志致的慷慨彻底震撼

了。她百思不得其解，哥哥竟然舍得掏出将近三十万元买回家一个纸灯笼。心脏还在怦怦乱跳的她，茫然不解地环顾四周，却发现谭家每一个人的脸上都洋溢着心满意足的笑容。他们终于如愿以偿了。

谭志远觉察到了妻子的疑惑，便附耳解释道："如今富裕起来的农民大不比从前了，他们不单单是为了争个胜负、讨个好意头，更多的是借这个机会感谢乡亲、回报社会。"听了丈夫的窃窃私语，姚玉婷被深深震撼。

竞投灯在欢笑中继续进行。灯笼的冠名也更加丰富多彩，依次是"生意兴隆"、"一帆风顺"……竞投的场面异常火爆，一浪高过一浪。

灯酒会结束后，谭志远打电话给唐小天，询问明天能否准时回到凤山镇，以便安排当晚的聚会。唐小天答复明天上午十点左右即可到达。之后，谭志远又联系了陈道明、孙宝丁。他们聚会的目的一为共庆佳节，二为正月初八的开工仪式做准备。

这个春节，唐小天带着妻女回湖南乡下老家过年。年后，他原计划带自己的父母一起来凤山生活，但终究没能如愿以偿，因了在乡里派出所工作的弟弟刚刚生下了一个儿子，正巧需要父母的照顾。

喜欢旅游的陈道明，借春节假期，带着父母、老婆、女儿，还有那个瞒天过海、偷偷摸摸生下来的儿子，一起去了海南岛旅游。尤其值得庆贺的是他在年前做了一件令全家人都高兴的事，就是缴纳了二十多万的社会抚养费，将儿子由一个没有户籍资料的"黑户"转为中华人民共和国的合法公民。

春节前夕，孙宝丁的岳父岳母来凤山过年了。善解人意、勇于担当的孙宝丁，主动承担起公司在春节期间的干部值班。为了确保春节期间工厂用电、消防、物资的安全，他白天陪家人在附近的公园里游玩，晚上则回到厂里巡查值班。每天去厂里巡查的时候，他都会告诉老婆，自己晚上驻厂值班，就不回家睡觉了。其实他回不回家睡觉，对于张燕来说，已经无所谓了，因为她迷恋上了网页聊天室。从春节放假的第一天开始，她除了陪父母出去游玩、吃饭以及上厕所外，其余时间都坐在电脑前，几乎达到了夜以继日、废寝忘食的地步。令她和孙宝丁庆幸的是，聪明懂事的女儿天生具有超强的自我管理能力，一直都是邻居们常说的那种"别人家的孩子"，无需他们两口子操心。不管是什么级别的考试，女儿的排名始终都是全年级前三名，家里的墙面上贴满了她获得的各种门类的奖状。

正月初七的清晨，孙宝丁从厂里回到家，一副神清气爽、容光焕发的样子，丝毫看不出曾经熬更守夜的疲惫相。岳母刚刚做好了早餐，是全家人最喜欢吃的牛肉粉，他正巧赶上，便忘了斯文，狼吞虎咽地吃将起来。他一边吃饭，一边告诉妻子，晚上和志远、小天、道明四家人一起聚餐，请她和女儿提前做好准备。玲玲听见爸爸说晚上出去聚会，自然是欢欣鼓舞、喜上眉梢。"几点钟？"张燕不冷不热地问，"爸妈一起去吗？"

"我们就不去凑热闹了。"岳父说，"同事聚会，我们去了不方便。"

"是啊，你们一家三口去就可以了。"岳母说，"我和你爸想上街逛逛，看看有什么当地特产，带些回去，给你弟弟一家人尝尝鲜。"

"那好吧。"张燕说，"你们要注意安全。"

"出去转转也好。"孙宝丁说，"特产就不要买了，我会提前准备好的。"

"是啊，回家的礼物就让宝丁准备，你们出去转转就可以了。"张燕说。

早餐后，孙宝丁临出门时，告诉妻子说："今天要为明天的开工做准备，中午就不回家吃饭了。晚上六点，我回来接你们。"

在摆满鲜花的厂房里，孙宝丁领着总经办的几个同事正在策划、准备明天的开工仪式。其实，这种小事本不必他亲力亲为，几个经验丰富的部下完全可以搞定。但他还是不放心，生怕出了纰漏而不吉利。一阵紧张忙碌之后，到了中午吃饭的时候，经逐一确认，所有工作皆已准备就绪，他这才如释重负地通知同事们赶快回家吃饭。就在这时，他的手机铃声响起了，来电显示"VIP 客户"。他像一只受惊的兔子，疾步走到僻静处，警觉地环顾四周，确认百米之内空无一人，这才接通了电话，低声说："我是孙宝丁，现在方便，请讲。"

"宝哥，我是小凤。"电话那头传来一个让男人听后骨头都酥了的妙龄女声，"午饭准备好了，几时回来？"

"很快。"孙宝丁神情紧张得像做贼一样，压低了声音回道。

二十分钟后，孙宝丁驾车驶进了一个花园小区，之后又将自己包裹得严严实实，一路小跑进了一栋单元楼里。他沿楼梯气喘吁吁地爬到六楼，然后轻车熟路地开锁，一闪身进了房间。身着白底花格子睡衣的小凤，手里牵着一个小男孩笑眯眯地迎了上来，满心欢快地说："悦悦，快叫爸爸。"

"爸爸，爸爸。"小男孩眉开眼笑地伸出双手，跟跟跄跄地跑了过来。

"乖儿子，想死爸爸了。"孙宝丁弯下腰，一把抱起了小男孩，在他的小脸蛋上亲了个不停。

241

"吃饭了。"一个保姆模样的农村女子招呼道。

孙宝丁抱着儿子,坐在饭桌前。一桌子飘着家乡香味的菜肴,立刻让他来了食欲。

"悦悦,吃饭了。"孙宝丁将儿子放在一个专供小孩子吃饭的加高椅子上,耐心细致地帮他系好口水巾,摆好盛满饭菜的小碗、勺子,一字一句地说,"吃饱肚子,悦悦就能快些长大,成为一个真正的男子汉了。"

儿子在他鼓励下,扑闪一双天真可爱的大眼睛,挥动着胖乎乎的小手,飞快地将碗里的饭菜往嘴里扒拉,粉红稚嫩的小嘴边沾满了油星和饭粒。小凤看着父子俩亲密的样子,脸上露出了幸福的笑容,但她的内心里却为儿子的未来开始担忧了。

吃毕饭,收拾完厨房,保姆领着悦悦去楼下玩耍。小凤像一只小猫,依偎在宝丁怀里,尽情地享受着二人世界的甜蜜。

"宝哥,我听姐妹们说,顺德出台了新政策,外地人购房就可以入户。"小凤娇声细语地说,"是吗?"

"好像是有这样的政策。"孙宝丁模棱两可地说,"我要上网查一下。"

"儿子一天天长大了,将来还要上学,没有户口可怎么办?"小凤忧心忡忡地说,"你要早做打算。"

"容我想想,办法总会有的。"孙宝丁语气平缓地说。

小凤的未雨绸缪令孙宝丁因儿子而带来的喜悦心情一下子跌落到谷底,他不由得陷入了沉思。小凤说得没错,有些事确实到了不得不解决的地步。一年多以来,他不费吹灰之力,将唐小天趴在自己耳朵上说的一句戏言"找一个妹子,帮你生个儿子"变成了现实,但要他义不容辞地承担由此造成的后果,可不是一件容易的事情,况且他知道纸终究是包不住火的,此事一旦被自己的老婆发现了,后果将不堪设想。

经过一番绞尽脑汁苦思冥想的煎熬之后,孙宝丁一时也想不出比买房入户更好的办法。稍作休息之后,他离开了小凤的住处返回到公司,又全身心地投入到开工前的准备工作之中。须臾间,适才笼罩在他心头的恐惧和焦虑,就像天上的浮云一样,飘得无影无踪。

时至傍晚,天色渐黑,孙宝丁带着妻子、女儿如约来到了金水湾大酒店二楼的一间贵宾房。谭志远、唐小天、陈道明携带他们的家人也都陆续到场。适逢春节期间，亲朋好友见面后，自然是少不了互贺新春、祝安送福，给小朋友派发新年利是，以示庆祝。一阵寒暄之后，他们进入了聚会的正题。"各位女士，我们四个爷们先去里间开一个简短的碰头会。"谭志远说，"请四位夫人和孩子们喝茶、吃点心，等开完会，咱们就开席吃大餐。"

"你们忙去吧，我们做女人理应支持丈夫的工作。"张燕操着洪亮的嗓音说，"姐妹们，喝茶、吃点心。"

四个男人进入里间后，孙宝丁详细汇报了开工仪式的准备情况。众人听后，纷纷点头表示赞同，都认为准备工作做得细致周到，没有需要补充完善的地方。之后，他们便走出了里间，招呼酒店服务员倒酒、上菜。吃饭间，谭志远给兄弟们透露了一个内部消息，顺德的房价在短期内将会大幅上涨，建议大家如果手头有闲钱，赶快买房子。唐小天住在顺德新区，对那里的情况最了解，他对陈道明说："老陈，顺德新区购房不但可以入户，还可以保证孩子进一中附小读书。"

"缴了罚款之后，我儿子的户口已经解决了。"陈道明仰起脑袋自豪地说，"不过，你说开发商保证户主的孩子进一中附小读书，那我一定要去看看。"

"老陈，飞天小学的教学质量也不错啊，是凤山镇最好的学校。"张燕说，"我们家玲玲就是在那里读书。"

"那是，那是。"陈道明说，"学校的马老师是我的邻居，她说你们家玲玲将来肯定是清华、北大的高材生。"

"你们家翠翠也很优秀啊。"张燕说，"她也是从飞天小学考上一中的。"

"你们两家的女儿都很优秀，我和志远要向你们学习取经啊。"唐小天笑道，"不过，你们也都该换一套新房子住了。"

"同意你的建议，改日我和宝丁一起去瞧瞧。"陈道明说。

"我们家宝丁打工这么多年，挣得钱都还债了，除了买下飞天的那套旧房子外，再没积攒下多少钱。"张燕可怜兮兮地说，"哪还敢想着买新房啊。"

"大家一起努力，不久的将来，房子、票子都会有的。"谭志远打气似的说，"而且还要住上大别墅、开上豪车，送儿女去国外读书。"

"好，我们一起努力，为美好的明天加油！"唐小天附和道，"来，干杯！"

"干杯！"众人举杯同庆。

这时，一直沉默不语的孙宝丁心里却在琢磨，如何兑现自己给小凤的承诺。

第十九章

新年伊始，时代电器捷报频传。"谭总，告诉您一个好消息。"孙宝丁兴冲冲地跑进谭志远的办公室，"我们的燃气灶具、抽油烟机分别被评为'中国名优产品''国家免检产品'，燃气热水器也通过了审查并获得了生产许可证。"

"宝丁，坐下来慢慢说。"谭志远微笑道，"这确实是一个鼓舞士气的好消息。技术部的工作成绩显著，对公司可持续发展起到了积极的推动作用，我提议按照贡献的大小对相关人员进行通报嘉奖。"

"技术部能取得这些好成绩，都是您英明领导的结果。嘉奖人员名单我会尽快呈报您。"孙宝丁谨慎地说，"另外，我们上报给省商标局的'省著名商标'认定申请，预计在下个月就可以得到批复。下一步，我们准备组织力量申请燃气热水器的'中国名牌产品'称号。"

"很好！你们这种积极主动、富有激情的工作态度，值得全体员工学习。"谭志远说，"今年是时代电器发展的关键之年。我相信，在公司全体员工上下齐心、共同努力下，公司既定的全年销售规模突破十亿元大关、进入广东省百强民营企业行列的目标一定能够实现。同时，申报时代成为'中国驰名商标'以及中国民营高科技企业的任务也必须在年内完成。"

"我们已经在准备申报资料，保证按时完成任务。"孙宝丁说，"另外，我有一个想法，向您汇报一下。为了加强新产品的开发力度，提高前瞻技术的储备水平，我建议成立技术开发部，负责公司的新产品开发、新技术研究和未来产品的规划，原有的技术部更名为技术准备部，主要负责生产过程中的制造工艺、工装模具、标准化等技术管理工作。这样调整的结果，不但有利于公司的长远发展，而且对高端技术人才的吸引和培养都将大有益处。"

"这个想法很好，尽快拿出一个具体方案，报公司经营班子讨论。"谭志远不假思索地说，"技术立企是我们永远不变的经营之道，你就甩开膀子放大胆干吧。"

半年后，时代电器强势进军整体厨房电器，紧接着又大规模进入了太阳能热水器、户外型热水器、消毒柜、橱柜等领域。随着公司产品门类不断增多、销售规模快速增长，刚刚投入使用不久的生产、仓储及周转场地又变得拥挤不堪，设备、生产线的产能也显得捉襟见肘，雄心勃勃的谭志远又准备筹集资金开启工业园二期工程的建设。没承想，一场突如其来的大火，促使他加快了这个计划的实施。

紧邻时代电器南侧，是一家生产包装材料的工厂。一个闷热难耐的夏夜，翻转一下身子也能冒出一身汗。一阵急促的手机铃声将刚刚进入梦乡的谭志远从睡梦中惊醒。电话是唐小天打来的。他语气紧张地告诉谭志远，隔壁的包装材料厂发生了火灾，火势凶猛、烟火四起，大火已经越过围墙，蔓延到了他们堆放在距离围墙不远处的零件周转区。他说自己已经拨打了火警电话，同时正在组织党员干部和夜班员工进行灭火救护工作。谭志远在电话里叮嘱他，一定要在保证员工自身安全的前提下，开展自救，之后便立刻驱车赶往工厂。这时，被电话铃声叫醒的姚玉婷，听说厂里发生了火灾，惶恐不安地叮嘱丈夫，夜深天黑，注意安全。

谭志远赶到公司的时候，三辆消防车已经到达火灾现场，数十名全副武装的消防官兵正在紧张有序地喷水救火。厂区大门外，围观的群众黑压压一片，议论和打电话的声音交杂在一起，此起彼伏。熊熊大火仿佛发了疯似的，随风四处乱窜，肆无忌惮地吞噬着一切，赤红的火焰像一个疯癫的书法大师。由于厂区道路狭窄，消防车无法近距离喷水，火势迅速向最南头的厂房逼近，眼看辛苦拼来的基业将要毁于一旦，谭志远束手无策、心急如焚。恰在这时，漆黑的天空闪过一道亮光，忽然爆发出雷鸣般的巨响，接着第二道亮光闪过，之后又一声巨响，俄而暴雨如注、火灭烟消，熙攘的人群中发出惊叹的议论声："菩萨显灵了，这两家工厂的老板至少有一个是大善人，连老天爷也来助他一臂之力。"

半小时之后，不可一世的大火终于熄灭了，菩萨唤来的暴雨也已停歇，烧焦的铁皮、木方漂浮在污浊的水面上，灯光照射下的工厂一片狼藉。被大雨浇得像落汤鸡的工友们，依然痴痴傻傻地杵在原地发呆，似乎还没有从惊恐中回过神来。第一个缓过神来的谭志远，挥动着手臂，高声召集在厂的所有党员干部，引领消防官兵以及自己的员工进入厂里的大饭堂休息。紧接着，他又安排厨房烧水、做饭，款待所有搭救时代电器于危难之中的英雄。人事经理带领手下抱来几大包还没来得及发放给员工的新工衣，分发给英雄们沐浴更衣。事后，飞天公司对参与这次救火的所有党员干部、员工全公司通报表扬，并给予现金奖励。

灾后经过盘点，买了财产保险的时代电器在这次火灾中的损失并不大，而隔壁的包装材料厂不但没有买保险，而且还要面临周围邻居的巨额索赔，损失惨重，只剩下残垣断壁和满地的污泥浊水。侥幸逃过此劫，谭志远一班人不敢怠慢，立即筹集资金开始了工业园二期工程建设。他们邀请了广东省工厂规划设计院的专家，对厂区的消防、排水和疏散通道重新进行了设计，所有建筑全部按照最高防火等级进行设计和施工，计划二期工程一年后投入使用。就在二期工程开始设计的时候，唐小天提出了一个大胆的想法。他认为二期工程的规划设计，应该满足公司未来三到五年的发展需求，建议在二期厂房投入使用前，应按照事业部的建制要求对时代电器的公司架构进行调整，成立厨电事业部、热水器事业部和太阳能事业部，以满足公司产品种类日益增多、规模快速增长的需要。谭志远对唐小天的想法持赞成态度，但提出了分步实施的意见。他认为先成立太阳能事业部，待实验成功后，再成立厨电事业部和热水器事业部，这样会更稳妥一些。他的理由是，太阳能相关产业对于时代电器来说是一个全新领域，也是我们正在大规模发展的产业，新产业用新机制更利于其快速发展，也能为其他事业部的成立摸索出经验和教训，符合公司稳健经营的宗旨。此方案上报公司董事会讨论后，获得了全票通过。

时代电器烧了一场大火的新闻也传到了华哥的耳朵里。他专程来到相隔二十多里地的时代电器看望谭志远他们。当他得知火灾情况并不像传说的那样严重，便松了一口气。谭志远同样关心华哥的近况，关切地询问他的工作和生活状态。他嘿嘿一笑道："还不错。赵总对我一直很关照。"

起得比鸡早，睡得比狗晚，是华哥目前的工作状态。但不论生活多么艰辛，他还是没耽搁了买马、打麻将的爱好。八月里一个炎热喧嚣的夜晚，趣悦茶庄三楼的八号房间里，灯火通明，烟雾缭绕。"华哥，轮到你摸牌了。"阿彪嘴里吐出一缕浓烟，斜眯着双眼瞅着昏昏欲睡的华哥，笑嘻嘻地提醒道，"是不是睡着了？"

"一索。"华哥抖了抖脑袋，眨巴一下眼睛，伸出右手在麻将墩子里拿起一张牌，用拇指一摸，看也没看，就丢进了牌池。

"抽支烟，提提神。"阿彪自烟盒里抽出一支烟，递给了他。华哥点燃了烟，狠狠地抽了两口，似乎一下子又来了精神。

"阿彪，听说孔老板为了防止采购人员搞腐败拿回扣，组织你们开展自查自纠、互相揭发，晚上自我反省、写检讨书，白天在大会上当众宣读、评议，要求人人过关，宣誓表忠。"华哥幸灾乐祸地问，"如果评议通不过，就要继续写，直到通过为止。是真的吗？"

"关我什么事？"阿彪满不在乎地回应道。

"不关你事？"华哥反问，"前段时间，钣金厂的采购员阿翔，当着几十个人的面做悔过检讨，竟然吓得浑身发抖、痛哭流涕。目击者说他的样子让人觉得可怜极了。"

"我坚持原则、奉公守法，处处以公司利益为重，不拿供应商一分钱的回扣，没有接受过他们一次请客送礼。"阿彪辩解道，"难道他们硬要栽赃陷害我不成？"

"那可不一定。"华哥表情严肃地说，"无辜好人也会被冤枉，受罪遭殃。"

"那个孔老板，就是一个地地道道的土财主，爱财如命，视员工如奴隶、蝼蚁一般，员工在他的心目中都像是贼。"老马满脸怨气地说，"飞天集团所有的老员工，从上到下，没有一个人是他可以信任的。"

"网上有文章说，孔老板是一个资本运作高手，身后有高人支持。他用了很少的钱，就把价值数十亿的飞天集团搞到了手。"阿彪神秘兮兮地说，"现在他又利用飞天集团这个平台，玩左右口袋游戏，拆借资金，再去收购别的公司。"

"听上头的领导们说，孔老板请客吃饭的时候，不管被宴请的宾客是什么达官贵人还是普通朋友，都会在饭后不停念叨，这顿饭又花费了自己多少银子，真可惜啊！"华哥添油加醋地说，"像他这种只顾自己闷声发大财，而不顾及他人感受的做法，不符合顺德人有财大家发的处事风格，迟早会出事的。"

"孔老板常常在大小会上训斥手下，人都有惰性和奴性，在没有办法自我战胜的情况下，鞭子是最有效的管理工具。"老马愤愤不平地说，"惯用'鞭子'管理属下的孔老板，为此常开色厉内荏的会，只要他开口讲话，其他与会成员，不管是总裁还是副总裁，都只能臣服在权力之下，任由他恣意妄为。"

"马工卸任车间主任有些日子了，怎么还能打听到这么多内部消息？"阿彪阴阳怪气地问，"是谁告诉你的？"

"那些领导们私下里聚在一起，嘴唇一舔酒，就是牢骚满腹。"老马辩解道，"哪里还用得着打听？"

"唉！飞天的老员工已经走得差不多了。"华哥唉声叹气地说，"剩下的人，也都在自找退路了。"

"听他们说，集团的刘总就是被孔老板当着众人的面指着鼻子骂走了。"老马幸灾乐祸地说，"接下来，梁总马上也该拜拜了。"

"要我说，这个梁总早就该拜拜。"一个年龄大约三十多岁的男子义愤填膺地说，"听说他背着刘总，不但私下里和刘总的老婆合资在外面开厂，法人是刘总的老婆，且又指示手下亲信将飞天的积压材料低价卖给自己的公司，然后做成零部件，又转手卖回飞天，从中非法牟取暴利。"

"赵工说的对，这个梁总不但害了自己，也害惨了刘总。"老马补充道，"听说梁总正在接受审查呢。"

"所以说，我们不能把孔老板说得一无是处。"赵工板着一副公平公正的面孔说，"其实，他的大部分决策还是正确的，符合飞天的实际情况。尤其在反腐败、降成本、对外宣传、技术创新和销售规模提升等方面成绩显著。如果飞天能够沿着这个势头发展下去，实现冰箱保一、空调保三争二的销售目标绝对是稳操胜券。"

"刚刚当上科长还没几天，就当起了狗腿子，帮孔老板摇旗呐喊了。"阿彪酸溜溜地说，"现在的飞天公司已经成了你们这些外地人的天下了。"

"我说的都是事实，你不要胡搅蛮缠。"赵工佯装生气地说，"再动粗口，小心老子揍你。"

"好了，好了，不要吵了。"华哥劝解道，"今晚就玩到这里，明天还得早起去东莞呢。"

"华哥，你的脖子上长了好多红斑，得空去医院找医生瞧瞧。"老马关切地说，"不能光顾着拼命赚钱，也要注意身体啊。"

次日正午，炙热的太阳像火球一样，烘烤着大地上的万物，华哥的货车和平日里一样，临时停放在模具厂大院内的一棵老榕树下。

"华哥，华哥。"阿玲拍打着车窗叫道。

车门打开了，阿玲像一只小鸟一样，飞进了华哥的车里。

"这辆车都买好久了，怎么还有这么大的异味？"车内刺鼻的塑料气味几乎令她晕厥，她捂着鼻子说，"把车窗放下来吧。"

"我怎么没有感觉？"华哥漫不经心地反驳说，"窗子放下来，冷气都跑光了。"

"你的神经已经麻木了，小心中毒。"阿玲娇嗔道，接着又问，"下午去哪里出车？"

"先去乐从拉材料回厂，然后再跑一趟东莞。"

"领导们下午都去分公司开会了，带我去乐从溜一圈吧。"阿玲笑嘻嘻地说，"顺便给家里买两盆花回来。"

"没问题。"华哥说，"我休息一会儿，等上班后，你再叫醒我。"华哥话音刚落，便打起了抑扬顿挫的呼噜声。坐在副驾驶位置的阿玲则戴上耳机悠闲地听起了音乐。

时间到了下午两点，阿玲瞧着熟睡中的华哥，没有忍心叫醒他。这时，车窗外响起了急促的拍打声。"华哥，快去乐从把材料拉回来。"阿彪催促道，"车间等着试模呢。"

从睡梦中惊醒的华哥，知道自己睡过了头，迅速跳下车，来到洗手间用凉水匆匆洗了一把脸，然后驾车飞驰而去。

"厂区内，车速不能太快。"阿玲提醒道，"注意安全！"

"过了上班时间，为何没有叫醒我？"华哥埋怨道，"耽误了时间，路上只好开快些。"

"阿彪总是一惊一乍，他的话不必当真。"阿玲说，"还是开慢些好。"

烈日暴晒下的广珠公路，热浪炙烤，车流如梭，华哥凭借高超的技艺，一路见缝插针，左右穿梭，逢车必超，愣是在预计的时间内，到达了目的地。

"阿玉，张总在吗？"华哥走进一家大型塑料材料批发市场，朝着迎面走来的一个经理模样的年轻女子问。

"小兵，华哥来了。"阿玉朝着办公室大声喊道。

"华哥，快请里边喝茶。"张小兵走出办公室，笑容可掬地说，"阿玲也来啦，欢迎光临小店。"

"不喝啦，赶紧装货。"华哥催促道，"厂里还等着材料试模呢。"

"再急也不在乎喝杯茶的时间。"小兵说，"先喝茶，等装好货，再走也不迟。"

华哥拗不过小兵的盛情邀请，便和阿玲一起走进了办公室。他刚一落座，突然想起了阿玲买花的事，便又说："小兵，派人去前面的花市买两盆花，省得我们过会儿再去。"

"两盆什么花？"小兵问。

"一盆金钱树，一盆发财树。"阿玲插嘴道，"是帮我买的。"

"好嘞。"小兵立即安排人去花市买花。

"生意越做越大了。"华哥说，"店面又扩大了不少。"

"马马虎虎啦，也就是混口饭吃。"小兵泡好了功夫茶，笑呵呵地说，"喝茶，喝茶，上好的普洱茶。"

"这条红色的鱼叫什么名字？"阿玲指着摆放在办公室里明财位的鱼缸，惊奇地问，"真漂亮！"

"金龙鱼。"小兵答道。

"这条金龙鱼，鳃盖如同战士的盔甲，还有那宽大的七鳍，长长的龙须，充满灵动之美，带给人活力，让主人能够保持心情舒畅愉悦。"华哥说，"它具有吉祥、辟邪、镇宅、押运、招财等作用，祈望能带给你好运道。"

"看不出，华哥还是一个金龙鱼专家。"小兵惊诧不已，不解地问，"你也养了一条？"

"我哪里有钱养这样的宝贝啊。"华哥自嘲道。

茶泡三遍，货已装好。小兵的员工业已将鲜花放了车里。华哥告别了小兵，又急匆匆地赶回厂里。

"怎么没有见到阿香？"阿玲疑惑地问，"不是说她跟小兵好上了吗？"

"那都是老黄历了。"华哥笑眯眯地说，"三个月前就拜拜了。刚才那个叫阿玉的女子是小兵的新任女朋友，听说他们马上就要结婚了。"

"男人变心真快！"阿玲表情伤感地说，"阿香这下子可惨了。"

"她好着呢。"华哥说，"她和小兵分手后，又找了一个五十多岁大老板，把自己嫁了。现在每天过着打牌、遛狗、美容、喝茶的富婆生活。"

"她想得可真开！"阿玲叹息道。

"你也要抓紧时间找一个好男人，把自己嫁出去呀。"华哥说，"一个人带孩子很辛苦的。"

"怎么啦？"阿玲娇嗔道，"怕我缠上你了？"

"哈哈，我巴不得你缠上我呢！"华哥一阵坏笑，"可惜我没有那个福分。我连自己的老婆、孩子都快养活不起了。"

"如今的社会，像你这样的好男人不多了。"阿玲说，"时时刻刻都惦记着自己的家人。"

"哈哈，我倒是也想变坏啊，可惜没有变坏的条件啊！"华哥无奈地笑道，"要不然，你给我一次机会。"说话间，他佯装要将手伸向阿玲的胸前。

"小心驾驶！"阿玲迅即用双手护住了胸前，惊呼道。

男女搭配，开车不累。不知不觉，华哥驾驶车辆回到了凤山镇。他顺路帮阿玲将两盆花送回了家，然后回到厂里卸下材料。之后，他又马不停蹄地载着何卫国赶往东莞。

飞天集团的整风运动不但让普通的采购人员痛哭流涕、悔过自新，而且波及钣金厂厂长何卫国。他因对下属管理不力、履职不到位，给公司造成重大损失而被就地免职。配套公司总经理郭志雄念及他是飞天的老员工，说服上级领导，暂时把他发配到了模具厂，安排在赵达裕的手下担任售后服务副主任。是日，刚刚上任不久的他，要在华哥的引领下，前往客户的工厂维修模具。从一个一呼百应、受人尊敬的分厂厂长，一下子沦落为模具厂的售后服务中心副主任，说白了就是一个模具维修大师傅，何卫国一时难以接受眼前的现实，整日神情恍惚、郁郁寡欢。三个月后，因实在适应不了这个低三下四遭人白眼的工作，他愤然辞职，去了老领导李继先的私人公司里继续打工。何卫国含泪离开了工作了十数年的企业。

就在多数飞天中高层管理人员心灰意冷、伺机另谋出路的时候，郭志雄却深得孔老板的赏识和重用。他不但为孔老板主导的新产品开发立下了汗马功劳，而且坚决支持孔老板的经营理念和用人标准，推崇孔老板不惜重金从全国各地乃至欧美等发达地区高薪聘请了一批具有世界一流跨国公司从业经验和国际视野的职业经理人。这些人大多具有欧美留学经历，并获得了博士学位。他坚信飞天集团照此趋势发展下去，必将创造二次辉煌。作为回报，孔老板对郭志雄的工作业绩和忠诚度十分满意。他在高兴之余，决定将配套公司的生产规模扩大，并归属自己直接领导。从此，郭志雄在飞天集团的地位变得与主机公司的领导们同样举足轻重，开始挺胸抬头和他们平起平坐了。

孔老板是一个骁悍雄杰、野心勃勃之人，有着别人不具备的胆识和魄力，总是能够做出一些让人出其不意的事情。他巧妙地利用了古希腊科学家阿基米德发现的杠杆原理，用四两拨千斤的高超手段，以蛇吞大象般的英雄气概，毫不费力地将飞天集团收入囊中。但对于飞天集团的大多数员工来说，从一个让人羡慕不已的高收入群体，一夜之间沦为资本家的打工仔，他们在迷茫和不知所措中，用怀疑的目光观望孔老板的每一个举措和由此而产生的后果。然而，一年过后，细心的飞天员工发现，经过短暂的休整和一系列眼花缭乱的运作之后，孔老板不但让濒临退市的飞天集团起死回生、实现盈利，而且开始在全国各地大肆圈地、建设工业园，并将贪婪的资本游戏复制到了国内其他和飞天状况大致相同的上市公司。

孔老板四处攻城略地，图谋建立庞大的制造业帝国，自然需要大量的人才。他不但需要高学历的国际性人才，也需要工作经验丰富、技能高超、脚踏实地的专业型人才，而专业型人才主要来源于企业内部的培养和挖掘。识时务的郭志雄便不遗余力地从配套公司内部为孔老板扩建的新生产基地输送了大量优秀的专业人才，但这些人才大多是与他和他的亲信们相处不太愉快的异己分子。钣金厂副厂长杨建军就是其中的一个，他被排挤去了华东基地新建工业园担任配件厂厂长。

孔老板入驻飞天集团后，策划推动的一系列让人云里雾里的神操作，同样引起了局外人谭志远的关注。毕竟他和飞天还有着千丝万缕的联系，飞天的一举一动都不同程度地牵动着他的心。他的妻子姚玉婷作为飞天集团财务系统中的重要人员，自然对孔老板鲜为人知的手段了如指掌。

一个周末的夜晚，谭志远吃过晚饭，陪妻子在小区的花园里一边散步一边聊天。姚玉婷和他聊起了飞天集团的现状，且以一个财务管理人员的视角，客观地述说了自己对孔老板的直观感受。她初次见到孔老板，印象很不好，觉得他像是一个身形面相未老先衰、衣着打扮酷似农民的暴发户，但接触一段时间之后，却发现他是一个足智多谋、雄心万丈的企业家。他跟一般人不一样，做事信心十足。别人认为不行而他认为行的事儿，即使大多数人都认为不行，他还是坚持己见，而且还会继续做下去。她认为，孔老板这种卓诡不伦、孤履危行的精神，只有少数人才具有。他推行的一系列大刀阔斧的改革举措，不但大大降低了企业的生产制造成本，而且在业内造成巨大影响，同时也引起了同行们的恐慌。她将孔老板推行的一系列大刀阔斧的改革举措总结为"孔氏三板斧"。举措之一：高度集权。对于涉及钱财交易的一切业务，其监督审核权收归几个自己的亲信负责，而最终的决策审批权则是他自己。举措之二：整风运动。强化内部管理，从营销系统开展大规模的整风运动开始，说白了就是不论你的业绩好坏，都要做自我检讨，在自己的灵魂深处掘地三尺，人人过关，最后宣誓效忠；规范招标、定价、采购流程，防止腐败、杜绝漏洞；自我反省、互相揭发，规范员工行为，围猎内部蛀虫；减员增效，挖掘内部资源、节资降耗，缩减员工福利，将学校、幼儿园、饭堂、车队等机构推向社会，减少费用支出；利用飞天集团的声誉与规模优势，与核心供应商签订战略合作协议，建立能为飞天集团创造最高价值的供应链管理体系。

举措之三：整合行业闲置资源。采用趁火打劫的惯用手法，以极低的价格收购国内同行业闲置的生产线，布局整个产业链上下游的配套能力，从而快速提升生产规模、降低生产成本，掌控产品价格的话语权。以此为契机，实现了与世界家电巨头的深度合作，为飞天集团走向国际市场筑建起了通道。

听完妻子的讲述，谭志远虽然表面上赞许她的分析与总结，但他的内心里却并未改变对孔老板的看法。虽说这个孔老板并不像外界传说得那样是一个纯粹的资本玩家，而是一个深谙企业经营之道的行家里手，但据他了解，这人有一个致命的弱点，就是口无遮拦、狂妄自大、目中无人，只顾自己闷声发大财，而不懂得爱护员工、尊重客户、回馈社会，不舍得破财消灾、屈尊降贵去处理和各级政府部门、同行以及媒体之间的关系。故而，他认为孔老板无论现在多么风光、多么引人关注，即便有官方媒体、著名经济学家为他站台呐喊，但他终究玩的是一场没有悬念的游戏。所谓没有悬念就是从一开始明白人就已经知道了他的结局，如果说有悬念的话，那也只是玩多久的问题。

孔老板收购飞天集团之后的三年间，飞天的经营业绩增长迅猛，销售规模、利润逐年上升，为国家缴纳的税额也是连年成倍地增长。然而，正如谭志远预料的那样，这时的孔老板颇有些春风得意、忘乎所以。而得意往往伴随着忘形，他开始变得不可一世了，有一种从奴隶变成了将军的感觉。他在政府官员面前时常摆出一种鼻孔撩天、不屑一顾的态度，对同行口无遮拦、妄加指责，对员工颐指气使、专横跋扈，对外扩张的速度也越来越快，违规占用飞天的资金额与日俱增，故而引起社会各界的质疑声音也越来越高。世上没有无缘无故的成功，也没有无缘无故的失败。沉浸在功成名就喜悦之中的孔老板，绝对没有想到一场由各方势力共同发起、精心策划、矛头直指他的围剿行动正在悄悄展开。上至主管上市公司的各级政府官员，下到竞争对手、专家教授以及被迫离开飞天集团的原高管们，他们都在积极活动、搜集证据，力图通过法律途径还广大吃瓜的群众一个真相。

殷教授就是第一个跳出来在主流媒体公开质疑孔老板的人。其实，对于殷教授这个人，孔老板并不陌生，甚至还可以说他俩曾经是一对狼狈为奸的好朋友。

那是飞天集团被刚刚收购的时候，孔老板在香港的上市公司因传闻导致股价大跌。于是，他通过中间人认识了殷教授，且又向殷教授提供了香港公司的财务资料。之后，殷教授在国内顶级的财经杂志《新财富》上发表了一篇文章，赞誉孔老板、飞天集团以及孔老板在香港的上市公司。很快，孔老板在香港的上市公司的股价开始止跌回升。殷教授帮助孔老板解决了股价危机，但孔老板却言而无信、过河拆桥，翻脸不认人，没有按照与中间人约定的协议，在事成之后兑现给中间人和殷教授一定数额的酬金。中间人和殷教授都认为自己被孔老板坑了一把、吃了一个哑巴亏，自然不甘就此罢休，且又做好了伺机报复的准备。

"君子报仇，十年不晚。"殷教授将孔老板带给他的这份耻辱牢牢地记在了心里。熟悉殷教授的人都知道，他不是一个懦弱无能、任人欺凌的文弱书生，而是港台著名的经济学家、公司治理和金融专家，他获得了美国著名商学院的博士学位，先后执教于美国、中国香港多所大学，现任香港一所著名大学最高级别的（首席）教授。三年后，机会终于来了，殷教授当然不会心慈手软。八月初的一天，殷教授在复旦大学的演讲和同期发表在《新财富》杂志上的文章，将孔老板和飞天集团推向了舆论的风口浪尖。文中的孔老板，当仁不让地被丑化为猎食国有资产的罪魁祸首。正处在人生巅峰的孔老板，自然也不肯忍气吞声、委曲求全，而是选择了高调回应。他给殷教授发了封律师函，要求删除文章并道歉。有备而来的殷教授，回复孔老板律师函，绝不接受这份律师函所表达的孔某某的那种财大气粗、盛气凌人、践踏学术尊严与自由的口气。几番较量下来，在媒体的高度关注和积极推动下，殷教授名气大涨，而孔老板和他的家电帝国却成为众矢之的，举步维艰、如履薄冰。

半年后，农历三月末的一日，正逢立夏节气，淅淅沥沥的淫雨声，似乎也在诉说孔老板的条条罪状，飞天电器因涉嫌违反证券法规被证券会立案调查。面对危机一向高调回击的孔老板，这次却显得格外沉默和谨慎。农历六月中旬，他带着贴身随从秘密跑到北京，开始了危机公关活动。距离大暑节气还有三天，烈日暴晒下的帝都，铄石流金、酷热难当。孔老板身着一套宽大的深蓝色西装，像是一个被主子抛弃了的丧家犬，出现在长安街的一家酒楼里。他带着两个手下，穿过幽暗的旋转楼梯来到二楼，径直走进了一间名叫主沉浮的包厢。他坐在熟悉的包间里，望着窗外街道上的车水马龙，情绪低沉、思绪万千。这间酒楼一直是他在京城里会见重要客人的地方，每一个包厢的名字他都十分熟悉，点江山、定乾坤、主沉浮……

也许是一种冥冥之中的定数，数年间，他以一种指点江山的气概，在国内一口气并购了十数家家电和汽车企业，且一度成为一言定乾坤的霸主。但时过境迁、物是人非，他已经被逼到绝境，不得不低下高昂的头颅，来求见一位可以决定自己沉浮的神秘人物。包厢里的气氛沉寂，仿佛一切都已凝固，只听见从中央空调出风口吹出来的嗖嗖冷气声。从来都不抽烟的孔老板手指间夹持着一支冒着青烟的纸烟，用力地一吸一吐之间，满含焦虑；痛苦和沮丧布满了浮肿的脸颊，混沌的眼神里再也看不到一丝凌厉和自信；一头花白的头发，在烟雾缭绕中，显得愈发刺眼、沧桑。才过了几个月的时间，他看上去一下子苍老了许多。

"老板，喝杯啤酒。天气太热了。"一个长相斯文、书生模样的年轻男子倒了一杯燕京啤酒放在他的面前，怯生生地说。

"我不喝，你们喝吧。"他粗声粗气、竖眉瞪眼地说，"满口酒气，等会怎么和客人谈事？"

"喝茶，喝茶。"坐在一旁高大壮实肤色暗沉的中年男子劝道，"我们先喝茶。"

时间在沉闷中过去了大约一个多小时，神秘人物仍未现身。这时，孔老板的手机铃声突然响起。他接完电话，情绪有些失控，哽咽着嗓子对中年男子说："客人不方便来了。他说留给我们的时间不多了，劝我尽快卖掉飞天，否则将会失去主动权。"

"那您赶快拿主意吧。"中年男子神情焦灼地说，"需要我做什么，尽管吩咐。"

"倒酒，上白的。"孔老板头也不抬地大声喊道，"今天不醉不归。"

几杯烧酒下肚，昔日趾高气扬、耀武扬威的孔老板，像是一棵被人划满刀痕的老树，满面都是伤心的泪水。他知道自己一旦失去了飞天，将变得一文不值。正当他神情沮丧、借酒消愁之际，两个手持长枪短炮的记者推门冲了进来。

"孔老板，有段时间没见了，最近可好？"一个不请自来的记者笑呵呵地问，听上去他们似乎早就相识。

"你们怎么来了？"他诧异地问，"我今天不接受任何人的采访。"

"证监会立案调查飞天电器，您能透露一下具体细节吗？"一个记者问，另一个记者对准他啪啪地拍照。

孔老板站起身，不由分说，伸手强行关掉记者手中的录音机，并挥手对摄影记者怒吼道："别拍了！我今天这个落魄潦倒的模样，岂不和现在的飞天一个样了？难道这也是你们最希望看到的结果吗？"

"您别激动，了解事情真相是我们做记者的本分。如果实在不方便，您简单讲几句也行。"记者仍然不依不饶地问。

"我正在接受调查，现在不能说话啊！"他发疯似的大声喊道。

两个记者纠缠了半天，见毫无结果，便扛着长枪短炮垂头丧气地走了。

"我做企业，干卿何事？"他端起酒杯一饮而下，喃喃道，"我用了三年的时间，辛辛苦苦将一个亏损累累的企业扭亏为盈，销售收入从四十多亿做到了将近百亿，出口额由六千多万美元增长到了四亿多美元，税收从两亿出头到了近六亿，雇员人数几乎翻了一倍。我把企业做得这么大，到底错在哪里了？"

"老板，您也不要太悲观，兴许还有机会。"坐在一旁的中年男子安慰道。

"刘博士，我没有机会了。"他脱掉西装外套，万念俱灰地说，"唉！我最对不起的人，就是你们几个跟随我打拼了多年、到头来却一无所获的老部下。"

刘博士跟随孔老板已有十数年，第一次看到老板变得如此绝望，唯有不变的是他的吊带裤、大眼镜和犟脾气。吊带裤是他受西方文化熏陶的舶来品，硕大的黑框眼镜则是他作为一个出生于上世纪五六十年代接受过中国传统文化教育的见证，这两样东西融合在一起成就了他，也毁灭了他。在中国这个讲求人脉的社会里，他一个不自量力的草根，却胆敢以自己的犟脾气对抗所有非议，注定粉身碎骨死无葬身之地。作为他的特别助理，刘博士曾经劝说过多次，可他就是不听，就是固执地要用自己不成熟的理论与现实抗争。刘博士发自内心地为老板的谢幕而感到惋惜。然而，刘博士绝对没有想到，数月之后，自己作为孔老板的特别助理，恪尽职守、死心塌地打拼了几年，非但没能发财致富、飞黄腾达，却落了个替罪羊的下场。他作为孔老板的同案犯，被判一年缓刑两年，处罚金十万元，实际关押两年半。自认无辜的他，在庭里庭外一直鸣冤叫屈，却无人理会。出狱后，他为了养家糊口，同时打好几份工。数年后，他因积劳成疾，不幸又得了癌症，发现时已经是晚期，不久之后便离开了人世。这位英年早逝的博士给自己的亲人留下无尽的伤痛。

三个小时后，酒楼已经开始打烊，其他客人早已离去，包厢外长长的走廊显得寂静而空荡。孔老板一行三人带着无助的醉意起身离去，他们消失在楼梯口的背影，就像遁入黑夜的幽灵，落寞而黯淡。"马上坐飞机去有意收购飞天的那个企业所在的城市。等我卖了飞天，会还清了所有债务，不欠国家一分钱，也会给你们一个满意的交代。"孔老板像一个输光了筹码的赌徒,气急败坏地告诉刘博士,"然后,我去大学做一名教授,继续研究学问。"

屋漏偏逢连夜雨。留守在飞天总部的手下,打电话告诉孔老板,自从证监会立案调查飞天之后,各种问题接踵而至:各大银行只收不贷,供应商终止供货,代理经销商开始变得谨慎,三个高薪独立董事集体辞职……

正所谓:成也飞天,败也飞天。七月末的一天,当孔老板在首都国际机场被广东警方以涉嫌经济犯罪协助调查为由而带走的时候,终于宣告了这场游戏到此结束,而他也为此付出了极其惨痛的代价。至此,他才明白,殷教授不是一只任人宰割的羔羊,而是一匹披着经济学教授外衣、吃肉不吐骨头的野狼。与此同时,孔老板被抓捕的消息被各大媒体竞相发布,先前因不公正待遇而从飞天集团离职的部分老员工们欢欣鼓舞、拍手称快。他们通过电话、短信在朋友间传递这个激动人心的好消息,并自发组织欢庆宴会,鸣炮奏乐、以示庆贺。

数年之后,被提前释放出狱的孔老板,华发苍颜、面如尘埃,一副落魄潦倒、老态龙钟的模样,早已不见了当年黑发白面、西装革履的老板形象,无情的现实将他从一个桀骜不驯、气吞山河的资本狂人变成了一个逢人便喊冤叫屈、上访状告的秋菊。但他自始至终都倔强地认为自己比窦娥还冤。多年以后,早已被大众忘却的孔老板却突然峰回路转、柳暗花明,再一次进入了吃瓜的大众视线。他凭着不屈不挠的倔劲,成功迫使最高人民法院对自己当年的案件进行了再审、改判。然而,命运多舛的他虽然赢了官司,却输掉了自己的半生。是年清明节,同样是受害者的刘博士的遗孀获悉高院即将改判,专程到丈夫坟前烧纸送信,以此告慰丈夫的在天之灵。

第二十章

　　孔老板收购飞天集团的第四个年头,人到中年的华哥不得不承认自己病了。一年多来,他反复感冒发烧,经常倦怠乏力、心悸头痛,面如死灰,仿佛恶魔附身一般,渐渐没了往日的精气神。他的睡眠质量也变得越来越差,已经好久没有享受过一觉睡到自然醒的美妙感觉,整晚幽梦不断,时常梦见去世多年的老娘:娘一会儿向他招手,一会儿又拉着他的手像鸟儿一样在天空中飞翔。

　　一天清晨,清明祭祖的烟雾还未散去,从噩梦中惊醒的华哥恍恍惚惚走进洗手间,他看见镜子中瘦得变了形的自己,惊愕不已:印堂发黑,双眼浮肿,眼神暗淡无光;皮肤蜡黄,额头上千沟万壑的皱纹如刀刻一般;手臂、脖子和胸背都长满了色斑,并散发出一股难闻的死鱼味;本已稀少的头发,像秋后枯黄的树叶一样,伸手划拉一下,便哗哗掉落,几乎堵塞了下水道的地漏盖。我这是怎么了?他想,难道一次小小的感冒发烧便能击垮我不成?旋即他又安慰自己,也许是工作太累了,等忙过这阵子,休息一段时间便自然会好起来。

　　"老公,请假去医院看看医生吧。"妻子华嫂在卧室里对他柔声说道。

　　"最近工作很忙。"他摇摇头说,"改天再说吧。"

　　"忙、忙,一年到头总是忙。"华嫂提高了嗓音喊道,"到底是你的身体重要,还是工作重要?"

　　对于妻子的劝告,华哥似乎无动于衷,吃完早餐后,他依旧开车上班去了。目睹丈夫被疾病折磨得憔悴模样,华嫂心里急得像火燎一般。她多次催促甚至吵闹着要带他去市里的大医院检查身体,但他总以工作繁忙、无暇顾及为由,一次次地拒绝、拖延,直到自己难以忍受的时候,方才偷空在家附近的小诊所里吊几次针药水，消炎杀菌、缓解病情。华嫂无奈，只好私下里买了一些传说能治百病的奇珍异草为丈夫煲靓汤来弥补身子的亏空，但效果甚微。

然而，近些日子，华哥的病情似乎变得不可控制，持续高烧不退，两颗眼珠子都泛出了瘆人的红光，晚上梦见老娘的次数更加频繁。初夏的一个夜晚，他在梦中竟然遇见了儿时溺水死亡的铁牛：铁牛长得还是那么瓷实，他俩追打嬉闹、上山摘果、下河摸鱼的画面和记忆中的一模一样；他在前边游，铁牛在后边拼命地追；突然，他听到了铁牛的呼叫声，回头一看，铁牛表情痛苦，伸长了脖子不停地在水中挣扎，双臂慌乱拍打着身边的水面，溅起丈许高的水花；铁牛抽筋了？他心想，我得快去救他。他迅速游回，并靠近铁牛；命悬一线的铁牛像一条饥饿的鳄鱼，瞪着一双吃人的小眼睛，张开双臂猛地拦腰抱住他，令他动弹不得，直到他的头也被池水渐渐淹没。他醒了，准确地说是被自己憋醒的。惊魂不定的他坐在床头，浑身大汗淋漓，胸闷气短，如同刚从阴曹地府里逃出来一般。

华哥慌了。天刚蒙蒙亮，他便打电话给单位的领导请了病假，开始四处求医。一个多月的奔波，他先后辗转市内几家大型医院治疗，病情不但不见好转，反而有加重的趋势。他开始变得惶恐不安。往日里从不上网的他，开始趴在电脑屏幕前，佝偻着身子，舞动笨拙的手指，瞪圆一双未老先花的眼神，在女儿的指导下，上网查询治病的良方妙药。妻子华嫂默默地增多了烧香拜佛的次数，而且不分昼夜地发动周围的亲戚朋友寻找隐藏在民间的神医，期盼着华佗穿越时空来给丈夫根治病痛。

那是梅雨时节，公历六月初，节令正到芒种。傍晚的天气闷热难耐，房间里没有一丝的风，像苍蝇一般大小的蚊子趴在主人的周围伺机嗜血充饥，忧心忡忡的华哥和妻子正在焦虑迷茫之际，邻家的阿嫂来家里探望。能说会道、见多识广的阿嫂得知华哥的病情后，向他推荐了一位传说能包治百病的老中医。

"老中医八十多岁，长年在一家名叫华佗阁的药铺里坐诊。"阿嫂说，"他医术高超，为人和蔼可亲，帮人治了一辈子病，不论病人的身份贵贱高低，均一视同仁：只开方卖药，不收取一厘一毫的诊断费。"

华哥是本地人，关于这位老中医的传说，他也早有耳闻，只是一直觉得口口相传的故事有些江湖色彩而不大相信。如今，自己不幸变成了病人，也终究逃脱不了病急乱投医的魔咒。

"我的亲哥哥得了肾病，便是找他医治好的。"阿嫂临走前补充道。

听了隔壁阿嫂的介绍，华哥像一个迷失了方向、久困在沙漠里的独行者，在弹尽粮绝、饥渴难耐、面临死亡的时候，突然发现前方有一片粼光闪闪的湖泊和氤氲缭绕的绿洲，重新点燃了战胜疾病的勇气。次日，他在妻子的搀扶下，拖着病体，循着邻家阿嫂指引的方向找到了老中医。华佗阁药铺地处繁华闹市，店面不是很大，店堂左侧和正前方摆放着用几个一米多高的长形玻璃柜拼接而成的一个曲尺型的大柜台，柜台的搁架、靠墙的货架以及镶嵌在隔墙的抽屉柜都摆满了琳琅满目的中西药品；店堂的正中央有一张枣红色的方桌，桌子的一边坐着一位长者，想必便是那位被神化了的老中医。华哥走进药铺时，神闲气定的老中医正在给一个病人候脉。店堂的右手边紧挨墙壁的一条长板凳上坐着七八个候诊的病人。洁白的墙壁上挂满了颂扬"妙手回春，华佗再世"的红色绸缎锦旗。

"老板，哪里不舒服？"坐在华哥身旁的病友问，"你的脸色不太好，给老中医仔细瞧瞧。"

"反复感冒，持续发烧，浑身无力。"华哥回道。

"不要着急，老先生一定会医好你的病。"病友宽慰道。

"老板，您是什么病？"华哥好奇地问，"医治得如何？"

"胃癌。省城的大医院说我只有一年的活头。"病友满不在乎地说，"可是，我如今已经活了三年多，好像越来越精神了。"

听见病友说"癌"，华哥不免脊背发凉、表情凝固。病友继续唠叨着自己的经历和老中医的神奇，华哥一边听一边希望这种神奇也能"惠泽"到自己身上。

时间大约过去了一小时，轮到华哥就诊。他上前就坐在老中医的对面，但见这位老中医确实与众不同：仙鹤羽毛般雪白的头发，儿童一样红润的面色；仙人的风度，道长的气概。顷刻间，他似乎看到了希望，一股暖流顿时从心底涌起，浑身平添了不少精神气。

老中医面无表情地说："伸出你的右手。张开嘴，把舌头伸出来。"大约半分钟之后，他又说："伸出你的左手。"接着，他又翻翻华哥的眼皮，摸摸华哥的脖颈。之后，他用纸巾擦净手，不紧不慢地写好药方，递给了穿白褂子的女店员，又心平气和地对华哥说："老板，你的病没什么大碍，主要是湿气重，虚火旺，经络不通，导致肾亏心衰，气血虚弱。吃三付药，包你见效。"华哥半信半疑地点头致谢。女店员按量分装好药，且又仔细教会华嫂如何熬制，并嘱咐她切记吃完药再带丈夫过来复诊。

医病的日子似乎较平日过得更快。华哥喝完三付药，感觉病情渐渐好转，高烧已退，人也慢慢有了精神，吃饭睡觉都有所改善。见此情景，全家人都很高兴，喜不自胜的妻子带他找到老中医复诊，并当面夸赞老中医的神奇。老中医好像不为所动，依旧是旁若无人、面无表情地候脉、翻眼皮、摸脖颈，最后只是嘱咐他继续吃药、保证睡眠，不要再熬夜伤身。

一个月后，华哥的病情莫名其妙地又出现了反复，除了不停地拉肚子、持续低烧外，身体更加虚弱，感觉越来越严重了。妻子带着他又找到了老中医询问究竟。老中医照旧是把脉、翻眼皮、摸脖颈，之后慢条斯理地说："老板，你的病很蹊跷，老夫没得本事治好，你还是另请高明吧。"穿着白褂子的女店员低声安慰华嫂，赶快带丈夫去省城的大医院看看吧。

听完老中医的话，华哥的心一下子凉到了冰点。去省城就医，他一直很犹豫。一方面，因为吃住不方便花费大；另一方面，则是心有顾忌。因了在他的印象中，去省城医病的人大多都患了重病或绝症。他摇摇头，叹息道：神医无能，我去求求菩萨吧。妻子华嫂拗不过，便携他坐火车来到二百五十多公里外的南华寺烧香拜佛。之后，他心里还是不踏实，连夜又赶回村里的老宅拜祭祖先。也许是旅途太过劳累，他在返程途中突然晕死过去。惊慌失措的华嫂，紧急联络了在省城工作的亲戚，通过关系，将他送进了一床难求的省城三甲医院。

次日早晨，华哥挣扎着从昏迷中醒来，发觉自己虚弱得连呼吸都费力。他仰卧着，瘦得只剩下一把骨头的身躯紧贴病床，瘙痒难忍。他双手用力，稍稍抬起身子，仰面斜躺在床头，似乎好受一点。他环顾四周，二十多平方米的病房住满了和自己一样气息奄奄的病人。接着，他又朝窗外望去，天空很阴暗，可以清晰地听到雨点敲打在窗檐上的声音。这时，他的心情忧郁到了极点。

很快，华哥病重住院的消息在公司里传得沸沸扬扬。平日里和他关系亲近的同事们都自发组队去医院里探望。谭志远领着旧日的同事们也去了。他们走进病房的时候，发觉往日笑口常开的华哥，已变得沉默寡言。

"省城医院水平高，放宽心，过几天病就会好的。"谭志远宽慰道，"病愈返家后，可不要忘了请客啊。"

"谢谢谭总关心！"华哥强装笑脸说，"如果我能平安返回，海鲜荣酒庄连请三天。"

"好嘞。可以连吃三天大餐了。"众人强作笑脸齐声应和道。

听到昔日同事们的衷心祝福，华哥的情绪明显好了许多，仿佛注射了一针兴奋剂，俄而又恢复了往日里有说有笑的开朗和幽默。告别了华哥，阿彪和阿玲送昔日的领导们走出了病房。老同事们开始窃窃私语，他们对华哥的病情都很吃惊。"华哥到底得了什么病？"谭志远看着阿彪问，"短短一个月的时间，人咋变成了这个样子？"

"啥病？"阿彪无奈地说，"不好的病呗！"

"咱们本地人都把这家医院称作癌症医院。"站在一旁的阿玲补充道，"来到这里的病人，大多不会有什么好结果。"

目送同事们离去，华哥又陷入了沉思。他默默地看着被针眼戳得红肿的手背，心里惶恐不安地思忖，自己到底是咋了？会不会得了什么膏肓之疾？坐在病床前的华嫂，瞧着心事重重的丈夫，轻声细语地宽慰道："老公，别想太多，安心治病，过几天我们便可以回家了。"无论是亲人安慰还是朋友祝福，都无法驱散华哥心中的疑云，他心里是有数的，知道自己这次不会再幸运了。想着、想着，他迷迷糊糊地又睡着了。他梦见了自己的农夫车，车厢装满了大大小小的钢块，哐当哐当，飞驰在高速公路上；突然，农夫车的左前轮胎越过高速公路隔离带飞到了对面公路上，接着又失去平衡撞上了高速路的隔离带，但自己却安然无恙。他惊醒了，浑身的虚汗浸湿了衣被。他惊慌失措、愁绪万千，心里不断思忖，怎么做一个这样的梦？都说梦里和现实是相反的，难道自己真是得了不治之症。

三个月后，华哥因患急性淋巴细胞白血病医治无效，与世长辞。昔日的老友们在痛惜的同时，都在感叹：三寸气在千般用，一日无常万事休。华哥的一生注定与车结下不解之缘，他因车而兴，也因车而亡。

华哥死后不久，飞天的老友们又陆续接到了其他同事患病的消息：何卫国因无法忍受肿瘤引起的疼痛折磨，跳井自杀；人事科王科长被查出患有鼻咽癌，正在住院接受治疗……

越来越多的人都莫名其妙地患上恶性肿瘤，引起了谭志远的高度重视，同时也给他敲响了警钟：一个人，如果没有一个好身体，其他一切都等于零！他痛定思痛，立刻要求时代电器的全体中层以上干部，带头不再加班熬夜，且又告诫他们：逼迫员工通过无休止的加班加点来提升业绩，是一种无能的表现。他指示人事部门在全公司范围内张贴告示戒烟限酒，办公室、车间等公众场所严禁吸烟。他率先垂范，带领公司经营班子的所有成员，每周至少打两场羽毛球，并给每一个人都办理了健身卡，督促他们锻炼身体。之后他又给公司的全体骨干推荐了一本好书——《高效能人士的七个习惯》。他要求每个人必须认真学习，并发表各自学习后的心得体会，以便逐步在全公司范围内形成了一种高效健康的工作和生活氛围。

在谭志远的倡导下，时代电器的各个部门、生产车间都自发组织员工开展了各种各样的文体娱乐活动：篮球、羽毛球比赛，爬山、泡温泉、拔河、玩游戏，五花八门、应有尽有。丰富员工的业余文化生活，与日常工作一样，不是一阵风，也不是作秀，而是建设企业文化其中一项看得见摸得着的具体表现。这项工作一定要持续下去，不能半途而废，要在公司形成规章制度，持续推进，各个部门、车间的员工身体健康状况要与负责人的年度绩效挂钩。谭志远在公司员工座谈会上的上述讲话，不但表达了他关爱员工身体健康的愿望，而且提出了实实在在的行动措施。从此，飞天全体员工的身心健康和企业的兴衰荣辱更加紧密地连接在了一起。在关心本公司员工身体健康的同时，谭志远也没有忘记昔日的旧同事。他联合老领导陈永胜，以及众多飞天老同事，成立了飞天配套公司老同事互助基金会，专门为那些因疾病和意外而遭遇不幸的原飞天配套公司的老员工家庭解难。

是年冬月，正当时代电器紧锣密鼓冲刺年度目标的关键时刻，孙宝丁却两日没来公司上班，也没有向任何人打招呼说明去向。谭志远连续拨打他的手机，一直语音提示：您好！您拨打的用户已关机，请稍后再拨。询问其他同事，也都说不知道。无奈之下，他又拨打了孙宝丁妻子张燕的手机，同样是语音提示：您好！您拨打的用户已关机，请稍后再拨。此刻，他的心里突然产生了一种莫名其妙的不祥预感，这两口子不会出什么事吧？怎么都关机？就在这时，唐小天敲门走进了他的办公室，他也在一直找孙宝丁。

"谭总，给玉婷打电话。"唐小天神情紧张地说，"请她到张燕的办公室问问情况。"

"对呀。"谭志远眼睛一亮，恍然大悟地说"她俩都在飞天公司，让玉婷去张燕的办公室问问情况会更快些。"

十分钟后，姚玉婷打来电话说，张燕两天没来公司上班了，她的领导也在到处找她。听完姚玉婷的电话，谭志远急忙说："小天，赶紧开车带我去宝丁家里。"他和唐小天驱车赶到孙宝丁家门口的时候，正逢下午下班时间。孙宝丁依旧住在飞天集团卖给自己的老房子里。小区内的住户也都是飞天的老员工。孙宝丁的邻居们大多自然认识谭志远和唐小天。

"张工，宝丁家房门紧闭，敲门没人应。"谭志远向一个刚刚走上楼梯的中年男子问，"知道他去了哪里吗？"

"谭总，您好！好多年不见了。"中年男子低眉顺眼地回应道，"这位是唐部长吧？有点快认不出来了。"

"张工，您好！"唐小天说，"我是唐小天。宝丁去哪里了，你知道吗？"

"谭总，唐部长，不瞒你们说，前几天我还看见张燕带着女儿出出进进，这两日却一直没有听见动静。"张工吞吞吐吐地说，"我听别人议论，孙厂长和张燕正在闹离婚。"

"闹离婚？"唐小天差异地问，"你听谁说的？"

"我老婆和张燕是好朋友，听她说的。"张工低声道，"不过，今天清晨，她也在家里喃喃自语，怎么两天没有见到张燕了？"

"宝丁的女儿呢？"谭志远问。

"他女儿考进了奉天一中，住校，一周才回来一次。"张工说，"不过……"

"不过什么？"唐小天急切地问，"不要顾虑，尽管说。"

"唐部长，您闻一下，楼道里是不是有一股血腥味？"

唐小天连续抽吸了两下鼻子，确实闻到一股血腥味。接着，他又趴着孙宝丁家的大门上，闻了两次，似乎血腥味更浓。"要不要打电话报警？"他惊慌失措地问，"宝丁家里确实有一股血腥味。"谭志远将信将疑，也趴在门缝里闻了几下，确认从屋子里散发出一股浓浓的血腥味。他惶恐不安地说："事不宜迟，赶快打电话报警。"

时间过了不到五分钟，听见楼下传来了刺耳的警笛声，两名全副武装的警察赶到了孙宝丁的家门口。街道居委会的工作人员也紧随其后来到了现场。警察按照程序对报警人以及现场的其他目击者做了详尽的询问笔录，之后封锁现场，技术开锁，打开房门。当漆色斑驳的房门被打开的一刹那，一股浓浓的血腥味迎面扑鼻，现场顿时笼罩在一片恐怖气氛中。警察要求谭志远等人留下联系电话，保持电话畅通，随时等候询问，且立刻离开现场。

"小天，你还得辛苦一下。"谭志远边下楼梯，边对身后有唐小天说，"去玲玲的学校，告诉她，爸妈都有急事出差了，周末我会派人去接她。"

"好的。"唐小天回应道，"不过，周末还是我去接她吧。她和他比较熟。"

"也好。"谭志远说，"一定对孩子封锁消息。等警察的勘察结果出来了，再商量下一步该怎么办。"

谭志远和孙宝丁刚刚下楼，走到单元门口，就看见陈道明急匆匆地奔过来。

"谭总，到底什么情况？"陈道明说，"我老婆打电话说，宝丁家出事了。"

"消息传得这么快！"谭志远惊叹道，"我们在楼下等等吧，警察正在屋子里勘察。"

几分钟后，又来了一辆警车。从车上下来了几个身穿白大褂的法医警察，他们提着一只箱子、扛着一副担架急匆匆上了楼。大约过了半个小时，两个警察抬着担架下了楼，又迅疾将担架抬上了后到的那辆警车。被白布包裹的担架一直在滴血，站在警戒线外围观的业主们交头接耳、窃窃私语，现场的气氛更加令人毛骨悚然。

谭志远回到家里，已是夜半时分，妻儿业已熟睡。他匆匆冲完凉，便一声不响地坐在书房里发起了呆。是夜，没有风。凝滞平静，玉盘高悬，在寒冷的冬日里，愈显萧瑟。一个好端端的家庭是如何沦落到家破人亡，人活着到底是为了什么？……

半个月后，警方公布了案情以及侦破经过：这是一场蓄意谋杀案。死者是孙宝丁，现年四十岁，被凶手碎尸后，藏在家里的冰箱里。凶手张燕，现年三十八岁，是死者的妻子，作案后畏罪潜逃。在逃亡的过程中，她迫于强大的舆论和精神压力，于逃跑后的第十日，主动到公安局投案自首。她向公安机关如实供述了自己杀人的过程以及作案的动因。

一个月前，初冬的一个星期天的上午，天气特别好，湛蓝的天空中看不到一丝的云朵，和风吹过的一河两岸弥漫着一片祥和温馨的景象。张燕随同她的好友陶红，来到一个名曰望江公馆的高档小区收楼。眺望一排排高耸入云的楼房，绿荫环绕、小桥流水、花木扶疏、鸟语声声，张燕羡慕极了。她在心里默默祈祷，我要是能在这里买一套房子，该多好！

陶红兴高采烈地办好了收楼手续，像一只归巢的鸟儿，步态轻盈地走向自己的新家，但她丝毫没有顾及张燕的感受。张燕神情郁闷地跟在她的身后，心里五味杂陈、难以言表。就在张燕东张西望、闷闷不乐之际，突然一辆熟悉的广州本田雅阁轿车映入她的眼帘。她走上前，仔细察看了车牌号，没错，这就是她家孙宝丁开的车。难道宝丁也来这里帮朋友收楼？她突然想起，两年前曾听陈道明的老婆说过自己在这一带也买了楼。她掏出手机，拨通了丈夫的电话，小声问："宝丁，在哪里？"

"在公司加班。"孙宝丁回道，"有事吗？"

"在公司加班？"张燕吼道，"你还在骗我。我都看见你的车了。"

兀自走在前面的陶红，被突如其来的一声怒吼吓了一跳，几乎晕倒。待她缓过神来，才迷惑不解地问："张燕，怎么了？"

"孙宝丁的车停在这里，却骗我说他在公司加班。"张燕怒气冲天地说，"你说气人不气人？"

"也许他和你一样，也是陪朋友来收楼。"陶红劝慰道，"不要生气啦。"

"我也是这样想。"张燕的情绪缓和了许多，"但他不该骗我呀。"

五分钟后，孙宝丁满头大汗地跑到了自己的车前，张燕像一只发疯的狮子，挥舞着拳头向他扑来。他慌忙解释说："我是帮小天的一个亲戚来收楼的。他今天有急事，走不开。我不想引起你的误会，就编谎话说加班。老婆不要生气了，这里人多，影响不好。"

"怕影响不好？"张燕不依不饶地吼道，"说谎骗人，影响就好了？"

在孙宝丁苦苦哀求和陶红的极力劝说下，张燕终于平静下来。她掏出手机立即打电话给唐小天，用审犯人的强调问："唐小天，孙宝丁帮你家亲戚来收楼，有这回事吗？"

"嫂子，有，有。"手机里传来唐小天笑嘻嘻的应答声，"我这里突然有个急事走不开，就临时求孙总帮个忙。搞得你们两口子产生误会，实在不好意思！"

张燕发泄完怒气，又大咧咧地和陶红有说有笑。

"孙总，唐总的亲戚住在几号楼几单元？"陶红好奇地问。

"我也没有太在意。"孙宝丁回应道，"听她说，好像是前面那栋楼的1903房。"

"哦，这么巧！"陶红惊奇地说，"我家是1902房，住在她家对门。"

"巧，真巧。"孙宝丁心里一沉，皮笑肉不笑地说，"改天让小天介绍你们认识一下，也好相互有个照应。"

"你还跟我们上去吗？"张燕扭过头问孙宝丁。

"我就不去了。"孙宝丁摇摇头说，"手续已经办好了，我还要赶回厂里。"

张燕跟随陶红走进了电梯。她们来到了十九层的走廊里，张燕特意贴在1903房大门的猫眼孔向房内看了几眼，除了水泥地面和墙面，什么也没有看到。

孙宝丁在电话里听张燕说，她看见自己的车的一瞬间，像是被人击了一闷棍，浑身惊悚发抖，脑袋几乎炸裂，他没有想到张燕会突然出现在这里。他的脑子开始急速旋转："难道她发现了我的秘密？偷偷跟踪我？"他强迫自己迅速冷静下来，并用手势示意小凤，自己遇到麻烦了，让她锁好门，带着儿子赶快离开这里。之后惊慌失措的他，没顾得上和儿子说一声拜拜，便急速跑下楼。身后传来了儿子的呼叫声："爸爸，爸爸，你去哪里？"

两年前，孙宝丁兑现了自己的承诺，为儿子创造了一个优越的成长环境。他以小凤的名义购买了这套位于新市区的三房两厅两卫的商品房。为了避免不必要的麻烦，将近三十万的房款，他选择了一次付清。这笔钱都是他这么多年以来积攒下来的私房钱。他心里明白，自己这样做，对不起张燕和女儿玲玲，而且可能会造成严重的后果。但为了实现父亲的心愿让孙家能够传宗接代、延续香火，想来想去，没有其他办法可供选择，只能铤而走险。他希望她们母女日后能够原谅他。

小凤生了悦悦之后，孙宝丁把这个消息悄悄告诉了老家的大姐。大姐出主意，把孩子送回老家，她帮他看孩子，对外就说是捡来的孩子，也能防止被张燕发现。可是，小凤死活不同意，她宁愿自己一个人养孩子，也不愿意把儿子送回乡下老家。她知道老家实在太贫穷了，不利于孩子的成长。大姐将这个消息拐弯抹角地告诉了父母。父亲倒是很高兴，儿子总算是为孙家完成了一件大事。然而母亲却愁眉不展、心事重重，她心里顾虑儿媳妇张燕。她和张燕在广东相处过一段时间，前后也就三个月。张燕飞扬跋扈的性格给她造成了难以忘却的伤害。她和老头在张燕的眼里，就是一对一文不值的村妇村夫，动不动就横加训斥。她不论做什么张燕都看不上眼。她洗过碗，张燕又重洗；她做的饭菜，张燕不吃，也不允许孙女玲玲吃。对于张燕的这些做法，儿子宝丁却是敢怒不敢言。有一次，老头子买回来一只母鸡，准备养几天再宰了吃。可是，张燕不愿意了，厌恶养鸡而令家里臭烘烘的，她二话不说，抓住鸡翅膀，按在案板上，一刀就把鸡头剁了下来。目睹了张燕的残暴行为，她实在无法承受，便劝说老头子又一起回到了乡下老家。她临走时告诫儿子："你们夫妻俩好好过日子，不要闹矛盾。张燕这个人不好惹，惹急了，她什么事都干得出来。"如今儿子背着张燕做出这等事来，怎能让她不发愁。她打电话告诉儿子："宝丁，这件事你可要小心处理，千万不能让张燕知道了。她要是知道了，非闹个你死我活不可。"对于母亲的告诫，孙宝丁一直记在心里。他也知道，这事迟早会有暴露的那一天，但却苦于没有更好的解决办法，也只能暂且谨慎行事。

　　孙宝丁告别了张燕和陶红。他庆幸张燕只是发现了自己的车，而不是到了楼上撞见儿子喊他爸爸。他的心脏一直在咚咚跳。"小凤，你和儿子回到家了吗？"孙宝丁上气不接下气地说，"领儿子去吃麦当劳吧。我答应今天带他去。"

　　"她有没有发现我们？"小凤急切地问，"有没有为难你？"

　　"小凤，没事的。"宝丁说，"你先带儿子去吃麦当劳，过几天我们见面后再细谈。你暂时也不要去新房了。"

　　"好的。"小凤说，"你也注意安全！"

　　到了午饭时间，孙宝丁电话给唐小天，有气无力地说："小天，我在对面根记饭馆二楼的野猪林，你过来吧。"

　　"野猪林？"唐小天问，"怎么选了一个这么血腥的房间？"

　　也许是命里注定，或是阴差阳错，孙宝丁绝对没有想到这是他和唐小天的最后一次单独聚餐。唐小天当年的一句戏言，帮他有了儿子，却也断送了他的命。逆来顺受、疾恶如仇的林冲在野猪林躲过了高球的魔爪，而孙宝丁却注定逃不脱张燕的屠刀。

　　"宝丁，嫂子打电话，一时让我摸不着头脑，幸亏她问话没有经验，要不然我还真不知道该怎么回答。"唐小天见面后，表情狡黠地说，"我的那个亲戚到底是谁？叫什么名字？快告诉我，免得下次嫂子再盘问时，我说漏了嘴。"

　　"王小凤。"孙宝丁说，"就是几年前跟着你去三角镇湖心小岛上认识的那个贵州老乡。那天请客的人是一个叫朱贵的老板。"

　　"哦，我想起来了。她好像说自己是布依族。"唐小天说，"时间太久了，她的模样已经记不起来了。"

　　"今天多亏了你的巧妙应对，不然我可就真完了。"孙宝丁举起茶杯说，"谢谢老弟舍身相救之恩。"

　　"老孙，我们兄弟还说什么谢字，太见外了。"唐小天说，"你们现在到什么程度了？有孩子吗？男孩？"

　　"是，有一个儿子。"孙宝丁说，"不过，这事千万不能让我老婆知道。"

　　"老孙，这可不是一件小事，你一定要慎重对待。"唐小天神色凝重地说，"嫂子是一个心直口快、脾气暴躁的人，弄不好会出大事。"

　　"要我说，你不如给小凤一笔钱，立即与她断绝一切往来。"唐小天低声说，

"然后把儿子送回老家，交给你最信任的亲戚抚养。等孩子长大后，嫂子年龄大了，这事情就好处理了。"

"可是，小凤不愿意和儿子分开。"孙宝丁无奈地说，"她的态度很坚决。"

"男人这个时候就要心硬。"唐小天天说，"否则，后患无穷！"

三天后，孙宝丁趁张燕心情舒畅、且沉醉在 QQ 聊天说地之际，便又偷偷地见了小凤和儿子。他给小凤介绍了唐小天的情况，让她铭记在心，不论谁问都说自己是唐小天的亲戚，但他却把唐小天的建议忘到九霄云外。小凤说，为了儿子将来上学方便，她准备装修新房了。他也没有阻挡，只是叮嘱她不要和对门的那家人来往，那家的女主人是张燕的好友。他临走前，给了小凤一张银行卡，嘱咐她，装修新房的钱和娘俩一年的生活费都在卡里，先拿着用；张燕已经起疑心了，以后他可能很久才能来一次；儿子想他的时候，就告诉孩子说，爸爸回香港上班了；如果有外人问起你老公在哪里，实在托词不了，就说老公是香港人，他回香港了。你这样说，大家都会相信。然而，孙宝丁和王小凤绝对没有想到，这段冗长的对话，是他们最后的诀别。

"妹子，正在装修啊。"对门女主人仰着一张长满雀斑肤色暗黄的胖脸，像是居委会查户口的大妈一样，大声问，"你一个人忙活，怎么一直不见孩子的爸爸呀？"

"我爸爸回香港上班了。"不等小凤说话，悦悦从房间里跑出来，撅着小嘴、瞪着一双黑亮的眼睛，尖声回道。

"啊呀，孩子的爸爸是香港人呀！"胖脸女人一脸轻蔑道，"怪不得总见不到人。"

小凤假装没有听见似的没有理会她，而是继续和装修工人讨论装修细节。黄脸女人自觉无趣，正欲转身离去，却被眼前这个浓眉深眼、五官精致的小男孩吸引住了，她似乎在哪里见过这张脸，尤其是那带有明显遗传特征的深眼窝长睫毛特别让她觉得眼熟，但她却一时想不起来到底在哪里见过。

黄脸女人走后，小凤为儿子的表现感到自豪，小小的年纪就知道替妈妈应付陌生人。但她的心里还是忐忑不安、七上八下，生怕被那个黄脸婆看出什么端倪。

一天下午，上班时间，张燕闲来无事，兀自在网上聊天。陶红见四下无人，便和她聊起了天。"张燕，最近忙什么呢？"陶红问，"女儿住校不在家，夜夜和老公亲热？"

　　"那个死鬼整天没日没夜地加班，哪有时间理会我。老娘已经守活寡好久了，正准备和他离婚呢。"张燕一边在电脑上和网友聊天，一边恶狠狠地回应道，"瞧见他那双深眼窝的模样，我就心烦。"一句"深眼窝"，顿时让陶红似乎想起了什么，"啊呀！"地惊叫一声，且欲言又止。"啊呀什么？"张燕扭过头笑道，"扣仔撞见老公了？"

　　陶红双手离开键盘，犹豫了半天，才爬着张燕的耳朵上，吞吞吐吐地说："我发现我家新房对门那个女人的孩子像一个人。长得实在是太像了！"

　　"谁？唐小天？"其实，张燕的心里一直都认为那个所谓的唐小天的亲戚，一定要唐小天包养的二奶，不然怎么会让孙宝丁去帮他收房。

　　"我不敢说！"看着张燕惊愕的样子，陶红小声道。

　　"说，怕什么？"张燕更加好奇地追问，"你知我知，天知地知。我不会告诉别人的。"

　　"算了吧，就当我没说。"陶红像是下了极大决心似的，接着又提醒说，"你也不要好奇了，这是别人家的秘密。在西方国家，公布别人的隐私是会被判刑的。"

　　"真没劲！"张燕继续在电脑上聊天，但她的内心却已是波澜起伏、惶恐不安。因了她也不是笨蛋，知道以陶红的性格，如果那个人是唐小天，一定会告诉她的。

　　距离下班时间还有一个多小时，张燕偷偷溜出公司。她凭着记忆，找到了陶红的新房。两家新房都有工人在装修，却都不见主人。她躲在楼下的一棵大榕树下，决定守株待兔。一直等到掌灯时分，工人也已锁门收工，她仍无收获，这才快快离去。

　　张燕返回凤山镇，来到一家她经常光临的小饭馆，要了一碗酸辣粉，狼吞虎咽地吃起来。

　　"老乡，今晚又不想做饭了？"老板娘打趣道，"孙大哥没有一起来？"

　　"他已经死了！"张燕头也不抬地说，"我是一个人吃饱，全家不饿！"

　　老板娘摇头笑笑，没有再理会她。张燕吃完饭，出力一身臭汗，之后又去了一家自己一直想去却从未体验过的美容店。她告诉老板，要体验店里的全套服务，让自己好好地享受一下生活。她回到家时，已是深夜，就连那个神龙见首不见尾的孙宝丁都已酣然入睡。她没有理会他，而是径直走进了自己的房间，坐在了电脑前，呼叫一个从未谋面、却情投意合的QQ好友。他的QQ名叫"人到中年"。他俩在早几年的网页聊天室火爆的时候就已经成为了好友。

夏荷：在吗？

人到中年：在。

夏荷：有一件烦心事，又吃不准。想让你帮我出主意。

人到中年：什么事？

夏荷：我怀疑老公在外边养女人，而且生了私生子。

人到中年：不会吧！这种事不能乱猜。

夏荷：所以嘛，才请你出主意。

人到中年：你有什么证据吗？

夏荷：我是从好友的话语中猜测的。

人到中年：这种事一定要有真凭实据。

夏荷：如果有真凭实据，我现在还有机会和你聊天吗？

人到中年：什么意思？

夏荷：如果有证据，我就把他剁了喂狗吃。

人到中年：你知道第三者是谁吗？知道她住在哪里？

夏荷：知道。

人到中年：去找她了吗？

夏荷：去了，没有见到人。

人到中年：明天可以再去看看。

夏荷：那个小区是新开发的高档小区，去多了，会引起保安的怀疑。

人到中年：我有一个办法，你不妨试试。

夏荷：什么办法？快说！

人到中年：记得你说过，你老公胆小怕事，性格懦弱。不妨诈他一试。

夏荷：怎样诈？

人到中年：就说你找到那个女人了，也见到了那个私生子。如果不从实招来，就去他的单位大闹，大家一起丢人现眼、鱼死网破。

夏荷：如果他咬死不承认怎么办？

人到中年：那就恭喜你了！说明你的猜测是错误的，以后就不要胡思乱想了，安心过日子。

夏荷：嗯。我觉得这办法行。谢谢你！

人到中年：不客气。时间不早了，休息吧。拜拜。

夏荷：拜拜。

得到了秘方的张燕没来得及退出 QQ 对话框，便迫不及待地对孙宝丁实施了刑讯逼供。用连蒙带骗的手段，对孙宝丁进行逼问，来获取真相，张燕心里还是有把握的。因了她太了解孙宝丁这个人了。她和他在一个屋檐下生活了十多年，他眨巴一下眼睛、抬一下屁股，她就知道他心里在想什么。她对付他，比拍死一只苍蝇还要容易。

张燕来到客厅，从酒柜里拿出一瓶茅台酒，给自己倒了一杯，一饮而尽。之后，她又去厨房拿出一把菜刀，刀锋的寒光让她感到血脉贲张，全身筋力备加强壮。所有准备工作就绪之后，她手里提着菜刀，气势汹汹地闯进孙宝丁的卧室，像老鹰抓小鸡一样，伸手将他从被窝里拽了出来，怒吼道："孙宝丁，你背着老娘都做了哪些坏事？从实招来。"且又将菜刀狠狠地砍在书桌上。

从睡梦中惊醒的孙宝丁看见穷凶极恶的张燕，一时惊慌失措、魂飞魄散。他努力地稳了一下神，低声下气地说："半夜三更你不睡觉，又闹了什么事？"

"少给我装蒜，你做的糗事难道忘了？非要我自己说出来？"

"我不知道你在胡说什么。"孙宝丁说话的声音微弱得像蚊子哼哼叫，"我没做过对不起你的事。"

"那你说说，唐小天那个亲戚为什么正好是一个年轻女人？"张燕逼问，"她的儿子为什么长得那么像你？"

"这种事你可不要乱说。"孙宝丁有气无力地辩解道。

"我看你是不见棺材不落泪。"张燕冷笑道，"我拿着你照片给那个私生子看了，问他认识这个人吗？他一眼就认出是爸爸。你还敢抵赖？"

"张燕，我不是人，对不起你和女儿。"孙宝丁扑通一声双腿跪地、泪流满面，"要杀要剐悉听尊便，我毫无怨言。只求你不要伤害他们母子，放他们一条生路。"

"原来我的猜测都是真的！"张燕瞪着一双吃人的眼睛，咬紧牙关，像一只被激怒的母狼，发疯似的挥舞着菜刀，对着跪在地上的孙宝丁就是一阵乱砍。

不知过了多久，当张燕连举刀的力气都没有的时候，她发现倒在血泊中的孙宝丁已经气绝身亡。但她没有丝毫的悔意，更没有惊慌失措，而是绞尽脑汁地想着如何毁尸灭迹、逃避法律的制裁。她从杂物间找出公公在家时为打造放置杂物的木架而购买的钢锯，不慌不忙地将孙宝丁的尸体大卸八块，然后塞进了冰箱。

整个碎尸的过程，她的心情一直很平静，与平日里杀鸡宰鹅没有太大区别，只是耗费的力气大了些。接下来，她又有条不紊地把血染的衣服、床单放进洗衣机里洗涤，将地板上的血迹擦洗干净。当她认为自己把一切都处理妥当之后，便走进厨房，为自己煮了一碗面，外加两个荷包蛋。她吃饱了肚子，稍作休息后走进卧室，从衣柜里拿出两套换洗的衣服，放进了手提箱里。这时，她想起了女儿玲玲，想起了自己的父母、姊妹，想到自己将要和他们诀别，悔恨的泪水像决堤的洪水一样淹没了眼前的一切。一阵号啕大哭之后，她重新安静下来，准备处理自己的后事。她从书房里拿出纸和笔，给女儿和父母各写了一封信，放在客厅的茶几上。之后她又将家里的现金、存折、证券、房产证、金银首饰等值钱的东西都集中在一起，锁在了保险柜里。玲玲知道保险柜的密码是自己的生日。

窗外的天空渐渐泛出了银灰色，楼下传来了单元楼梯口防盗门的碰撞声，张燕知道留给自己的时间不多了，她必须马上离开这个已经被自己毁灭了的家。她蒙面低头快速走出小区，坐进了一辆出租车，告诉司机去广州白云机场。车子行驶到中途，她却突然改变主意，又换乘了一辆非法营运的黑车，赶往江西赣州方向。之后她辗转多地，最后潜逃到一个距离江苏昆山不远的一个工业小镇。她自负地认为此地流动人口密集，打工谋生的单身男女众多，便于自己藏身隐迹。

逃亡的第九日，张燕实在抑制不住内心的恐慌和对亲人的思念，便趁着夜色、行人众多的时候，装扮成一个衣着朴素的打工妹，找到一个位置比较偏僻的电话亭，打电话给远在贵州老家的姐姐。姐姐接到她的电话后，泣不成声、悲痛欲绝，诉说父亲因受刺激导致脑溢血，正在医院抢救，至今还昏迷不醒；母亲整日以泪洗面、茶饭不思，整个人都快虚脱了。姐姐劝告她："燕燕，警察来过家里了，他们正在四处追捕你。你赶快去公安局投案自首吧，争取政府的宽大处理。"她和姐姐通完电话，心情愈加沉重，兀自漫无目的地行走在灯光暗淡的小巷里，有一种走向地狱濒临死亡的感觉。她感觉从身边走过的每一个人，都像是青面獠牙、张牙舞爪的厉鬼，随时准备将她押往阴曹地府接受判官的发落。就在她彻底绝望的时候，突然，前方不远处的一间门窗紧闭闪着灯光的网吧，像一缕点燃的香火，刹那间燃起了她继续活下去的欲望。因为她突然想起了那个给她出主意的网友"人到中年"，他是这个世界上最理解自己的人。她平生第一次走进了乌烟瘴气、臭气熏天的网吧。

夏荷：在吗？

夏荷：在忙吗？

夏荷：有急事。

张朝阳一直守护在电脑面前。李警官寸步不离地坐在他的身边。张朝阳是张工的儿子，他家住在孙宝丁的对门。警方根据张燕的聊天记录找到他时，把他吓坏了。他绝对没有想到对门的张阿姨就是他认识了数年的 QQ 好友夏荷，而且她依照他的建议，竟然成功地破获了丈夫包养二奶、私生儿子的罪证，且又残忍地杀害了自己的丈夫。但他向警方辩解，自己并没有建议夏荷杀死自己的丈夫，反倒是想让他们夫妻和好。他只是一名在读高中生。

看着 QQ 界面上的文字，看到"夏荷"这个名字，张朝阳的心脏怦怦直跳，浑身都在发抖，手也不听使唤。坐在一起的李警官赶紧在键盘上敲出一个汉语拼音：在？

人到中年：在。

人到中年：别着急，出什么事了？

夏荷：我杀人了。

人到中年：啊！别吓唬我。杀谁了？

夏荷：我老公。

人到中年：他真有外遇了？

夏荷：他全部承认了。

人到中年：你在哪儿？

夏荷：你告诉我，我该怎么办？

人到中年：你听我的建议吗？

夏荷：听。

人到中年：你应该立即去当地公安局自首，争取政府宽大处理。

夏荷：杀人偿命，欠债还钱。政府能宽恕我吗？

人到中年：你相信我。投案自首，积极配合警方调查，政府会酌情从轻处理。

夏荷：让我再想想。

人到中年：你在哪里？

夏荷：时间太晚了，我要下线了。拜拜。

人到中年：你等一下。

夏荷：你说。

人到中年：你的 QQ 号已被警方监控，他们很快就会找到你。我建议你立即去当地公安局投案自首，这样会对你好一些，总是这样东躲西藏也不是办法。

夏荷；谢谢你！我听你的建议。

人到中年：不客气。祝你好运！

夏荷：拜拜。

人到中年：拜拜。

半个小时后，顺德警方接到昆山警方通报，杀人嫌疑犯张燕已投案自首。孙宝丁正值英年却惨遭杀害，张燕行凶杀人被公安机关收监等候审判，一个好端端的家庭就这样被冲动和不理智摧毁得支离破碎，老无所养、少无可依，让人唏嘘不已。谭志远作为他们的领导兼挚友，更是痛心之极，他叮嘱公司的行政部门，一定要处理好孙宝丁的善后事宜，安排好他的父母和孩子日后的生活和教育费用，孙宝丁持有的时代电器的股份一直保留，并按规定继续分享公司不断发展而带来的红利。他私下里和唐小天一起看望了悲痛欲绝的小凤，安慰她重新振作、追求新的生活。他们建议她将儿子交给孙宝丁的家人看护，孩子的一切费用由公司在孙宝丁的分红中提取，但被她拒绝了。她倔强地要靠自己的奋斗将儿子抚养成人。

孙宝丁出事之后，唐小天一直处于自责之中。他万万没有想到因为自己的一句戏言，却导致了一个家庭的毁灭。后悔莫及的他，亲自将孙宝丁的骨灰护送回贵州，且又给孙宝丁的父母留下一笔钱，安慰两位老人节哀顺变。他说服妻子，主动承担起照顾玲玲的责任，又将她领回自己家里居住。他像亲生父亲一样，每周接送她上学回家。他通过关系在一家大酒店给王小凤找了一个餐厅经理的工作。有了这份工作，王小凤和儿子悦悦也过上了衣食无忧的生活。但失去父母的玲玲始终不肯接受这个导致自己家破人亡的弟弟。孙宝丁的父母一直挂念孙子的状况，他是孙家传宗接代的唯一希望。他们经常打电话给小凤，了解孙儿的生活和学习情况。看着孙子一天天长大，他们因失去儿子而伤痛的心情渐渐恢复平静，平添了一份快乐。重情重义的小凤每隔一年半载总要回老家探望二老，以了他们的思孙之情。

第二十一章

　　孔老板被捕之后，飞天集团管理团队自动解散，昔日人见人爱的一个靓女，如今沦落为一个伤痕累累的丑妇，多灾多难的飞天电器在骄阳似火的初秋再一次迎来了新主人。四朝元老郭志雄没有逃过此劫，不久便被清洗出局。之后，他联合三个昔日的部下，也加入到创业的大军中。但他没有谭志远、唐小天那么幸运，公司运行一年后，便因经营不善而陷于困境。他不但赔光了大部分积蓄，而且与三个部下因债务纠纷对簿公堂。他在走投无路、道尽途穷的情况下，投靠到谭志远门下，而其中一位同他打官司的部下，却在日后的日子里，将企业做得风生水起。命运不济的他，作为飞天离职员工中创业失败的一个典型代表，成了昔日老同事们茶余饭后的谈资。

　　郭志雄因为精明干练、业绩出色，曾给谭志远留下了深刻的印象。因而，他加入时代电器的申请也就顺利地得到了谭志远的批准。谭志远计划安排他负责厨电事业部的生产管理，但唐小天对他当年整治自己的行为却一直耿耿于怀，心里一百个不愿意。谭志远为了化解他们之间的矛盾，亲自找唐小天谈话，给他讲述了唐太宗李世民和魏徵之间的故事。话说，玄武门事变中，李世民杀死了自己的亲哥哥李建成，事后顺理成章地被父亲李渊立为太子。李世民登基称帝之后，有人悄悄进言，说魏徵曾经替李建成出过许多对李世民不利的主意。唐太宗李世民于是召见魏徵，厉声质问："你为何挑拨离间我们兄弟？"彼时的魏徵已是阶下囚，然而依旧镇定自若、理直气壮地说："人各为其主。我之前为太子服务，可惜他当初没有听我的话，否则，现在坐在皇位上的人还不知道是谁呢。"周围的大臣直冒汗，都觉得魏徵死期到了。没想到的是，唐太宗李世民听了魏徵这番大逆不道的言论之后，非但没有降罪魏徵，反倒说："已经过去的事情，就不要再提了。"从此，君臣协作，一同开创了几百年不遇的大唐盛世。

唐小天听完李世民和魏徵的故事，立即找到了郭志雄，促膝长谈、把酒叙情。一顿饭之后，两个人终于冰释前嫌，一笑泯恩仇。郭志雄是一个爱憎分明、知恩图报之人。加盟时代电器后，他根据自己多年来对厨卫电器市场的分析，立即上书公司董事会，建议针对整体厨电市场一哄而上的局面，联合国内知名厨电企业，联手打造标准壁垒、渠道壁垒、技术壁垒、品牌壁垒，抬高中国整体厨电市场的门槛，净化市场。此建议得到了谭志远、唐小天等董事会成员的一致同意，并立即付诸行动。此后不久，郭志雄也做了一次化敌为友的壮举。他亲自找到谭志远和唐小天，将被自己发配到飞天华东基地、返回凤山总部后又无人接受的杨建军招进了时代电器，共同开创新的辉煌。

次年七月，时代电器董事会按照谭志远和唐小天三年前的规划，正式启动事业部制，厨电事业部和热水器事业部成立大会在时代大厦隆重举行。董事长谭志远、董事会成员和公司管理层以及骨干员工都参加了这次大会。至此，时代股份旗下拥有包括太阳能事业部在内的三大事业部。业绩出色的郭志雄在这次大会上被任命为厨电事业部总经理。但在庆功宴上却有好奇的同事趁着喝高了酒，不解地问："郭总，这才一年的时间，您又当上了总经理，为什么自己创业却赔了个底朝天？"就在众人都替这个不知天高地厚的家伙捏把汗的时候，郭志雄却没有恼怒，而是一反常态、心平气和地说："我的能力有限，只能勉强做一个冲锋陷阵指挥千军万马的将军，而无法成为一个运筹帷幄决胜千里的大帅。这是天意所为，非人力可以强求。一次失败的创业，让我认识了自己。"众人都觉得他说的是真心话，他现在相比以前确实改变了很多，变得不再锋芒毕露、咄咄逼人，而是心胸开阔、顾全大局。大家也相信，厨电事业部在他的带领下，一定会再创佳绩。

事业部制运行三个月后，三个事业部的销售规模均增长迅猛，新产品开发有条不紊，销售利润大为改观，三个事业部总经理工作的积极性和创造性得到极大发挥，董事会对此十分满意。摆脱了日常行政事务和基层经营工作的烦扰，谭志远、唐小天和陈道明又开始策划公司未来五年发展规划。他们的目标是时代电器在五年内登陆国内 A 股市场。

一个月后，随着自主品牌和代工业务销售规模的快速增长，时代电器又成立了分别由田震和郑希同挂帅的国内营销事业部和国际营销事业部。

时至年末，在郑希同和田震的带领下，国际、国内两大营销系统同时发力，时代电器整体厨电产品勇夺全国产销量冠军，年销售突破十五亿元大关。同时，时代电器继两年前再次荣获"广东民企百强"称号。

次年一月，时代电器荣膺"中国驰名商标"，是继厨电、热水器获得"中国名牌产品"、"国家免检产品"等荣誉后，再次在品牌战略探索路上取得重大突破。至此，时代已成为一家名副其实的国家级高新技术企业。

正当孙子志远的事业蒸蒸日上之际，谭洪氏却离开了人世。

腊月初三，刚过大寒节气，适逢周日，一股来自西伯利亚的寒流使顺德气温骤降到摄氏五度左右，穿上羽绒外套的男女老少仍然无法抵御寒冷。早茶后，谭洪氏告诉儿孙们，她去歇息一会儿。每天中午她都要歇息那么一会儿，不管能不能睡着，只要眯盹一下，然后用热毛巾敷眼睛、擦一把脸，她就能手脚不停地忙碌到傍晚。然而，今天下午却一直不见她的身影，儿孙们只当是她累了，难得多睡一会儿，也就没有在意。日西时分，一缕暗淡的落日余晖在墙头树梢和楼顶上闪耀。谭胡氏已准备好了饭菜，正欲招呼婆婆下楼吃晚饭，忽然看见庭院里腾起一只白鹤，掠过树梢，飞过楼顶，落在不远处的河面上，然后消失了。此刻，她忽然想起了传说中的神鸟，脸色苍白，心跳加快，急步走进婆婆的卧室。谭洪氏安静地睡在床上，一动不动，慈祥和善的面容与平日没有丝毫的改变。

胡玉珍弯腰探下身子，轻轻叫了一声："奶奶。"婆婆没有应声。接着，她又叫了一声："奶奶。"婆婆仍然没有反应。她的心猛地往下一沉，伸手摸了一下她的手臂，发觉已经冰凉变硬，她失声喊道："志致、志远，快来看你奶奶……"志致、志远前后跑进奶奶的卧室。听见了大嫂的呼叫，谭明星也惊慌失措地跑到母亲床前。此时此刻，谭家男女老少悲恸欲绝的哭吼声，在嗖嗖寒风中，传遍了谭家村的角角落落。

谭洪氏死了。老村长张福生在儿子张永军搀扶下走进谭家，制止了跪在母亲床前号啕大哭的谭明星和胡玉珍："你们这会儿先别哭了，赶快换寿衣、搭灵堂。"

志致、志远在叔父的指点下，在三楼的客厅里，搭起了灵堂，供桌上摆放着奶奶的照片，香炉，以及若干果盘。胡玉珍抱来了早已备置齐全的寿衣，立即和佣人阿敏一起给婆婆换衣。从未经历过丧事的儿媳妇们，则站立在一旁，神情慌张、不知所措。